U0126774

傳統性、現代性與殖民性的遘接與調適

連橫文學研究

江寶釵◎著

臺灣學生書局 印行

本書為國科會計畫

「**傳統性、現代性與殖民性──連雅堂文學校注**

與研究」（NSC 96-2411-H-194-028-）之研究成果

並獲科技部人文社會中心「補助期刊審查專書書

稿」推薦

目次

Contents　　　　　　　　　　　　　　　　**359**

表目次

序 續成未竟功

——從我的連橫文學研究說起

　　《黃得時全集》出版的時候，館長李瑞騰先生特別用「十年磨一劍」這句話讚許我孜孜矻矻的難能可貴。做為多年來提攜我的那隻手，他或許不曾想到，這句話也指出了我的慢學。而我萬沒有想到，我的連橫研究到現在完整出版，歷程近似。自民國九十四年（2005）蒐集資料、提報計畫，隔年底在經費的奧援下啟動研究，再隔年（2007）又因為第二年計畫未過，停頓下來。如今完成，一樣費時十年。彷彿是，到了我這裡，沒有什麼是特快車，永遠是緩慢地、嘟隆嘟隆地一天又一天向前走。

　　然而，啟動這漫長的十年重編校注與研究的道路，用「邂遘」更能去突出時代的必然性之下微小的個人的「偶然性」。這有時候會給我一種錯覺，以為最具決定性的，並不是時代，而是個人。不是必然，而是偶然，這一點我深深服膺法國理論學家傅柯的高瞻遠矚。

　　林正弘先生是哲學領域裡備受敬重的學者。在某個華燈將上的傍晚，我陪林先生走過臺灣大學的校園，意外地發生了一段問答。

　　「臺灣古典詩誰寫得好？」

　　「一般稱三大家是林南強、連橫、胡南溟（一說丘逢甲）。」

　　「如果三個人裡選一個，你選誰？」

當然是連橫。他的詩作量多而質優，最重要的是，讀他的作品不只是作品而已，也在讀他的生命，他面對時代的衝突和貢獻，詩家裡沒有任何一個人能與連橫相比。

「我想多了解臺灣文學，礙於不是專業，想找點有校注的作品讀讀。你能不能幫忙找找？」

我費了些時間到處檢索連橫的文學作品，沒有任何一本有校注。不僅如此，就連相關研究也少得可憐。

這是我開始申請連橫文學的重編、校注與研究的緣分。屢有朋友來跟我說，他／她不喜歡連橫。面對這些意見，我不是沒有遲疑、掙扎，所幸林先生在那個就要上燈的傍晚與我的對話，始終迴響於我的耳際，是我最重要的支持。連橫對於著作有著鋼鐵般的意志，充滿實踐的熱情，他的作為可能引發爭議，喜歡他或厭惡他都無妨，但他在述作上的成績則需要盤點。給予他公平的評價，是我希望自己為臺灣學術能做的一件正確的事。

校注是文獻理解、學術研究最重要的工作之一，孫大川先生曾名之為英雄事業。很可惜，有他這樣的理解者並不多。從事校注的工作或事業所需時間甚長，一個人的恆心、毅力需要無形的支撐，更需要資本有形的投入。我提報的專題計畫並不順利，是在申覆後才獲得通過。沒有這個開始，即使有林先生那一席話，連橫研究或仍將是永遠的不可能。也曾有許多人勸我去找連家的基金會，但我畢竟是學者，希望把研究留在公共領域。

我在臺語裡，最感到在家的妥貼安適。在英文裡，接受文化異質的衝撞激盪。而那些在臺日本文人的書寫，教我理解殖民國家於日正當中的赤焰，日落西山後的鄉愁。在古華文一字一詞的校注裡，體會古老文明的深沉久遠。

　　所有在知識生產的過程中所遭遇的困難和痛苦，於知識體系完成生產過程，呱呱誕生，而且還理想飽酣時，我的內心確實充滿歡愉的震動。畢竟不曾夭折。

　　本書託付予《東吳中文學報》進行審查，一則是林正宏先生從臺灣大學退休後，一直擔任講座教授於東吳大學哲學系。而我在中正大學最初的主管袁鶴翔先生，受聘為外文系講座教授。本書中有兩篇論文，曾發表於《東吳中文學報》。而我個人曾受邀在兩個研討會（汪啟疆、席慕蓉）上擔任專題演講人。也許，這本書是另一個緣分的累積。

　　我要謝謝柯慶明老師一路指導，楊儒賓博士對民國學術的興趣給我的鼓勵，若干篇曾經發表，則謝謝各篇的審查人；成書之際，出版社以及科技部人文社會科學研究中心委託《東吳中文學報》曾經各敦聘三位審查人深入而細緻的閱讀，給予我諸多有益的建議，指教我從事自形式到內容、從理論到修辭的改訂。我也要謝謝黃清順、張淵盛兩位博士協助校對，梁鈞銓、黃千珊兩位博士候選人為我處理眾多庶務；以及所有來自四面八方之我能記住或我未能記住的鼓勵，在此一併表達我衷心的感激。

江寶釵

2019 年 6 月 8 日於嘉義中正大學寧靜湖畔

第一章　遘接調適：
論傳統性、現代性與殖民性

　　本章旨在就為什麼研究連橫的動機、目的、問題意識、研究方法、文獻回顧、論述安排等進行思考。

一、研究動機與目的

　　為什麼要以一本專書論述連橫？

　　面對這個問題，筆者曾以相關年表、詩文作品為基礎，另綜合諸家之研究，撰成連橫生平簡述，並發表於《臺灣文藝叢誌文人社群作品提要集》[1]，茲列於此地。這個簡單的生平行述，便可以作為解釋此一問題的基礎。

　　連橫（1878-1936），字雅堂，號武公，又號劍花，臺南人。乙未割臺後，明治三十年（1897），負笈上海聖約翰大學學習俄文，因母親催其完婚，棄學歸臺。明治三十二年（1899）主持《臺澎日報》漢文部。同年，《臺澎日報》與《新聞臺灣》合併為《臺南新報》，續任筆政。明治三十五年（1902）以捐監生之名義，參加福州鄉試，不中，遂移廈門主《鷺江報》筆政。明治三十八年（1905）赴廈門，創《福建日日新報》，並任漢文部主筆。同年，報館倒閉，返臺後，繼續任職《臺南新報》。翌年，創辦南社（1906）。明治四十四年（1911）轉任臺中《臺灣新聞》漢文部。[2]並開始撰寫《臺灣通史》。翌年，加入櫟社。大正元年（1912），連橫再赴中國，並獲選為華僑國會議員，後入《新吉林報》工作（1903）。大正三年（1914），主持清史館的趙爾巽延聘連橫，擴

---

[1]　筆者主編，《臺灣文藝叢誌文人社群作品提要集》（嘉義：中正大學臺灣文學研究所，2010），頁 67-70。

[2]　根據廖振富之考證，連橫任職於《臺灣新聞》是在明治四十四年（1911）7月之後。詳見氏著〈《傅錫祺日記》的發現及其研究價值：以文學與文化議題為討論範圍〉，《臺灣史研究》18 卷 4 期（2011.12），頁 215。

大他對臺灣建省史料的蒐集。同年年底返臺，任職《臺南新報》。大正八年（1919）移居臺北，受聘為華南銀行發起人林熊徵之記事，協助處理與南洋華僑股東往返的文牘。大正九年（1920），《臺灣通史》由臺灣通史社出版。昭和二年（1927）（一說為昭和三年），與友人辦理「雅堂書局」，設漢學研究會。次年，不堪賠累，書局關閉。大正十三年（1924），創刊《詩薈》，發行二十二期，於次年 1 月告停。昭和五年（1930），《三六九小報》創刊於臺南，連橫參與編輯，並從第三十五號開始，以專欄「臺灣語講座」連載他於昭和四年（1929）開始撰寫的「臺語考解」。同年 3 月 2 日，或謂迫於經濟壓力，遂於《臺灣日日新報》上發表配合日府鴉片政策之文章，謂臺灣人之吸食阿片，以除瘴熱，是為勤勞，而非懶散。「**榛莽未伐，瘴毒披猖，患者輒死，惟吸食阿片者可以倖免，此則風土氣候之關係，而居住者不得不吸食阿片**」[3]，俗稱其文為〈鴉片有益論〉。此文一出，全臺輿論譁然，責其媚日無恥。櫟社亦因此開除連橫之會籍。翌年，返回臺南，借寓友人家中。復因生活無繼，於昭和八年（1933）移居中國，昭和十一年（1936）因肝癌病逝於上海。

　　連橫，歷經乙未之變，以及日本據臺後推動的島內現代化，係臺灣接受完整的漢學教育的一世文人（生平著作年表見另書），清領時期培養之最後一代的傳統漢文人。最具代表性的臺灣傳統文人，也是最具爭議性的文人之一。此一「文」的意義，不僅在於博學多識，也在其立身與作為。嚴格地說，文人的含義頗為含混，其廣義略同於知識分子，或余英時所說的「士」，對

---

[3]　連雅堂，〈臺灣阿片特許問題〉，《臺灣日日新報》，1930.3.2，第 4 版。

國家、社會具有一定使命感，不同於現代社會的具專業知識的一般人。[4]

在不到六十年的生涯中，連橫為臺灣留下可貴的文化資產。相關篇帙之出版情形，如臺灣省文獻委員會主委簡榮聰所言：

> 雅堂先生著作固富，惟其有生之年，於筆政之餘，頗抱「讀萬卷書行萬里路」之志，足跡遍及各地，致多未遑整理問世，僅民國九年、十年付梓其巨著《臺灣通史》及《大陸詩草》二種而已，餘或連載於詩薈，或散見於報刊，或記存於手稿。[5]

簡氏上述說法難脫「為賢者隱」的考量，實際上，連橫生前活躍文壇，而逝世之時卻頗見蕭條[6]，是以物故之際，相關文稿除業已付梓的史書、詩稿以外，再無其他出版。換言之，當前所見之《雅堂文集》，是連橫棄世以後由其哲嗣連震東整理遺稿，並由臺灣文獻委員會的編輯小組蒐羅遺文而成。據《雅堂文集》編輯委員所撰〈弁言〉所云：

> 連雅堂先生的著作，如臺灣通史、臺灣詩乘、劍花室詩集、臺灣語典和雅言，都已印行了，只有文集迄未刊出。他的哲嗣震東先生曾將雅堂文集的抄稿以及其他若干手稿交

4　參余英時《中國知識階層史論》。他們不只通曉人文學術，如文學、歷史、哲學、宗教、藝術等，並以所擁有的知識入仕，治國治民，在秦統一中國後成為漢帝國的一個階層。魏晉時，士階層的生存空間受到現實政治的挑戰，轉而思考其自我存在與社會制度，形成了中國知識分子的兩個高峰。

5　簡榮聰，〈連雅堂先生全集序〉，收錄於連橫，《雅堂文集》（南投：臺灣省文獻委員會編印，1992），頁 1-2。

6　主因當係其在《臺灣日日新報》上發表〈臺灣阿片特許問題〉而遭致輿論強烈反彈所致。

給我們，我們又從各方面加以搜集整理，纔編成這部雅堂文集，凡分四卷。[7]

綜上，日治時期的連橫，是一位非常活躍的文人，他交遊廣闊、涉足多方，舉凡文壇、報業、歌樓、宗教，乃至於政治人物、革命團體，均有其至交友朋；在以詩文會友、酬酢贈答、相知相惜之際，他創作《大陸詩草》、《寧南詩草》、《劍花室外集》（一、二）等詩集，是詩界公認為「三大詩人」之一[8]的重要詩人；他的散文，〈臺灣史跡志〉、〈臺南古蹟志〉兩志遙宗古人，書寫地方，記事寫情，隨興所至，餘韻婉轉，也許不如詩歌之素膺盛響，可以說亦凸顯漢文書寫的實用性與文藝美。《臺灣詩乘》、《詩薈‧餘墨》，係重要詩歌理論的建構者。他出入臺灣三大詩社，留下無數重要載錄。若是，則連橫文學的重要性，毋庸置疑；有關他的討論，比起史學界對《臺灣通史》的注意，明顯偏少。我們也發現，連橫的知識面向甚為廣泛，兼具的數種身分、業已付梓的史書，又不僅限於文學，集語言、史傳、評論、漢學傳播於一身；為今日世人所熟悉者，主要就是《臺灣通史》一書，儘管許多處引發代筆、訛誤的質疑，但仍無愧於「三百年來無此作」[9]的豪語；

---

[7] 百吉，〈弁言〉，收錄於連橫，《雅堂文集》，頁 1。

[8] 三大詩人的說法頗多，此處僅列出可考者：1. 施士浩、許南英、丘逢甲三人並列，見於雍叔〈清末臺灣的三大詩人〉（《中央月刊》2 卷 20 期（1970.08），頁 137-140）；2. 陳逢源〈論連雅堂先生之詩對我的影響〉（《傳記文學》30 卷 4 期（1977.04），頁 23-24）把胡南溟、林幼春、林小眉與連橫四家並列，但推連橫、林幼春、林小眉為三大詩人；3. 林熊祥把連橫、胡南溟、林幼春列為日治時期三巨擘，惟僅見研究者轉述（如黃美玲《連橫集》（臺南：國立臺灣文學館，2012）、王振勳〈櫟社詩人的社會意識與女性態度之研究〉《朝陽人文社會學刊》2 卷 1 期（2004），頁 1-36），未見原始資料。4. 連景初〈愛國詩人連雅堂〉（《臺南文化》8 卷 3 期（1968.09），頁 36-39）以日治時，臺灣詩人能管領騷壇、卓然成家者，列名連雅堂、胡南溟、林幼春三人。

[9] 連橫，〈臺灣通史刊成，自題卷末〉八首之一，《劍花室詩集》（南投：臺灣省文獻委員會，1992），頁 54。

他更為臺灣詩史的建構寫下《詩乘》。黃得時日後將臺灣文人分為宦遊與本土，即得自他的啟發。連橫學植宏富，《臺灣語典》、《雅言》等在保留臺灣閩南語的同時，也傳承無數臺灣的民俗。他擔任《臺南新報》、《臺灣新聞》漢文部之編輯，並發行《臺灣詩薈》，為編輯出版人。又校訂有關臺灣著作三十八種為《雅堂叢刊》，第一種為餘姚黃宗羲撰的《賜姓始末》，第三十八種南安夏琳撰的《閩海紀要》，為臺灣文獻之彙整留存，居功厥偉。是為文獻蒐編人。[10]

最後，無論對其性行、著作是褒或貶，連橫在集各種身分之重要性時，他更另有一種重要性：作為世變時代的知識分子，他在殖民政體推動的現代性進程中所扮演的角色，實際上代表了一個世代文人的命運與時代交涉的作為。

二、問題意識與研究方法

連橫何以成為今日所知見之連橫？筆者以為，其關鍵即世變：日本在臺之殖民時代的開始所造成。這個時間點，明治二十八年（1895），是本書三個軸點的核心：傳統性、現代性與後殖民。所有關於連橫的論述，都不得不站在這個立面上進行探討。連橫為一接受清國傳統教育之文人，他與文化祖國之傳統在此形成裂解；日本在臺之殖民時代係在母國脫亞入歐的積極現代化籠罩之下，甚至由於母國負載著傳統的包袱，臺灣的殖民地現代性尚且超越了母國，現代性遂成為殖民性的重要內含。當殖民時代已是明日黃花，無復可追，後殖民的視角亦在此自然浮現。

---

[10] 黃得時，〈連雅堂對臺灣文化三大貢獻〉，《傳記文學》30 卷 4 期（1977.04），頁 10-16。

　　因而，本書的研究方法將涉及的文學或文化理論，皆以殖民／後殖民，以及現代性發展後衍生的各種相關理論為主。

（一）殖民／後殖民與想像共同體

　　殖民意謂國土淪陷於異國，從軍事外交、政治經濟到社會文化，皆由異族殖民者直接支配統治之時。殖民最重要的特徵是不同種、不同文，其次是資源剝削。由於不同種，而有奠基於種族優劣的差別待遇；不同文，而有禁母語的同化教育；由於剝削，而有經濟的輸出政策。就統治階層而言，則是以少數人的傲慢由上而下進行統治。談及「殖民」，經常與後殖民關聯。相對於殖民，後殖民則為民族重獲主權後，國土脫離異國統治，歸流為一獨立的軍政實體。以此而言，後殖民（post-colonial 或 postcolonial）有兩種含義：一是時間上的完結：過去的殖民控制已經結束，另一個意含是意義的取代，即殖民主義已經被取代，不再存在。但第二個意含是有爭議的。如果說殖民主義是維持不平等的政治和經濟權力的話，那麼我們所處的時代仍然沒有超越殖民主義。因為在後殖民時期，「殖民化」表現為帝國主義對「不發達的」國家在經濟上進行資本壟斷、在社會和文化上進行「西化」的滲透，移植西方的生活模式和文化習俗，從而弱化和瓦解當地居民的民族意識，如今日臺灣的美國化，即為一例。[11]是故理論家法農（Frants Fanon, 1925-1961）發表《黑皮膚、白面具》（1952）、《地球上受苦的人》（1961）對遭受殖民主義統治的民族及其文化提出，這些民族的首要之務是要去掉心靈上的殖民狀態，而不只是爭取表面的獨立形式。八〇年代末，薩伊德（Edward Wadie Said, 1935-2003）首先在《東方主義》（1987）中把「殖民話語」作為

---

[11]　張京媛，《後殖民理論與文化認同》（臺北：麥田，1995），頁 9-29。

研究的對象，開闢了學術探討的新領域。他批判西方殖民主義在文化上的表現，分析和描寫西方等級制度內部的權力結構。

臺灣獨特的地理位置，使得臺灣政權數次更迭，臺灣人民長期未產生自己的政權，整個臺灣史是一個殖民與被殖民、壓迫與被壓迫的過程。在日治時期，臺灣的殖民性與現代性密不可分。殖民政府加速現代化的腳步，以方便殖民統治，臺灣知識分子卻因為亟欲脫離臺灣封建傳統的愚昧而陷入日本殖民進步主義的迷思之中；正是透過殖民理論，我們得以批判日本帝國主義現代性所包裹的意識形態糖衣，進而探討現代化知識與殖民權力之間的關係，以及知識分子若連橫者如何陷入日本統治權力話語中掙扎，產出自己的「言說」（discourse）。方當此際，日本殖民政體早已撤離，在時間上臺灣已處於後殖民的位置，卻又未能擺脫資本主義的殖民，這是何以本研究使用殖民性而得與後殖民參照，觀察日治時期臺灣社會之變遷與文學表現，並順此對於當代臺灣處境的理解有所裨益。易言之，這樣的視角並非建立在昭和十一年（1936）逝世的連橫可否以後殖民的角度觀之，而是當連橫文學在國民黨政府於民國三十八年（1949）遷臺後透過體制或非體制的改造，連橫這樣一個特殊的傳統文人，給予已進入後日本殖民卻又在經濟／文化仍處於殖民狀態的吾人怎樣的啟發？基本上，如本書書題，殖民性才是本書的主軸，而後殖民則是由於筆者自身的位置而用以參照者。

（二）多元的現代性

就「現代性」（modernity）這個詞用來描述「現代」這樣的狀態，班雅明（Walter Benjamin, 1892-1940）的觀點為筆者所經常援引。它意謂著創新的時間意識、對未來的宏觀、成熟感、進步

信念，一種對未來的樂觀期待，超人式力量的奔騰，發展主義、進步主義和唯科學主義等等：「這種現代性是轉瞬即逝的——今天的先進到了明天就過時了」[12]。

現代性在不同領域有不同表現，如政治民主化、經濟工業化、技術化、印刷資本主義、社會城市化、宗教世俗化、觀念理性化、現代主義、普及初等教育、民族國家的出現、女權論述的興起、對於人與地方的再思等等。

另如詹姆遜（F.R.Jameson）撰《單一的現代性》，指出以歐美價值為核心之現代性的樣貌與局限，呈現單一現代性在不同方國落後、追趕以及融入其國情發展之後的其他可能性。[13]廖炳惠緣是指出臺灣在接受不同階段的殖民經驗之後，如何與現代性產生多元的交錯，以及至少產生四種現代性（另類現代性、單一現代性、多元現代性、壓抑性的現代性）的過程。這四種現代性依次為：官檢或自我官檢造成文人的抑言不談，是為壓抑性的現代性；被殖民者孺慕祖國而有回歸祖國大傳統的想像，是為單一現代性；在殖民者統治下，被殖民者亦可能自行尋求新的出路，發展出不中不西、又中又西的另類現代性，形成抗衡傳統；此外，他們遂能利用殖民地特有的多元文化論述底下的資源，發展多元現代性（multiple modernity）。對於「不同的現代性」的解析，可能更適用於強調社會脈絡的差異、得以凸顯臺灣的特殊歷史情境，身分的雙重性及文化地理的邊緣問題，以及因此而獲致的多元文化傳承與歷史經驗。這四種現代性的交織，形成一種難分難解的族群和殖民文化問題。廖氏的論述主要站在臺灣歷史的動態

---

[12] 沃勒斯坦（EssentialWallerstein）著，黃光耀、洪霞譯，《沃勒斯坦精粹》（南京：南京大學出版社，2003），頁 527。

[13] 弗雷德里克·詹姆遜（Fredric Jameson）著，王逢振、王麗亞譯，《單一的現代性》（天津：天津人民出版社，2005）。

發展過程，著眼的是縱的時間所造成之特殊性，[14]對筆者深有啟發。〈臺灣：後現代或後殖民？〉爬梳臺灣多重的殖民史及後殖民史，也以「不同之現代性」可能更適用於反省臺灣的現代、後現代及後殖民經驗。[15]此一思考成為本書的基礎根據。

本研究最相關的概念為經濟工業化、技術化所造成的距離縮短，從此地到彼地的旅遊變得更為可能，印刷資本主義成為殖民政府同化被殖民者的手段、第一波全球化在日治時代的風起雲湧（如連橫主張寫詩「能用固有之華文可也、能用和文可也，能用英、法、俄、德之文尤可也。」[16]），為本書的關懷所在。

（三）性別理論與人文地理學

女性主義（Feminism）又稱女權主義，這是民主國家確立後，女性爭取與男性同一權力的社會運動。她們以女性經驗為來源，認為傳統社會是「父權」，男性被賦予比女性更多特權，女性不是被物化為商品，就是被低估能力，了解性別不平等的本質暨其形構的歷史，並推動婦女各項身體的（生育權、墮胎權、性騷擾）、教育的（受教育權）、政治的（如選舉與被選舉權）、經濟的（產

---

[14] 廖炳惠，〈從後殖民角度看臺灣〉，《臺灣與世界文學的匯流》（臺北：聯合文學，2006），頁 42-49。所謂的「官檢」，意謂官方對作家言論的控制。

[15] 周英雄、劉紀蕙編，《書寫臺灣：文學史、後殖民與後現代》（臺北：麥田，2000）指出臺灣文學所代表的歷史斷裂與傳承，族群、性別、意識形態主體位置的辯難定義，書寫模式的推陳出新，文化生產的消長流變，典律規範的樹立顛覆，皆為熱烈討論的議題。本書為民國八十七年（1998）於哥倫比亞大學之文學會議的論文集結，從文學史現象的探討——後現代、後殖民與國族想像——乃至臺灣文學作家作品的專論。

[16] 原文見連橫，《雅言》，頁 21。相關論述見拙文〈日治時期臺灣文人對語言使用的主張暨其平議〉，《東吳中文學報》26 期（2013.11），頁 245-264。

假、家務、就業、薪資平等）等方面之權利。其核心論述可以綜結為性意識（sexuality）、性別政治與權力關係。[17]

女性主義是一個跨越階級、種族界線的草根運動，不同的社會、文化各依其特殊環境發展其抵抗議題。第一波女性主義發生於十九世紀到二十世紀初期，而二十世紀初期正好是殖民地臺灣進入殖民主全面現代計畫的時間，因而，連橫在傳統的女性文人與風月藝旦的交遊中，產生了若干考釋與述作，發前人所未見，相關討論在第五章。

「人文主義地理學」的出現在西方地理學的發展裡有一定的脈絡，其主要代表科學家為段義孚。他提出「人文地理學研究的是人類的關係」的想法，聲稱「不對稱的關係和剝削是可消滅或是被推翻」的，留意人類所有的聯繫和交流中的角色，他們可以面對最厭惡的現實，進而處理這些現實。

在《經驗透視中的空間與地方》（*Space and Place:The Perspective of Experience*）這本早期著作中，段義孚主張，感覺與思考構成人類經驗，而我們正是透過感覺去認識空間，納入思考，形成經驗。人以其身體暨其周遭人、事、物的接觸來組織空間，童驗時尤然，成年後則地方為其記憶降臨之所在，書寫透過戲劇化的營造而使之真實，得以使被忽略的地方獲得關注，而其中親切的經驗被看見，是認同感的起源。[18]段義孚有關地方的一些看法，是本書第六章的論述基礎。

---

[17] Hawkesworth, Mary E, *Globalization and Feminist Activism*.(Rowman & Littlefield, 2006), pp.25–27.
[18] 潘桂成，《經驗透視中的空間與地方》（臺北：國立編譯館，1998）。

（四）文本研究——從細讀、內部研究、讀者反應論向文化研究開展的進程

文化研究之外，本書可能旁涉的文學理論，諸如詩話中有關詩歌創作的意見，如創作原理、創作的技藝，或實際文本的分析，屬文學理論、文學批評，是歷來學者詩話研究成果最為豐富的地方。創作原理方面，詩話家考察作詩的動機、作詩的養成、作詩的方法等等，多半為作者立場，所謂「知人」傳統，而與表現理論相關，這部份多半被納入文化研究的範疇，此地不贅；至若創作的技藝在探討詩歌的體裁、用韻、句式、布局、作品風格等，為作品立場；而鑑賞、批評、實際作品批評等，則屬於讀者立場，涉及審美理論，都可以借重新批評在細讀（close reading）、內部研究（intrinsic study）的建構。細讀之於吟誦、評點，內部研究之於神思、修辭、風骨等，提供了中西文學理論對話的空間，高友工、周英雄、張漢良、張伯偉、柯慶明、顏崑陽等各有建樹。特別是高友工的詩歌美典說，柯慶明提出中國散文創作的實用美學說，以及顏崑陽的詩用說，對筆者影響特大。有關這部分的理論研究，經常出現在本書各章對連橫書寫的析論之中。

在此之外，世變的時代背景、官檢的殖民措施，以及多元文化資源彼此作用下產生的第三空間的縫隙在言說中留下不確定性，為連橫研究開闢出一條通往詮釋學、接受美學的徑路。因不確定性而產生文本意義空白，使得文本的詮釋依賴於讀者的閱讀之中。只有作品與作者閱讀的相互作用，方始能產生意義。而這，或可以稱之為召喚結構（structure of appeals）。[19] 連橫作品中的詩歌、詩話、散文等，或詠懷、或記事、或評論，不管是文本詠懷

---

[19] Wolfgang I ser, *The Act of Reading: A Theory of Aesthe tic Response* (B altimore: The Johns Hopkins University Press, 1978), p. 56.

所承載的情緒，評論所涉的文本自身，或是記事所及的體察感受，文本都不再是被界定的客觀存在，而是在閱讀主體的投入中生發意義，因而接受美學亦將為本書之研究徑路。世變下的文人如何回首大傳統，他們接受的文化記憶是那些？

從文本（本書主要取徑為文化研究，但文本研究、接受美學卻是不能避免者。而且，也必須建立在文本、讀者等多元研究的基礎工夫上，才能夠發展可觀的文化研究。）循新批評的細讀、內延的作品研究，以及反應美學的讀者研究，進而向文化研究（環境）開展，是一條可行的道路，從日治時期正典的混雜與爭奪等，可見一斑。

儘管如此，仍需說明本書以傳統性、現代性、後殖民為主題，無法逐一詳述將旁涉及的理論概念，僅能在各個涉及以上概念的議題上有所說明，而且避免套用。

總之，本書的撰寫綿歷年月，視野在自我感知，以及與審查意見的對話中，逐步周延，以文學史、文學暨文化理論與實際批評等三方面為主軸，以傳統性、現代性、殖民／後殖民、敘事、接受美學、性別、傳播、想像共同體、人文地理學等相關理論架構研究緯線。

三、文獻回顧與探討

連橫文學文獻為基本文獻，即第一手之資料。茲將目前連橫的相關研究，略述如下：

（一）整編、箋注與評傳

張清萱〈連雅堂先生研究文獻目錄〉[20]頗有參考價值，惟不乏闕漏，民國八十六年（1997）之後更無法顧及。

李嘉德出版兩本關於連橫的《連雅堂詩詞評介》（臺北：大中國圖書，1962）、《連雅堂詩詞箋評》（臺北：精準，1975），但這兩本書不論是評介還是箋評，都以表達作者對連橫的觀點為目的，對於掌故，箋釋甚少，而於連橫交遊，亦多不能解，於本書助益有限。

吳福助校勘《臺灣詩乘》[21]（施懿琳編，「全臺詩」技術報告，臺南：國家臺灣文學館，2003），但僅抽出詩的部分加以校訂；許俊雅則負責《劍花室詩選》校注[22]（施懿琳編，2004），兩者於詩作校勘甚為嚴謹，具重要的參考價值，但並未作掌故注解，此係筆者所致力之處。

---

[20] 張清萱，〈連雅堂先生研究文獻目錄〉，《中國書目季刊》31 卷 3 期（1997.12），頁 85-104。

[21] 根據吳福助所述版本有：始於 1917 年，完成於 1921 年，1924 年 2 月至 1925 年 10 月，分 13 回陸續發表於《臺灣詩薈》的最初本。「一九五〇年薇閣社捐資，委託臺灣省文獻委員會校訂出版，為《臺灣叢書》學藝門第一種。一九六〇年一月臺灣銀行經濟研究室收編為《臺灣文獻叢刊》第六四種。茲據《臺灣文獻叢刊》本，輯錄書中所選詩，少數零句、聯語不收，詩題依據連氏所引述，其中偶有不明確或欠缺者，則依據作品內容試擬，以便利檢讀。」

[22] 許俊雅自謂：《劍花室詩集》版本有：「（一）中央圖書館臺灣分館藏，臺北林熊徵學田印行，1954 年；（二）臺灣銀行經濟研究室編印的臺灣文獻叢刊第 94 種，將《大陸詩草》、《寧南詩草》及《劍花室外集》之一、之二合刊而成。1960 年；（三）臺灣中華書局，《臺灣先賢詩集·8》，1971 年；（四）大通書局《臺灣文獻史料叢刊·157》，1984 年；（五）臺灣省文獻委員會，《連雅堂先生全集》，1992 年。此外尚有文海出版社《近代中國史料叢刊·續編 10》等。以上大致依據臺銀本，茲據臺銀本為底本，另參考臺灣分館本及《臺灣詩薈》所錄連氏詩作以校勘。」

　　年表部分相關撰述頗多。年譜有鄭喜夫《連雅堂先生年譜》（南投：臺灣省文獻委員會，1992），又有收於連橫《臺灣通史》（臺北：臺灣銀行經濟研究室，1962）中的連震東撰〈連雅堂先生年表〉。黃美玲《連雅堂文學》（臺北：文津出版社，2002）書末亦附生平、著作兩表。傳記則有連震東撰〈連雅堂先生家傳〉，同樣收於連橫《臺灣通史》。此外，還有林文月《連雅堂傳》（臺北：雨墨，1994）、曾迺碩《連橫傳》（南投：臺灣省文獻委員會，1997）〈附錄連雅堂先生家傳〉，見連橫《臺灣通史》。筆者已就相關部分，完成一個生平著作年表（將獨立出版）。該表辨證臺灣啟明書局印行《初中國文教科書》第三冊詩歌一收連橫作品〈此行〉、〈柴市謁文信國〉兩詩。民國六十四年（1975）1月版介紹作者「入同盟會」。事實上，福建另有一連橫，方是為參與「同盟會」之人。

（二）思想、事功與人格

　　檢視有關連橫的研究，泰半圍繞著最為人所熟知的《臺灣通史》，如汪毅夫收錄兩岸學者針對連橫生平、著作及文學、文化活動之論文《連橫研究論文選》（廈門：廈門大學出版社，2006），輯 26 篇論文，其中只有茅家琦〈從連橫的詩文看其中國文化情結〉、鄭鏞〈劍氣淋漓筆雄建——略論連雅堂詩的反帝反專制思想內涵〉、李家驤〈連橫與臺灣南社——兼談臺灣南社與南社總社的聯繫〉寥寥以其文學考察為主，其他幾乎都聚焦在《臺灣通史》。[23]《臺灣通史》構成了探討連橫的核心，並在思想、事功與

---

[23] 茅家琦〈《臺灣通史》和它的作者連橫〉、來新夏〈連橫《臺灣通史》的愛國思想〉、吳福助〈連橫《臺灣通史》的著述旨趣〉、鄧孔昭，《臺灣通史辨誤》、〈連橫與《臺灣通史》〉、〈連橫民眾締造歷史思想評述〉、〈連橫有「臺獨」意識嗎？——評陳其南對《臺灣通史》的錯誤解讀〉、林其泉〈從《臺灣通

人格方面開出正、負評兩種不同的鑒價。早期以前者為著，後期則批判漸多，此其大勢。相關文獻甚多，此地無法盡列，僅能就其較具系統性者擇要而說。

就正面論述連橫者，楊雲萍為《臺灣通史》1985 年版寫的序言，可為代表：「《通史》成於日本人佔據臺灣後二十三年，河山已改，事物多非。連氏悲之、憤之，有所希期，作此巨著。……其為古典的存在，將與臺灣之河山，同其不朽。」[24]其後多據是延伸，另作詳論。類此者，如曾迺碩《連雅堂先生的生平及其愛國思想》[25]以愛國思想為論述重點、蔡相煇〈從文人到國士——對連雅堂先生的觀察〉[26]、簡宗梧〈雞鳴不已於風雨——在巨變中連雅堂所展現的書生本色〉、王文顏〈連雅堂先生的詩社活動〉、沈清松〈論連橫《臺灣通史》中所顯示的臺灣精神〉、林文月〈從《雅堂先生家書》觀連雅堂的晚年生活與心境〉、[27]陳昭瑛

史》看連橫的愛國思想〉、張啟琛〈從《臺灣通史》看連橫若干政治觀〉、許其端〈人民之精神，人群之龜鑑——連雅堂先生編撰《臺灣通史》的方法論探析〉、朱天順〈析《臺灣通史·宗教志》〉、〈林濁水對《臺灣通史》的曲解〉、江錫賢〈臺灣一代名士連雅堂〉、呂一燃〈日本殖民統治時期的臺灣愛國文人連橫〉、祁茗田〈故國雲山入夢遙——論連橫之詩的愛國主義思想〉、汪毅夫《雅言》與臺灣文化〉、陳炳昭《《臺灣語典》的「愛國保種」思想及其學術意義》、蔣小波〈「國粹」與「種姓」：章太炎與連雅堂「語文」思想之比較〉、段云章〈孫中山和連橫〉、洪卜仁〈連橫的祖國情懷〉、連心豪〈閩臺連氏源流考略〉、〈閩臺連氏源流續考〉）。

24 楊雲萍，〈新序〉，收錄於連雅堂，《臺灣通史：校正修訂版（上冊）》（臺北：國立編譯館中華叢書編審委員會，1985），頁 1。

25 曾迺碩，《連雅堂先生的生平及其愛國思想》（臺北：臺北市文獻會，2006）。

26 蔡相煇，〈從文人到國士——對連雅堂先生的觀察〉，收錄於楊雲萍、盧嘉興等人著，《連雅堂先生相關論著選輯（上）》（南投：臺灣省文獻委員會，1992），頁 207-222。

27 以上五篇出自政治大學文學院與陳百年先生學術基金會主辦，教育部顧問室及連震東先生文教基金會之贊助，出版第二屆「中國近代文化解構與重建」學術研討會論文集（臺北：政大文學院，1997），該論集另收兩篇，姚榮松

〈《臺灣通史·吳鳳列傳》中的儒家思想〉、張翠蘭〈連雅堂學述〉[28]就連橫所顯示的書生本色、國士風範、晚年心境，抑儒、墨學思想淵源、臺灣精神，各有所陳，或及於文學修辭。林義正〈連雅堂思想中的《春秋》義：以《臺灣通史》為中心的考察〉[29]考察連雅堂的《臺灣通史》是如何從通變古今、自罪意識與繼《春秋》義三方面型儀《史記》，其所顯發的《春秋》義。依作者所論，有而其所述的《春秋》義有（一）謹正名，彰史德（二）嚴華夷，伸大義（三）崇仁勇，嘉復仇（四）重民事，貴獨立者。放在借修史以抗日的背景上是容易了解的，不盡然與孔子的《春秋》義相侔。

除前論所引，陳昭瑛另以春秋史學「繼絕存亡」與「復仇」之義、華夷之辨與王霸之分的角度分析《臺灣通史》的撰作，盛讚其人格與事功：以民間學者一人之力，於中國割讓於異族之地，冒著遭日本殖民者迫害的危險，歷時十年而完成，完成於五四新文化運動的前夕，在新文化運動的挑戰之下，捍衛舊文化，係中國最後一部史傳文學。[30]陳氏另撰〈連橫的《臺灣通史》與清代公羊思想〉、〈連橫《臺灣通史》中的「民族」概念：舊學與新義〉，係較系統性討論連橫而善於持論較者。

〈字源與流俗詞源的迷思——從《臺灣語典》看臺語漢字的規範道路〉、以及陳照雄〈連雅堂時代之臺灣教育〉等。

[28] 張翠蘭，〈連雅堂學述〉（臺北：政治大學中國文學研究所碩士論文，1992）。

[29] 林義正，〈連雅堂思想中的《春秋》義：以《臺灣通史》為中心的考察〉，《臺灣東亞文明研究學刊》1卷2期（2004.12），頁229-258。

[30] 陳昭瑛，〈《臺灣通史》與儒家的春秋史學〉，《海峽評論》88-90期（1998.4-6）。氏著《臺灣儒學：起源、發展與轉化（增訂再版）》（臺北：臺大出版中心，2008）。

　　對連橫事功行誼持質疑立場者，林元輝或為代表，他的論文〈以連橫為例析論集體記憶的形成、變遷與意義〉[31]，詳審考釋《臺灣通史》向日人求序，雅堂書局的成立與經營，鴉片有益論的述刊，指連橫文行不副，與日人交遊密切；他亦爬梳歷來中小學教材中對連橫的引介，指出其民族愛國英雄的形象從《臺灣通史》之「愛國史家」，而「臺灣文化界第一人」，而「中國近百年史學界的偉人」，而「最偉大的臺灣人」，而「革命先進」，而「民國百人之一」……，皆為戰後黨國教育體制建構的結果。

（三）修辭與文學環境

　　省教育廳編印標準教科書《高中國文》第二冊第十五課收連著〈臺灣通史・序〉。曾有一整段後來被刪去的連橫史著詩文述評如下：

> 氏不但長於史乘，而詩文並茂。生於否阨流離之際，涉歷山川都邑，多見聲華文物之盛衰，憂國愛群，感慨良深；於是崛起榛蕪，發諸詞章，無不言之有物。其詩固激昂豪宕，其文則嚴謹審慎，尤以表彰鄉梓，發揚民族精神，以子長、孟堅之識，為船山、亭林之文，炯眼卓識，每多啟人深思之處，甚可貴也！

這段文字褒獎連橫華夏鄉邦的種性之思，係篇幅較短的連震東〈連雅堂先生之詩〉[32]、連方瑀〈連雅堂詩史懷鄉〉[33]所本。後起

---

[31] 林元輝，〈以連橫為例析論集體記憶的形成、變遷與意義〉，《臺灣社會研究季刊》31 期（1998.09），頁 1-56。

[32] 連震東，〈連雅堂先生之詩〉，收錄於陳奇祿主編，《臺灣風土》第四冊（臺南：臺南市政府文化局，2013），頁 312-314。

[33] 連方瑀，〈連雅堂詩史懷鄉〉，《海外文摘》277 期（1975.02），頁 24-26。

者或更聚焦於連橫的文學書寫，朱學瓊《劍花室詩研究》（南投：臺灣省文獻委員會，1990）重視連橫詩學理論中詩法的部分，並以詩法推敲連橫的詩作結構。盯衡連橫文學的相關研究，黃美玲《連雅堂文學研究》係最全面者，原係氏著之博士論文，業已由文津出版。不過，初試者開闢維艱，因而，黃著雖已盡力，成果亦有可觀，但在主題的抉發與理論的應用上，仍留下相當大的空間。幾本學位論文徐千惠，〈日治時期臺人旅外遊記析論：以李春生、連橫、林獻堂、吳濁流遊記為分析場域〉（臺北：國立臺灣師範大學國文研究所碩士論文，2002），以遊記為對象，未含括詩；未討論連橫在地之旅與在外之旅的對照；同時，也忽略連橫一再離／返大陸／臺灣所產生的視角變化。張靜茹的〈以林癡仙、連雅堂、洪棄生、周定山的上海經驗論其身分認同的追尋〉（臺北：國立臺灣師範大學國文研究所博士論文，2003）討論連橫同時代的詩人於日治後受到強大的與祖國決裂的壓力，因而形塑更強烈的祖國認同，遂不約而同踏上大陸，居停於上海，而與都市、現代性遭遇，與日本在臺的殖民現代性對話，進而論其身分認同追尋的過程。

　　廖振富的《櫟社研究新論》中有論連橫之專章〈論連橫與櫟社之互動與決裂——兼論櫟社「抗日屬性」之再評估〉，尤為重要，文中指出連橫以外的櫟社成員幾乎是出身中部地區的傳統文人，並考察其參與之櫟社活動、與其他成員之互動情形，以至於最後為何被開除社籍之來龍去脈；廖氏善用新出土之文獻史料，或解讀代表性的詩人、作品與特定議題，如以櫟社徵詩作品為主，討論日治時期臺灣古典詩中的劉銘傳；或考察外圍的文學環境、文學活動、區域特性等等，如「臺大圖書館藏櫟社詩稿的外緣問題考察」，於筆者都有所啟發。廖氏與謝崇耀均有論文討論

連橫《瑞軒詩話》[34]，林衡道〈連雅堂著「臺灣詩乘」〉[35]，皆為筆者第八章撰寫之初階。《連雅堂先生相關論著選輯（上）（下）》（南投：臺灣省文獻委員會，1992），收錄楊雲萍、方豪、春丞等人對連橫之討論，含〈史家連雅家〉、〈連氏「臺灣通史」新探〉、〈「臺灣通史」新探〉等，共計 33 篇文章。

　　許俊雅主編《講座 Formosa：臺灣古典文學評論合集》[36]：相較於新文學的被關注，古典文學的研究仍然有限，但近十年來的研究成果亦有可觀，本書選錄的十五篇論文，論述對象擴及清代與日治，〈殖民地時期日人眼中清代臺灣文學〉意欲填補文學史書寫的疏漏，即研究者往往在觀察「日人觀看臺灣文學的帝國之眼」時，忽略日人對古典文學的視角。〈尋找歷史的軌跡：臺灣新舊文學的承接與過度（1895-1924）〉重新反省過往研究者因新舊文學論戰，而使得新舊文學的關係易簡為斷裂、對立的概念，試圖回復舊文學一個較完整的樣貌。〈櫟社詩人林癡仙的詞作探討〉以林癡仙為考察對象，探討臺灣古典文學因以詩為主流而邊緣化的詞的作品。〈從張麗俊日記看日治時中部傳統文人的文學活動與角色扮演〉探討以往被忽略、近來因日記整理出版而「重新出土」的櫟社詩人張麗俊的活動生態。〈決戰時期臺灣漢詩壇的國策宣傳與異聲〉則聚焦於過去較被忽視的「戰爭期」漢詩人活動狀況及作品，以《南方》雜誌為觀察對象，重新爬梳戰爭期傳統文人對殖民當局的協力、對立關係。

---

[34] 廖振富，〈連橫《瑞軒詩話》及其相關議題探析〉，《臺灣古典文學研究集刊》2 期（2009.12），頁 261-263、265-308；謝崇耀，〈連雅堂「瑞軒詩話」介紹〉，《臺灣文獻》54 卷 2 期（2003.06），頁 377-396。

[35] 林衡道，〈連雅堂著「臺灣詩乘」〉，收錄於陳奇祿主編，《臺灣風土》第四冊，頁 315。

[36] 許俊雅主編，《講座 Formosa：臺灣古典文學評論合集》（臺北：萬卷樓，2004）。

（四）特定議題之論述

在討論殖民與後殖民問題，以薩伊德（Edward W. Said）為對象的出版，就有單德興譯的《知識分子論》（臺北：麥田，1997）、梁永安譯的《文化與抵抗：「巴勒斯坦之音」的絕響》（臺北：立緒，2004）等，皆係筆者理解其理論之基礎。

荊子馨著、鄭力軒譯，《成為「日本人」：殖民地臺灣與認同政治》：分析在同化與皇民化的文化實踐下，臺灣人民如何與日本殖民主義抗爭、妥協與合作，描述臺灣的殖民認同如何從集體的和異質性的政治範圍，變成個人內在是否該成為「日本人」的掙扎。本書藉由探討殖民主義的文化遺緒，進而檢視殖民主義運作方式：殖民主義如何是現代化自身的一部分，進而形成之文化與政治認同。

方孝謙，《殖民地臺灣的認同摸索：從善書到小說的敘事分析，1895-1945》（臺北：巨流圖書公司，2001）：以二十世紀九〇年代最紛擾的爭議話題之一：「我們是誰」的認同問題為關懷的主軸。要理解這個難題，或許可從過去的經驗汲取歷史教訓。在探討殖民的歷史經驗中，本書依據日治時期文官與武官總督交叉分治的時期，劃分三個階段，分述敘事認同、民族認同，及兩極認同的章旨，並與相關的其他解釋對話。最後的結論，則建立在各章主旨的基礎上，試圖概括五十年日治下臺灣漢人的認同走向。

若林正丈、吳密察主編《跨界的臺灣史研究——與東亞史的交錯》：臺灣的歷史事件除了必須在臺灣島內的範圍考慮之外，也應該在包括週邊、甚至更大的地域中來考慮；本書集結三次臺灣與日本交流會議的論文，分門別類為「在日本的臺灣史研究」、

「殖民地近代性的比較」、「近代的多樣性」三個母題。討論範圍從臺灣延伸到東亞，展現了跨地域、跨座標的臺灣史研究，也提示了東亞研究的新視角。〈臺灣的「殖民近代性」〉思考臺灣殖民地統治史中複雜糾結的關係，如殖民統治與近代化的矛盾衝突。〈殖民地臺灣媒體使用語言的重層構造〉特別留意媒體上所發生的「傳播」問題，臺灣知識分子如何使用媒體與語言對抗「同化政策」，如何面對「近代性」與「民族主義」的拉扯。〈殖民地臺灣的近代學校〉考察殖民地時期所引進、建構的新式學校，從教育思考殖民地的近代化問題。

有關現代性的思考，廖炳惠，《臺灣與世界文學的匯流》（臺北：聯合文學，2006）〈打開帝國藏書〉以臺大前身臺北帝國大學之「田中文庫」的收藏過程，探討藏書、圖書館體制以及個人的收藏行為，在殖民現代化過程中，如何構成倫理政治並與後殖民反省文化認同產生的種種糾葛。

黃美娥，《重層現代性鏡像：日治時期臺灣傳統文人的文化視域與文化想像》[37]：旨在反省現階段臺灣文學史中，新舊文學對立，且往往忽略、僵固舊文學生態的斷裂史觀，試圖將日治時期的臺灣視為一個全球化下的新興文化場域，觀察進入二十世紀後，傳統文人如何受到現代性的影響及其作用歷程，本書為作者系列性關懷日治時期臺灣文學知識體系的重構中最重要者，以六個章節和附錄共七篇論文組成，依次爬梳「新舊文學的承接與過渡」、「新舊文學論戰中舊文人典律的反省與文化思維」、「臺灣傳統詩社的現代性體驗」、「魏清德的文明啟蒙論述」、「李逸濤筆下的女性形象」、「傳統文人對世界文學的接受、翻譯與摹寫」、「王

---

[37] 黃美娥，《重層現代性鏡像：日治時代臺灣傳統文人的文化視域與文學想像》（臺北：麥田，2004）。

石鵰的國家認同」，扣合現代文明與文化思維在舊文人社群之互動關係，而得以在常見的標舉傳統社群之「反殖民抵抗精神」、或抨擊其為「不知趨新的孤陋封建者」的舊有評價中，提供一個重讀這段歷史的方法。黃美娥對日治時期臺灣文學知識體系的重構，有一連串的關懷，《古典臺灣：文學史・詩社・作家論》（臺北：國立編譯館，2007）亦是本書所必須參考，並與之對話者。

許宏彬，〈從阿片君子到實驗樣本〉（新竹：清華大學歷史研究所碩士論文，2002）以阿片思考臺灣近代化與身體規訓時所扮演的角色，對於本書擬討論的〈新阿片政策謳歌論〉，以及因而飽受爭議的連橫，正可以收對照比較之功。

以上諸書，或專論，或別論，著眼日治臺灣殖民歷史所產生的種種影響，皆頗具創意，即本書所產生的背景，有可參考並與之對話者。而這也是筆者延續連橫研究、日治時期臺灣通俗文化與現代性研究、《臺灣文藝叢誌》暨其文人社群作品集的接軌處。

四、論述結構之安排

筆者體認到連橫的重要性，同時，也理解在有關連橫之種種議題的思索中，實際上代表了此一世代臺灣文人之命運與時代交涉的作為，而不得不探索殖民政體推動現代性進程中的不同內容。茲略述各章宗旨如下：

第一章 遭接調適：論傳統性、現代性與殖民性

本章為緒論，旨在就為什麼研究連橫的動機、目的、問題意識、研究方法、文獻回顧、論述安排等進行思考。

第二章　肆應世務：世變下漢學傳播事業的開展與頓挫

本章為知人論世，用力於檢視作為「報人」與「詩人」的連橫，為回應世變，一生所投入的傳播事業包括：任報刊筆政、創結詩社、開辦書局、設立漢學研究會，發行期刊等等，日治時期殖民地政府的政策、現代化進程中的臺灣，如何激勵他在這些漢學傳播活動的踐履，從事知識生產，但同時也造成他的何種失敗與挫折感？而值此世變之際，連橫所投入的漢文化事業，又如何代表了與他同時代的知識分子的處境？本文結論將指出：他們肆應世務的方式，從而反映出臺灣被割據予日本治理後深刻的社會變遷。

原題〈日治時期臺灣傳統文人對世務之肆應——以連橫的漢學傳播事業為觀察核心〉，《成大中文學報》26 期（2009.10），頁81-118。

第三章　雞林有價：詩歌體勢、鄉愁書寫與群我交流

漢詩創作經歷日治時期的大盛，為理解日治時期臺灣文化所不得缺少者。本章先述重編連橫詩集的成果，檢視《劍花室外集》、〈大陸詩草〉、〈寧南詩草〉的內容大概，先由擇題、選體的角度重新評賞連橫詩作，開展其情意與形式配合之詩學範準。次由國籍與身分認同的矛盾，解析連橫不在家的流亡感所產生之深沉無解的鄉愁，所念茲在茲的中國想像，與日本殖民臺灣的現實對話，反省知識分子的國族身分與社會責任，護翼斯文的關懷，感興個人的出處際遇，以及在文學作品中的呈現。大抵而言，書史寓情為主要模式，內容紛陳而廣泛，而可一之為鄉愁漂泊。連

橫感時憂國，懷舊傷時、借古諷今，固然獨樹一幟，他與詩社朋儕的交遊、悼唁、慶賀等活動，擴張了酬唱聯誼的遊戲、「應用」的功能，形成了另類美學，同時也能看到詩社由南向北發展的生態。

> 原題〈雞林有價：論連橫的詩歌體勢、鄉愁書寫與群我交流〉，「風雅傳承：第二屆民初以來舊體文學國際學術研討會」論文（香港中文大學中國語言及文學系、香港中文大學中國古典詩學研究中心合辦，2018.09.06-08）。

第四章　實用美學：《雅堂文集》之散文書寫類型評析

本章考鏡連橫的散文創作源流，分析其使用的類型與體例的呈現。《雅堂文集》係連橫棄世以後由其哲嗣連震東整理遺稿，並由臺灣文獻委員會的編輯小組蒐羅遺文而成。它是古體散文的集結，一般統稱「古文」，其本身的體例因類型而不同，義界亦頗有區隔，各擁特色，歷來詮釋者時相歧異，再加上該書務求蒐羅連氏「遺文」，儘管實際上未竟全功，所牽涉領域也頗不一致。相較之下，更需要專文探討。本章即儘量依《雅堂文集》卷次所示，使用卷一迄卷三為材料，梗概介紹其相關體例與內容，分析文集中的各類文體，說明連橫古典散文書寫上紹繼祖國文化，另一方面也期望能顯現其書寫之相關性。

第五章　禮教境外：對臺灣藝旦文化的考釋、述作暨交遊

本章聚焦於連橫有關臺灣藝旦的考釋與述作，如對語源的追跡，對曲藝演示的探索，對其相關活動與互動的書寫等，特別是他究竟寫出了什麼？歡場中流行的鬥茗敲詩、花榜評春，祭儀後

的射覆拼酒、藏鈎競局，究竟代表什麼樣的意義？深入連橫之出入風月知識與場所，有無可能提供吾人一把鑰匙，打開當時傳統文人與臺灣藝旦的關係密碼？又，他們的性別意識在現代與傳統之激盪下的諧和與矛盾，是否可以指認連橫非「進步」可以概括的藝旦述作與相關文化的考釋？具有怎樣的隱涵？裨補了何種文化知識的缺口？風雅想像又如何成為寄託自我懷抱以及中原國族想像之所在，是否寓有向文化大傳統回歸的祖國意識？此係目前眾多藝旦之先行研究所未能述及者。

原題〈論連橫對臺灣藝旦文化的考釋與述作〉，《臺灣文學學報》31 期（2017.12），頁 33-61。

第六章　詠史懷古：在時空旅遊中叩問自我與家國的關係

本章探討日治時代的政治系統和知識脈絡的權力關係，分析連橫國族意識的銘刻與再現，探索其情感結構。連橫一秉初衷，持續不輟地投入各種與臺灣史相關的事業，不斷以詩作史，實踐他紹繼「詩史」的志業。其對於述作臺灣史的繫念之深、用力之勤，係來自他所懷抱的信念。此一信念，以漢學傳統中的華夷之辨為初基，區別日人與臺人，確立其族群範圍，其所憑藉者，實即集體記憶的運作。連橫通過族群邊界的進出，從事不同國族空間的越境與穿越，他所看到的世界，在他描述、定義下展開想像與再現，不只呈現為論者所謂殖民現代性壓力下之「單一現代性」的反彈，形構了一個明確的文化大傳統的框架，更進一步的，因著本島人、臺灣人意識的崛起，邁向了多元現代性。

原題〈詠史懷古：論連橫時空旅遊書寫中所反映的自我與家國關係〉，「第三屆文化流動與知識傳播臺灣文學與亞太人文的在

地、跨界與混雜國際學術研討會」論文（臺灣大學臺文所主辦，2018.09.29-30）。

第七章　場所精神：書寫「地方」的兩種方式與寓意析論

本章以「地方」觀察連橫〈臺灣史跡志〉和〈臺南古蹟志〉書寫的兩種方式，探析其寓意。筆者比較二志的地景敘事，發現無論從創作緣起、修辭技巧、內蘊意識等各方面，二志之筆致皆可以溯源至《水經注》與《洛陽伽藍記》。其創作法則即取法前人身歷其境或診視山水的書寫技藝，載錄臺灣史跡、臺南古蹟，這樣的敘事蘊含著怎樣的動機？其背後又隱含著怎樣的地景自身或時代特殊背景而產生的意義？而如何使得臺灣／臺南地景經典化，化入文人雅士創作的筆墨，進一步促使他去追求地景的歷史書寫，最後則依皈於祖國的「文化大傳統」？

> 原係〈論連橫「地方」書寫中的兩種方式與寓意：以〈臺灣史跡志〉、〈臺南古蹟志〉為觀察核心〉，《中正漢學研究》26 期（2015.12），頁 129-159。

第八章　為詩主張：對中國文化大傳統的回歸與變奏

本章縱觀連橫詩話——整合連橫的專著《臺灣詩乘》，以及散見於《雅言》、《雅堂文集》、《臺灣詩薈》、《臺灣語典》、報刊、或其他詩友詩文集中（如序跋）有關詩歌的論述，嘗試建立其詩學脈絡：他如何處理其前代或與之同時代的詩人生平、作品、社群特色、評論觀點等等，尤能表現此一多元現代性。由於連橫有關詩學的論述並無嚴謹的繫年，本章無從整述其發展的歷時脈絡，卻可以就其內容掌握其面貌之分殊，而大致可歸納為三大部

份:他對殖民治下「官檢」的反思、回歸大傳統的理念與實踐、
多元文化資源下混雜的詩學主張,而展示為一對臺灣古典詩正典
的追尋,最後歸宗於維繫漢學、保存國粹,參與全球性的現代化。
審視連橫的詩學之間錯綜繁複的情結:又中國又西洋、又本土又
東洋、又傳統又創新。

> 原題〈向文化大傳統的回歸與變奏——連橫對臺灣古典詩「正
> 典」的追尋〉,發表於《東吳大學中文學報》22 期(2011.11),
> 頁 249-280。

第九章　結論

　　本書係筆者長達十年的研究成果累積。在這些歲月裡,完成
了連橫詩文集的重編、校注,以及年表的整編、增訂、校補。一
詞、一句之解,可以徬徨多日;一事之見,可以多方查考,幾度
講論;然而,這些經驗都成為本書最重要的蓄養。沒有文本的詳
實稽考,所有的思考都將是沙上建塔,崩毀有時。

小結

　　國府以來,向以《臺灣通史‧序》「汝為臺灣人,不可不知
臺灣事」為「愛國」之張本,形塑連橫之歷史圖像。隨著連橫新
文本的出現,學者於臺灣日治時期歷史與文學的深入挖掘,許多
研究便指向對連橫「愛國情操」的質疑。由於新文獻的出現,作
家作品集的重新整理、編輯、注解,顯得必要;而文化理論日新
月異,就在連橫詩歌作品編、注的過程裡,筆者發現對於連橫的
生平暨其詩歌作品進行闡發者略有一、二,卻很可能採取「文化
理論」之研究徑路時,可能有不少新的知識觀點的產出,例如:

連橫作為傳播人的角色，雖有提及者，卻未能切入重點；至於連橫的詩學理論，則完全未經系統性解讀、觀照與省發，遂有本書之構思。

　　筆者以為日本殖民政府統治實為一複雜之情境，不宜隨意以意識形態下定論。細讀文本，並以與當代的臺／日詩人進行比較，將有助於深入理解日治時代的政治環境與文人處境。在崇獎如陳昭瑛、批判如林元輝，關於連橫思想、事功與人格之爭議，文學之深讀或為持平而深入理解連橫之另一條可能的蹊徑。

　　最後，關於本書徵引連橫作品的標注方式：若單引一、二句，論述上下文未交待篇名者，仍從頁下注，否則謹以【】括注該書簡稱，附以頁數，不另加註。作品簡稱對照表如下：

表 1-1：連橫著作簡稱對照表

書名	出版項	本書簡稱
《雅言》	南投：臺灣省文獻委員會，1992	【雅言】
《雅堂文集》	南投：臺灣省文獻委員會，1992	【文集】
《臺灣通史》	南投：臺灣省文獻委員會，1992	【通史】
《臺灣詩乘》	南投：臺灣省文獻委員會，1992	【詩乘】
《臺灣詩薈》（上）	南投：臺灣省文獻委員會，1992	【詩薈】
《劍花室詩集》	南投：臺灣省文獻委員會，1992	【詩集】

按：《臺灣詩薈》分上下兩冊，頁數不連貫，但本論僅引及上冊。

本文為國科會補助計畫（NSC96-2411-H-194-028）的部分成果。

第二章　肆應世務：
世變下漢學傳播事業的開展與頓挫

前言

本章[1]為知人論世。要旨在：連橫一生歷經乙未之變、臺民抗日，及日本據臺後於十九世紀末期在島內推動的現代化、同化，以迄二次世界大戰之前的各種文化施政（諸如減縮書房、廢除漢文課）等等階段。在這些階段裡，他投入相當多元的漢文化的各種傳播活動：任筆政、創詩社、開書局、設漢學研究會，辦期刊等等，幾乎纍括當時臺灣傳統文人所從事的文化活動類型，只除了他並未成為地方自治的管理階層。是故連橫所投入的漢文化事業，可以視為渠以及其同時代朋儕因其所學以肆應世務的表徵。

這些肆應世務的方式，經常被學者視為「反日本化」的一環，與當時日本政府所全力推動的「日本化」形成強烈對比，而在臺灣島內產生劇烈的文化衝突。特別是在漢文的教育方面，於此一牽涉世代傳承與民族文化認同的問題上，連橫的作為，可以謂直接與國家機器相值。有趣的是，雅堂書局開幕之際，《臺灣日日新報》幾度為之報導消息、辦理徵詩活動等等，種種跡象都顯示連橫與日本報業及政府當局關係良好。而雅堂書局號稱販售漢文圖籍，卻又代理總督府在南洋的購書。如此看似反差的兩種現象何以能同時共存於連橫之傳播事業當中？或者，反過來說，連橫何以熱心於這些漢文化的傳播活動？抑或是，我們應該從那一個角度來觀看、思考連橫的相關作為？

連橫等臺灣傳統文人所從事的活動，多與印刷現代性相關。如果民族想像共同體（Imagined Community）之產生，正如安德森（Benedict Anderson, 1936-）所說的，係源於人類意識在步入

---

[1] 本章文獻與論述獲得柯喬文、謝崇耀兩位男弟的協助。特別是崇耀在漢學研究會的觀點上，給予我頗多文獻的支持與觀點的啟發；兩位匿名審查人的意見教我重新思考持論，做了頗多表述性的改變與補充，凡是皆在此謹致謝意。

現代性（modernity）過程當中的一次深刻變化，而印刷資本主義現代性正居於關鍵地位，透過操作書報出版，為形塑身分認同的重要方式，則連橫暨其同時代臺灣傳統文人所從事者，其過程與效果如何？如此，又產生何種意義？反映了怎樣的個人處境與時代問題？

　　凡上述種種值得探討的課題，為本章所亟欲解答的要務之一，以提供可能的學術視野，分從不同面向來加以闡述連橫的傳播事業。至於其認同問題，雖然也會偶有涉及，由於牽涉更廣，將另文討論。

一、世變下傳統文人身分的質變與調適

　　明治二十八年（1895），日本正式領有臺灣。遭逢世變的臺灣傳統文人，他們如何肆應世務？在這裡，筆者擬自黃美娥對張純甫的分析為例，來展開對話。黃美娥以張純甫提倡孔孟學術，同時，收藏古籍，因而可被視為班雅明所謂「拾荒者」、「收藏者」的近似類型，茲將其觀點引述於下：

> 班雅明注意到資本主義發展後，文明漸漸侵佔、控制人的感覺與意識，人為求保住自我的主體，會從原本介入的公共的外在世界，轉向／還原為「內在世界」；以班雅明自身的經驗而言，其個人的「圖書館」便是「內在世界」的居室化。而這個「圖書館」的隱喻來源，是從現代都市中「拾荒者」的精神啟發而來，拾荒者在大都市中收集每日被棄、被鄙的垃圾；藉此，自己也化身成了一個「收藏者」，「收藏」是一種「繼承」的態度，是現代世界生存者的抗爭與慰藉，當他浸淫於其個人圖書館時，在傳統與充滿先

輩氣息的事物中，他更發現收藏是一種「存在」方式的構築，「過去」可以成為拒絕虛無、混亂的「現在」的壁壘。因此，就班雅明而言，「收藏者不僅夢想一個遙遠的桃花源，同時還夢想一個更好的境地。」相近似地，張純甫的「守墨樓」藏書，乃至於其人終生投入的漢學園地，正是用以抗拒現代文明的桃花源，他感受到與孔孟儒道先賢的精神同在。則如此，張氏不合時宜的「復古」思潮與「收藏」的遺民意識，在現代的時間情境中，無寧具有特殊意義，流露出綿綿不盡的時間鄉愁。[2]

不可否認，黃美娥的這段論述，頗具原創性，惟相對地，亦引導筆者反思若干問題：臺灣傳統文人肆應世變的做法，是轉向／還原為「內在世界」、抗拒現代文明嗎？藏書、漢學園地，正是用以抗拒現代文明的桃花源嗎？「復古」思潮與遺民意識，在現代的時間情境中，只是綿綿不盡的鄉愁嗎？底下，筆者擬逐次說明：轉向／還原為「內在世界」，並非中國的文人傳統思維；其次，筆者將進一步論證，這樣的轉向／還原，固然有其抗拒現代文明的動機，卻無法形成實踐，而反過來，在「現代性」的強勢滲透之下，當時臺灣的文人反倒不得不參與其現代化進程；此外，渠等對漢學園地的投入，並非只是遺民意識的收藏，而是具有為世所用的意圖，以及保存漢文價值於當世的思維寓寄其中。

（一）「內在世界」的閉鎖與挫折

在筆者看來，臺灣傳統文人如張純甫等與班雅明所分析的西方現代文人，他們的身分和位置不盡相同。對於西方現代文人而

言，他們所嚴肅面對的，是現代性逼仄下的社會處境變動問題，亦即，面臨「異化」的危機意識下，所採取的自衛措施；而像張氏這樣的傳統文人，他們不僅身臨現代性帶來的世變，還懵懂於知識分子角色扮演的變動，多數胸懷為世所用的心願，抱持著儒家修身見於世、安居天下平的冀望，要使生民各安其位、各適其生；他們並未發現知識分子的階層成素已經改變。此外，他們還要面對鼎移的現實，接受殖民政府的統治。也就是說，臺灣傳統文人，痛遭世變之亟，他們同時面臨現代性的社會變動、文化翻轉，以及殖民性的政治更易。對此，他們大多有無可如何之感，這種情緒的諷詠比比皆是，在此地略以連橫與林南強的贈答詩做為說明。南強與連橫友善，他贈連橫的一首詩裡，寫道：「**按劍隋侯世莫前，干將補履亦徒然。人間真有禽填海，天上原無蠱化仙。歷劫神鼇淪禹績，忍寒老鶴話堯年。孤山一掬冰霜淚，不敢憐君祇自憐。**」[3]連橫欲和其韻，構思不得，他自己說，當時就隨意寫了一首律詩做為回答，這首詩是這樣寫著的：「**黃金何處築高臺？已死燕昭老郭隗。射虎屠龍原易事，拔天關地有奇才。一生肝膽酬巾幗，千古文章付劫灰。三十功名塵與土，且持尊（今作樽）酒對寒梅。**」[4]南強詩的首句以隋侯珠為譬，隋侯珠難得一見，珍貴無比，但它投入黑暗中，炯炯發光，不但沒有人敢拿，還按劍斜視，說明美好之物反而容易引來疑慮。干將鑄天下第一流的寶劍，在現實生活中，拿來補鞋子，遠不如一銖錢就買到的錐子好用。林氏此詩，表達物不能適其所用的悲哀，譬擬其個人處境，最後只能自慰人間功名無非塵土，何如在寒梅樹下飲酒終

---

[3]　此詩或題「束雅堂」，收錄於林資修，《南強詩集》（臺中：林培英，1964），頁 29；又或題「贈連劍花」，收錄於賴柏舟主編，《鷗社藝苑》第 4 集（嘉義：鷗社印行，1955），頁 130。

[4]　這是連雅堂寄給林南強的詩，收錄於《劍花室詩集》，頁 111，詩題為「酬南強」。

生！而連橫的回應，則以燕昭王已死，郭隗老矣，就算是南強智略足以射虎屠龍，文章的光芒照耀天際，但乙未之變，一方面是漢文化傳統遭遇前所未有的災難，一方面是展現才學的個人文章，已成屠龍之技，形同化為灰燼，為之奈何？這豈不正是「三十功名塵與土」的寫照？而樽酒寒梅，更呼應南強詩末的「孤山一搁冰霜淚」，顯示連橫亦有意縱酒隱居，成就志節，以保有個人主體性的逍遙自由。

如上所述的縱情詩酒、隱逸山林（或者未提及的沉緬女色）等等作為，沒有一項逸出中國古代傳統文人肆應亂世的牢籠，卻因著當代政治環境的改變，重現為臺灣傳統文人的心情與生活的形式。這些形式，並非前揭所謂「閉鎖、頹廢與收藏」的身體所能逐一收納。

消極地看，這些都可以謂之頹廢身體敘事。然而積極地看，縱情詩酒對於自我情志的發抒，特別是詩作的書寫，不無裨益，在漢文化中，本就具備「立言」、以文章「傳之無窮」[5]的想像。隱逸山林，與天地為友，出入六合，遊乎幽冥，反而是世務的完全放下，身心的絕對敞開，在漢文化價值中自成系統。即便是沉緬女色，最接近閉鎖、頹廢的行徑，但這裡面，也有消費女性，排解欲望的功能。這樣的肉身，向來是在世變之際，漢文人對抗新統治階層的手段；而遺民的主體心靈，備受故國不再的那種強烈的歷史失落感的衝擊，使他們在毀壞的天地裡，益感到時間的荒涼感。他們遂沉浸於往事的緬懷之中，渴望重返美好的昔日，

5　〔三國〕曹丕，〈典論論文〉謂：「年壽有時而盡，榮樂止乎其身，二者必至之常期，未若文章之無窮。」收錄於〔南朝梁〕蕭統編，〔唐〕李善注，《文選》卷五十二，頁9，文淵閣四庫全書電子版【內聯網版】。

遺民詩人反而因此萌生了一種棄世棄民的「倫理承擔」[6]。在這裡，我們想延伸此一倫理承擔的意含，此一心境，絕不是僅止於歷史記憶的封存而已，而是從國故的反覆溫存中，摩挲多義，展現新詮，並且從承載自我心靈的創作中，成為文化大爐中的新／薪火，以「繼往聖絕學」的姿態，使文化跳躍政治的裂變，持續展開，等待著與很久很久以後才會出現的「來者」產生對話，而很多甚至就沉沒於時間的洪流之中，永不為世人所知曉。而這種不論個人死生榮辱，但教歷史文化生生不息，這樣的承擔所展現的「知其不可而為之」、與時間、政治競賽的風骨，正是遺民詩如〈廣武山〉展現的悲壯美學：「**大旗落日馬飛揚。**」（【詩集】，頁9）當然，這其中亦不無伴隨著〈漢皋遇雪〉所流露的那種「**酒愁詩夢滯天涯**」（【詩集】，頁10）的寂寥和自憐。

（二）「外在世界」的面對與敞開

前述的縱情詩酒、隱逸山林、沉緬女色，卻都不足以為當下積極用世之憑藉，而必須求諸其他作為。不少遺民詩人在擁抱文學知識、浸淫於其個人圖書館以消極抗世的同時，卻也進行著結交同志，迎合當道，發表於報刊，出版於圖籍，以販售牟利的積極行徑。這種種與「外在世界」交相利的態度，並不是班雅明所說的從原本介入之公共的外在世界，轉向／還原為「內在世界」，反倒更像是傾內在世界之所有，而置身於公共的世界。他將以之獲得聲名利祿，因為他的文化養成正是教他在現世中尋找自我實

---

[6] 關於遺民意識的論述，參見王德威，〈後遺民寫作〉，「正典的生成：臺灣文學國際研討會」論文集（臺北：中研院文哲所主辦，2004.07.15-16），頁87。倫理，指道德，行為的準則（standards of behavior），為了為所當為，不屈服於利害，並接受一切後果而無所悔，便係此地所謂的「倫理承擔」。案：解釋為筆者所加，不見於王氏原文。

現的道路。類似張氏的傳統文人還有連橫。雖然，對於不斷在變動中的現代性，在變動中消逝的「舊物」，包括科舉功名，以及消失中的鄉俗社會、嶄新的時間意識、迎面而來的科學技術、市民社會等，都使他不安，於是，對過去的收藏與追念給予他「不變」的感受。藉著空間與舊物，他在勢不可擋的現代化過程中所帶來的個別性的失落裡，留下生活的踪跡，在公共性中注入私密性，隱匿個人的玩賞，而能夠在不斷遭際新事物時，快速地對之做出反應[7]，成為他在現代世界中的抗爭與慰藉。

但這樣的收藏之下，他仍然必須加盟資本主義，他的書寫、印刷、出版事業即現代資本主義中的一環。也是在《發達資本主義時代的抒情詩人》這本廣為徵引的名著裡，班雅明便作了這樣的分析：隨著報紙越賣越便宜，越來越依賴廣告，它被迫要以日新月異的面貌吸引各種各樣的讀者，必須每天填滿各種各樣新奇的專欄，「純文學」、連載小說遂應運而生，甚至是評論文字在很長的一段時間裡也只是報紙中的一個欄目而已。是通過報刊專欄，文人在資本主義市場裡占據了一席之地，獲得他在社會生活中的位置。這時候，文人也不過是一個出賣勞動力換取報酬的人。他同這個時代的關係，係由資產階級的市場文化決定的，而街頭小報和專欄文章作為這種文化的先驅。「急迫的需求和鉅額的收益兩者一同造就文人的地位，也就是說，文人他的訂貨性質和他的產品的內在規律已暗示了這個關係在他與他人，他與作為

---

[7] 這個語詞當然只是一個尖新的譬喻。本段的了解參考了王才勇的序，《發達資本主義時代的抒情詩人》（南京：江蘇人民出版社，2005），頁 5-31；同時參考第一單元「波特萊爾筆下的第二帝國的巴黎」中的第二章「休閒逛街者」，頁 33-65。

同行和顧客的大眾的關係中展現出來。」[8]班雅明以為，文人依賴這種關係一如「妓女依賴喬裝打扮」。在企劃、撰稿、刊登、被閱讀中，他們發展出一種節奏，這個節奏必然是支配整個社會生產和社會生活的節奏，它與隱隱從工廠傳來的印刷傳送帶的節奏同步，而資產階級新聞出版界的天才們，「**早在印刷機器尚未發達之時就已在咖啡館裡適應了新聞服務的節奏。**」[9]以上這段話隱括了張旭東對班雅明的了解，班雅明對於文人與資本主義出版現代性的觀察，說明了收藏、閉鎖並非文人與現代社會生活的唯一關係。對此，班雅明並沒有一定形容的語詞，此地，筆者擬相對於閉鎖一面，稱之為敞開。

　之所有此一想，是因為根據筆者的理解，班雅明延續波特萊爾對現代性的描述，經常依違於是否之間，「**現代性就是過渡、短暫、偶然，就是藝術的一半，另一半是永恆和不變**」[10]；現代生活「**在光亮、灰塵、歡樂的同時，貧困和醜陋像傷疤一樣嵌入現代生活的眼簾**」；「**現代生活在他筆下，有時像田園詩，有時則是反田園詩，由是產生張力。**」[11]正如波特萊爾對班雅明的啟發，這些屬於波特萊爾的敘事，正好可以用來思考班雅明的收藏之另一面，這便是「敞開」。而班雅明所描述的「敞開」──文人張臂迎向現代性，正係文人被迫與社會同步，配合報刊現代性的展演，其過程實係知識分子在社會變遷下不得不做出的措施。在此，使用此自尋新解的「敞開」一詞時，筆者意欲指涉的，不僅

---

[8] 班雅明（Walter Benjamin）著，張旭東、魏文生譯，《發達資本主義時代的抒情詩人：論波特萊爾》（臺北：臉譜出版，2002），頁 36-37。

[9] 張旭東，〈譯者序：班雅明的意義〉，收錄於班雅明（Walter Benjamin）著，張旭東、魏文生譯，《發達資本主義時代的抒情詩人：論波特萊爾》，頁 37。

[10] 汪民安、陳永國、張雲鵬主編，《現代性基本讀本》上冊（開封：河南大學出版社，2005），頁 628。

[11] 汪民安、陳永國、張雲鵬主編，《現代性基本讀本》上冊，頁 628。

為臺灣傳統文人遭際殖民政治下資本主義出版現代性的反應，更
要回應傳統中國文化裡知識分子立身的理念、處世的方式。

　　用此以思考日治時期臺灣傳統文人的處境，具有一定的啟發
性。在表面上，張純甫的身分是傳統文人，事實上，他處身在一
個現代性的碎片無所不在地充滿著的世界裡，那個他賴以立身的
傳統環境已經不再，那個一方面科舉作官、直隸中央皇朝，依賴
俸祿維生，一方面繼往聖絕學，為天下生民立命的時代已經一去
不復返。他們的生計必須由「資產階級的市場文化決定」，他也
只是一個出賣勞動力換取報酬的人。[12]他的文人身分來自他的書
寫、發表與交換等等作為，他沒有理由，也無所逃遁。於是，他
所收藏的圖書，他的內在居室，在傳統文人的思維裡，成為覆巢
之下的危卵。連橫在〈櫟社席上有懷林癡仙賴悔之二兄〉裡說的：
「**劫火圖書共陸沉，清秋風雨苦相侵。**」（【詩集】，頁 55）圖書
的毀壞，代表著道統在世變中的瓦解，也隱喻過去他用以建立社
會生活方式的消逝。已毀的書毀矣，而未毀的書亦無所用矣，則
應當如何？這是傳統文人所面臨的共同困境，解決之道便只有重
新去尋找圖書的用處，亦即必須敞開給「**個人珍藏閱讀，或者在
他開設的『興漢書局』販售**」[13]，或者化身書訊在報刊發表，才
能女媧補天，彌縫傳統文人的失落，重振新聲，尋找到那個截然
不同於已往的社會生產與生活節奏。

　　除了圖書，前揭引文中黃氏將「孔孟儒道先賢」視為是張純
甫所繼承而發揚的內容，並以此為維繫道統、抵抗殖民統治的一
種方法。筆者所見，與此亦有不同。由於儒道，亦正是殖民政府

---

[12]　張旭東，〈譯者序：班雅明的意義〉，收錄於班雅明（Walter Benjamin）著，
　　張旭東、魏文生譯，《發達資本主義時代的抒情詩人：論波特萊爾》，頁 36。

[13]　黃美娥，〈差異／交混、對話／對譯——日治時期臺灣傳統文人的身體經驗
　　與新國民想像（1895-1937）〉，《中國文史哲研究集刊》28 期，頁 90。

所發揚者，這中間產生一含糊的空間：張純甫之闡揚儒道，有無可能係對殖民者的回應？還是張純甫利用殖民者之倡議儒道，以保存漢文化之儒道？孔孟雖然力倡夷夏之辨，但夷與夏的界線建立在「文化」意識上的認同，卻很容易為「治世」（對「政治秩序」的渴求）所跨越。「德以來服」意謂著有德服人者自然可以獲得統治權。這樣的觀點不免經常為異族所用，作為統治中國的主要根據，元、清兩代外族之敦崇儒學已提供明證。而滿清割臺之後，臺人自建「民主國」，其「獨立宣言」對大清採取「**仍應恭奉正朔**」[14]，以及年號「永清」的立場，也在在說明當時臺人主觀意識上，對滿清統治並無「夷夏」的區隔[15]。從這個觀點看，如川路祥代的研究所表明的，孔教是臺灣殖民主統合文化，協商教化的一環[16]，與改造吳鳳故事如出一轍，具有迫切的必要性。因為對於打著民族主義旗幟的反對力量，說服他們殖民主有「德」，有能力提供穩定的政治秩序，正好用以美化殖民政治力，進而同化被殖民者。毋庸諱言，張純甫的「收藏」是一種「繼承」的態度，但其所繼承的遺產，卻無法擺脫殖民性的滲入，甚至也不完全是過去的、傳統的，如同孔孟學說，就與日本的孔教傳統結合，從傳統的延伸進入日治的當下，仍然是一則不得不向殖民者敞開的進行式。

---

[14] 臺灣民主國成立於清光緒二十一年（1895）滿清與日本簽訂馬關條約之後，5 月 25 日發表「獨立宣言」，箇中有謂：「**惟是臺灣疆土，荷鄭大清經營締造二百餘年，今須自立為國，感念列聖舊恩，仍應恭奉正朔，遙作屏藩，氣脈相通，無異中土**」云云。見黃昭堂著，廖為智譯，《臺灣民主國研究：臺灣獨立運動史的一斷章》（臺北：前衛出版社，2006），頁 67-77。

[15] 此處，筆者要特別說明的是：當時臺人的立場，和後來連橫的「民族自覺」的立場有著截然對比的差異（此與清末孫文「驅逐韃虜，恢復中華」之主張相呼應，抑或許受其影響）。詳參本書第六、七章。

[16] 川路祥代，〈殖民地臺灣文化統合與臺灣傳統儒學社會〉（臺南：國立成功大學中國文學研究所博士論文，2002），頁 90。

　　回顧日治時期，以「閉鎖、頹廢與收藏」作為臺灣遺民文人的殊異的身體表徵，從而推導出殖民性／現代性／本土性交相頡頏、抗爭後的文化隱喻系統，確實揭示了一個重要的面向，然而要判斷其人獨特的認知世界以及與世界交往的身體形式，卻可以有不同的思維。

　　日治時期的傳統文人與任何一世的傳統文人都不相同，除了具有時不我與的感知結構，他們還面對著強大的殖民主的國家機器與無可拒絕的現代性進程。因而，在殖民政府的默許甚至鼓勵之下，這些靠在世變的岸沿而成為棄才朽木的無用文人（黃仲則〈雜感〉詩所謂「**百無一用是書生**」[17]），相與倡結詩社，詩酒酬酢，揚挖「**風雅**」，在「現代時鐘」所帶來的時間意識中[18]，緬懷燃香擊鉢的計時方式；他們維持詩榜的書寫，吟哦朗唱的形式，形成一個小社會，供養自己的文化，甚至意欲發展為地方社學的功能，以民間學校的方式，維繫「民俗盛衰」。

　　何以「民俗盛衰」如此重要？余英時引用荀子所謂「**儒者在本朝則美政，在下位則美俗**」[19]指出「士」的政治的和社會文化的功能。他們不只透過「鄉舉里選」和隋唐以下的科舉制度，成為整個官僚系統操縱者，國家的管理者；同時，他們也通過宗族、學校、鄉約、會館等社會組織，成為民間社會的領導階層。日治

---

[17] 〔清〕黃景仁，〈雜感〉，（來源：http://sou-yun.com/QueryPoem.aspx）。

[18] 參見呂紹理，《水螺響起：日治時期臺灣社會的生活作息》（臺北：遠流出版公司，1998）。

[19] 清光緒三十一年（1905）科舉廢止後，士大夫被學有專精的技術性知識份子取代，開始朝向邊緣化，表現得最清楚的是在政治方面。康有為、梁啟超同為戊戌變法時代的核心，而孫中山所領導的革命運動，章炳麟的位置已在外圍。參余英時，〈中國知識份子的邊緣化〉，《二十一世紀》15 期（2003.06），（來源：http://www.cuhk.edu.hk/ics/21c/media/online/9100057.pdf）。

之初，日府採取以漢制漢、籠絡利用的政策，不僅形式上運作饗老典、頒紳章，使得保留「鄉舉里選」的榮燿，過去知識分子在民間社會的領導階層的地位，並且透過更實際的措施，將之納入基層行政和治安組織之中，而以各地具「家世族望」的士紳或擁財貨的富豪優先，建構臺灣社會新領導階層，取代清代的社會領導階層。新建的領導階層可以藉其地位獲得地方資源，舊的社會領導階層家族不僅延續其地方「權力家族」的地位，甚至更加提高其地位。清代因為科舉失敗無法進入國家管理階層的吳德功成為參事，並透過貨幣的徵集，成為銀行董事，成功地將文化資本轉換為經濟資本。[20]由是，家世族望成為收編的根據，餘者如學校組織由日府控制，地方鄉約被變造為保甲法，則臺灣文人可堪用以維繫民俗盛衰的方式，極其有限，類學校組織的詩社、漢學研究會，或者是提供閒暇閱讀進修的書籍出版。

臺灣傳統文人在詩社這種小社會內部的往來不足以維繫「民俗盛衰」，為顯而易見。而他們所能運用的工具與策略如前所述，並無太多選擇，於是，他們或者開設書局，或者登上報刊專欄，或者成立漢學研究會，皆係在大時代的局限下努力從小社會中向大社會「敞開」的方式。

二、知識生產閾限的跨越與顛躓——報刊與書局

在日本殖民地政府致力於臺灣的現代化、並以現代化同化臺灣人的政策下，臺灣傳統文人投入報刊、書籍的出版，乃至進行詩歌、小說等文學知識的生產活動，其實都很難不視為對殖民現

---

[20] 筆者與李知灝合撰之〈世變下吳德功的學思轉折——一個奠基於瑞桃齋詩話的考察〉，收錄於吳德功原著，筆者校注，李知灝責任編輯，《瑞桃齋詩話校註》（高雄：復文書局，2009），頁17。

代性一種敞開的方式。另一方面，日府也對臺灣人的知識活動實施嚴格的監控措施。若是之懷柔與高壓二路並進，一般人咸以為主筆政、創書局為連橫的生涯成就，就有了重新檢視的必要。他如何從事既被鼓勵又被監視的漢文知識生產活動？他的實際態度為何？其經過、結果如何？又代表了怎樣的意義？底下分述之：

（一）摘下報刊漢文部筆政的桂冠——檢視連橫的筆政生涯

連橫積極於漢文化傳播之經營，日人創刊《臺澎日報》於臺南，他任漢文部主筆（1899）；《臺澎日報》與《新聞臺灣》合併改組為《臺南新報》（1903），他仍擔任漢文部主筆；又任中部《臺灣新聞》社漢文部。

連橫赴廈門，亦主《鷺江報》（1902）筆政，未幾，又創辦《福建日日新報》（1905），撰寫政策、時政、社會等相關的新聞稿。他也參與《三六九小報》（1931）的編輯，並連載「雅言」。他在報刊筆政的角色上，係處於一種怎樣的位置？

謝雪漁以為，報刊係一條提高國民性的利器，並漸進於文明的道路。他說：「捨教鞭而揮禿筆，為我臺民開樂閱新報之美風，喝破舊時陋習，以漸進於文明之域，庶幾償此素願焉。」[21]報刊可資提高國民性的觀點，在連橫身上獲得印證。從事報務的經驗，開拓了連橫的視野，使得他對時務與世務的了解，深刻於一般人，而能掙脫傳統文人的某些局限。他對如留聲機、印版、自來水等現代器物之考釋，以及他對現代思想如法政、東西科學考證的折衝論辯，都表達他對當代知識擁有一定程度的掌握。但連

---

[21] 謝雪漁，〈入報社誌感〉，《臺灣日日新報》，1905.3.7，第3版。

橫對自己弱冠開始即「出乏報務」擔任筆政的二十餘年生涯，相關評論，卻只有「*所往來者，多屬一時之士*」[22]寥寥幾句話。在他的詩中，也罕有提及。與謝雪漁不同，連橫頗不安於「筆政」的角色，有幾次的歸去來。以《臺南新報》為例，他參與的時間為明治三十九年到四十年（1906～1907）、大正三年到七年（1914～1918），時間不長。何以故？這時候，也許我們應該從報刊的另一端──相對於閱聽人方面求解。

在傳播的過程裡，報刊的定時發刊，閱聽人的經常性閱讀，有如一種儀式，使得閱聽人產生所謂「自我意識」（self-consciousness），形成風潮，「*資本主義、印刷科技與人類語言宿命的多樣性這三者的重合*」[23]，民族想像便藉上順暢地得到散布。殖民政府藉由其控制的三大新報，《臺南新報》、《臺灣新聞》，與《臺灣日日新報》，發送予臺灣閱聽人被過濾後的信息，長久後，消除其自我民族意識，強化殖民政府所欲推展的共同體想像。以是，他們處於被殖民政府教化「俘虜」後的心靈狀態，形成了一種「思想上的殖民化」（the mental colonization）的認同現象。這或可以解釋連橫與日本官方的關係良好，他所主筆，有兩種即前述官方的三大新報。但是我們也可以說，被俘虜的並不是所有人的心靈，而這些心被俘虜者也不是全部的心靈，因而，不只是某些擁有省思能力的「被統治者」（尤其是文人），仍保存著源自於深層的自覺意識，或可以視之為異質；即便是沒有自覺意識者，也會因為他們舊有的文化程量的植入較深，而處處呈現出一種無意識的反抗，故就此而言，他們的心靈狀態或可以謂之

22　連橫，〈人文薈萃序〉，《雅堂文集》，頁 59。

23　吳叡人，〈認同的重量：《想像的共同體》導讀〉，收錄於班納迪克‧安德森作，吳叡人譯，《想像的共同體：民族主義的起源與散布》（臺北：時報文化出版公司，1999），頁 xii。

為「受制約」（卻不是全面性地被俘虜）的狀態來加以形容，也可以用自我的斷裂予以表述。連橫或可以歸類為後者。然而不論是以上那一種狀態，都不會被殖民者純化，也就是未被同化的異質永遠存在。

逝者已矣。理解這些蠢動於文人內心深處的異質，仍需自他們的行動或書寫爬梳。就連橫這個個案而言，主持新報筆政卻不能滿意於自己扮演的角色或者為尋繹其異質的方式之一。連橫前後兩次主持《臺南新報》漢文部筆政的具體實績為例，以目前殘存的資料所見，可得如下：其一，《臺南新報》「漢文欄」曾經對傳統詩界「擊缽吟」提出批判，「**反對擊缽吟之非詩也**」[24]，而引發櫟社詩人如陳枕山等在《臺灣新聞》「漢文欄」上反駁，爆發臺灣文壇第一次筆戰。[25]其二，「大井頭」在臺南州治市區西定坊[26]，為臺南最古之古蹟，既可能是來臺之人登岸之處，又相傳太監王三保曾於此井取水，或又說是荷據時期為防「赤崁樓」著火所掘，要之，「大井頭」係珍貴的文化遺產，日治期間於市區改建時，議填之，連橫撰文力陳不可，始得保存[27]。其三，某年秋，連橫在漢文版，闢「赤城花榜」，遴選十美，臺南李蓮卿（1886～1901），年纔十五，為冠軍。越年五月十六日，李氏病歿，連

---

[24] 「二十年前，余曾以臺灣詩界革新論登諸《南報》，則反對擊缽吟之非詩也。《中報》記者陳枕山見而大憤，著論相駁，櫟社諸君子助之。余年少氣盛，與之辯難，筆戰旬日，震動騷壇。林無悶乃出而調和。其明年，余寓臺中，無悶邀入櫟社，得與枕山相見。枕山道義文章，余所仰止，而詩界革新，各主一是；然不以此而損我兩人之情感也。」連橫，《雅堂文集》，頁 294。

[25] 林淇瀁，〈「副」刊「大」業：臺灣報紙副刊的文學傳播模式初探〉，《書寫與拼圖：臺灣文學傳播現象研究》（臺北：麥田，2001），頁 77-94。

[26] 今臺南市中區民權路二段 30 號（民權派出所對面）。

[27] 令人覺得諷刺的是，「大井頭」最終仍不敵都市更新的需求，於民國五十三年（1964），為拓寬民權路而拆井欄覆鐵蓋，成為柏油路面上「D 型」標誌之遺蹟。

橫傷其遇，為賦悼念李校書七絕十首，和者甚多，竟成悼蓮卿一帙。[28]這幾件事，以筆者目前查考的資料，竟是連橫主兩新報筆政之可道者。

此外，連橫主筆政的《鷺江報》又是中國地方報紙。他所創辦的《福建日日新報》（案：應即《福臺日報》）報館竟被清廷封閉，他遂返臺。他有一首〈攜眷歸鄉留別廈中諸友〉記載當時的心情：

> 蘇海韓潮湧大觀，三年報界起波瀾。文能驚世心原壯，力可回天事豈難。地上雲深龍戰血，空中風勁驚傷翰。他時捲土重來日，痛飲高歌鼓浪山。（【詩集】，頁94-95）

連橫所說的報界波瀾，一說是他的抵制美約得罪當局，一說是經營不善，導致報館關閉。以筆者考之，或兩者兼而有之。連橫辦此報，曾在《臺灣日日新報》上募款，可見其主要經濟來源，為捐贈，而成效有限[29]，其經營困難，或為事實。但導致關閉的直接原因，則另有曲折。根據時人的說法，連橫主張清廷不應與美國締不平等條約，以致與清廷的意見相左，很可能在清廷、美國的兩重壓力下，失去經濟來源。[30]「文能驚世心原壯」（【詩集】，

---

[28] 蔡相煇，〈從文人到國士──對連雅堂先生的觀察〉，收錄於楊雲萍、盧嘉興等人著，《連雅堂先生相關論著選輯（上）》，頁207-222。

[29] 而〈『福臺日報』之難成〉的報導裡，原招募股本按定貳千股，每股五圓，合計壹萬圓。「然連氏招募雖殷，奈廈商巨腹輩，慳囊緊閉，窓者寥寥。故現計募定之實額，尚不滿參百元。如林某某輩，每人僅認十股，為五十元。似此開通者，尚畏首畏尾，何論於守財奴，不知報帋為何物者！安得不一見招募章程，幾如遇政府科派軍需，便慼額縐眉，哭貧哀困，絕力馳去耶？然則『福臺日報』之誕生，不亦遙遙無定期哉！」《臺灣日日新報》，1906.7.19，第6版。

[30] 「臺灣南文學連雅堂氏，去歲僑寓鷺門，創設福建日日新聞報社。因議論與清政府反對，以致不安其居。」〈稟筆南遊〉，《臺灣日日新報》，1906.1.15，

頁 94），這是連橫對自己的學問的信心，他懷抱著捲土重來、有所作為的壯志，正映照出現當下的蹉跎無所成就。無論如何，在臺灣或在中國的報刊筆政，兩者都使他難以有所作為。

曾迺碩《連橫傳》謂連橫學養豐富，主漢文部，「**自是勝任愉快**」[31]，這是不錯的，但也有可能是，它缺乏挑戰，而且漢文部有其既定的格局，例如《臺南新報》有幾個專欄，「翰墨林」報導文人雅集等活動、「藝苑」為主題徵詩、「文壇」為祝賀之文辭、他人詩集序辭、祝壽文辭等等。《臺灣新聞》漢文欄亦大同小異。身為筆政，連橫的權限非常地有限。再加上是殖民政府的機關報，處處在被監視之中。因而，所謂「**雅堂主持日報漢文、詩、古文辭，筆健、氣雄、情濃，為讀者所歡迎，欣賞醇厚人情味風格**」[32]云云，恐怕都是揣測之詞。以今觀之，連橫對於主筆日本官方報紙，只負責漢文部，並不感到滿意。否則，何以說明連橫非得自己創《詩薈》不可？

第 3 版。相關的記載又見〈拾碎錦囊（九十九）〉，謂臺南連橫「**創立《福建日日新報》，大張民族主義，八閩民氣，為之一振。乙巳四月，在廈倡議抵制美約，登堂演說，觸忤美領事，照會廈道，欲封報社。雅堂不屈，謂言論自由，吾人天賦之性質也。其文名逐【作者案：應為遂】震動一時。**」《臺灣日日新報》，1905.11.11，第 3 版。陳柔縉則以為係經營不善，連橫的朋友林申生認為，「緣該報社之組織不健全，非貪吏向日人抗議之結果；日人特聽其自生自滅耳」。另一位和連橫親近的門生張振梁則認為連橫創辦該報的原因，「乃其時臺局粗定，日人招徠臺人故。」參見維基百科，（https://zh.wikipedia.org/wiki/%E9%80%A3%E6%A9%AB_(%E6%AD%B7%E5%8F%B2%E5%AD%B8%E5%AE%B6），此地為轉引。而連震東的說法，則以為該報「鼓吹排滿，時同盟會同志在南洋者，閱報大喜，派閩人林竹痴先生來廈，商改組為同盟會機關報。嗣以清廷忌先生之言論，飭吏向駐廈日本領事抗議，遂遭封閉。」連震東，〈連雅堂先生家傳〉，收錄於連橫，《臺灣通史》，頁 1051-1058。本文檢尋報刊所獲的資料與以上兩種說法，概不相同。筆者此地的說法係以同時代的文獻資料為依據。

[31] 曾迺碩，《連橫傳》（南投：臺灣省文獻委員會，1997），頁 37。

[32] 曾迺碩，《連橫傳》，頁 38。

從黃欣（茂笙）〈劍花歸來再主南報賦此以贈〉一詩中，我們進一步印證連橫主筆政並不能盡用其才，充其量只是為人所役使的看法。他說：「*一代才華信有餘，梁園無地借相如。關河到處難為客，風雨中宵且著書。太史自稱牛馬走，伊人宛在鷺鷗居。江湖我亦扁舟侶，擬買青山共結廬。*」（黃欣，【詩集】，頁8）詩裡推重連橫的才華，歎惜他並未遇到像梁孝王這樣的知音，連找到像梁園這種棲身的地方都沒有，簡直是司馬相如的翻版，只能四處為人馳走勞碌擔任筆政一職，不如便學范蠡退隱於江湖吧！這首詩對於連橫再主《臺南新報》並無喜賀之意，可見承乏報務，在友朋眼中，並未實現連橫的志意與才情，多少也折射了連橫對此事的看法。

或者可以這樣說，與日本報紙、政府當局關係良好的連橫，籌辦《詩薈》、《福建日日新報》代表著「受制約」心靈（不同於「被俘虜」的心靈）的異質呈現，即其不願永遠維持為他人作嫁的身分——主筆政而已。《詩薈》共刊行22期（1924.02-1925.10），其創刊的理由很簡單，在發刊序裡，連橫作了清晰的說明：「*不佞詩壇之一卒也。追懷先德，念我友朋，爰有《詩薈》之刊行。*」[33]是故，《詩薈》發行的主要目的有二：一是追懷先德，將前人之遺稿、遺書陸續刊登，如孫元衡《赤崁集》、林衡之《東寧紀事》等。二是念我友朋，振興現代文學，也就是刊登時人的作品。在《詩薈・餘墨》五號，有更進一步的闡釋：「*不佞之刊《詩薈》，厥有二義：一以振興現代之文學，一以保存舊時之遺書。夫知古而不知今，不可也；知今而不知古，亦不可也。*」（【詩薈】，頁290）刊登內容有「詩鈔」、「詞鈔」、「文鈔」、「詩存」、「文存」、

---

[33] 連雅堂，〈臺灣詩薈發刊序〉，《臺灣詩薈（上）》（南投：臺灣省文獻委員會，1992），頁2。

「詩話」、「詩畦」、「謎捲」等專欄。此外，「騷壇紀事」發布各詩社往來、活動消息；「餘墨」，作用則為刊物「補白」性質，字數不多，但內容豐富，黃得時以為「篇篇無不雋永可誦」[34]。「尺牘」則是以讀者投書，多為連氏之朋儕。綜而言之，連橫有感於時代新舊遞嬗、漢學式微、國故教育未成，因而奮志底成，旨在藉此提振臺灣文運，以詩「興」、「觀」、「群」、「怨」的詩教之功，發揮蹈厲，挖揚臺灣詩界之天聲。這樣看起來，《詩薈》的營利意圖不明顯，而以保存文學史與同仁聯誼為主。

《詩薈》停刊的理由，也很簡單，表面上看，固然是連橫年四十八歲，擬赴杭州西湖靜養，無人承辦，遂告停刊；但可以想見的是，該刊既無積極營利的意圖，亦無相關規劃，維持不易似也是必然的結果，只好在遠行的計畫中被放棄。無論如何，期刊不易維持是極其明顯的。

連橫辦《詩薈》、《福建日日新報》有其一定的時代意義。在二、三〇年代，海峽兩岸出現一個共同的文化現象：報紙雜誌成為知識的主要來源。有意見而打算宣揚其意見、發揮影響力的文人，就自行辦報，來貫徹他所欲推動的文化理想，如明治三十八年（1905）由同盟會所創的中國《民報》，以通過籌款方式辦報紙。日治臺灣的五十年間，為了同化臺灣人，日本人官辦或私辦的報紙、雜誌，力量龐大，臺灣人自行辦報紙、雜誌，已不只是貫徹主張而已，更在許多地方發放「抵殖民」的信息，而日本政府厲行檢查政策，使得許多版面出現禁刊的方塊，更是殖民與殖民抵抗正面交鋒的標記。

---

[34] 黃得時，〈臺灣詩薈與連雅棠先生〉，收錄於連橫，《臺灣詩薈（上）》，頁4。

　　綜上所述，在殖民統治下，連橫與許多他的同時代文人，都有著被殖民現代性制約的心靈，但內在蠢動於其中的「異質」召喚，意圖以傳播漢學為己任，為自己在人世中打造一條有所作為之路，不僅使他創刊《詩薈》，也辦理了雅堂書局。

（二）廉價發兌讀書經驗——雅堂書局

　　日治時期的臺灣書局，以今日觀之，依其性質，應可以分為兩種：一種是文人書局，另一種則是商業書局。前者如雅堂書局、興漢書局、文化書局等；後者如蘭記書局、玉珍書局等。雅堂書局號稱與蘭記書局齊名，本節便以蘭記做為參照，略及其它書局，檢視雅堂書局的創設過程。

　　在進行兩者的比較時，論書局的規模、開設時間的長短，出版圖書的多寡，雅堂書局實在無法與蘭記相提並論，知名度卻不小。其所以如此，應係連橫個人聲望所致。

　　昭和元年（1926），《詩薈》停刊，連橫二度舉家移居杭州，次年回臺，他並未記取失敗的教訓，仍然投身漢文化的傳播事業，與友人黃春丞（潘萬）合資，開設雅堂書局。雅堂書局位於太平町三丁目（今臺北市延平北路），次年搬移鄰近新屋，唯位址難以確定。書局成立時間，有昭和二年（1927）秋、昭和三年（1928）的不同說法，以前者為近是。雅堂書局開設前，報刊曾做預告，並敘述連橫旅居臺北過程與著述情形（連氏移居臺北時間是大正八年，1919），「臺南連雅堂氏，潛心述作。既刊《臺灣通史》，又偏（編）《臺灣詩薈》，以啟發臺灣文化。今歸自武林，因以三十年讀書之經驗，籌設雅堂書局於市內太平町，選辦古今

有用之書，廉價發兌……」[35]。該局原擬七月十日開幕，後因印工同盟罷工延至十五日，期間，連橫並以「雅堂書局」為題，徵求詩鐘，以為開張紀念[36]，任臺灣總督的田健治郎特題「名山絕業」，臺灣銀行董事長中川白雲題「文獻可徵」。此外，總督府總務長官下村宏、《臺灣日日新報》主筆尾崎秀真、《臺南新報》主筆西崎順太，均為他撰寫序文。凡此種種都可以看到連橫的人脈，他與報社或日本政府的關係是相當好的，可見他自謂在報社「所往來者，多屬一時之士」，並未誇大。儘管不乏矚目者，但書局的經營歷史與《詩薈》的命運差不多，應該未超過兩年，十分的短暫（大約 1927～1929）。[37]結束後，黃氏另開三春書局。

連橫為什麼要開設書局？這與他個人購書的經驗，或者不無關係，在〈詩薈餘墨〉裡，他檢討漢文圖書流通的情形，頗有嘖言：

> 臺灣僻處海上，書坊極小，所售之書，不過四子書、千家詩及二三舊小說，即如屈子楚詞、龍門史記為讀書家不可少之故籍，而走遍全臺，無處可買，又何論七略所載，四部所收也哉？然則欲購書者，須向上海或他處求之，郵匯往來，諸多費事，入關之時又須檢閱，每多紛失；且不知書之美惡，版之精粗，而為坊賈所欺者不少。（【文集】，頁 290）

---

35 〈雅堂書局將出〉，《臺灣日日新報》，1927.6.4，夕刊第 4 版。

36 〈雅堂書局徵詩〉，《臺灣日日新報》，1927.7.11，第 4 版；〈翰墨因緣〉，《臺灣日日新報》，1927.8.9，第 4 版。

37 雅堂書局開設時間，有昭和二年（1927）秋、昭和三年（1928）之說，前者為書局合夥者黃春丞，後者為連震東的雅堂先生年表；雅堂書局應開辦於 1927 年 7 月 10 日，報端披露如下：「本市連雅堂與黃春丞氏合開雅堂書局，籌備以來漸已就緒，擇地于太平町三丁目。為往來衝要之區，卜于本月十日正式開業。」〈雅堂書局開矣〉，《臺灣日日新報》，1927.7.6，第 4 版。

> 不佞自十年來，擬集同志組織讀書會及圖書流通處，一以
> 鼓舞讀書之趣味，一以利便讀者之購借，而呼遍全臺，無
> 有應者。文運之衰，寧不慨歎！（【文集】，頁 291）

但是，開設書局的動機只為了自己的需要或服務像他這般少數的讀書人嗎？自然不是的。「**選辦古今有用之書**」[38]，以供市場流通，傳承漢文知識，或方為主要的目的。

雅堂書局開店的第一年，曾聘雇張維賢擔任店員，打理店內事務，直到第二年，張氏負笈東京，入築地小劇場學習為止。由於有聘雇的經營，應可以確定雅堂書局有營利的企圖。但實際的營業情形，因無客觀文獻記載，並未遺留相關的具體資訊，我們只能從其後人的回憶以及當時其他書局經營的片段，略窺端倪。

進書部分，一般稱從上海的中華、民智、北新、文明、世界、泰東、千頃堂、掃葉山房，以及商務印書館等書局進購。唯成本頗高。雅堂書局鬻書紀錄並無留存，遂無法進一步掌握其進口圖書的細項，因而，便難以推估圖書種類。類似情形，還有蔣渭水的文化書局（1926-）[39]。目前，惟一可以做的，或者從書局性質與之接近的「興漢書局」，略窺一斑。張純甫致力蒐羅各式漢學典籍，或者供個人珍藏閱讀，或者在他開設的「興漢書局」販售，今日可見〈守墨樓藏書目錄〉三本手稿中，黃美娥獲張純甫哲嗣張子唐借閱影印，因而觀其藏書之豐富，遍括經史子集四部，如《十三經注疏》、《御纂七經》、《四書古註群義》十種、《百子全書》、《集林》、《漢魏百三名家集》、《唐詩百名家

---

[38] 〈雅堂書局將出〉，《臺灣日日新報》，1927.6.4，夕刊第 4 版。

[39] 文化書局的開辦，報端披露如下，「**臺北為臺灣之首府，為全島民眾聚會之區，而至今尚未有本島人經營之書店，為臺灣文化向上計，甚為遺憾，特以中國出版之漢文⋯⋯**」〈文化書局出現　蔣氏倡辦〉，《臺灣日日新報》，1926.6.6，第 7 版。

集》、《漢魏叢書》九十六種、《二酉堂叢書》、《國朝著述叢編》、
《顧亭林遺書》、《唐人說薈》、《清人說薈》、《清人說薈二集》等。
影本現存新竹文化局文獻室。若以相類的書目推論，則其圖書種
類較缺乏多樣性。

　　經史子集的漢文線裝書，是雅堂書局販售的主要圖書。
以這些書籍種類，想必經營不易，因而書局當時也兼營文具，
賣湖筆、徽墨、宣紙、雅扇等。為了吸引客源，甚至舉辦冬季折
扣，如《臺灣日日新報》所載：「古今圖書。照碼九折。新舊小
說。照碼八折」[40]。雖然標榜不賣日文書籍文具，卻又代理臺灣
總督府採購有關南方資料的漢文書籍業務，為林元輝歸類為御用
書店。[41]但即使如此，雅堂書局仍無法維持。

　　比起雅堂書局的專注於經史的漢文圖書，雲林斗六人黃茂盛
（字松軒，1901～1978）開設的蘭記則明顯不同。陳江山《精神
錄》的扉頁廣告這樣描述他對知識生產與傳播的理念：

> 竊願世之有志者，以實心求實學，俾古今聖經賢傳，物理
> 科學，靡不了然於胸中，然非博覽群書，何由而得此。[42]

「實學」是蘭記的目標。黃茂盛深諳管理，書局從事多角化經營。
他販賣二手書籍、創立「漢籍流通會」，酌收會費，倡議圖書交
換閱讀，並且是當時漢文教材的出版商。他以人文與科學並重的
原則自編「漢文讀本」。為了持續經銷漢文書籍，曾經出版過一

40　〈書局冬季大賣〉，《臺灣日日新報》，1927.11.28，第 4 版；〈讀書之時到矣〉，
　　《臺灣日日新報》，1929.11.15，第 4 版。

41　林元輝，〈以連橫為例析論集體記憶的形成、變遷與意義〉，《臺灣社會研究
　　季刊》31 期，頁 8。

42　轉引自江林信，〈漢文知識的散播者──記蘭記經營者黃茂盛〉，（來源：
　　http://140.119.61.161/blog/forum_detail.php?id=1603）。

系列日語教材書籍，諸如《無師自通日文自修讀本》、《ペン字入實用書翰辭典》等。[43]

　　與雅堂書局一樣，蘭記也進口圖書方面，但更有策略。其初期為郵購，後則與上海之間的書店建立「圖書託售」的合作關係。在進口圖書的選擇，也更具彈性，種類繁多的各式圖書來自上海商務印書館、鴻文新記書局與千頃堂等書店，經、史、子、集固然在列，三○年代之後，更有大量中國通俗小說，諸如《官場現形記》、《孽海花》、《啼笑姻緣》、《漢宮春色》等，符合大眾休閒品味的書籍提供選購，充分反應對時代需求。此外，醫藥、催眠、相術、魔術，甚至連環圖書、理財致富，美術圖片等，都在經營範圍。有鑑於當時蒔蘭風氣的興盛，黃茂盛更利用其日文能力，開闢日本內地的苗圃市場，以郵寄方式在日本的「園藝趣味社」，刊登「蘭記種苗園」之廣告，宣傳其經營的項目，包括「和洋蘭諸盆栽」、「大葉報歲蘭大量栽培」。[44]蘭記重視現代商業的經營手法，更表現在它對廣告的重視，不僅在各大報如《臺灣日日新報》、《臺南新報》、《臺灣民報》、《三六九小報》、《詩報》等，刊登廣告，廣告詞的設計更是別出心裁，如對《拳乘》、《拳經》與《少林拳術精義》等書的宣傳寫道：「殺人不眨眼之驚人絕技公開於世」等。[45]

　　蘭記在擴充過程中也遭遇過打擊，其一是昭和二年（1927）年間，引進上海商務印書館發行之《國語教科書》，因出現「國

---

[43] 江林信，〈漢文知識的散播者——記蘭記經營者黃茂盛〉，（來源：http://140.119.61.161/blog/forum_detail.php?id=1603）。

[44] 何義麟，〈祝融光顧之後——蘭記書局經營的危機與轉機〉，《文訊》255 期（2007.01），頁 68-74。

[45] 蔡盛琦，〈從蘭記廣告看書局的經營（1922-1949）〉，《文訊》255 期（2007.01），頁 75-82。

語」字眼而遭殖民當局查禁。[46]其二則是在昭和九年（1934）2
月 10 日，慘遭祝融之災[47]。但由於經營得法，觸角多元，兩者都
未對蘭記產生致命的威脅。蘭記並且自製圖書分類與書目，別具
建構時人知識論的時代性意義。[48]

　　從雅堂書局的經營與蘭記作比較，多少能發現前者經營短
暫，最後不能免於失敗的原因。類似連橫這樣的文人雖然掌握文
化資本，卻由於被自身的理想性所局限，易流於曲高和寡的窘
境，或者未能掌握文化資本如何擴張、轉化為商業市場中的經濟
資本的原則，以致於只好黯然收店。

　　不安於日人報刊筆政的位置，刊行《詩薈》，經營書局，可
以看到連橫投入漢學知識生產、傳播、求為世用的熱情，不妨視
為被殖民者心靈異質的展現，其過程頗為曲折。由於無法和同於
閱讀市場，兩者都不能避免地走向曇花一現的命運。

三、知識生產的原型與變形——詩社與漢學研究會

　　在報刊與書局的經營外，連橫與漢學知識的關係，還有詩社
與漢學研究會。

　　書房與公學校的消長具備文化認同的抗衡意義，對此，前人
的研究頗多。當代表漢文化認同的書房的形式逐漸被殖民者所摧
毀時，這股力量何去何從？本節將透過連橫的詩社、漢學研究會

---

[46]　蔡盛琦，〈從蘭記廣告看書局的經營（1922-1949）〉，《文訊》255 期，頁 75-82。
[47]　何義麟，〈祝融光顧之後——蘭記書局經營的危機與轉機〉，《文訊》255 期，
　　　頁 68-74。
[48]　黃美娥，〈從蘭記圖書目錄想像一個時代的閱讀／知識故事〉，《文訊》255
　　　期（2007.01），頁 57-64。

的參與，說明臺灣民間抵抗殖民文化力量的移防過程，以及日治時期傳統文人求為世用的熱情行動暨其頓挫的下場。

（一）從詩事風雅的創造到消費——詩社的興盛與變遷

當殖民統治的形制趨於穩固，地方教育便與殖民者國家機器產生功能抵觸的局面，遂成為殖民者積極以各種措施直接管束、控制的對象：明治三十二年（1899）統治當局政令宣導中，認定臺灣舊有「書房」[49]等私人教學場所，應當改易為現代文明教育制度的「臺灣公學」，於是，傳統教育場所在官方以教學科目、教材與登記註冊等處處刁難的情況下[50]，逐漸難以正常發揮傳播漢學與民族精神的既有功能；而且由於公學校的普及，就讀率升高，故書房朝向午後乃至夜間開課的狀況也日漸普遍，明治三十七年（1904）時，已有直接稱書房為「夜學」者[51]，亦即臺語所謂的「暗學仔」。可見，書房的邊緣化趨勢已不可免。明治三十八年（1905）後，書房教材愈受控制，必須獲得政府許可、受到法律規範，已無法保留傳統的教學內容，自大正三年（1914）至大正十一年（1922）書房由 638 所銳減為 94 所，這種近乎銷亡

---

[49] 據汪知亭《臺灣教育史》（臺北：臺灣書局，1959），臺灣教育制度於清領時期，主要有：儒學、書院、義學、社學、民學、新式學校等形式。其中，「民學」即是民間的私學，俗稱書館或私塾，臺灣民間則多稱之為「書房」，係日本領臺之後唯一被保留下來的教育機構。

[50] 相關「刁難」情形，如：思想改造（1899 書房教師講習會）、教材限制（1905 編成漢文讀本），並且官方大量利用輿論鼓吹書房廢除或改良為正確之趨勢的論點。

[51] 說見王文顏，〈臺灣詩社之研究〉（臺北：政治大學中國文學研究所碩士論文，1979）。明治三十七年（1904）即有「從來島人設立之書房，自禁止以來，大稻埕其他各地設立夜學多有出願者。稻埕亦已至有十校。此等書房，於子弟教養上無有弊害等事」，可知書房轉為夜間上課。」〈島人夜學續興〉，《臺灣日日新報》，1904.5.31，第 4 版。

的非常態現象，意味著支持傳統教育的社會力量已如官方預期地在幾年內逐漸解體，因而當局毋庸忌憚，於大正十一年（1922）頒布「臺灣教育令」（敕令第 20 號發佈），公告公學校漢文課改為每週兩小時的選修課，而且各地方得以視實際需要自行廢除漢文課。[52]如是做法，表徵殖民者已由初期的管理手段，進入實質的禁止階段，而傳統書房之於淡出歷史舞臺，已係大勢所趨。

由於書房沒落，詩社遂擔任起書房的部份功能，因而普遍地被認為這是詩社增加的原因之一。當代學者如王文顏以降，多做這樣的持論[53]。查檢資料，確也可以獲得相應的證據，如臺北州便有不少詩文社具備書房的性質，陳廷植之聚奎吟社，執行教授子弟識漢字、讀漢文的教育任務。而這樣的看法，多少受到連橫的影響，連橫在〈臺灣詩社記〉裡寫道：

> 顧念海桑以後，吟社之設，後先而出，今其存者六十有六，文運之延，賴此一線，是亦民俗盛衰之所繫也。（【文集】，頁 101）

將詩社視為臺灣文運的延續者，是民俗之所繫者，其意在於詩社不僅是創造風雅之所在，也是社會風氣良窳的觀察點。這樣的看法，源自於中國文學傳統中的採風、觀風，這也是連橫在他對詩歌創作林林總總的意見中，一再表達的。

---

[52] 王順隆，〈日治時期臺灣人「漢文教育」的時代意義〉，《臺灣風物》49 卷 4 期（1992.12），頁 122-124。

[53] 詩社的發展，在日治時期頗有時日，這當然不是惟一的原因，黃美娥便以為這是當時內、外在因素輻輳的結果。外在因素有日人的推波助瀾、社會環境安定、報紙雜誌的傳播；內在因素有「沉溺詩歌以自遣、維繫漢文於一線」、「風雅唱和，切磋詩文」、「抬高身分、博取美名」、「溝通聲息、敦睦情誼」等，但筆者認為欲擔任地方漢文教育的功能應為主因。說見黃美娥，〈日治時代臺灣詩社林立的社會考察〉，《古典臺灣：文學史·詩社·作家論》（臺北：國立編譯館，2007），頁 204-233。

　　而連橫一生與詩社的關係，尤為深遠。創結詩社，實際上為連橫的漢學傳播事業中扮演著重要的角色。在連橫的作品中，頗多與詩友的酬唱；連橫也是少數於臺灣三大詩社都有交遊的詩人；他直接經歷了詩社的興衰。簡單綜括連橫的詩社經驗，大致是這樣的：他從上海返臺，與陳瘦痕、吳楓橋、張秋濃、李少青等結浪吟詩社（1891），人數約為十人左右，一個月裡有幾次聚會。每次聚會時，一定作詩；在特殊的日子裡，他們也會集於城外竹溪寺、法華寺、海會寺這些廟宇。後由於老成凋謝，明治三十九年（1906）冬，連橫又與瘦痕邀趙雲石、謝籟軒、鄒小奇、楊宜綠等，改創南社，約十多人，迨明治四十二年（1909）間，成員已達數十之譜，並推蔡玉屏為社長。「辛亥春，（南社）開大會於兩廣會館，全臺之士至者百人。」（【文集】，頁 100）已具相當規模。另外，同樣是己酉年，連橫「居大墩，癡仙邀入（櫟）社，得與諸君子晉接，以道義文章相切劘。」（【文集】，頁 100）櫟社，為林癡仙所倡，「賴紹堯、林南強聞其志而贊之。啟運、槐庭與呂厚庵、傅鶴亭、陳滄玉復和之，遂訂社章，立題名錄，為春秋之會。」（【文集】，頁 100）櫟社成立廿二年後，「癡仙、紹堯、厚庵、啟運、滄玉雖前後徂逝，而林灌園繼起，鶴亭、南強、槐庭俱健在，建碑刊集，以紹癡仙之志。」（【文集】，頁 100）櫟社依然展現相當的活動力。當時，臺北為全臺首府，而瀛社為之主，此係洪以南、謝雪漁、倪希昶等所共創，社員幾及百人。瀛社後來與新竹之竹社、桃園之桃社，互相聯合，時開大會。連橫移家淡北，便經常與瀛社諸君子往返。以上所記，均見於連橫的〈臺灣詩社記〉，與臺灣三大詩社的交遊經驗，應係他撰寫「詩社記」的基礎，為臺灣文人交遊留下可貴的文獻資料。

　　然則，詩社一直被視為漢學傳播中的要項，在日治時期，具有一種「鈕扣」（button）的功能，維繫著臺灣傳統文人的內在居室，以及他們的向外在世界自我敞開的行動。就中國文人傳統而言，文人的身分為四民之首，他們自幼傳習經典與詩文的創作技藝，及長，懷抱經世治人的理想，備受社會尊崇。由於學問養成不易，這個身分的「流入」是有限的。但到了日治時期，文人的身分卻不得不向社會的各個階層敞開，變得多元化起來，連輾米廠的夥計、藥行的老闆都是詩仔會的成員，全是詩人；面對這樣的現實，他們並未故步自封，而是摸索著去建構一個較適應於現代存在情境的主體性，開創幾近四百個詩社，成就漢詩的一頁璀璨。這絕對不是徒然閉鎖所能竟其功的。閉鎖使得文人保有舊風雅，敞開卻有可能使文化開出新光華。我們再仔細觀察，傳統文人求為世用，繫民俗為己任，從連橫〈櫟社大會示同社諸子〉這首詩，便可以略窺一、二：「寥落吾徒未有奇，孤芳獨抱一編詩。廿年舊淚傷鋤蕙，千古高風繼採薇。裙屐漸欣鄉國盛，文章足起劫塵衰。莫談櫟社終無用，佇看輪囷拔地時。」（【詩集】，頁55）由此可見，櫟社之櫟，原是以無用為大用，其目的，在期望以文采修辭為職志的詞章學問，能於世變的大劫之後，再綻新光輝，能夠有一番大作為。

　　因而，傳統文人創辦刊物、徵求詩作，以發稿費、獎品、獎狀，提供食宿等等誘因，透過組織化的積極力道來推廣漢詩。前文曾提及連橫主持《臺南新報》漢文部時，辦理「赤城花榜」之藝旦花選，明白的說，目的就在於「應風流文士之催，或吸引讀者乎！」[54]為的是增加寫詩的人口，提升漢詩活動的能見度；另一方面也將漢詩商品化，成為可買賣的對象，正式嵌入現代社會

---

[54] 曾迺碩，《連橫傳》，頁73。

中消費的一環。活動場所反映出詩歌吟詠已不再是傳統士大夫集團於名園樓閣的專屬活動，它廣泛的出現於社會的各個角落，舉凡歌舞宴會場合、紙醉金迷所在，販夫走卒之處，攤集市肆之地，均可見其蹤影。其活動，也不再局限於風雅，而是具備社交性質的通俗應酬活動，如歡迎洗塵會、公餞壯行會、悼亡慰安會、祝賀表彰會、婚嫁祝壽會、開業紀念會等，或是為雅興之納涼會、觀月會、觀菊會、觀蘭會等，以及祭孔之會等。[55]

這種變化，使得即使是像連橫這樣的文人，都感到世風日下、斯文淪喪，漢詩究竟是否得維繫風俗之盛衰呢？且不說張我軍大張旗鼓地反對擊缽，連橫對此也持保留的態度。《雅言》裡說：

> 三十年來，臺灣詩學之盛，可謂極矣。吟社之設，多以十數。每年大會，至者嘗二、三百人。賴悔之所謂「過江有約皆名士，入社忘年即弟兄」；誠可為今日詩會讚語矣。顧其所作者，多屬擊缽吟。夫擊缽之詩，非詩也。良朋小集，刻燭攤箋，鬥捷爭奇以詠佳夕，可偶為之而不可數；數則詩格日卑而詩之道僿矣。然而今之詩會非擊缽吟無詩，今之詩人非作擊缽吟之詩非詩；是則變態之詩學也，可乎哉？（【雅言】，頁41）

連橫認為擊缽詩「可偶為之而不可數」，把「非作擊缽吟之詩非詩」的現象，遽呼之為「變態」之詩學，其內心之沉痛可知。但言者諄諄，聽者藐藐，風氣所至，無人足以擋之。總之，漢詩書寫在殖民政府利導之「印刷資本主義」之下，其抒情言志之功能，

55　筆者與謝崇耀合撰，〈從瀛社活動場所觀察日治時期臺灣詩社區的形成與意義〉，「瀛社百週年紀念學術研討會」論文集（臺北：國立臺灣大學臺灣文學研究所主辦，2008.11.1-2），頁2。

似有渙散之**趨勢**，新的美學標準正在取而代之。文人生活方式的消逝，在某種程度上，反映了漢詩美學的轉變。當漢詩美學的轉變再也無法彌平它自己與生活現實中言文不一致的鴻溝，也就是說，它的通俗化並無法維繫漢詩日常語用與被閱讀的教化功能時，轉為一種僅具審美意義之技藝，它遂成為類似如插花、彈鋼琴的非必要性能力，漢詩便不可避免地步入衰微的命運。此係創結詩社終究無法承載傳統文人自我敞開之實踐的原因之一。

（二）交混殖民性與現代性的漢學研究會

創結詩社之外，連橫亦投入漢學知識傳播與生產的行列。根據昭和三年（1928）的報導，開設雅堂書局之後，「**以本島漢文雖漸復興，有志之士苦無師承，未得融通意義，頗以為憾。**」於是募集會員，這是連橫首辦漢文研究會，每晚 7-9 時，於書局內「**課以子書、古文、唐詩、字學，以為基礎。**」[56]昭和四年（1929）8 月 30 日，如水社籌設漢學研究會，首列連雅堂氏，次列傅金霖氏、林履信氏；[57]接著 9 月 5 日有漢學研究會再開的消息見報[58]。昭和五年（1930），《三六九報》主辦「臺灣三百年史講演會」，時間為 11 月 20 日迄 29 日，每日晚間 7-9 時，在臺南武廟內佛祖廳講演。[59]凡是應皆夜學之類，其為書房的性質，未能持久，十分明顯，如從所教習的內容為漢文、對象為志願型會員、研讀時間在晚間等等，則漢學研究會係一替代書房的組織。它的出現及作用，還必須回到臺灣傳統的教育制度進行說明。

---

56 〈漢文研究會〉，《臺灣日日新報》，1928.11.06，夕刊第 4 版。
57 〈如水社籌設漢學研究會〉，《臺灣日日新報》，1929.08.30，夕刊第 4 版。
58 〈漢文研究會再開〉，《臺灣日日新報》，1929.9.5，第 4 版。
59 〈臺灣三百年史演講會小啟〉，《三六九小報》20 期（1930.11.13），頁 1。

　　自清代領臺以來，中國教育制度被移植到臺灣，因地制宜，只做了極少數必要的改變。其部份形態是，透過對地方自主權的承認與放任，讓地方士紳肩負起社會維繫的責任，民學、書房、義塾等教育形式，即是在這樣的狀態下產生的，這是地方教育與鄉治社會深刻綰連的結果。它們在早期只有義塾進入官學體制，但很快地即轉為私學。這些私學無特定組織、也無特定的系統，充其量只能稱之為教育場所。它們在科舉、官紳體系的推引下，以不成文的沿襲方式，用內容相似的教材，延聘背景一致的教師，為地方子弟教學，這些教育場所廣布民間，發揮了啟蒙民智的功能，成為實踐傳統教育的重要力量。日治臺灣的教育，大抵遵循後藤新平訂定的方針：「**對本島住民徹底普及國語，同時涵養其國民性，乃為本島統治的根基。**」[60]國語學習的實踐點即為中、小學校，其措施為漸進。初期，由於一時無法掌握被殖民者的語言與教育系統，對書房並無管制，更倡議詩社的成立，表面上允許臺人漢文的研習。針對殖民者這方面，則設通譯，施以被殖民者的語言教育，以利溝通，特別是直接與民眾接觸的警察階層、語言教師等──通曉部分臺語，是必需的，因而也有針對此一目的而出版的書籍，如川合真永的《笑話集》[61]即因此而編纂。其後，漢文與日文漢字的重疊，也使得殖民者在進行被殖民者的語言改造中出現一定的功能，有關這部分，論者甚多，而以陳培豐為代表，此地不贅。[62]其實際則雷厲執行殖民地的國語學習，

---

[60] 轉引自：許佩賢，〈日治末期臺灣的教育政策：以義務教育制度實施為中心〉，《臺灣史研究》20 卷 1 期（2013.03），頁 131。

[61] 川合真永，《臺灣笑話集》（臺北：臺灣日日新報社，1915），堪稱臺灣第一部臺語笑話集。

[62] 此即所謂的「同文主義」。陳氏關心的是同文主義與同化於文明（現代性）的關係，而這裡乃想指出同文主義對殖民地社會組織再造是有所作用力的，對於語言政策、以及印刷所涉及的現代性以外的相關問題，限於篇幅，無法

引進西方教育制度，明治二十八年（1895）臺北市芝山岩設置第一所西式教育場所，翌年在全臺灣創立國語傳習所，明治三十一年（1898），國語傳習所升格公學校，大力掃除文盲。[63]

　　為使教化更為深入民間，在學校常規教育下，日府另行設立同風會、同化會、風俗改良會、敦俗會、矯風會、興風會、尚風會、主婦會、青年會、同仁會、共榮會、向陽會、讀書會等。儘管各地名稱不一，卻維持著聯合組織的形式，分州、郡、市、街、庄各級。如深坑庄同風會成立，各設國語（日語）練習會，教授國語（日語）[64]。大正十四年（1925）文山郡聯合同風會之下，深坑庄同風會會址設於庄役場，會場由庄長劉軟綱擔任，組織包括主婦會、戶主會、青年會、處女會。而「淡水郡同風會」，也會借用淡水公學校講堂，舉辦「活動字真映字術講習會」。一方面是強制的，一方面則在潛移默化中，進行同化教育。凡上述各色組織，最後多數轉化為國家之行政末端組織。[65]類似漢學研究

再詳做說明。參考氏著，王興安、鳳氣至純平譯，《同化的同床異夢：日治時期臺灣的語言政策、近代化與認同》（臺北：麥田，2006）。

[63] 有關本時期的教育政策，請見汪知亭，《臺灣教育史料新編》（臺北：臺灣商務印書館，1978），頁45。本段為轉引。

[64] 林能士總編纂、毛知礪等撰稿，《深坑鄉志》（臺北：深坑鄉公所，1997），頁7。

[65] 宋秀環的〈日治時期的殖民政策：原住民青年團的發展〉一文指出，日本政府便這樣改造原住民青年團，在對部落青年組織的支配關係外，也進一步地迫使之成為國家的末端組織。見《臺灣教育史研究會通訊》33期（2004.06），頁2-23。又，楊境任也指出，在1920年地方制度改正後，青年團體方始大幅的成長，其中臺灣文化協會的積極參與引起當局的憂慮，有感於必須控制青年團體，因此也開始以間接和直接的方式介入，間接是由官方經營的教化團體或青年會館來控制青年團體；直接則是以行政命令的方式規範青年團體，因此受文化協會影響，臺灣的青年組織乃進入「青年團行政的整備與系統化（1926-1938）時期」，並在1930年由總督府頒布〈臺灣青年團訓令〉，官方全面地對青年團進行統制。見楊境任，〈日治時期臺灣青年團之研究〉（桃園：國立中央大學歷史研究所碩士論文，2001）。

會這種新式漢學教育社團的諸多名稱[66]，是緣起於同樣以教育為功能，但方向完全迴異，以日本化為主的新式教育組織，如和漢文研究會、夜學會[67]都是當時普遍的同化教育組織。以此返視漢學研究會的存在，則是標準借用同化之名存傳承國粹之異夢。

日府在設立學校之外，尚且打壓書房，如大正十一年（1922）當局二度頒布的「臺灣教育令」[68]，進而加以改造為同類，又與許多外圍教育組織相輔相成，使得臺灣民間維繫傳統漢學力量時備感吃力，許多傳統知識與殖民性、現代性交混的現象於焉產生了。傳統文人受任為地方領導階級，必須與之妥協，如對公學校的捐輸，送子弟入學，擔當為殖民教化宣傳之組織的成員，乃至成為領導者，例如早期的新學會、後期的同風會、青年會等，受邀為會長，但在這一方面的發展之外，另一方面，他們又時時刻刻都在尋找維繫傳統文化的方式，如公學校初期與地方仕紳妥協，增設漢文科，敦聘地方具名望的塾師入公學校教授相關科目，麻豆振文社在大正十四年（1925）還有試圖介入公學校漢文科落實的紀錄。在對同化社團的滲透，如最初發起於臺南與臺北的「新學會」，試圖將漢學融入日本化的主要脈絡中。同風會、青年會的授課內容亦未必皆為日本化之內容。同風會的劉蘭亭會長、許梓桑、蔡敦輝講師都是志在維繫傳統的人士。文化協會甚至透過部分可以掌控的青年會傳播本土思想，可以謂之為假借日

---

[66] 所謂「新式」指以較新潮的命名，有社團組織的形式，開辦演講，向外公開，而且可能還擔任書籍流通的任務，蘭記、雅堂書局都有開辦漢學研究會的記錄，與書房只針對地方童蒙教育形式不同。

[67] 明治三十八年至三十九年（1905～1906）間，總督府要求公學校設置「國語夜學會」。以學校及派出所為單位，半強制招集未就學的青少年，每天晚間由教職員或警察義務教授國語。

[68] 日治期間，「臺灣教育令」一共頒佈三次，分別是大正八年（1919）、大正十一年（1922）和昭和十六年（1941）。其中，大正十一年的「臺灣教育令」因明令「漢文」為選修課，故引起有志之士群起抗議。

本化組織之名，卻行漢學深化工作之實，這可以解釋何以日本同化的新式社會組織雜廁於漢學研究組織之中。不過，比起同化組織的五花八門，漢學研究組織仍屬九牛一毛。

「臺灣教育令」一出，群情嘩然，臺民一方面投書報社訴諸輿論，要求恢復漢文，另一方面，則改變書房的上課時間來加以因應。為避免與日間上課的「公學校」相衝突，乃迂迴延至夜間開課，此即俗稱的「暗學仔」。

原本，民間書房在殖民政府的政治力操作之下，於大正十一年（1922）銳減至極，但相關社會力量並未隨之銷解，反而因為頒發「臺灣教育令」的危機意識而出現一定程度的反彈，逐年減少的書房數出現上升的現象，並表現在三個方向：其一為書房的重新振作，據統計，於大正十二年（1923）至昭和五年（1930）年間，書房數量自 94 所微幅增加至 164 所，統治當局為壓制此一趨勢，政府的約束益為嚴厲，大正十二年（1923），書房被要求教授日語、修身、算術等公學校的課程即是明證；[69]其二是詩社等藝文組織取代了傳統書房的位置，關於此一部分，已見於前節之論；其三，以社團組織形態出現，書房名亡而實存。如在風氣較為保守的麻豆、宜蘭兩地都曾出現過的振文社。振文社，不以書房為名，卻沿襲清代文學社團的名謂，以漢文研究與教學為主。

為免當局忌諱、兼以時勢潮流之所趨，傳統私學使用新式組織名稱者居大多數——漢文研究會即其中之一。雅堂書局成立後的漢學研究會，其存在的目的亦同。漢學研究會以同化社團的名謂出現，或旨在掩當局耳目、混淆殖民者的視聽，或隱含與之一

---

[69] 王順隆，〈日治時期臺灣人「漢文教育」的時代意義〉，《臺灣風物》49 卷 4 期，頁 122-124。

較高下的競爭意圖，或僅係耳濡目染、借用其名謂而已。總之，書房的名謂既然已經備受約束，那麼，借用同樣具有教育功能的社團名稱以為己用，再標明漢文、漢學以作為與日本化新式教育組織的區隔，強化對社會的號召力[70]，不能不視為一合理而明智的發展。

當時這些具有傳承漢學文化的教育組織，不論是採用何種新式社團名稱，究其實質內涵，上課內容，一以儒家經典為修身之本，而實際傳習的技藝則為寫詩作文，至於上課時間，則一概都在夜間，可見這些組織的名相略所不同，但內容實為一致，在形式上則與傳統私學不同——它們鼓吹漢籍流通、辦理演講等活動，積極對外開放的程度，甚至刊登廣告，經營更為靈活，不妨以新式漢學教育社團統而稱之。新式漢學教育社團的發起者，有個人，也有組織。前者多係當地仕紳階級或私塾教師，後者則為支持傳統文化之組織。總的說來，仍以傳統仕紳階級進入的新社會領導階級所引領的組織單位為主。例如水社即是臺灣社會領導階級重要的組織[71]，而大觀書院即是由傳統仕紳合力協成的義塾。對於當時這類社團的活動狀況，不妨參閱相關的報導，如輿論〈漢文研究會之活躍〉謂：「自改隸以來，教育制度既不注重漢學之振興，而公學校亦廢漢而不教，致現代之青年，於漢文之素養極其幼稚，然而漢文為臺民日常生活上所不可缺者。」[72]以及〈各地既禁書房爲備南洋南華進出公設漢文研究會如何〉、〈書房廢漢學興〉（1934）等，漢文研究會代替書房既有之功能與地位，似乎成為逐漸被接受的事實。

---

[70] 青年會也必須另立一組織，否則不易對具傳統認同的群眾有足夠的號召力。

[71] 吳文星，《日治時期臺灣社會領導階層》（臺北：五南圖書公司，2008），頁11-165。

[72] 〈漢文研究會之活躍〉，《臺灣民報》，1926.2.14，第5版。

　　清代鄉治社會中由仕紳領導的教育機制，在臺灣播種結根，根深柢固，以致於傳統力量一時無以戡止，書房、詩社與漢學研究會的相始相因，正足以說明這股力量「野火燒不盡，春風吹後又生」。而如前文所提及的，詩社也取代部份的書房的功能。不過，我們要注意幾個事實：國家機器的意識形態所建構的教育體制，以及它對違反其體制之相關組織的掃除，卻不是民間力量所能抗衡的。詩社的性質畢竟為同仁社團，以宴集聯誼，競藝遊樂為主，教育並非其主要目的，亦無具體的教育性格，其所能發揮的空間，很難不受到局限。另及，與官方對抗的，並不能簡化為只有公學校與書房兩股社會勢力，而書房與詩社間的消長關係，也不能僅就這兩者的數目計算而已。當詩社所存在著的書房內容已被殖民者改造，而且逐年消失，反彈僅為暫時的現象。在大正十一年（1922）後，大量出現的新式漢學教育組織，才是傳統精神與力量真正的集結出口，儘管它們並不能提高與公學校對抗的效果；但吾人若無視其存在，未能掌握其脈絡，則將無法詮釋傳統與殖民力量在教育領域上真實的抗衡關係與發展，自然亦無法清楚描繪出當時殖民與傳統力量在教育文化場域競爭的實際輪廓。

　　連橫在敞開自我以用世的過程採取了系列行動，包括了對詩社、夜學、雅堂書局辦理的漢學研究會等組織的參與，其展示的意義，不僅關係及臺灣傳統文人的志業與敘事，同時也埋伏著殖民權力的規訓企圖，以及現代性教育中要求言文一致的發展，三者相互角力，最後，自然是殖民政府的國家機器大獲全勝，現代性持續進展，文人落拓以終。不了解此，便無法進入臺灣傳統文人的存在處境與時代的脈絡。

小結

　　本章先說明日治時期的臺灣傳統文人的角色變動，漢文知識或孔孟思想皆不僅為收藏之用，而且為敞開以求世用的策略。接著以連橫為世變傳統文人的代表，追跡他從擔任報刊筆政，到參與詩社，開設書局，創辦期刊的過程，解釋何以連橫需要如此曲折地承接看起來並無密切關係的漢學活動，他的身分既是拾荒者、收藏者，更是一個敞開者、介入者。連橫所有的漢文活動，與中國文人傳統的經世致用理念，以及日治時期臺灣漢學的傳播與發展，息息相關。漢文閱讀在日治時期如何由書房、詩社，而書局，而與新式教育社團之間，有著承傳一體的關係。而每一個投入的腳步都不例外地代表著傳統文人向外敞開，他們立身應世的方式，都無法自外於殖民統治與印刷資本主義的消費──而展現為一和解、潰散的過程。此一過程在連橫身上表現最為明顯。

　　學者或將連橫在漢學傳播事業的挫敗，寬泛地解釋為恢復漢學傳統，與殖民地政策有所扞格，表面上看起來備受日人重視，卻並未獲得具體奧援，他在漢學傳播事業上一路顛躓，最後不得不以辭卸筆政、詩社流散、詩薈停刊、書局關閉、漢學研究會結束。反對者則以為連橫處處與日人合作，遂因為撰寫「鴉片有益」的言論[73]被視為附和日本政府政策而大受撻伐，離臺赴滬，遠離臺灣。

　　筆者以為，連橫的挫敗，不只是他個人生涯的挫敗，更凸顯了數重文化意義。其一是，以出版現代性建構民族的想像共同體，不能阻止被殖民者心靈異質的活躍。其二，出版現代性的維

---

[73] 連橫於昭和五年（1930）3 月 2 日，在《臺灣日日新報》上發表〈臺灣阿片特許問題〉一文，坊間多稱之為「鴉片有益論」。

繁，主要在於印刷資本主義。由於印刷牽涉巨大的資本，若沒有經濟實力的支持，則難以有所作為。連橫辦《福建日日新報》、《詩薈》、開雅堂書局的失敗，雖說也有複雜的政治因素，但他依賴捐款辦報，經營書局不如蘭記活潑、具商業手腕，無法獲得市場的回饋，代購日府用書亦無濟於事，恐怕才是主要的原因。

其三是「家世族望」左右社會地位的事實。連橫憑其揮翰成章的辭采，著述立聲，有名於當世，但其本質始終不脫為一介文士，他的祖父「連長瑞」雖以販煙致富，其家煙鋪及水田為政府當局所徵收，家業衰落[74]，略無所謂的「家世族望」。並無「家世族望」，更無財貨，使得連橫難以成為晉身新建的社會領導階層，以致無法獲得雄厚的經濟資本作為其漢學事業的支撐。相反地，櫟社、臺灣文社，乃至臺灣文化協會的成功，與霧峰林家諸君子的家世族望與經濟實力，實不無關係。

易言之，知識分子角色扮演的改變，使得僅有文學技藝的連橫已無法在社會新領導階層中晉身。知識分子必須被統治階層收編，或者具備一定的專業技藝（如醫師）、經濟資本（如實業家），方足以獲得一定的社會地位，印證一個更重要的事實，即班雅明、余英時所分析的當時知識分子的邊緣化。過去透過科舉以求晉身的徑路已不再，而宗族、學校、鄉約、會館等社會組織，亦已為現代性進展中的殖民政權所改造與利用，則類似連橫這樣的文人，意欲透過詩社、漢學研究會等民間社會組織，用此維繫民俗，完成自我實現，有其現實上的困難，以致一再於各種嘗試的事業中遭遇挫折，而深切感到自我立身的困頓。

---

[74] 「臺灣連氏家族」，（來源：http://big5.chinataiwan.org/zppd/MMWZ/200805/t2 0080528_650258.htm。）

　　隨著政權的日趨鞏固，言文一致地日有進展，傳統漢學的市場漸趨於凋零，無法取得大眾的認同，這是何以連橫在漢學事業的傳播上，屢遭挫折，主要原因，仍在於經營不善。相對的，殖民教化日益多元而深入人心。在各地同化組織如雨後春筍，不斷新生，成為殖民教育體制中的內應，其中，卻也穿插著新式漢學教育組織的潛在滲透。此一現象，代表著傳統的知識力量積極於殖民地政權中尋找新的移防位置。它們自覺或不自覺地與殖民教育體系抗衡，其興起與頓挫，在連橫的漢文傳播事業中一覽無遺。

　　本章所使用多為一手資料，逐一檢討連橫所踐履的漢學傳播事業，說明其做為一個代表性的臺灣傳統文人，他在漢文知識生產與傳播的移動當中，與時代、社會的脈動若合符節之表現，彷彿時代與個人處境的相互依違，有時候完全出乎吾人的意料之外。

　　　　本文刊於《成大中文學報》26 期（2009.10），頁 81-117。原題〈日治時期臺灣傳統文人對世務之肆應——以連橫的漢學傳播事業為觀察核心〉。

第三章　雞林有價：
詩歌體勢、鄉愁書寫與群我交流

前言

連橫被譽為臺灣三大詩人之一。

披讀連橫的詩歌作品，籠括各種體裁，絕句、律體、歌行，題材更是總雜，包攬詠史、懷古、旅遊、雅聚、寫物、描景、題畫、寄友、贈別、傷逝等；情緒遍歷歡喜、感傷、憂懼、憤怒、閒適；技巧常出以白描、議論、諷喻或託寓。

本章考察連橫詩歌作品再現的特色，其於書寫形式的運用，如七律、歌行，主題所偏好的再現，經常繫於不在家的離散、飄泊感，以及人我的往來交遊、情緒的感通。

一、盧前王後居相侶：書寫形式的抉擇

繼承漢詩歌書寫的方式，連橫主張須先擇題、次選體，在詩學建立他個人的規範繩準。[1]此地先論選體。

漢字的符號系統及意義，有源於形體差異而生者，有源自音韻差異而生者，與西方以符號表音的文字系統相差甚遠。這種形體與聲音的相對獨立性，是近體詩的結構基礎。唐時受天竺僧侶引入的梵文及其語言學的觸發，中國的「描寫性詩歌」，趨向以更嚴謹的聲調及對偶為基礎的法則，[2]因而，語言材料，不只需富有所謂「宮徵靡曼，脣吻遒會」[3]的音律，更要有比物從類、擬人

---

[1] 有關規範詩學的概念與內容，詳張伯偉，〈論唐代的規範詩學〉，《中國社會科學》4 期（2006.07），頁 167-177。

[2] 高友工，《中國美典與文學研究論集》（臺北：臺大出版中心，2004），頁 226-227。

[3] 許德平，《金樓子校注》（臺北：嘉新水泥公司文化基金會，1967），頁 189-190。

其倫的文采，從對偶的相反、對立、承應、互補等，發展出「句法」。句法的涵義頗為豐富，高友工曾解釋它的內涵：

> 「法」這個詞同時有規律（law）、模式（model）、法則（method）和教育的辦法（pedagogy）這樣幾個意思。[4]

張伯偉復推敲其意，法可能還含有詩句的內容乃至作者涵養的意思。[5]這裡指的，或綜合了規律、模式、法則、內容等意思。就選體而言，連橫以為，詠史、詠物以七律為宜。詠物宜精工，詠史的宇廓則需宏大，都難於五律中有所表現。少陵〈擣衣〉等諸作為五律詠物之佳者，大都借物寄託，隨題發揮，是不能以刻畫為工的。連橫以美友吟社邀請他評點社課〈大夫松〉五律為例，在這個題目的範限下，七律尚可敷衍，五律則難下筆矣。[6]這些意見，都牽涉了內容與表現形式所構成的一種審美的法則，也就是所謂的體勢。這些對規範詩學的體會，便呈現在他詩歌創作的技藝裡。

4　高友工〈中國抒情美學〉指出在律詩定型的時候，對「法」的迷戀是最明顯的。不僅近體詩如此，唐代所建立的「古體詩」的相關理論，同樣反映了對法的關注。而這我們會在下文中再次觸及。收錄於樂黛雲、陳珏編選，《北美中國古典文學研究名家十年文選》（南京：江蘇人民出版社，1996），頁35。

5　詳張伯偉，〈論唐代的規範詩學〉，《中國社會科學》4 期，頁 167-177。「體勢」概念或出現於六朝，《文心雕龍》列〈體性〉、〈定勢〉兩篇，闡述文學風格的問題。唐代沿此而下，在詩格類文獻中，往往被賦予全新的指涉，這便是「句法」。唐人意識到，句法是作品、詩人風格形成基本要素。句構成詩篇，句與句之間相互關聯又彼此制約，形成其獨特結構，呈現出一個統一的、完整的面貌，此即作品風格。此一面貌反復呈現於詩人筆下，就形成了其人的創作風格；於一個時代反復出現，就形成了這個時代的風格。在宋代，人們把這些明確叫做「句法」。不過，此地筆者以為體勢或不僅指句法，也包括聲律。

6　連橫，〈詩薈餘墨〉，《雅堂文集》，頁 287。

連橫青年時即遭乙未之變，家園淪胥、山河易色，兼以失怙之痛、羈旅之悵，其於〈劍花室外集之一〉所收錄的「自乙未割臺以後、至辛亥遊大陸之前青年期之作」[7]，內容多遺民感慨。青壯年的連橫遊歷中國大江南北，所見既多，思致愈深，〈大陸詩草〉連橫自序道：「連橫久居東海，鬱鬱不樂，既病且殆，思欲遠遊大陸，以舒其抑塞憤懣之氣……名曰『大陸詩草』，所以紀此游之經歷也。」（【詩集】，頁5）考察其內容，與其青年期作品的主題頗相彷彿，仍以「感時憂國」為主，懷古、詠物之作特多，所使用的詩歌體裁，便主要是七言律詩。在這些詩裡，他以「修史」為己任，堅信「絕業名山」，自比「白衣卿相」。同時，他也對自己的創作深懷期許與信心，因而處處看得到他對字句的錘鍊，以至被時人視為有推敲字句的詩癖。吳堅〈送劍花歸臺南〉便作如此評論：

> 骯髒京塵剩墨妍，古心同抱亂雲眠。盧前王後居相侶，島瘦郊寒窮益堅。陳夢雞林詩有價，新聲鴻館筆如椽。關山頗耐恒娥冷，侍擁紅閨貼玉肩。（【詩集】，頁7-8）

詩中「盧前王後」意指不像楊炯之於王勃、盧照鄰，三人有競比排名的緊張關係，連橫詩藝甚能尚友古人，與王、盧結侶，攜手俱游。[8]王勃工於五律、五絕，描寫生活情志，抒發政治感慨，抨擊時弊，隱寓對權貴的不滿，以離別、懷鄉之作知名於世，這些作品主題與連橫喜縱橫議論，批古抑今，而且多用五言近體是相應的。接下來，又把他擬為孟郊（751-814）、賈島之儔。孟郊

---

[7] 連震東，〈弁言〉，收錄於連橫，《劍花室詩集》，頁1。

[8] 《舊唐書・文苑傳上・楊炯》：「炯與王勃、盧照鄰、駱賓王以文詞齊名，海內稱為王、楊、盧、駱，亦號為『四傑』。炯聞之，謂人曰：『吾愧在盧前，恥居王後。』當時議者，亦以為然。」〔後晉〕劉昫，《舊唐書》卷一百九十上，頁27，文淵閣四庫全書電子版【內聯網版】。後以之指詩文齊名。

專擅短篇五言古詩，被譽為「橫空盤硬語，妥帖力排奡。」[9]連橫著墨最多的是詠史、詠懷詩，被魏清德喻為左太沖、阮嗣宗之亞也。[10]左、阮所作都是五古詩。吳堅論詩中以四傑品論連橫，除王勃之外，另一則為盧照鄰。盧照鄰長於歌行，歌行亦連橫擅長的詩體。明人徐師曾《文體明辨序說·樂府》云：「放情長言，雜而無方者曰歌，步驟馳騁，疏而不滯者曰行，兼之者曰歌行。」[11]歌行首重「詞氣」，李逸濤評曰：「著書直括三千載，潑墨橫流十二州。」[12]趙雲石論為「讀書萬卷行萬里，使筆如劍氣如虹。宋艷班香合身手，河黃塞紫吞胸中。」[13]云云，連橫的歌行體意境清迥，「領韻疏拔，時有一往任筆，不拘整對之意。」[14]獷放奇肆、縱橫自如，如〈聞張振武之獄〉：

> 哀哀三字獄，志士不可辱。昂昂七尺軀，生死無須臾。君不見陽夏風雲會龍虎，一時健者張振武。馬上暗呼起戰征，帳前慷慨徵歌舞。副總統曰：噫！愛既不能，忍又不可，殺之宜。大總統曰：俞！爾有罪，法當誅。城門校尉執以趨。長安夜半天模糊，雙彈洞胸棄路隅。君不見彭越醢、韓信俎，古來冤獄無時無！（【詩集】，頁5）

自句法的伸縮、轉折、流動，造成詞氣之汪洋洪肆自然湧現。這樣的能力實牽涉天賦其材的本領，正如嚴羽《滄浪詩話》所謂「詩

9　〔唐〕韓愈，〈薦士〉，搜韻，（來源：http://sou-yun.com/QueryPoem.aspx）。
10　魏清德，〈大陸詩草魏序〉，收錄於連橫，《劍花室詩集》，頁3。
11　〔明〕徐師曾著，羅根澤校點，《文體明辯序說》（北京：人民文學出版社，1962），頁104。
12　李書，〈大陸詩草題詩〉，收錄於連橫，《劍花室詩集》，頁7。
13　趙鐘麒，〈大陸詩草題詩〉，收錄於連橫，《劍花室詩集》，頁7。
14　胡震亨《唐音癸籤》對盧照鄰的評論。見〔明〕胡震亨，《唐音癸籤》卷五〈評彙一〉（文淵閣四庫全書電子版【內聯網版】），頁2。

有別材，非關書也」[15]，此中與生俱來的天分，正是連橫詩作的最大特點。

左思不遇於當代，阮籍為窮途之泣；王勃以世家公子而淪落，盧照鄰困於惡疾；賈島一生坎壈，孟郊有「誰謂天地寬」[16]之歎；上述詩人都有其不得志的一面，這可以代表時人對連橫際遇的看法。在詩歌風格上，盧、王、郊、島的古詩、律體、歌行之作皆頗著意於修辭，並有名句。其中又以郊島之苦吟推敲，為世所知。其鍊字煉句，大抵清奇僻苦，幽峭枯寂，往往予人寒瘦窘迫之感，有「郊寒島瘦」之稱。由是則可見連橫在詩友眼中評價之一斑。

綜上，卻仍不足概括連橫詩的全貌，他有部分詩係如吳堅詩尾聯所說的「關山頗耐姮娥冷，侍擁紅閨貼玉肩。」這句詩一方面指出連橫的不得不託志於風月，而有性行倜儻的一面，也揭示他早年詩歌的另一種風格。其《劍花室詩集》中，箇中豔語諸如〈綺懷〉「一轉秋波無限思，撩人春睡尚迎眸」（【詩集】，頁107）、〈無題〉「愛河十丈難飛渡，恨不同生離恨天」（【詩集】，頁108）、〈水仙詞〉「昵人最是湘裙下，羅襪凌波步也香」（【詩集】，頁108）云云，亦明白突顯其惜花多情的旖旎性格。尋歡作樂的奢華、綺羅脂粉、柔弱纖巧、傷春悲秋、詞藻華麗，近於香奩體[17]，與溫、李、韓等詩風相近。這一類詩也有戲遊的趣味，多為七言絕句。在〈大陸詩草〉階段，「香奩」體式依然略為點綴其間，諸如〈江樓夜飲贈賈晴雯〉、〈杞人持贈海棠紅小影，乞題〉、〈贈江海萍〉、〈錦秋墩〉等等皆是。深味其旨，諸如「玲瓏寶髻墜青螺，憔悴

---

[15] 〔南宋〕嚴羽，《滄浪詩話》，頁3，文淵閣四庫全書電子版【內聯網版】。

[16] 〔唐〕孟郊，〈贈崔純亮別〉，〔北宋〕李昉，《文苑英華》卷二百七十六，頁14，文淵閣四庫全書電子版【內聯網版】。

[17] 〔唐〕韓偓的《香奩集》寫男女豔情。

春山蹙翠娥」[18]、「釵橫鬢亂初睡起，鈿絲巾角微含歎」[19]等語，
冶豔之中已含滄桑之態，此或係詩人長期「鬱鬱不樂」心境之映
照，至若深情憶舊、刻骨銘心如與王香禪之綺情糾葛，詩作〈秋
心〉、〈天上〉等作，則有大膽露白的自剖。

　　俗諺有云：「三歲看大，七歲看老」，這個看法於連橫並不適
用。悲悽、綺麗僅為連橫青年時期詩風之一部分，更無法概括《劍
花室詩集》整體創作風格。閒適詩的體格幾乎貫串了其人一生的
作品。其閒適，多半表現在日常生活的書寫，如以遊冶、小憩、
家居等為題者，體裁則多為七言，氣紓情閒，如其〈稻江冶春詞〉：

　　　　二重埔接三重埔，萬頃花田萬斛珠。穀雨清明都過了，采
　　　　花爭似采茶無。（【詩集】，頁 71）

這首詩描寫每年四月十九日至廿一日，是二十四節氣之一的穀
雨。雨水增多，有利於穀類作物之生長，故二重、三重這些地方
的平原上，花木連綿，彷彿無數珍珠。尾句以采花、採茶的比較，
點出這萬頃花即茶花，語言淺白，節奏輕快，不以竹枝詞為名，
卻有竹枝詞的色彩。

　　臺南法華寺，寺前有一大池塘，名為「南湖」，因形似半月，
亦稱「半月池」，池之南側建一幢榭臺，名為「半月樓」。連橫有
〈半月樓〉詩：

　　　　騎秋風雨暗城南，禊事重修酒正酣。半月樓空歌舞歇，亂
　　　　蛙衰葦滿寒潭。（【詩集】，頁 39）

---

[18]　連橫，〈江樓夜飲贈賈晴雯〉，《劍花室詩集》，頁 14。
[19]　連橫，〈杞人持贈海棠紅小影，乞題〉，《劍花室詩集》，頁 22。

城南日暗，係因秋雨連旬。連橫寫《雅堂文集》時，就曾以臺人
謂「秋雨連旬」為「騎秋」，二字入詩甚新，[20]果然身體力行，付
諸修辭。禊事原係三月上巳，臨水洗濯、祓除不祥的祭祀儀式，
此詩借魏晉時，文人於是日蘭亭雅集事，寫與詩友在此的聚會。
類似的閒逸心境，寫景及情，亦見於其〈城南雜詩〉之〈竹溪寺
小憩〉的佳句：「敲殘一局棋枰冷，來聽溪邊萬壑松。」（【詩集】，
頁34）〈家居〉詩則描寫習養靜寂之心性，過幽靜生活：

> 人生哀樂尋常事，其奈光陰昔昔過。忙裏著書聊習靜，有
> 時對酒亦狂歌。庭花爛熳秋容好，山影低徊畫意多。便與
> 荊妻相淪茗，起看新月漾簾波。（【詩集】，頁47）

從著書、對酒、狂歌，到庭除花草映山影畫意寫美好之秋日，與
妻子一同煮茶看月，端的寫出一種逸致來。此外，又如描寫基隆
顏家園林的五古，從〈陌園即事，贈主人顏雲年〉「天地為蘧盧，
風雲為戶牖。日月為庭除，山川為左右。我生大氣中，居之何陋
有。……」（【詩集】，頁47）或〈薔薇謠〉：「芳心難自持，忍為
容華誤。願作出水蓮，勿為沾泥絮。」（【詩集】，頁70）亦籠罩
一種疏宕之氣。

　　除了在選體上的認知與實踐，連橫更重視的是擇題。他指
出，「大夫松」擇題為秦皇登封，已屬枯窘，因為臺灣並無秦皇
登封之事。題目指的是題材，對於題材是什麼，連橫在臺灣景色
皆詩料這句話裡，[21]就所見的景物，再現的意象，以及使用的語

20　「如秋雨連旬，謂之騎秋；騎秋二字入詩甚新。」連橫，〈詩薈餘墨〉，《雅
堂文集》，頁270。

21　「臺灣固多名勝，又饒古蹟，而徵詩者竟舍近而圖遠。如桃葉渡也，莫愁湖
也，題目雖佳，終難觀感。……夫詠懷古蹟，必須身臨其地，而後能發幽情。

言，皆有明確的指涉，而這些以在地景色為主、可入詩者，係寫我所見，符合修辭立其誠的首要原則；而不「掉書袋」，不蹈襲古人既定套語，即創新，是以「美不勝收」(【文集，270】)。相反地，「以江南花月、塞北風雲而寫臺灣景象」(【文集，270】)，之所以不適合，亦由於這些原因。由是，在這裡作為詩料的臺灣景色，寓如此多層之內含，也表現在連橫的佳作裡。試以五言古詩〈春日謁延平郡王祠〉為例：

> 梅花春正放[22]，榕葉影多圓[23]。下馬瞻崇宇，騎鯨悵逝川。……月落鯤身[24]畔，潮高鹿耳前。紅彝爭拜伏，烏鬼舞迴旋。……桔柣延朝旭，檳榔隱暮煙。口琴螺女脆，腰鼓蜑兒妍。始創承天府，欣頒永曆錢。(【詩集】，頁 30)

上引詩藉著參訪延平郡王祠的經過，在詩的意象、故事、空間等，納入無數臺灣本土元素。永曆十五年（1661），鄭成功擊敗荷蘭東印度公司後，就荷蘭城以居，在赤嵌樓置承天府衙門，統轄行政，並改建內府，臺人謂之王城，別闢一門，以春秋時鄭國都城門「桔柣」稱之。這個國境流通的貨幣是「永曆錢」。永曆三年（1649）桂王封鄭成功為「延平公」，鄭氏乃奉永曆年號。永曆五年，得日本協助於長崎開爐鑄錢，此即永曆錢。鄭經嗣主臺灣後，曾兩度（分別在 1666、1674 年）遣使至日本續鑄永曆錢。康熙二十二年（1683），清兵攻佔臺灣，鄭氏永曆錢並未全禁，直至二十七年（1688），清廷於臺灣鑄康熙錢後，鄭氏永曆錢始銷

不然，我罩在此室中，而作咸陽吊（編者按：應作弔）古，雖極能事，終是死詩，而非活詩。」連橫，〈餘墨〉，《雅堂文集》，頁 281-282。

[22] 編者按：「正放」，連橫《臺灣詩薈（上）》作「爛熳」，頁 135。

[23] 編者按：「多圓」，連橫《臺灣詩薈（上）》作「翩翩」，頁 135。

[24] 鯤身：即安平。

毀改鑄。至此，其流通達三十七年之久。桔秩門、永曆錢傳述了
鄭成功一方面續明代正統，一方面卻也有自立其歷史統緒之意。

　　此詩中亦述及觸目所見的人與物，如象徵忠貞的梅花、進取
的榕樹，到臺灣特有之原生植物楝榔[25]；又如敗戰的紅彝（荷蘭
人），荷蘭人掠獲來臺為奴的黑人（烏鬼），以及類似中國南方廣
東、福建沿海一帶少數民族的臺灣原住民族，終年舟居，以捕魚
或行船為業，也都接受統治。美麗的螺女吹著聲音清脆悅耳的口
琴，小兒在腰間掛短圓柱形，兩頭略小的鼓，打擊動人的樂音。
鄭成功對臺灣的經營不過數年，卻底定政治、經濟規模，不比常
人，因而民間便以感生神話的口傳敘事，打造他係千年鯨魚精所
投胎轉世。[26]如連橫〈海濱夜宿〉詩：「檐前月出神蟲叫，沙際潮
平鬼蟹游。」（【詩集】，頁40）自註云：「神蟲即守宮，入夜能鳴，
其聲如雀，號為知更，然臺南以外則否，亦地氣使然耶。」[27]神
蟲即民間稱之為「鐵甲將軍」的壁虎，強調地方動物對鄭成功提
供的協助。

---

[25] 又稱臺灣海棗，別名桄榔的，屬於棕櫚科常綠矮小喬木。

[26] 王必昌，《重修臺灣縣志》（南投：臺灣省文獻委員會，1993），頁561。

[27] 陳慶浩、王秋桂《臺灣民間故事集》誌其由來，相傳鄭成功當年率大軍由鹿
耳門登陸占領赤崁後，再攻安平城，強迫荷蘭殖民軍隊投降。不料荷蘭殖民
者一面偽裝投降，一面派人向爪哇的荷蘭軍隊求救。半個月後的一個深夜，
援軍趕來了，準備內外夾攻，一口氣消滅鄭成功。夜裡出來尋找食物的壁虎
看到鄭成功的軍隊毫不知情，沒有防備，急忙召集濁水溪以南所有的壁虎，
群聚鄭軍營壘四周，壁虎本來是不會叫的，當時情勢危急，便鼓起全身氣力，
張開嘴，大聲喊，果然發出一陣陣嘰嘰嘎嘎響聲，驚醒了鄭軍士兵，起而迎
戰。荷軍偷襲不成，反而傷亡慘重，大敗而逃。戰事結束，追查聲源，才發
現是壁虎相助。於是封壁虎為「鐵甲將軍」，稱為神蟲，特准許其自由進出
官邸，任意高聲鳴叫，通令軍民不得加害。濁水溪以北的壁虎，形狀同南部
的壁虎，因為未參戰，所以叫不出聲來，也未受封。（臺北：遠流出版公司，
1989），頁299-300。

　　由擇題、選體的角度重新評賞連橫詩作，其於情意與形式配合的抉擇上，實有自己的一套詩學範準。「**大塊文章歸史筆，小盧風雨惱詩囚。**」[28]意謂連橫大陸之行將全國風光景物、人文現象以「太史公筆法」納入詩囊，又以日常生活種種經驗推敲作詩。以故，林資修〈題大陸詩草〉：「**久懸佳傳規倉米，滿寫新詩入壁紗。**」（【詩集】，頁 7）盛讚他的作品將被視為官倉米那樣被珍藏，而新寫的詩作具有傳世不朽的價值，亦將永受後人珍視典藏。[29]

二、海天無際且孤吟：不在家的鄉愁感

　　自《毛傳》將「關關雎鳩」視為后妃之德，到遒人采詩，布諸朝廷，影響天子施政決策，詩歌承擔著政教意識形態的寄託，這或應亦屬顏崑陽論中國詩歌的創作、閱讀與批評為「存有論」之面相之一。[30]中國的「知識論」傳統為「學術」，在清末民初提倡知識教育以提升國民素質的風潮之後，在日治時期的臺灣，書房教育的衰微、「國語」教育的推行，實際威脅祖國文化的承續。在中國念茲在茲以救國的「學術」與詩歌傳統結合，為一脈斯文之表徵，國族文化存亡的關鍵。

　　連橫懷抱著強大的祖國文化意識與深沉的鄉土情懷，但彼時總督府的文網日密，出版品都在其設計的文書檢查系統下，長期

28　李逸濤，〈題大陸詩草〉，收錄於連橫，《劍花室詩集》，頁 7。

29　〔五代〕王定保《唐摭言》卷七：「王播少孤貧，常客揚州惠昭寺木蘭院，隨僧齋飡，諸僧厭怠，播至，已飯矣。後二紀，播自重位出鎮是邦，因訪舊遊，向之題已皆碧紗幕其上。」頁 1，文淵閣四庫全書電子版【內聯網版】。這裡以碧紗籠詩的典故，譬連橫之詩具有傳世不朽的價值。

30　顏崑陽以此為「情志批評」。但如果我們進一步思考，則世道清明或混濁決定了詩歌的風格，而詩歌亦實際影響朝廷的施政決策，這樣的人的主體創作與社會的互動，應亦可視為「存有論」的一部分，參《反思批判與轉向：中國古典文學研究之路》（臺北：允晨出版公司，2016），頁 273-307。

受到規訓與制約，文人遂形成程度不一的自我官檢（censorship），主動清除作品內犯當局忌諱的觀點或文字。[31]不得已觸及政教意識形態的詩作，則往往採取諷諭或託寓的婉曲手法。諷喻是用象徵人物、動作、事件、意象講故事的辦法來比喻事物，說明道理，達到作者企圖表達的道德或政治啟示，誘導或諷刺譴責的目的，[32]文本可能實際處理的歷史與社會背景，而託寓（allegory）則更為抽象，類似指桑罵槐，特指在政治上的影射。[33]

　　託寓在連橫詩歌，可以說是一種最常見的表現手法。阮籍以詠懷組詩八十二首想必對連橫有所啟發。連橫所作，雖然各賦其題，俱可以無題詩讀之。如《劍花室外集》開篇〈桃花扇題詞〉，詠桃花扇，實則詠臺灣的國族命運，所謂：「到此衣冠亦可憐，金陵王氣委荒煙」、「悽絕王孫歸未得，念家山破走天涯」、「煙花三月揚州路，誰向平山話劫灰」、「羞殺衣冠文武輩，登場盡是假鬚眉」、「無端風月話南朝，故國沈淪恨未消」[34]云云。復借古喻今，詞氣頗見悲憤。連橫觀史言今，或寄以緬懷古人史事，或以中心衡準，評價歷史人物，達到表達志趣的目的。以〈柴市謁文信國公祠〉為例，詩中寫道：

　　　一代豪華客，千秋正氣歌。艱難扶社稷，破碎痛山河。⋯⋯
　　　宏範甘亡宋，思翁不帝胡。忠奸爭一瞬，義節屬吾徒。⋯⋯

---

[31] 「官檢」原屬官方對作家言論的控制，但明白官檢存在的作家，往往主動以避諱的方式壓抑其內心不滿情緒的表達，而形成「自我官檢」。但因此一自我官檢而抑言不談，有時也會激發創意，在帶著政治閱讀的過程中，形成某種新意義再生的可能性。廖炳惠，《關鍵詞 200：文學與批評研究的通用辭彙編》（臺北：麥田，2003），頁 35-36。

[32] "Literary Terms and Definitions :A"，（來源：https://web.cn.edu/kwheeler/lit_terms_A.html）。

[33] 廖炳惠，《關鍵詞 200：文學與批評研究的通用辭彙編》，頁 14。

[34] 連橫，〈桃花扇題詞（浪吟詩社課題）〉，《劍花室詩集》，頁 85。

> 我亦遘陽九，伶仃在海濱。中原雖克復，故國尚沉淪。自古誰無死，寧知命不辰。淒涼衣帶語，取義復成仁。（【詩集】，頁 22-23）

此詩採映襯手法，將張宏範甘為元軍伥鬼和文信國寧死不降異族的史實作對比，強化對文天祥高風亮節的尊崇。詩末慨嘆滿清推翻之後，中原雖然「克復」，但家鄉臺灣依然沉淪異國之手。這種藉人物事蹟以顯明個人情志的筆法是十分明顯的託寓。

　　除了託寓之外，連橫也月旦人物，展現獨特的評價眼光，藉以達到諷喻的目的。由於史識功深，其觀點常有洞見之處，如〈呂后〉譏諷劉邦夫婦自私自利、不重親情，運用短篇五言古詩的敘事特質：「沛公薄兒女，父子且無情。呂雉忘夫婦，鋤劉亦勺羹。」（【詩集】，頁 132）楚漢相爭，劉邦於彭城之役大敗，時項羽所屬楚軍追索甚急，劉邦為求順利逃命，數度推落同在車上的子女[35]。相較於劉邦不重視嫡長骨肉，呂后亦只為自身打算，當漢高祖駕崩之后，呂氏大權獨攬並且大封外戚諸呂為侯，造成日後「諸呂集團」與「劉姓皇族」奪權鬥爭，故連橫譏其「忘夫婦」（漠視夫婦之倫），這等同剷除劉姓宗室將他們煮作羹湯來吃一樣。對帝后所謂「為天下者不顧家」[36]的自私行徑，痛下針砭，反對封建，主張「民權」，類似的看法也見諸：〈謁明孝陵〉、〈成吉思汗〉，請詳第六章。

---

[35] 〔南朝宋〕裴駰，〈項羽本紀〉，《史記集解》卷七，頁 21，文淵閣四庫全書電子版【內聯網版】。

[36] 按：「勺羹」之典出處同上：前述彭城一役，項羽擄獲劉邦雙親，後並以烹殺其父為要脅，劉邦不為所動，反唇辯道：「吾與項羽俱北面受命懷王，曰『約為兄弟』，吾翁即若翁，必欲烹而翁，則幸分我一桮羹。」〔南朝宋〕裴駰，〈項羽本紀〉，《史記集解》卷七，頁 24，文淵閣四庫全書電子版【內聯網版】。

　　連橫一生蝸居數移，臺南為出生地，其後寓臺中、臺北，青年之時，足跡已遍全島。對於祖國民族文化強烈掛懷，驅動他幾度赴中國，於中國的履緣匪淺。明治三十五年（1902），他赴大陸福建參加科舉考試，先至「廈門捐監」取得應考資格，再到福州應鄉試，不第。明治三十八年（1905）、昭和元年（1926）、昭和二年（1927）分別赴中國，後來更滯留、病逝於上海，但都未留下重要作品。論旅遊書寫，仍應以大正元年（1912）（一說 1912～1914）的旅遊為準。是年三月，連橫赴日本，轉上海，遊南京、杭州等地，展開歷時達三年的壯遊。

　　時逢日本高唱脫亞入歐之際，不乏「毛斷」（modern 的臺語音譯）經驗；由此到彼的旅途過程，接觸新人、新景觀、新事物；途中的消費、搭乘的工具、足展踏行的經歷與見聞等等，莫不為「現代性」書寫之動力。然而，連橫關於現代性旅行的相關書寫幾無所見。他所關心的，則為新觀念、新制度。若有所見聞，則形諸文字，或紀史，或詠懷。如在現代化程度較深的廈門、租界上海居留時，主張男女平權；又如力主廢除帝制，實施現代民權，〈一電〉這首詩批判荒腔走板的張勳復辟事件：

> 一電傳來復辟文，道傍爭說莽張勳。豈真丹穴求明主，也學朱虛奪北軍。禍水瀰漫通皖水，妖雲慘憺蔽燕雲。共和兩度遭摧折，國本飄搖未忍論。（【詩集】，頁 44）

上引詩中，連橫借用漢初朱虛侯劉章故事。呂后死，呂產為相國，聚兵長安以威群臣，欲奪劉政權。劉章即與陳平、降侯右太尉周勃等大臣商榷，智取呂產兵權，[37]並在事平時翦除諸呂，使漢正

---

[37] 事見〔東漢〕班固、〔唐〕顏師古，《前漢書》卷三十八〈高五王傳〉，頁 1-15，文淵閣四庫全書電子版【內聯網版】。

統得以賡續。以夏禹葬地之丹穴指漢正統。民國六年（1917）7月1日，張勳偕同康有為等保皇黨於北京擁護已退位的清帝溥儀重新登基。段祺瑞組織討逆軍，出師討伐張勳。7月12日，討逆軍攻入北京，歷時十二天的帝制復辟結束。張勳效法劉章，卻是為個人利益，倒退中國人的民主，缺乏正當性。而中華民國在成立之後，即發生了兩次復辟事件，張勳事件是第二次，第一次是洪憲帝制（1915.12.12-1916.03.22），共和政體受到無比摧折，重傷新中國，教人提起來即感椎心之痛。

連橫評書詠史，鑒照古今人、物、事，多有藉以澆漑遺民胸臆之壘塊、曲抒個人抱負之願景的特質。在早期的〈題桃花源圖〉：「**大國淒涼劫火餘，念家山破恨何如。匹夫亦有興亡責，忍愛桃花自隱居**」（【詩集】，頁 87）裡，感傷黍離，連橫亦亟思積極用世，「有所作為」。少壯所作的〈重過怡園晤林景商〉：「**眼看群雄張國力，心期吾黨振民權。西鄉月照風猶昨，天下興亡任仔肩。**」（【詩集】，頁 92）〈留別林景商〉所謂「**我輩頭顱原不惜，共磨熱力事維新**」（【詩集】，頁 94）云云，吐屬少壯氣盛、慷慨激昂，透露出詩人宏遠的志向。這或可以解釋，何以連橫赴中國前借道日本，他所流連之地，為南京；所留意的人物，是少有志概的朱之瑜（1600-1682）之輩。其〈詠史‧朱之瑜〉詩：

> **禹城胡塵滿，扁舟泛日東。浪浪亡國淚，化作海潮紅。**（【詩集】，頁 135）

朱之瑜也者，字魯璵，號舜水，餘姚人，寄籍松江。及長，精研六經，尤擅毛詩。南明亡後，東渡定居日本，在長崎、江戶（今東京）講學，提倡「實理實學」，傳播中國文化。借朱之瑜的志行，似可以推想連橫以其人自擬在臺灣推動的漢學事業。

懷古傷時的連橫，行旅中原，人力舟車所至，借景言志，述歷史興亡、國族隆替，或與自然山川景物遇接，道其美好，〈出關〉四首：「荒城迷落日，驛路走輕雷。」、「江流侵岸闊，山勢抱城低。」（【詩集】，頁 13-14）進入止於觀覽的心緒，沉靜於神與物遊的境界。〈松花江晚眺〉：

> 沿隄十里柳絲絲，羌笛吹殘日已移。回首西泠三月路，落花如雪立多時。（【詩集】，頁 16）

自景之「物」、落花如雪的觀覽與遊仰之中，能暫時收束於遠遊異鄉的孤寂，而昇進至於景之「道」的體悟，渾然忘卻其現實生活際遇中的「榮辱得失」，是故立多時。又，〈萬牲園看牡丹〉：

> 長安三月春如海，便為看花走馬來。萬種繁華誇國色，一時爛熳費天才。蜂狂蝶鬧紛紛醉，露泡煙籠朵朵開。自是紫皇貪富貴，遂令桃李作輿臺。（【詩集】，頁 20）

這首詩從牡丹之絕色傾倒世人，想像其墮落入風塵之因緣，為紫皇貪圖富貴，將之貶賣人間，隱寓「懷璧其罪」的批判，卻一派從容，而能寫出一種溫柔的清明。

以上，這些道山川景物美好者，大抵能「悄焉動容，視通萬里」、「寂然凝慮，思接千載」[38]，與大化流行聲息相通，不只是呈現為一種文藝美學的技藝，同時也是一種道德生命的境界。然而，這種境界隨啟隨蔽，更多的時候，連橫的詩呈現的是其自身的蹇困。在另一首題為〈席上〉的詩，由於前一首係〈歸鄉養病，

---

[38] 〔南朝梁〕劉勰，《文心雕龍》卷六〈神思第二十六〉，頁 1，文淵閣四庫全書電子版【內聯網版】。

忽忽二年，復有金陵之行，留別臺南諸友〉，推論應係離臺友人
設宴餞行之作：

> 刻燭傳觴盡此宵，平明準看海門潮。春風梅柳當前秀，故
> 國雲山入夢遙。蘇武居胡仍仗節，伍員復楚且吹簫。人生
> 聚散何須念，回首枌榆感寂寥。（【詩集】，頁 82）

古代大臣出使或大將出師，皇帝授予符節，作為憑證及權力之象
徵，仗節句比喻蘇武出使匈奴，被囚後仍堅守節操。伍員流亡到
吳國後，十八年間以吹簫乞食為生，苦無報仇機會，偶遇義士專
諸助其一臂之力。時楚昭王在位，伍員終於借得吳王十萬精兵攻
打楚國。伍員事寄復國之深願，蘇武句則借喻對祖國的堅持，兩
人最後都能得其所願。「回首」看當下的自己，涉江、渡河、入
燕都、出長城、登陰山，一路顛躓，始終處在吹簫仗節的情境，
無所進展，又將與友朋分別，不免備感失落之情了，回應起句「刻
燭傳觴盡此宵」，聊學古人以文學為戲，[39] 今日便玩他通宵不睡
吧！

　　展讀被收錄進〈大陸詩草〉的作品在連橫創作生涯中的意
義，魏清德這幾句話說得簡單明白：「未游大陸，文多於詩。既
游之後，詩文益變。」[40] 也就是說，這一段遊歷，使他的創作產
生了質與量的改變。大量的詠史詩寫於此時，而論議紀敘的散文
減少了，託寓寄諷的詩歌增加了。何以然？詩歌在量上的增加，
推測其原因，不無可能是旅途中散文的撰製較費時費力，且對書
寫工具的依賴程度較高，不如詩歌可以把握瞬息萬變的感受與情

---

[39] 典出《南史・王僧孺傳》：「竟陵王子良嘗夜集學士，刻燭為詩，四韻者則刻
一寸，以此為率。」〔唐〕李延壽，《南史》卷五十九〈王僧孺〉，頁 21，文
淵閣四庫全書電子版【內聯網版】。

[40] 魏清德，〈大陸詩草魏序〉，收錄於連橫，《劍花室詩集》，頁 3。

緒。但有無另一種可能是，詩歌較能隱晦連橫這次遊歷所體驗的難言之痛？

如前文提及的，大正元年（1912）的中國壯遊，實際上取道日本。日本、中國這兩地，實際上都是當時臺灣人的家國。日本為實際的統治政府，中國則是嚮慕的文化故國。在中國，他是日本治下的臺灣人；在臺灣，他被視為日本治下的中國人。黃欣〈劍花歸來，再主南報，賦此以贈〉無意中指出臺灣人如連橫者的困境：

> 一代才華信有餘，梁園無地借相如。關河到處難為客，風雨中宵且著書。太史自稱牛馬走，伊人宛在鷺鷗居。江湖我亦扁舟侶，擬買青山共結廬。（【詩集】，頁8）

「關河到處難為客」一語道出其難為之處。所謂「難為客」之感到「為客」之難，除了流落異鄉之艱苦，更有著身分的難以定位，目之所擊、足之所履，牢騷滿腹。我們不妨在這裡參照連橫〈寧南詩草・自序〉：

> 寧南者，鄭氏東都之一隅也。自吾始祖卜居於是，迨余已七世矣。乙未之後，余家被毀，而余亦飄泊四方，不復有故里釣遊之樂。……而落日荒濤，時縈夢寐，登高南望，不知涕淚之何從矣！客中無事，爰取篋中詩稿編之，起甲寅冬，訖丙寅之夏，凡二百數十首，名曰「寧南詩草」，誌故土也。（【詩集】，頁11）

乙未之後啟動的四方飄泊，故里釣遊之樂不再，「登高」成為人生反復性的動作，如在日本遇舊，〈重九日示李耐儂[41]〉：「三年共作離家客，萬里愁登弔古臺。」（【詩集】，頁 23）不斷追尋中的故國雲山如總是向後撤的地平線，難以企及，是以〈席上〉詩有「入夢遙」之歎，尾聯「人生聚散何須念，回首枌榆感寂寥。」（【詩集】，82）人生聚散無常，回首枌榆，感到無限失落的寂寥，大有時時結友難言友，處處為家不是家、不在家的悲慨。

　　「在家」原是我們日常生活使用的語彙，卻有其本體論與經驗性的內含。就本體論而言，宇宙原本存在著動物生存的「融和」（harmony），人類以自覺、理性和想像力瓦解了與宇宙「融和」的特徵，變為異態奇物，進入了劉小楓在〈流亡話語與意識形態〉所謂的「本體論的流亡」（exil ontologique）[42]。他便成為永無止境的流浪者（奧德賽 Odysseus、伊底帕斯 Oedipus、亞伯拉罕 Abraham、浮士德 Faust 等具是）。〈春夜宴從弟桃花園序〉一文開頭幾句話凝鍊了中國人的生命觀：「夫天地者，萬物之逆旅；光陰者，百代之過客；而浮生若夢，為歡幾何？」[43]以過客逆旅的象喻來說明時間的流逝、空間的移動，乃至人的向死亡而變化，並非如西方形上學自何時何地（when、where）去思索形式（form）本體的變化（become）。因而，中國人的思維也就比較於經驗意義上展開。就經驗性的意義而言，家是一個真實存在的圖象與想像，「聚散何須念」，隨時可以上路回歸，離開家，不管是被放逐，或自我放逐，指的是一般性的流亡，一種語言、一種

---

[41] 李耐儂：李黃海，字漢如，號耐儂，另有筆名少潮，澎湖人。日人治臺十年左右至臺北，於中國報社工作。

[42] 劉小楓，〈流亡話語與意識形態〉，《二十一世紀》1 期（1990.10），頁 113-120。

[43] 〔唐〕李白，《李太白文集》卷二十六〈春夜宴從弟桃花園序〉，頁 12，文淵閣四庫全書電子版【內聯網版】。

精神、一種文化、一個個體的流亡，是屬於民族性或世界性的。[44]連橫的不在家基本上是中國性的，而有著和上述這些不同的層面，既是文化的、國族的，也是生活的。連橫以學術詩文著稱，其志，實不在以詩鳴爾。大陸之遊，如姜太公釣游於渭水之濱以待世用；因而林資修〈題大陸詩草〉有：「**是處釣游名士轍**」（【詩集】，頁7）之句，可惜並無所遇，所謂「**梁園無地借相如**」（【詩集】，頁7）。為不得志而牛馬走、鷺鷗居的生命擺盪，寄其難以安頓的憂傷。這種國籍與身分認同的矛盾，弔詭地使臺人雙鄉、三鄉，卻無處寄託歸屬感的心靈困境，使連橫的生命無所歸依，在自己的家鄉卻感覺是個異鄉人。由這樣的不在家的流亡感而產生深沉無解的鄉愁，使得連橫受迫而呼號、而揚厲，以致魏清德論其〈大陸詩草〉整體風格，稱其夸、激、放、騁，並將他的鄉愁升進了形上的、宇宙的漂泊感。[45]

「鄉愁」這個語彙，現代中文裡指出了與家鄉的關聯，乍看卻並不能像英文 home sickness 凸出它是一種「疾病」的性質。一個人身不在家鄉、盼望返回故鄉而所感覺到的「壓力、憂慮或恐懼」，進而於身體或心理產生如胸腔、喉嚨緊迫、胸口疼痛，導致絕望等症狀。[46]鄉愁有時具流行病的傳染效果，常見於敗軍陣

---

[44] 拙文〈論《現代文學》女性小說家——從一個女性主題出發〉（臺北：國立臺灣師範大學國文研究所博士論文，1994），頁133-180。

[45] 其詩「前後百數十首，義存乎揚厲，不嫌其夸。情迫於呼號，不病其激。而其奔放處，苦心孤詣，務去陳言。其辭雖騁，其旨寔歸。」魏清德，〈大陸詩草魏序〉，收錄於連橫，《劍花室詩集》，頁3。

[46] 鄉愁在其它的語言裡，分別為：法語 maladie du pays（country sickness，鄉疾）、德語 Heimweh（home-pain，家痛）、西班牙語 el mal de corazón（heart-pain，心痛），就都指出它是一種疾病、從十七世紀後期到十九世紀後期，醫生診斷並治療的案例，死亡者時有耳聞，特別是派遣到外地作的士兵，一旦他們被解職返家，說也奇怪，就可以迅速而成功的被治癒。1850年代，鄉愁不再被視為一種特定疾病，而是一個病態的過程，其形態有如憂

營。楚漢之戰，項羽及其軍隊被困於垓下，漢軍士兵演唱楚地歌曲勾起楚軍鄉愁，徹底瓦解戰鬥意志，這便是有名的「四面楚歌」的來由。不在家的鄉愁為連橫的終身之疾。儘管風雨中宵，似可暫屬於個人著書、群我交遊，卻非生命的歸宿，最後，昭和五年（1930）3 月，連橫在日本人御用報紙《漢文臺灣日日新報》發表〈臺灣阿片特許問題〉（俗稱〈鴉片有益論〉），遭櫟社開除社籍，友人與之漸疏遠，於是與子嗣連震東先後到《昭和新報》任職。昭和六年（1931）年連橫返回臺南，「不復與北人士相聞問」。是年至七年（1931～1932），擔任臺灣總督府史蹟名勝天然紀念物調查會委員。昭和八年（1933）舉家移居上海，後因肝病過世。

三、輪囷拔地其有時：人我唱和的感通

連橫詩除了揮之不去的鄉愁書寫外，他是少數於臺灣三大詩社都有交遊的詩人，而有不少的酬贈唱和之作。其中，固然也有純係應酬者，卻也注入許多亦師亦友的情感，展現而為生命存在與他人的通感。

臺灣傳統詩的創作、審美與作用，在日治時期形成一定的轉變。中國詩歌傳統裡，言志抒情為主軸，而酬唱聯詠，雖然源遠流長，如春秋戰國，它被用來教育人們鳥獸虫魚之名；甚至是外交官必備的知識，在國際的言說場合裡被大量使用。魏晉時期，詩取代了賦成為貴遊階層交流的主要工具。舉辦的聯吟會不計其數，標榜漢詩結社的同仁社團多至數百，並且發展出一種集體創作的形態，如以近乎接龍的方式，數人合撰一首詩，為「聯詠」；

鬱症或自殺傾向。〈鄉愁〉，（來源：
http://www.360doc.com/content/16/0203/16/30056502_532510140.shtml）。

最常見的，則是會集一地，就特定題目進行撰作，稱之為「課題」。[47]如有時間限制的競賽，稱之為「擊缽」。

明治三十年（1897），連橫自上海回臺，與陳瘦雲、吳楓橋、張秋濃、李少青等約十人結「浪吟詩社」；謂其浪漫狂吟，猶如楚大夫之假託風騷。明治三十九年（1906），連橫、陳瘦雲邀集謝石秋、趙鍾麒、鄒小奇、楊宜綠等十餘人在臺南組南社。[48]

連橫遷居臺中後，參加櫟社，並沒有取消南社的會籍；大正三年（1914）3月南社春會，並於黃氏固園公讌自北京歸臺的連橫，請來攝影師，合影留念，出席者共三十二人，約定參加者每個人都得喬裝前來，連橫這首刊於《臺灣文藝叢誌》的〈題南社嬉春圖〉，描寫當時的景況：

> 大道有端倪，真人得其竅。鑿破混沌心，各擅平生玅。娥娥南社徒，嬉春恣奇紗。變化若有神，一一盡窮肖。而我獨好奇，化作美人妙。羅裙六幅裁，拈花睜微笑。以此不壞身，幻為天花繞。吁嗟造物心，眾生亦微藐。虫臂與鼠肝，隨形赴所召。斷鶴而續鳧，其名為詭弔。吁嗟南社徒，游戲亦天矯。紛紛濁世中，而目誰能曉？盜跖而孔丘，衣冠虛其表。臧獲即侯王，貴賤本同調。況值春光和，萬物各震曜。寫此春人圖，收作春詩料。我亦圖中人，題圖發大笑。（【詩集】，頁33）[49]

大道質樸，造物賦形，變化無定，人之四肢內腑可化作蟲臂鼠肝。人生惟有隨緣而化，方能所遇皆適。若是將鶴之長足截斷以接續

---

[47] 課題可「會集一地」，亦可採徵詩郵寄的方式「同題共做」。
[48] 連橫，〈臺灣詩社記〉，《雅堂文集》，頁100。
[49] 原詩刊載於《臺灣文藝叢誌》1年2號（1919.02.10），頁61。

野鴨之短足，反是違反自然規律，欲益反損。然而，塵世多紛擾，是非常顛倒，這個類似化裝的盛會，個個出門前都把自己著實打扮一番。連橫最後到，平日中分的頭髮，他抹上髮蠟，垂覆前額，仿新式婦女髮型。他還向甫十八歲長女夏甸借用紫紅鑲花邊的上衣，身材高瘦的他，只能勉強扣上衣紐，應該齊膝的衣襬，只蓋住了臀部，下著則黑色西裝褲，一雙大腳穿著皮鞋。也就是說，上身是女裝，下身是男裝，亦中亦西，不倫不類，逗得全場狂笑。連橫自己寫畢題詩圖，亦為之大笑。[50]

　　明治四十年（1907）3月下旬，連橫參與南社為日人安江五溪辦理的小集於臺南四春閣。[51]連橫作〈題春日南社小集圖〉寄南社諸子，諸子應即座中的張達光、張甦園、謝石秋、趙雲石、趙雲程、庭玉等人：

> 我依北斗思南斗，每覺春聲雜夏聲。天上樓臺原是夢，人間草木豈無情。中年蕩蕩多哀樂，故舊寥寥感死生。差喜固園今夜月，酒籌詩筆互縱橫。（【詩集】，頁54）

上引詩一開始就寫個人對朋友的懷戀，天涯海角，知交零落。最值得注意的，是詩中引用謝太傅與王右軍的對話。謝說：「中年傷於哀樂，與親友別，輒作數日惡。」王曰：「年在桑榆，自然至此。正賴絲竹陶寫，恒恐兒輩覺，損欣樂之趣。」[52]意謂人在晚年，陶冶性情，宣洩苦悶，雅不欲兒輩知道。為什麼？所謂絲

50　事見黃天橫口述，陳美蓉、何鳳嬌訪問記錄，《固園黃家：黃天橫先生訪談錄》（臺北：國史館，2008），頁98-99；林文月，《青山青史——連雅堂傳》（臺北：有鹿文化事業有限公司，2010），頁156-157。

51　「揮毫珠玉妙辭章（謂庭玉及雅堂君等）」張達光，〈題春日南社小集圖 七律有序〉，《臺灣日日新報》，1907.03.28，第1版。

52　〔南朝宋〕劉義慶，〔南朝梁〕劉孝標，《世說新語》卷上之上，頁46，文淵閣四庫全書電子版【內聯網版】。

竹欣樂，應暗指女色，可呼應臺灣的藝妓傳統。而有時候，這還不夠，還需要彼此比劃酒令。臺灣傳統文人與藝妓交涉，論者已多，但似乎並未注意到這個傳統的源遠流長。當時林痴仙感時抑鬱，惟以醇酒美人自豪。有阿梅者，北妓也，年十五，嬌小聰明，痴仙眷之。為題小照，索連橫和章，因賦一絕，〈題阿梅寫真，為無悶作〉，有「**冰心鐵骨玉無瑕，放鶴歸來月未斜。羨汝孤山林處士，一春無事伴梅花**」（【詩集】，頁110）之句，譬擬北宋林逋隱居西湖孤山，終身不仕、不娶，以植梅養鶴為樂，心地純淨高潔、骨氣剛強不屈，世稱「梅妻鶴子」，痴仙大樂。[53]明治四十三年（1910）4月24、25日，櫟社於瑞軒開大會。24日入夜開宴，邀妓六名，席上以庚戌櫟社大會即事為題，把盞吟詩。

《雅堂文集》卷一〈櫟社同人集序〉云：「**先是戊戌之歲，林子癡仙始倡是社，和者十數人。**」下文云：「**越七載，余居大墩，邀入社。**」（【文集】，頁45）則明治三十五年（1902），林癡仙、賴紹堯、林南強等人於臺中霧峰倡組櫟社，正式成立於明治三十九年（1906），同聲相應者十數人，有蔡振豐、陳瑚、呂敦禮、陳懷澄、陳錫金。明治四十一年（1908），連橫遷居臺中，隔年（1909）受邀入櫟社，與以道德文章相切磋。則「櫟社」的創設實與連橫無關。連震東〈連雅堂先生家傳〉謂明治四十二年（1909）連橫與林癡仙、賴悔之、林南強等人創「櫟社」云云，[54]並非事實。這很可能是連橫創南社的記憶誤衍。連震東生於明治三十七年（1904），所記或聞諸他人，以致錯誤。連橫加入櫟社時，正值他人生的成熟期，再加上櫟社主導當時詩壇、文化界的活動甚多，是故連橫的相關載述也特別多。連橫加入為櫟社會

---

[53] 棠，〈花叢迴顧錄（三）〉，《臺灣詩薈（下）》（南投：臺灣省文獻委員會，1992），頁548。

[54] 連橫，《臺灣通史》（臺北：眾文圖書，1979），頁1052。

員，並受聘為林家書記，不僅參與經常在臺中霧峰林家舉行的聚會聯吟，也與林家諸詩人互動密切。

連橫在南社已推動「詩界革命」，與櫟社陳瑚筆仗；《寧南詩草》所載之遊歷佛刹、與修道者往來，多在此時，而櫟社亦不乏醇酒、美人、遊戲之事，但加入櫟社後，與南社時期的規模相較，對於詩學的理念、組織，顯然都進一步變清晰，影響力也較大。連橫與櫟社文人的唱和，焦點經常在如何革新詩界、振興文運。櫟社社名取意為無用，所謂「**學非世用，是為棄材；心若死灰，是為朽木。今夫櫟，不材之木也，吾以為幟焉。**」[55]如果無用，則幟社豈不多此一舉？事實上，正如莊子寓言之意，無用正是大用。誠如連橫〈櫟社大會，示同社諸子〉中云：

> **寥落吾徒未有奇，孤芳獨抱一編詩。廿年舊淚傷鋤蕙，千古高風繼採薇。裙屐漸欣鄉國盛，文章足起劫塵衰。莫談櫟社終無用，佇看輪囷拔地時。**（【詩集】，頁 55）

上引詩中吾徒寥落指的是處於殖民政府脫亞入歐的現代化社會，傳統文人遭遇墜身遺民、漢學無用的雙重打擊，既要繼伯夷、叔齊的國族堅持，更要以文章立地施教，振起斯文一脈，冀望無用的櫟樹終能成長為屈曲盤繞的大樹。大正十三年（1924）2 月25 日，櫟社設立二十載，樹碑萊園[56]，又集同人之詩，刊行《櫟

---

[55] 林資修，〈櫟社二十年問題名碑記〉，《臺灣旬報》1 年 12 號（1922.10.30），頁 2。

[56] 原文作菜園，或誤，應為萊園。臺中的櫟社發源地霧峰林家，今萊園中有一座「櫟社二十年題名牌」。該社是明治三十五年（1902）由霧峰林家的林俊堂（癡仙）首倡，取名為「櫟」，嗣後有林南強、賴悔之、蔡啟運、陳滄玉、呂厚菴、陳槐庭、陳基六等人響應，每年於春秋佳節，聚集一堂吟詠。

社第一集》，連橫撰序文。[57]對於櫟社的存在理由，就有切要的反省：「文運之盛衰，人物之消長，朋簪之聚散，道義之隆汙，均於是在。」[58]

櫟社既扮演著教化國民，紹繼漢學的重責大任，對於創社的林痴仙、賴紹堯便寄予無限的尊崇，連橫〈柬林癡仙，並視臺中諸友〉：

> 詩界當初唱革新，文壇鏖戰過兼旬。周秦以下無餘子，歐美之間見幾人。廿紀風潮翻地軸，千秋事業任天民。劫殘國粹相謀保，尼父春秋痛獲麟。（【詩集】，頁 96）

這首詩裡把林痴仙鏖戰兼旬、捍衛漢學的行動，喻為孔子事業，前無古人，後無來者，歐美不見。林癡仙、賴悔之去世後，連橫幾度追懷，也都念念不忘櫟以幟社的宗旨，如〈櫟社席上有懷林癡仙、賴悔之二兄〉：「劫火圖書共陸沈，清秋風雨苦相侵。周秦以下無奇氣，山水之間有正音。」（【詩集】，頁 55）正音，指雅正之詩什。〈櫟社同人集序〉裡重申櫟社無用為大用的想法：

> 然而林子往矣，林子非棄材也，而以此自幟。追懷道義，眷念朋簪，余雖無用，期與我同人共承斯志，請以此集為息壤。[59]

息壤，此地具複義。它是戰國時秦國邑名。後以「息壤」為信誓的代辭，教人遵守信約，切勿違背諸言。此外，息壤也是鯀從天

---

[57] 〈新刊紹介 櫟社第一集〉，《臺灣日日新報》，1924.04.01，第 6 版；〈櫟社同人集續聞〉，《臺灣日日新報》，1924.04.01，第 6 版。

[58] 連橫，〈序〉，收錄於林幼春輯，《櫟社第一集》（臺中：櫟社，1924），頁 41。

[59] 傅錫祺，《櫟社沿革志略》（南投：臺灣省文獻委員會，1993），頁 45。

帝那裡偷來為大地治洪水的神土，擁有生生不息、不斷生長的力量。[60]這樣的想法，與櫟樹輪困是同樣的看法。

瀛社創於明治四十二年（1909），社址在全臺首府臺北，係洪以南、謝雪漁、倪希昶等所共創，社員幾達百人。在三社中成立最晚，但活動力最強，自創社以來，吟聲未歇。瀛社後來與新竹之竹社、桃園之桃社，互相聯合，時開大會。連橫移家淡北，便經常與瀛社諸君子往返。[61]〈春燕限韻，同瀛社諸子〉：

> 東風剪剪漾微波，腸斷江南舊恨多。草長紅橋尋故壘，花飛香徑定新窠。六朝才子烏衣巷，一代佳人白紵歌。羨煞盧家饒豔福，玳梁雙宿影婆娑。（【詩集】，頁46）

上引這首詩更具體地將日治時期傳統文人比喻為自烏衣巷淪落江湖的東晉士族，流行於吳地的舞曲歌辭「白紵詞」表徵生活文化傳統，在臺北重建；而盧家饒豔福見梁武帝蕭衍〈河中之水歌〉：「河中之水向東流，洛陽女兒名莫愁。十五嫁為盧家婦，十六生兒字阿侯。盧家蘭室桂為梁，中有鬱金蘇合香。」[62]或指文人與大稻埕藝旦的唱和風雅，令人羨慕。這一段時間，也是連橫與藝旦往從的密切期。相關的紅粉交遊詳第五章。其中，最受矚目者為王香禪。

連橫經常以櫟社社員的身分與瀛社暨其成員往來，或小集、或洗塵、或聯吟，不管是什麼樣性質的吟會活動，他扮演著講述

---

60 「（帝堯時代）洪水滔天。鯀竊帝之息壤以埋洪水，不待帝命。帝令祝融殺鯀於羽郊。」〔晉〕郭璞，《山海經》卷十八〈海內經〉，頁 6，文淵閣四庫全書電子版【內聯網版】。

61 以上所記，均見於連橫的〈臺灣詩社記〉，與臺灣三大詩社的交遊經驗，應係他撰寫「詩社記」的基礎，為臺灣文人交遊留下可貴的文獻資料。

62 〔南朝梁〕梁武帝，〈河中之水歌〉，收錄於〔宋〕郭茂倩，《樂府詩集》卷八十五〈雜歌謠辭〉，文淵閣《四庫全書》電子版【內聯網版】，頁 17。

者、報告者、詞宗等重要角色。儘管他對詩界擊缽的現象有嚴厲
批評，但他反對的是擊缽吟的流弊，而非活動本身，故投入頗為
積極。大正八年（1919）1 月 12 日於新竹北門外水田鄭氏宗祠開
瀛桃竹冬季聯合擊缽吟會。竹社輪值，連橫擔任社外來賓代表，
述謝詞，並演述臺灣文社創立主旨。又擊缽，選連連橫為左詞宗、
施寄庵為右詞宗。大正十年（1921）10 月 23 日，全臺詩社擊缽
聯吟大會開於稻江春風得意樓，各社與會者共 86 人。會上魏清
德提議瀛桃竹三社實行聯合會組織。昭和二年（1927）3 月 22
日午後二時，全島詩人聯合大會後之北部聯吟會，於江山樓召開
全島詩人懇親會，招待中南各地出席吟友，賓主二百餘人。連橫、
葉文樞受推為首唱五律詞宗。

　　就參與人員觀之，瀛社所主領的吟會活動，日本漢文人參與
的人數增加。明治四十一年（1908）4 月 28 日晚間，詩友於於艋
舺平樂遊開歡迎會，連橫不只與眾人共作〈戊申春暮平樂遊旗亭
讌集上聯句用柏梁體〉，自己更獨寫〈戊申春暮淡北諸公招飲即
席賦呈〉，席上有石川柳城、伊藤壺溪（賢道）、尾崎白水（秀真）、
神谷泳山、原田天南、木下大東等人。[63]大正七年（1918）秋，
林問漁招飲，洪以南、謝雪漁、魏清德皆有唱和之作，惟尾崎古
邨（秀真）的〈林問漁君招欽稻江旗亭賦贈劍花君〉、連橫的〈次
韻答古邨詞長〉詩集未收錄。[64]昭和二年（1927）3 月 1 日下午
四時，於江山樓舉辦瀛社春季吟會，兼歡迎林小眉、林希莊、蘇
大山、沈傲樵、雅堂。與會者日人伊藤壺溪、尾崎白水、豬口鳳

---

[63] 參見〈旗亭雅集〉，《漢文臺灣日日新報》，1908.04.30，第 5 版；〈官紳紀事〉，
《漢文臺灣日日新報》，1908.04.25，第 2 版。
[64] 其他三人的詩題分別為洪逸雅〈和古邨先生瑤韻贈劍花詞長〉、謝雪漁〈次
韻贈劍花鄉友〉、潤菴〈次韻呈劍花詞兄〉，《臺灣日日新報》，1918.09.26，
第 03 版。

庵。[65]裕仁太子（昭和天皇）於 4 月 16-27 日巡啟臺灣，並於全島各州下統計孝子、節婦、順孫、義僕，以及碩學鴻儒、全島戰傷病兵、公傷警察官、蕃界警備員、高齡者等，下賜有御紋章之菓子，以資褒揚。[66]碩學鴻儒部分，臺北州 4 人，而連橫在其中。[67]

此外，由於瀛社成員如洪以南、謝雪漁、魏清德等都與《臺灣日日新報》關係密切，因而相關活動的曝光度也提高。大正十一年（1922），《臺灣日日新報》漢文部同仁發起，仿東坡泛舟赤壁之韻事。〈續赤壁遊韻事〉先見報於 9 月 3 日 6 版。9 月 7 日（舊曆七月十六日），午後四時於新店集合，遊船自新店石壁潭起，順流經網寮渡、萬華、稻江，至舊稅關前渡頭為終點。會費每人金二元五十錢，車資自費，舟貨公給，並有江山樓準備之酒餚。[68]〈續赤壁遊參加者〉載於該報 9 月 5 日 6 版，魏清德之後作〈新店賦〉載於 9 月 9 日《臺灣日日新報》5 版。

連橫北中南寓居，出入詩文社團，與文人交友，其創作與經歷如斯。在這些交遊中，我們發現，他所參與的南社吟會多半是隨興的，戲遊的成分較大；至如櫟社，則深切涉入詩界革命、漢學興微的種種關懷。至若最晚成立的瀛社借北臺的特殊位置，成員多與《臺灣日日新報》關聯，以及日人成員的常態性參與，吟

---

[65] 〈瀛社春季吟會兼歡迎蘇沈兩詩人〉，《臺灣日日新報》，1927.03.03，第 4 版。

[66] 〈御下賜菓子　學者〉，新竹州 2 人、臺中州 4 人、臺南州 1 人、高雄州 4 人，《臺灣日日新報》，1923.04.20，第 6 版。又雅堂受賜，於 4 月 19 日即已見報，故推測時間是 18 日。〈御菓子料下賜〉，《臺灣日日新報》，1923.04.19，第 4 版。

[67] 學者臺北州 4 人為魏清德（臺北市有明町三丁目 98 番地）、李種玉（臺北州新莊郡鷺洲庄三重埔字菜寮 429 番地）、連雅堂（臺北市下奎府町一丁目 246 番地）、謝汝銓（臺北市永樂町四丁目 61 番地）。〈下賜御菓子〉，《臺灣日日新報》，1923.04.18，第 6 版。

[68] 〈續赤壁遊韻事〉，《臺灣日日新報》，1922.09.03，第 6 版。

會活動獨領全臺風騷。當其親履神州，睹先賢遺跡，興發共感，懷古詠史，諷諭當下時事，儘管有不同的視角，也出現了不同題材，造成詩風的轉變。然而貫串其行腳的，一貫為鬱鬱不得其志，亡國離家、飄零坎壈，浮沉半世之落寞慨歎，而故友舊知相繼棄世，更添詩人傷苦。如其〈弔陳瘦雲並寄南社諸子〉：

> 落花聲裏雨如絲，一別真成夢覺時。他日寧南門下[69]過，青燈重寫菜畦詩[70]。（【詩集】，頁3）

菜畦為陳瘦雲（？-1912）號，即陳渭川，字瘦痕，亦作瘦雲。落花聲用孟浩然典，暗指人在歲月無聲流逝中的凋零。連橫，〈哭陳滄玉〉：

> 悔之既沒癡仙逝，寥落騷壇又失君。廿載知交肝膽在，一朝大化死生分。杯停夜雨菜園酒，筆絕秋風櫟社文。他日枕山山下過，落花衰草哭斜曛。（【詩集】，頁55）

明治四十一年（1908）賦五古〈題謝頌臣先生科山生壙〉[71]，大正十年（1921）10月追悼李逸濤等等。另外，頗值得注意者，連橫遊歷佛剎暨與修道僧侶交往之作，亦較多呈現於〈寧南詩草〉階段，箇中內容諸如「朝誦楞嚴經，暮持般若呪……孤坐澹忘歸，清磬一聲了。」[72]「祇樹曾聞法，禪房且賦詩。佛燈還照夜，塵

---

69 寧南門下：明鄭時期，府治（臺南）有東安、西定、寧南、鎮北四坊。寧南門即今俗稱大南門，位於臺南市南門路和樹林街交會處之南門公園內。
70 菜畦詩：瘦雲詩。作者註：「瘦雲工詩，別號菜畦。」
71 「連雅堂林俊堂傳錫旗林幼春陳槐庭五氏為檄知海之內外。賦贈詞章。將彙帙付梓。藉傳不朽。」〈徵詩文啟〉，《漢文臺灣日日新報》，1908.08.05，第5版。又連雅堂，〈題謝頌臣先生生壙〉，收錄於謝頌臣，《小東山詩存》（家屬刊本，1974），頁35。
72 連橫，〈觀音山〉，《劍花室詩集》，頁50-51。

夢欲何之。」[73]「塵劫未銷惟有法，海天無際且孤吟。他年鼓棹瀛洲過，共倚潮頭聽梵音。」[74]等語，道盡詩人不得不向宗教尋求心靈慰藉的一面。

小結

漢詩創作經歷日治時期的大盛，擴張了酬唱聯誼的「應用」的功能，形成另類美學[75]，為理解日治時期臺灣文化所不得缺少者。

連橫歷乙未世變，逢新時代之思潮，履跡臺灣南北、海陸神州；觀四海藏書，視野不凡。揮灑自如，通觀全集內容，以詩言志、藉詩詠史，《劍花室外集》感時憂國；又，〈大陸詩草〉詠嘆歷史、議論時事、縱橫人物；〈寧南詩草〉懷舊傷時、群我交遊、悼唁故交。所念茲在茲的中國想像，與日本殖民臺灣的現實對話，反省知識分子的國族身分與社會責任，護翼斯文的關懷，感興個人的出處際遇，大抵而言，書史寓情為主要模式，內容紛陳而廣泛，不在家的漂泊與鄉愁為其主要面相，他與當時三個主要詩歌社群的交遊，則意外保存並凸顯了臺灣詩社的發展。

連橫詩歌兼擅各體，近體、古體與歌行皆極可觀，並配合題材，謹慎選體。所作深於故實，敏於所見，持論殊特，務求新銳，引義深刻，風格特出，古詩、歌行奔放豪壯，律體妥貼沉雄，言情思則清麗，寫感慨則沉痛，論世情則透徹，夐兀奇崛、筆力酣

---

[73] 連橫，〈夜宿凌雲寺〉，《劍花室詩集》，頁 51。
[74] 連橫，〈送志圓法師歸南海，即用前韻〉，《劍花室詩集》，頁 62。
[75] 拙作，「漢詩」條，臺灣文學辭典，（來源：http://tld.nmtl.gov.tw/opencms/dictionary/Dictionary00072.html?keywords=%E6%B1%9F%E5%AF%B6%E9%87%B5）。

暢，無所不至，胡南溟評連橫云：「其人奇，其氣奇，則其詩亦無之而不奇」[76]云云，頗得其旨。

本文宣讀於「風雅傳承：第二屆民初以來舊體文學國際學術研討會」，香港：香港中文大學中國語言及文學系、香港中文大學中國古典詩學研究中心合辦，2018.09.06-08。原題〈雞林有價：論連橫的詩歌體勢、鄉愁書寫與群我交流〉。

---

[76] 胡殿鵬，〈寧南詩草胡序〉，收錄於連橫，《劍花室詩集》，頁9。

第四章　實用美學：
《雅堂文集》之散文書寫類型評析

前言

考鏡一位學者的創作源流，不可不留心其著作之撰寫的過程，其使用的類型與體例的呈現。連橫的《臺灣通史》為述史，《臺灣語典》釋語言，《臺灣詩乘》存詩論，這些都是連橫重要的文學成就。至於《雅堂文集》與前述這幾本書的情況不同。如第一章所述，今日之《雅堂文集》，係連橫棄世以後由其哲嗣連震東整理遺稿，並由臺灣文獻委員會的編輯小組蒐羅遺文而成。表面上，它是古體散文的集結，一般統稱「古文」，古文本身的體例因類型而不同，其界義頗有區隔，各擁特色，歷來詮釋者時相歧異，再加上該書務求蒐羅連氏「遺文」，儘管實際上未竟全功[1]，所牽涉領域也頗不一致。相較之下，更需要專文探討。

要而言之，《雅堂文集》分卷一「論說」類 18 篇、「序跋」類 31 篇；卷二「傳狀」類 12 篇、「墓誌」6 篇、「雜記」17 篇、「哀祭」7 篇、「書啟」7 篇；卷三、四，均標題「筆記」，屬札記、漫錄性質，顧名思義，乃隨筆札記之文，係因一定主題而輯錄同編文章，此非一時一地之作，而內容則顯現作者撰述的用

---

[1] 如薛建蓉即指出：「〈國姓井〉、〈劉壯肅公軼事〉和〈阿緣小傳〉等，目前不見於全集中。」(《重寫的「詭」跡：日治時期臺灣報章雜誌的漢文歷史小說》，臺北：秀威資訊，2015，頁 156)。按：從《臺灣日日新報》、《臺灣文藝叢誌》、《語苑》、《臺法月報》等刊蒐集之文（若為長文分次連載，謹計一篇，若為專欄系列，則分開計算），補佚之文簡單可分三類：序、傳、誄、記、議等 26 篇，如〈臺南天足會序〉、〈蓮子小傳〉、〈葉母陳太孺人誄〉、〈鰲峰游記〉、〈禁養苗媳議〉；「臺南名勝志」系列、「婆娑洋聞見錄」系列、〈臺中之今昔〉、〈臺灣貨幣志〉等，臺灣文史相關之系列作 34 篇；以及特殊 9 篇，如，〈大稻埕之要求　圖書館分室之開設〉與稍異、收於《文集》之〈鄭慧脩女士傳〉缺最後一段，雅堂口述、日人日譯之〈食飯的問題〉、〈甲科警察語學講習資料：思想解放〉、〈學說　臺灣語源の探求に就いて〉等。

心。卷四，收錄〈詩薈餘墨〉與〈啜茗錄〉[2]二種「筆記」，均摘取自連橫所創辦的《臺灣詩薈》[3]的「專欄」，其經常出現者，有：詩鈔、詩存、詞鈔、文鈔、文存、詩話、學術、雜錄、詩鐘、謎拾、餘墨；另外，尚有騷壇紀事、傳紀、遺著、小說、論衡、尺牘、詩薈同人錄、啜茗錄、花叢迴顧錄等專欄。有關卷四之論多在本書「為詩主張」一章中，不在此滋贅。

　　此地擬一方面儘量依《雅堂文集》卷次所示，使用卷一迄卷三為材料，梗概紹介其相關體例與內容，說明連橫古典散文書寫上紹繼祖國文化，另一方面也期望能顯現其書寫之相關性。至於研究方法，主要嘗試貫串的切入點是柯慶明《古典中國實用美學》的相關論述。柯氏以為，晚清以降，中國積弱不振，西學長驅直入而成為學界仿效、吸收的對象，導致「我們漸漸忽略了『文學』與『Literature』不但分屬兩種語言系統，而且是兩個不同文化傳統的產物」，今日為學界視為文學，並用以分類的方式，普遍根據的是「西方文學」的準式，或「以為美感只是形式，或者以為美感與實用的作為不相容」，對於向來籠括許多「實用」文類的「中國文學領域，就遭到大幅的刪汰」，以故，柯氏起而倡議「古典中國實用文類美學」。[4]此正是筆者嘗試將用以解讀連橫《雅堂

---

[2]　〈啜茗錄〉類似古代笑談、解頤等筆記資料，其用意當有助於親友茗茶抵掌時，作為談笑之資，如首則紀載：「施靖海以平臺之功名宦祠。祠在臺南文廟櫺星門左。某生見之，為詠一詩曰：施琅入聖廟，夫子莞爾笑。顏淵喟然歎，吾道何不肖！子路慍見曰：此人來更妙，我若行三軍；可使割馬料。可謂謔而虐矣。」這類「笑談」，除可助人談興，亦兼可看出當時民意已對滿清朝廷深表不滿。

[3]　《臺灣詩薈》為連橫創辦之古典文學雜誌，始刊於大正十三年（1924）2月，而停刊於大正十四年（1925）10月連氏赴杭州西湖養病為止，共發行22期。

[4]　柯慶明認為這是西方從康德以降形成的傳統，吾人實有必要重新檢視「實用文類」所具有的傳統意義美，從而析分其美感特質。參〈導言〉，《古典中國實用文類美學》（臺北：臺大出版中心，2016），頁11-12。

文集》的根據，甚且，筆者擬將實用文類美學的古、今理論相融合，希冀從中取得伽達默爾（Hans-Georg Gadamer, 1900-2002）所謂的「視域融合」（Horizontverschmelzung）[5]的成果，此係本章一大特色。

事實上，若觀察《雅堂文集》分卷體例，其「序跋」、「傳狀」、「哀祭」、「雜記」、「墓誌」、「書啟」等等卷目，其分類標準基本上皆從傳統古文分類來，故某種程度的溯源辨體有其必要，也因此本文將適度援用舊典，詳予檢覈，俾利稽考流變，另外，針對雅堂古典散文進行「美學」賞析也是本文的主要工作。至若本文主題之所謂「興感」，興者，興發也，此本《毛詩》賦比興之「興」，其義蓋因人事地物而起興，本有興發感觸的感性抒情成分，故「興感」云云，是為「作者——宇宙」情景交融、物我合一的創作前的心靈交感狀態。另，「興」亦可為「託喻」之義，指作者在「言內意」之外，另有「言外意」，而此「言外意」乃指作者因某一現實之社會事件而有所感觸，為了給予某一特定讀者（特別指當政者），政治上、道德上的勸勉告喻，委婉地隱身於作品之後，來表現諷喻之目的。此二者皆係美學欣賞的根據所在。

本章分四部分梳理：第一部分專論《雅堂文集》卷一所收之「序跋」文章，這些篇章之所以獨立出來，除了史觀上「文章體例」需要辨明之外，其具體內容則呈現連橫個人的人格職志與交遊人際，換言之，我們可從連氏序跋文中窺見他的人際互動與真

---

[5] 伽氏以為：詮釋者在進行文本解讀時，需將「自身置入」（Sichversetzen）歷史傳承下來的文本裡，亦即，「他必須參與到文本的意義之中」以達到個人「前見」的「視域」和作者形諸於文本的「視域」之間彼此「交融」的進程，此即所謂「視域融合」。

情流露的一面，也可看出他孜孜矻矻所堅持的史學意識；第二部分整述其較具個人感興之文章，以《雅堂文集》卷二「傳狀」、「墓誌」、「哀祭」、「書啟」等篇章為主要分析對象，筆者於此較注重其敘事篇章之美；第三部分聚焦《雅堂文集》卷一「論說類」文章，並嘗試觀察其「論說」文章的「實用美」，雖則連橫本卷內容大抵以考據、翻案文章為主，文采非其所重，此係當時潮流所尚，但細為尋覓，仍可從中獲致端倪；第四部分論綜觀《雅堂文集》卷三內容。該卷共分〈臺灣漫錄〉、〈臺灣史跡志〉、〈臺南古蹟志〉、〈番俗摭聞〉等四篇，分疏內容大體可從傳說、掌故與風俗慣習來加以檢視。附帶說明者，本卷繫末的〈番俗摭聞〉，其體例一如〈臺灣漫錄〉，而聚焦的對象，則為本島的原住民。不過，相關史料早自明末以降已可見諸文人筆記（如陳第〈東番記〉）與「地方志」的紀載，而清人郁永河《裨海紀遊》、孫元衡《赤崁集》〈裸人叢笑篇〉、黃叔璥《臺海使槎錄》〈番俗六考〉、吳子光〈紀番社風俗〉以及翟灝《臺陽筆記》〈閩海聞見錄〉等等筆記資料，亦相當豐富。故連橫此處「摭聞」，在相較之下，並未令人看出殊特之處，本章原則上略而不論。

一、序跋辨體暨其與人際的互動

　　《雅堂文集》卷一第二部分所收錄之「序跋」，此部分內容主要是書籍詩文的介紹與評價。眾所周知，前人體例書前一般稱「序」，書後大抵為「跋」，至於其類型，今日較為簡潔的分類主要是「自序」和「他序」兩種（陳必祥《古代散文文體概論》稱「自作和別人所作」[6]），自序乃經由自身所撰述、編纂或裒集而

6　陳必祥〈序跋體散文〉：「『序』有自作和別人所作兩種。」陳必祥，《古代散文文體概論》（臺北：文史哲出版社，1987），頁 156。

成所寫的序，他序則是作者閱讀相關篇什或書籍內容之後的序
（跋文亦同，下文基本上如同古人作法，將之合併以觀），這也
包含因他人所請而撰述的「序」在內。據此以觀，《雅堂文集》
所收序跋之文，屬於「自序」者共計 9 篇[7]，其餘 22 篇則屬「他
序」類[8]。

　　昔人於文章體例之分割，明人吳訥、徐師曾曾被視為繁蕪[9]；邁
入清代，稍見收束，箇中又以桐城文派最為簡潔可觀[10]，姚鼐《古
文辭類纂》的說法在當前學界最受青睞，該書〈序目〉將「序跋
類」型態依傳統經、史、子三大部來作區分：「經部」有兩種，
其一如《周易》那般為其「作傳」類的序跋，這是「以傳注為序」
的類型（其目的係「以推論本原，廣大其義」），其二則是為經書
（如《詩》、《書》、《儀禮》等）另作概述的序跋；至於「子部」
也分兩種，一是「或自序其意」類的序跋，另一則是「或弟子作

---

[7] 可列為「自序」者有：〈臺灣通史序〉、〈臺灣詩乘序〉、〈大陸詩草序〉、〈寧
南詩草自序一〉、〈寧南詩草自序二〉、〈臺語考釋序一〉、〈臺語考釋序二〉、〈臺
灣稗乘序〉、〈臺灣詩薈發刊序〉。

[8] 當視為「他序」者：〈東寧三子詩錄序〉、〈閩海紀要序〉〈香祖詩集序〉、〈斯
庵詩集跋〉、〈賜姓始末書後〉、〈稗海紀遊書後〉、〈番社采風圖考跋〉、〈臺灣
遊記書後〉、〈臺灣隨筆書後〉、〈書陳星舟先生遺著〉、〈潛園琴餘草跋〉、〈梁
鈍庵詩集書後〉、〈稻江井欄記書後〉、〈跋延平郡王書〉、〈題謝琯樵墨竹卷
子〉、〈厚庵遺草序〉、〈鰲峰詩草序〉、〈櫟社同人集序〉、〈悔之詩集序〉、〈鈍
庵詩草序〉、〈惜別吟詩集序〉、〈人文薈萃序〉。

[9] 吳訥《文章辨體》論文學體類達五十九；徐師曾《文體明辨》更達一百二十
七類。

[10] 曾鞏虹曰：「文章經國之大業，不朽之盛事……自唐韓柳氏懲六朝駢麗之病，
以古文為天下倡……八家之文，尊為正宗……至清初益盛，而桐城之名，尤
雄視當世。」引自曾鞏虹，〈序〉，收錄於朱任生，《姚曾論文精要類徵》（臺
北：臺灣商務印書館，1988）。按：姚鼐〈古文辭類纂序目〉：「其類十三，
曰：論辨類、序跋類、奏議類、書說類、贈序類、詔令類、傳狀類、碑誌類、
雜記類、箴銘類、頌贊類、辭賦類、哀祭類。」以此可見其簡潔。〔清〕姚
鼐選纂，宋晶如、章榮注釋，《廣注古文辭類纂》第一冊（上海：國學整理
出版，世界書局印行，1948），頁 1。

之」類的序跋；再則是史部的「史傳」、「表志」類序跋；最後，姚氏還加上「校書」和「目錄」類的序跋，此類序跋係編纂、校訂者針對其校編書籍（大抵可推想為子部或集部類）經眼過目之後的心得概述。[11]以上這些對序跋的分類，卻少了「贈序」一項。過去古人將「贈序」一類併入「序跋類」，自姚鼐開始，才將之獨立而成一類文體[12]。姚氏《類纂》「贈序類」云：

> 贈序類者，老子曰：「君子贈人以言。」顏淵、子路之相違，則以言相贈處。梁王觴諸侯於范臺，魯君擇言而進，所以致敬愛、陳忠告之誼也。唐初贈人，始以序名，作者亦眾。至於昌黎，乃得古人之意，其文冠絕前後作者。蘇明允之考名序，故蘇氏諱序，或曰引，或曰說。今悉依其體，編之於此。[13]

以上，顏淵、子路臨別之際互相贈別的忠告，[14]姚鼐視為「贈序」類文章的濫觴，而以「贈序」名篇則從唐初開始漸次蔚為大觀。

---

[11] 姚鼐〈序目〉《古文辭類纂》曰：「序跋類者，昔前聖作《易》，孔子為作《繫辭》、《說卦》、《文言》、《序卦》、《雜卦》之傳，以推論本原，廣大其義。《詩》、《書》皆有《序》，而《儀禮》篇後有《記》，皆儒者所為。其餘諸子，或自序其意，或弟子作之，《莊子天下》篇、《荀子》末篇，皆是也。余撰次古文辭，不載史傳，以不可勝錄也。惟載太史公、歐陽永叔表志敘論數首，序之最工者也。向、歆奏校書各有序，世不盡傳，傳者或偽，今存子政《戰國策序》一篇，着其概。其後目錄之序，子固獨優已。」〔清〕姚鼐選纂，宋晶如、章榮注釋，《廣注古文辭類纂》第一冊，頁 3-4。

[12] 吳曾祺〈文體芻言〉云：「贈序一類，自來選古文者，皆與序跋為一，至姚氏《古文辭類纂》始分為二。」收錄於王水照編，《歷代文話》第七冊（上海：復旦大學出版社，2007），頁 6646。

[13] 〔清〕姚鼐選纂，宋晶如、章榮注釋，《廣注古文辭類纂》第一冊，頁 11。

[14] 按：《禮記‧檀弓下》載：「子路去魯，謂顏淵曰：『何以贈我？』曰：『吾聞之也：去國，則哭于墓而後行；反其國，不哭，展墓而入。』謂子路曰：『何以處我？』子路曰：『吾聞之也：過墓則式，過祀則下。』」〔唐〕孔穎達、〔唐〕

只是，《古文辭類纂》對「贈序」類的義界，似乎未能處理到筆者前文所謂「因他人所請而撰述的『序』」這部分，故此處仍有檢討的餘地。進而言之，《雅堂文集》實際上收錄有應答他人所請之序（如〈鰲峰詩草序〉云：「余客稻江，基六適然戾止，相見甚歡，出所為鰲峰詩草相示，且請序。」（【文集】，頁45）），故以傳統分類的話，我們必須處理這種「請序」的屬性，因他人「所請」而為之撰寫的「序」，從表面上來說，乍看之下似乎像是「贈序」，不過，從前揭引文可知，姚氏《類纂》並未將因應他人所請而撰寫者納入「贈序類」的義界中，換言之，姚氏別分「贈序」一類，其目的主要是為了與專替詩文所寫之序作區隔，而其產生背景，定當出自親戚故舊之間「行將臨別」的贈予。陳必祥有清楚的闡述：

> 贈序為臨別贈言之作。老子曰：「君子贈人以言。」可見，「臨別贈言」古已有之，但一般的「贈言」還不能稱作「贈序」。「序」原指書的序言。「贈序」是由「書序」發展而來的一種獨立的文體。它發端於晉代，而形成並盛行於唐宋。〔晉〕傅玄作有〈贈扶風馬鈞序〉、潘尼作有〈贈二李郎詩序〉等。唐初文壇，親朋故舊在臨別之際，常常設宴餞別，飲酒賦詩。積成卷帙之後，由某人為這些詩作「序」。說明其作者、由來等，這種「序」叫「詩序」。這類「序」和一般「書序」性質甚相近。後來，並無詩歌唱和，只是寫一篇文章贈人也叫做「序」。這就是「贈序」了。[15]

陸德明、〔唐〕鄭玄，《禮記註疏》卷十，頁12，文淵閣四庫全書電子版【內聯網版】。

[15] 陳必祥，《古代散文文體概論》，頁162。

以上，「贈序」的場合發生在「臨別」之際，倘若我們嚴守此一界定的話，那麼，因他人「所請」而為之撰寫的「序」就不能歸納在內。如此，該類序跋就只能列入「序跋」一類了，然吳曾祺《涵芬樓文談・文體芻言》「序跋類第二」曰：

> 序類凡三種：以之送人者，則入之贈序類；以之記事者，則入之雜記類；惟以弁諸詩文之首者，則入此類。[16]

吳氏「以之送人者」云云，語焉不詳，但似可納入前面所謂「因他人所請而撰寫的『序』」這部分。柯慶明《古典中國實用美學》對此似亦採取模糊的態度，其於該書〈第二章：「序」「跋」作為文學類型之美感特質〉之第六節〈「餞別序」、「贈序」與「別集序」的人際互動〉中，將「求『序』於文章名家」的文體，視為兼具「銘誄」的性質，不過，並未明確區分到底該所求之「序」是屬於「贈序」抑或一般的詩書之「序」，惟柯氏的態度似亦傾向歸之「贈序」？[17]至若陳必祥則有著斷然的區分，陳氏《古代散文文體概論・序跋體散文》云：

> 求別人作序起於左思。據說，左思《三都賦》成，自認為名氣不大，求當時著名學者皇甫謐為他寫序，皇甫謐便寫了〈三都賦序〉。於是後人文集，求人作序遂成風氣。有的是編集以後請人作序，也有的人為人編輯同時作序……。這裡附帶提及，「書序」與「贈序」不同：「書序」是為詩文寫的序，重在評介詩文；「贈序」是唐宋以

---

[16] 吳曾祺，〈涵芬樓文談〉，收錄於王水照編，《歷代文話》第七冊，頁6636。

[17] 因柯氏《古典中國實用文類美學》此段探討列入第二章〈「序」「跋」作為文學類型之美感特質〉之第六節〈「餞別序」、「贈序」與「別集序」的人際互動〉中。

後，在「書序」、「詩序」基礎上發展形成的一種送別贈言之文。[18]

依此，則「求序」之文宜乎仍納入傳統「序跋」之屬，而「贈序」則主要產生於親戚故舊臨別之際的「贈言之文」。

以上討論，屬於「辨正體例」部分，至若《雅堂文集》「序跋」文章的美學特色，則有三點可說：

其一：連橫將〈臺灣通史序〉置放於本類第一篇[19]，這說明作者對此文的重視非比尋常。在此，筆者簡單勾勒整起過程：首先，連橫哲嗣連震東於〈連雅堂先生家傳〉中，明載連橫著史根由：「**先祖父……嘗購《臺灣府誌》一部授之曰：『汝為臺灣人，不可不知臺灣歷史』。後日先生以著《臺灣通史》引為己任者，實源於此。**」[20]可知連氏撰史早存夙志；其次，連氏曾於撰史過程中，發生重病，幾至綿惙，最後所憑藉者，殆為「著史」一事，對此，其外孫女林文月《青山青史——連雅堂傳》曾有所說明。[21]

---

[18] 陳必祥，《古代散文文體概論》，頁 156。

[19] 案：《文集‧弁言》指出，現行的《雅堂文集》乃據連震東提供的文集抄稿、手稿加以彙整，但今未見抄稿，或可推測連橫在抄稿部份，已有自己的體例與文章次序。

[20] 連震東，〈連雅堂先生家傳〉，收於連橫，《臺灣通史》，頁 1051。

[21] 「宣統三年（西元一九一一）……這一年，連雅堂三十四歲，……近年來忙於家國之事，既要為報社執筆撰論，復又著述《臺灣通史》，加以友朋酬酢，動輒通宵熬夜……過分透支的體力，終於得了一場嚴重的胃病。這一場病，非同小可。在醫藥技術不甚發達的當時，他自己和家人都幾乎以為性命難保。在藥石難抑肉體痛苦之際，甚至於只好靠鴉片芥的麻醉作用暫時支撐。從秋天到冬天，連雅堂整整纏綿病榻一季。報館的工作只有暫時請假，託人代司。然而已經開始撰述的《臺灣通史》則是自己生平最大的願望……所以不能死，不能壯志未酬而死。無論如何，得要克服病魔，要留得這一條命來

最後,連氏髮妻沈璈於《臺灣通史》〈後序〉指出,連橫在滿清被推翻之後對其說道:「吾平生有兩大事,其一已成,而通史未就;吾其何以對我臺灣?」(【通史】,頁1049)從以上連氏家屬的記載可知,連橫將撰述《臺灣通史》視為其一生職志,而這樣念茲在茲的精神,除了前揭其父的勖勉,另外更有紹續史家宗師「司馬遷」的意味存在。[22]

既然連氏以史遷為宗,故其行文風格規仿「太史公」也是順理成章的事情,就以「序跋體」來說,司馬遷史傳序文傳誦千古早有定評,前揭引文中姚鼐所謂「余撰次古文辭……惟載太史公……序之最工者也」云云,便是明證。至於膾炙人口的緣由,我們或可參看柯慶明的闡述,柯氏指出:史遷的序,除了提綱挈領的「敘事」之外,「並且往往繼以『史觀』,甚或作文化、文獻類的評論」,「更同時是出以『筆鋒常帶感情』的個人介入的形態」,「可以說既是閱歷有得之言,亦是頗見性情之作,所以是『序之最工者』乎?」[23]按:劉勰《文心雕龍・論說》以為「序者次事」,說明「序」的主要功能是依次交代所論之事,而〔梁〕任昉《文章緣起》進而論曰:「序者,所以序作者之意,謂其言次

完成《臺灣通史》。是這堅強的求生意志,使他奇蹟一般的度過鬼門關。」林文月,《青山青史──連雅堂傳》,頁91、93-94。

[22]「漢代司馬遷得其父司馬談臨終囑咐著史,終修成《史記》。連雅堂少時受父親連得政贈以《續修臺灣府志》,因萌著述《臺灣》之志。古今二人寫作的動機態度,極為近似。實際上,司馬遷也是雅堂心目中最為敬佩的典範楷模。他閱覽石室金匱群書,遍訪地理古蹟幽微,是以行動追隨太史公的做為。至於其史筆風格之相接,更非偶然。連雅堂自己承認續接了司馬遷的著史精神,所以他在自題卷末的第三首有句:『馬遷而後失風神』,表明自己就是司馬遷宗風的繼承者。」林文月,《青山青史──連雅堂傳》,頁174。

[23] 柯慶明,《古典中國實用文類美學》,頁68-69。

第有序，故曰序也」[24]，亦強調敘事「次第有序」的概念。惟序
體自太史公「以『筆鋒常帶感情』的個人介入的形態」賦予其新
的敘事內涵之後，再經唐、宋韓、柳、歐、蘇等古文大家著力經
營，已使得此一文類除了次第敘事的實用價值之外，更添增不少
情意上的美學特色。陳必祥《古代散文文體概論》指出：「『序』
體散文既是有關作者的介紹和詩文評介性文章，除了『說明』性
文字以外，還常常兼有敘事、議論和抒情。」[25]然則，一篇序體
的美學衡準，便可從敘事邏輯、議論說理以及抒情感性來評價。
以此，我們細審連橫〈臺灣通史序〉的話，可發現該文除了敘事
層次條理有序、議論說理扣準主題（強調「臺灣固無史」的主軸）
之外，其用字遣詞亦頗富情感，換言之，該文頗有「融情於敘事」
的特質，而這樣的特色除了連氏以紹承史遷精神為己任的矜許之
外，還增添了柯氏所謂的「『筆鋒常帶感情』的個人介入的形態」
[26]，故我們在〈自序〉中，尤當注意者，是那「筆鋒常帶感情」
的抒發之語：

> （首段）臺灣固無史也。荷人啟之，鄭氏作之，清代營之，
> 開物成務，以立我丕基，至於今三百有餘年矣。而舊志誤
> 謬，文采不彰……烏乎！此非舊史氏之罪歟？……（二
> 段）……夫史者，民族之精神，而人群之龜鑑也……然則
> 臺灣無史，豈非臺人之痛歟？（三段）顧修史固難，修臺
> 之史更難，以今日而修之尤難……然及今為之，尚非甚
> 難，若再經十年、二十年而後修之，則真有難為者。是臺
> 灣三百年來之史，將無以昭示後人，又豈非今日我輩之罪

---

[24] 〔南朝梁〕任昉、〔明〕陳懋仁、〔清〕方熊，《文章緣起》卷一，頁26，文
淵閣四庫全書電子版【內聯網版】。

[25] 陳必祥，《古代散文文體概論》，頁157。

[26] 柯慶明，《古典中國實用文類美學》，頁68。

乎？⋯⋯（五段）洪維我祖先渡大海，入荒陬，以拓殖斯
土，為子孫萬年之業者，其功偉矣。追懷先德，眷顧前途，
若涉深淵，彌自儆惕。烏乎念哉！⋯⋯（【通史】，頁 15-16）

《臺灣通史・自序》若以五段劃分[27]，則除第四段敘述史書體例[28]
之外，可謂段段皆以「喟嘆」之詞串接文意，如是做法，正是將
個人情感灌注其間，是可令人見到那「頗見性情」的層面，從而
也令讀者充分領略到連橫對此「絕業名山」[29]之作的重視與承擔。

其二，《雅堂文集》「序跋」文中，感興抒情之文大抵出現在
與連橫關係密切者，如〈鰲峰詩草序〉、〈厚庵遺草序〉及〈悔之
詩集序〉等均屬之，而箇中尤以〈悔之詩集序〉為最，茲略析如
下：該文共計三段，首段連氏以慨然起興：「悔之既沒之八年，
余乃輯其遺詩，刻而傳之。嗟乎！悔之岑奇人，乃僅以詩傳乎
哉？」（【文集】，頁 46）二段開頭則細言兩人交情：

> 始丁未間，余居大墩，始識悔之。悔之，櫟社之傑也，主
> 持壇坫，鼓吹風騷；顧獨愛余文，余以兄事之。春朝淪茗，
> 夜雨篝燈，言笑唱酬，為歡無極。（【文集】，頁 46）

以上，由結識而友愛，賴紹堯（悔之）「獨愛余文，余以兄事之」，
二人契若金蘭、情同友于，朝夕相處，抵掌言笑，歡愉無限。不
過，如是場景，終究成為追憶：「越四年，余遊禹域，行萬里，

---

27 《臺灣通史》原序沿採舊書格式，本無分段（以臺灣通史社藏 1921 年 4 月
版為主），而此《雅堂文集》〈臺灣通史序〉則分作五段（頁 31-32）。

28 〈臺灣通史序〉第四段：「⋯⋯撰成臺灣通史，為紀四、志二十四、傳六十，
凡八十有八篇，表圖附焉。起自隋代，終於割讓⋯⋯」連橫，《雅堂文集》，
頁 32。

29 「絕業名山幸已成，網羅文獻責非輕。而今萬卷藏書富，不讓元侯擁百城。」
連橫，〈臺灣通史刊成，自題卷末〉，《劍花室詩集》，頁 54。

三載乃歸。歸而伏處寧南，遂不獲與悔之相見。」（【文集】，頁
46-47）當連氏結束大陸行旅之後返回故鄉臺南，他與悔之的聯
繫也隨之中止，爾後櫟社祭酒林朝崧（1875～1915）過世：

> 林無悶之喪，俱會詹園，悔之雖握手道故，悲歡交集，而
> 形神蕉萃，鬢髮已蒼，若重有隱憂者。余竊傷之，而不虞
> 以此而損其生也！（【文集】，頁47）

兩人再度相會於無悶之喪，即隱含不祥之兆，連橫雖則感傷，卻
完全沒想到越明年，悔之（1871～1917）亦隨之物故，話語至此，
讀者自可體會作者心情的沉重與傷痛。泊至末段，連橫充分嶄露
至情至性的一面：

> 悔之之逝，余不能撫其棺。及葬，復不能臨其穴。寸心耿
> 耿，負疚良多！而今乃輯其詩而傳之，則余悲或可稍殺。
> 然而余之念悔之，又胡能已？（【文集】，頁47）

結尾以款款之情細述不盡之意，令人感同身受，可謂佳作。

其三，連橫以史家自許，故為他人所作序跋多半推崇節義德
行，抑或言其史料價值，前者著眼表彰懿行，後者則珍視文獻可
貴。前者如〈鰲峰詩草序〉：

> 基六素工詩，不作矜躁語。間為醫，如其詩，亦不為攻剽
> 之術。豈非有德之士也歟？……漢學式微，綱紀墜地。趨
> 時之士，競逐浮華。……基六其能以詩醫之也否？投之以
> 敦厚之藥，導之以平和之劑，飲之以華實之湯，養之以浩
> 然之氣。詩教之，庶幾有艾。（【文集】，頁45）

引文中對於當時社會流風習俗，頗生感慨，故爾藉由序文興發議論；後者如〈鈍庵詩草序〉曰：

> 鈍庵以嶺嶠之英豪，為東寧之羈旅，懷文抱義，眾多景行，而詩獨不傳，惜哉！余竭力搜求，計得六十有八首，次為一卷，以付梓人；而鈍庵之詩乃稍存矣。（【文集】，頁47）

從引文可見連橫對搜求梁氏遺文的渴切。按：梁成枏，字子嘉，號鈍庵，廣東三水人，曾依附林朝棟之「棟軍」掌書記職，後為巡撫劉銘傳所賞識，派赴東勢角撫番有功，乙未年滿清割臺，梁氏「率其佃兵與吳湯興、徐驤輩轉戰新竹、苗栗間，事敗而去。曾賦臺灣諸將四十首以示南強，南強藏之久而遺失。」（【文集】，頁47）後鈍庵鬱鬱客死香港，其事蹟可見林資修〈梁鈍庵先生傳〉[30]（連橫《臺灣通史》卷卅四〈流寓列傳‧梁成枏〉即取材資修傳文）。以上，因梁鈍庵嘗有功於臺，且其人頗負才氣，文章亦甚可觀，故連氏對其「懷文抱義，眾多景行，而詩獨不傳」，甚感惋惜，本篇序文著眼史料價值以此可知。

二、傳狀等文類的人物敘事

《雅堂文集》卷二，收錄「傳狀」、「墓誌」、「雜記」、「哀祭」與「書啟」五部分，這些體例均見諸《古文辭類纂》，惟《雅堂文集》卷目題名或稍易其字，而內容或不甚相稱，底下分別述之。

---

[30] 連橫，《臺灣詩薈雜文鈔》（臺北：大通，1987），頁20-21。

(一)「傳狀」類

姚鼐《古文辭類纂·序目》點出「傳狀類」的「傳」，前人有著不同意見，蓋《史記》創立「紀傳體」，後世正史沿之，故乃有史家獨據「傳」體的說法，顧炎武《日知錄·卷十九》「古人不為人立傳」條：

> 列傳之名，始於太史公，蓋史體也。不當作史之職，無為人立傳者，故有碑、有誌、有狀，而無傳。……自宋以後，乃有為人立傳者，侵史官之職矣。[31]

吳曾祺表示不同意見：

> 傳者，傳也。所以傳其人之賢否善惡，以垂示萬世。本史家之事，後則文人學士亦往往效為之……有謂非史家不宜為人作傳者，不必然也。[32]

據是，姚鼐以為，誰來立傳、立誰的傳，都應有所區隔，其中一類是「古之為達官名人傳者，史官職之」，另一類則是在史傳之外文人為尋常升斗小民（如圬者、種樹者）所私立的「傳」，「文士作傳，凡為圬者、種樹之流而已」。如果原本記錄的對象地位稍見顯達了，就該為之撰述「行狀」，行狀的作用本為了提供史官採擇之用的。[33] 以這個標準檢視《雅堂文集》卷二所收「傳狀」之文 12 篇——〈謝頌臣先生傳〉、〈沈少鶴傳〉、〈陳鞠譜傳〉、〈林

---

[31] 〔清〕顧炎武，黃汝成集釋，《日知錄集釋》（鄭州：中州古籍出版社，1990），頁 457。

[32] 吳曾祺，〈涵芬樓文談〉，收錄於王水照編，《歷代文話》第七冊，頁 6653。

[33] 「狀：始於漢胡幹作〈楊原伯狀〉，蓋皆門生故舊，敘述死者之世系，名字，爵里，行誼，年壽，上於史官，或求傳誌於作者之辭。」薛鳳昌，《文體論》（上海：商務印書館，1947，頁 70）這些意見所本為劉大櫆。

癡仙傳〉、〈郭壽青傳〉、〈鄭慧修女士傳〉、〈書何水昌〉、〈書陳三姐〉、〈書呂阿棗〉、〈書黃蘗寺僧〉、〈書韓藩外〉、〈翁阿二〉，以上，有兩個特點：

　　其一，本卷所收「傳狀」類文章，實有「傳」而無「狀」，且題名「傳」者，除鄭慧修外，均和連橫有相當程度的交情，如謝頌臣與之「忘年交」[34]、林癡仙乃櫟社文友，陳鞠譜、郭壽青與其同鄉，沈少鶴係其妻舅，至若鄭慧修則連氏應紅粉知己王香禪之請而為其作傳[35]。要之，連氏以史家「作傳」手筆為之，其意或補正史之闕，蓋因《臺灣通史》「起自隋代，終於割讓」[36]，故上述日治期間人物足堪作傳者，如謝頌臣、林癡仙者，連橫當有預留「史料」的用意，至於陳鞠譜、郭壽青、沈少鶴等等，則性質非屬正式「史傳」而近似前人所謂「家傳」或「小傳」等[37]。至若未標明為「傳」者，除最末篇〈翁阿二〉外，連氏另稱之為「書」，「書」者，書寫、記錄也，劉勰《文心雕龍·書記》曰：

---

[34] 「丁未夏，余旅臺中，始獲交先生。」連橫，〈謝頌臣先生傳〉，《雅堂文集》，頁 62。按：《全臺詩》「謝道隆」提要：「謝道隆（1852～1915），字頌臣，又作頌丞……臺灣割讓之際，謝氏募集義勇軍，率『誠』字正中營駐紮頭前莊（今桃園縣蘆竹鄉）；後因義軍節節敗退，遂西渡避難。明治二十九年（1896）始再度返臺，隱於醫。曾與林癡仙、林資修、連橫等文士交遊唱和……。」施懿琳撰，收錄於全臺詩編輯小組編撰，施懿琳主編，《全臺詩》第拾壹冊（臺南：國立臺灣文學館，2008），頁 49。由於謝道隆年長連橫近三旬，故二人之交往可視為「忘年交」。

[35] 「王香禪曰……余將以文章傳之，而文章又不足以狀其為人；且恐以垢女士。子連子其為我狀之。」連橫，〈鄭慧修女士傳〉，《雅堂文集》，頁 67。

[36] 連橫，〈自序〉，《臺灣通史》，頁 16。

[37] 可將〈沈少鶴傳〉列入「家傳」，〈陳鞠譜傳〉、〈郭壽青傳〉、〈鄭慧修女士傳〉列入「小傳」。按：薛鳳昌《文體論》：「傳：此在史傳之外，為文人學士之所表章。其文辭俊偉可觀者多。其別於官事者，則謂之『家傳』；敘次簡略者，則謂之『小傳』。」（頁 82）

「大舜云：『書用識哉！』所以記時事也」[38]，此語或者為連氏所採用，不過，因古人一般將「書」體，納入「書信」、「書函」、「書牘」之類中，換言之，即今日所謂的「信件」類，故《雅堂文集》本卷標題方才從舊，以「傳狀」名之，雖則裡面所收並無行狀之文。至於本卷所「書」者，觀其內容，除〈書何水昌〉為增潤文采的實事[39]，其餘或為早期軼事（〈書陳三姐〉、〈書黃蘗寺僧〉），或屬傳聞美談（〈書呂阿棗〉、〈書韓藩外〉、〈翁阿二〉）。箇中尤以〈書黃蘗寺僧〉最為神奇：

> 黃寺在臺南鎮北門外。乾隆間，有僧不知何許人，逸其名，居寺中。善技擊，能蹴庭中石，躍去數丈。素與官紳往來，而知府蔣元樞尤莫逆。一日，元樞奉總督八百里密札，命拿此僧，不得則罪。潛訪之，知為海盜魁。恐事變，且得禍。乃邀僧至署，盤桓數日。欲言又止。僧知之，曰：「窺公似大有心事者。大丈夫當磊磊落落，披肝見膽，何為效兒女子態」？曰：「不然。事若行，則上人不利，不行，吾又不能了，故踟躕爾。」出札示之。……其人忽不見。事後，大吏問獄吏，何以許人出入？曰：「旦夕未見人。且僧有神勇，桁楊輒斷，幸彼不走爾。」聞者愕然！（【文集】，頁73-74）

以上，「蹴石躍丈」、「桁楊輒斷」等形容近似小說家語，且該敘事內容頗有唐代「傳奇」小說的風格，饒是如此，連橫仍將此篇文稿置入《臺灣通史》之中，何以故？原來，連橫所措意者，乃

---

[38] 〔南朝梁〕劉勰，《文心雕龍》卷五，頁11，文淵閣四庫全書電子版【內聯網版】。

[39] 「吾友江君介石與水昌同里閈，備聞其德，乃以事略寄余，囑為潤色。余惟水昌之孝，鄉人知之，督府旌之，固不藉余文以揚。……吾書水昌，亦所以勸孝也。」連橫，〈書何水昌〉，《雅堂文集》，頁69-70。

其「反清復明」的民族氣節，《臺灣通史》卷二十二〈宗教志〉載：

> 清人得臺之際，寧靖王術桂闔家殉國，捨其居邸為寺。靖海將軍施琅就旁改建天后宮，而觀音堂猶在也。當是時，鄭氏部將，痛心故國，義不帝胡，改服緇衣，竄身荒谷者，凡數十乙（按，人）而史文不載。……徽音古德，代有所聞。而黃藥寺僧尤特出。豈所謂能仁能勇者非歟？僧不知何許人，逸其名，居寺中，絕勇力，能蹴庭中巨石，躍去數丈。素與官紳往來，而知府蔣元樞尤莫逆。……（【通史】，頁 577）

黃藥寺僧自稱「鄭氏舊將」之後而蓄志「反清復明」，然其「今謀竟外洩，天也！」在天意阻撓之下，寺僧乃從容就死，此事雖則離奇，而其志可嘉，故連橫不慮軼聞之可信與否，逕自納入「正史」之中，他獨尊明鄭為正統的用意，昭然若揭。[40]當辛亥革命之後民國肇建，連氏隨即於壬子春撰文〈告延平郡王文〉誠摯「昭告於延平郡王之神」（【文集】，頁 115），此收入《雅堂文集》「哀祭」類篇首（詳後文）。要之，連橫雖以史家為任，但在史料取捨上，仍難免受到主觀的意識形態之左右。

　　其二，由於連橫主張男女平等，故其敘事記人，對於卓異特出女子，均加以著墨，如本卷中〈鄭慧修女士傳〉、〈書陳三姐〉、〈書呂阿棗〉等均屬之。〈鄭慧修女士傳〉係表彰「矯然不淬，超然塵垢之外」（【文集】，頁 67）的奇女子，因鄭氏在篤孝事親之餘而能勘破世情，「絕暈、絕脂粉，撤其環珥，守貞不嫁」（【文集】，頁 68），一以修佛為念，至其祖母病歿，「越數月，而女士

---

[40] 相關論述詳本書第六、七章。

亦卒」（【文集】，頁 68），可謂求仁得仁，此「**不蘄於華實，不蘄於妃耦，不蘄於生死。連子曰：鄭女士可謂能全其天者矣！古者謂是帝之懸解。**」（【文集】，頁 68）可知連氏對其推崇備至。同為彰顯德行者，尚有〈書呂阿棗〉一篇，呂氏出身低賤，父障母娼，卻能貞潔自守，不受其玷。尤其在娼母受賄強逼就範之際，猶自行「**剪髮毀容，茹齊[41]奉佛，屏不見人**」（【文集】，頁 72），最後自度不免受辱，乃毅然「**沐浴更衣，焚香禮拜，夜深自縊**」（【文集】，頁 72），故連橫特為書之以顯揚其「**出淤泥而不染者也**」（【文集】，頁 72）。迥異於前述形象，〈書陳三姐〉所著墨者乃豪傑女子：本篇故事發生在清咸、同年間，和〈書黃蘗寺僧〉一樣，同屬往昔軼聞的摹寫，而其內容之精采，直可追步唐傳奇。軼事主角係風塵出身的女子頭家「**查某三姐**」[42]，因善於交際酬酢，獲利甚豐，「**顧視金錢如無物，揮霍自喜。群無賴之寄食門下者常數十人，頤指氣使，奉命惟謹。**」（【文集】，頁 70）要之，陳三姐性情倜儻有俠義風範，遂一掃女子孱弱形象而有「巾幗不讓鬚眉」的豪氣，且給養無賴食客若干，儼然為地方上之女角頭。本故事有兩個特質，一則御下恩威並濟、懷柔有術，故頗孚人心[43]，再者，勇於追求自我幸福[44]，遂能得其良人而偕老善終。

---

41 按：通假「齋」。

42 「臺人謂女曰『查某』，主人曰『頭家』，女行三，故謂之『查某三頭』。」連橫，〈書陳三姐〉，《雅堂文集》，頁 70。

43 「一日，三姐赴廟觀劇。及晚獨歸，有賊尾之。三姐回顧笑曰：『若不識汝三姐乎？若無錢，何不言？』出釵與之。至家，語其事。群無賴大怒曰：『我輩日受三姐恩，未得一報，今乃有人敢驚及三姐，是我輩之恥也，不如死！』一哄而出，未幾捕賊至，反接而跪於地，將創之。三姐曰：『彼惟不知我，故敢盜。今既來，可免之。』其人叩頭謝，遂居門下。」連橫，〈書陳三姐〉，《雅堂文集》，頁 70-71。

44 「三姐善度曲，工琵琶。有北港豪商讌其家，末座一少年衣服樸素，言語謹訥，偶取琵琶彈之。三姐聞之，驚曰：『是絕技也！』請客再彈，為鼓〈平

(二)「墓誌」類

姚鼐《古文辭類纂》作「碑誌」類,碑誌義寬而墓誌義狹,此蓋古人視「碑」文和「墓誌」文為兩種主要體例,〔明〕吳訥〈文章辨體序說〉即分為「碑」與「墓碑、墓碣、墓表、墓誌、埋銘」二類別,換言之,碑自碑而墓自墓,吳曾祺《涵芬樓文談》所謂「古今文家皆分碑誌為二」[45]云云,即是此意。至於「碑文」與「墓誌」的區分及歷史沿流情形,褚斌杰《中國古代文體概論》指出:

> 碑文是刻在石碑上的文辭……古代的碑文,按照其用途和內容大致可分為三種:記功碑文、宮室廟宇碑文和墓碑文。……古代的墓碑,又分為埋於地下的和立於地上的兩種,前者稱墓誌銘,後者稱墓碑文或墓表文。[46]

從以上解釋可知,碑文有三種,不難看出,《雅堂文集》卷二所收「墓誌」文章,正屬於第三種類型。再者,墓碑文若埋於地下,依照引文分類,乃「墓誌銘」,不過實際上,墓誌銘還可細分為「墓誌」與「墓誌銘」,換言之,墓誌文章有無韻文的「銘」體在內是為區分關鍵;至於墓碑文若非埋於地下,則或稱為墓表

沙落雁〉之曲。三姐大說,願受教。客未許。詢之商,蓋其夥伴張成勳也,泉州人。商乃謂之曰:『三姐愛琵琶,汝其教之!』客曰:『諾。』居有頃,三姐忽語客曰:『儂閱人多矣,未有如君之誠者。儂亦久厭風塵,君如不棄微賤,願奉箕帚。』客愕然曰:『羈旅之人,未能自立,胡敢聞嘉命?苟三姐果欲下嬪,其何以謀溫飽?』三姐曰:『儂計之熟矣。今檢奩中物,尚值數千金,君以此權子母,亦可無衣食慮。』三姐復為納貲武營,補千總。」連橫,〈書陳三姐〉,《雅堂文集》,頁71。

45 吳曾祺,〈涵芬樓文談〉,收錄於王水照編,《歷代文話》第七冊,頁6655。
46 褚斌杰,《中國古代文體概論(增訂本)》(北京:北京大學出版社,1990),頁427、432。

文，而「從宋代起，凡稱『表』的就全是散文，不再有後面的韻語了。」[47]另外，曾鞏〈寄歐陽舍人書〉曾就此一文體釋義云：

> 夫銘誌之著於世，義近於史，而亦有與史異者。蓋史之於善惡，無所不書。而銘者，蓋古之人有功德材行志義之美者，懼後世之不知，則必銘而見之。……苟其人之惡，則於銘乎何有？此其所以與史異也。其辭之作，所以使死者無有所憾，生者得致其嚴。而善人喜於見傳，則勇於自立；惡人無有所紀，則以媿而懼。至於通材達識，義烈節士，嘉言善狀，皆見於篇，則足為後法。警勸之道，非近乎史，其將安近？[48]

以此，墓誌文的特點主要用於「旌善」死者，並寓寄「警勸」意味。綜上所述，則連橫六篇墓誌文，值得注意的有兩點：

前兩篇〈明定國將軍墓記〉與〈閒散石虎墓記〉，均為明鄭遺跡而發，而題名「墓記」，表示二文並非一般的墓誌文章。連橫撰此二文，主要是紀錄、存留明鄭所遺留的古墓史蹟，故作為歷史史料的價值而有此記錄的散文。我等但觀第二篇〈閒散石虎墓記〉：

> 石虎不知何許人，以閒散號。墓在法華寺北，荒草莽焉。丙辰冬，臺南師範附屬學校擴其基，將毀而棄之。連橫曰：是明之遺民也，胡可毀？命工移碣，葬於寺之後園，面北立，綠陰幬焉。既竣，攜酒以祭，並為文記之。（【文集】，頁76-77）

---

47 褚斌杰，《中國古代文體概論（增訂本）》，頁435。
48 〔北宋〕曾鞏，《元豐類藁》卷十六，頁5，文淵閣四庫全書電子版【內聯網版】。

墓主的真正身分無從知，「旌善」絕無可能，但揣其大略，則是「當滿人之猾夏也，民彝蕩盡若墜深淵，而我延平郡王獨申大義於天下，開闢東都以存明朔，一時忠憤之士奉冠裳而渡鹿耳者蓋八百餘人」（【文集】，頁77）。易言之，連橫所旌表者，為此八百餘人忠憤奉冠裳的民彝，為連橫自身的族裔大義：於學校擴大校園救無主墓於將毀之際，從而蘊明鄭「史文零落碩德無聞，及今所知者竟不獲十一……」（【文集】，頁77）之感喟，旌表該墓之史料價值，寓寄著「警勸」的目的：「閭巷之士，趨舍有時，遯世而無聞者何可勝數？余故留其芳躅，欽其隱德……後之君子，或有所憑弔焉。」（【文集】，頁77）這可以說是連橫此一墓記的創製與書寫特。

　　收入「墓誌」的後續四篇文章，所針對的對象，或者銘揚連氏岳父（〈外舅沈德墨先生暨配王太孺人墓誌銘〉），或者旌表其友朋先世，如〈林母陳太孺人墓表〉記霧峰林家朝崧之母、而〈賴斐卿先生墓誌銘〉、〈魏篤生先生暨繼配潘孺人墓誌銘〉分記其友賴紹堯與魏清德之父。箇中體例，除〈林母陳太孺人墓表〉為「墓表」，並無「銘」體的韻文之外，其餘皆為完整的墓誌銘，誠如陳必祥所說：

> 墓誌銘包括誌和銘兩部分。誌多用散文記述死者姓氏、籍貫、生平等；銘則用韻文來概括全篇，是對死者的讚揚、悼念和安慰之詞。有誌有銘，誌為散文，銘為韻文，這是墓誌銘的常規寫法。也有有銘無誌或有誌無銘的，也有在誌銘前又另加序的，稱「墓誌銘並序」。[49]

---

[49] 陳必祥，《古代散文文體概論》，頁189。

至於展閱連氏墓誌銘的美學價值，則除其內容恪守古文範式，肅穆惕惕，以此呈現對逝者之誠敬之外，我們還可借助柯慶明的欣賞點：

> 「碑銘」若不作史料或實錄看，其「文學性」與使人興感之處……就以搖蕩情性，感動人心的文學表現而言，則「德行」、「個性」與「命運」亦皆各有其令讀者讚歎、驚異或歔欷之處……。[50]

以上，〈外舅沈德墨先生暨配王太孺人墓誌銘〉感人之處在其「命運」：「及割隸之後，公老矣，所業復多敗。子伯齡謀繼起，未成而卒。公哭之慟。」（【文集】，頁78）日本治臺之後，沈德墨一則淪於異族，再則營商失利，三則長子驟逝，三重打擊之下豈能不痛徹心扉。〈林母陳太孺人墓表〉則側重「個性」之美：「陳太孺人，側室也，年十六來歸，……撫育諸孤，理家政，以毋廢厥業。性勤儉，御下以慈，然雅愛嘉客，文學士之過癲仙者，則治酒以款。談者稱賢母焉。」（【文集】，頁79-80）至若〈魏篤生先生暨繼配潘孺人墓誌銘〉，則著墨其「德」：「（魏篤生）居里黨中，肫肫有容，接人以恕，故無睚眥之怨，亦無幾微之禍。居今之世，而能自全，豈非存養之功乎？烏乎！若先生者，可謂人倫之表矣。事親孝，教子方，誨人恭，處世篤，庸德之行，庸言之謹，士君子持躬立命，固在於是，又何必矯異鳴高以驚世而駭俗哉？」（【文集】，頁83-84）要之，墓誌銘除旌表逝者言行事蹟，其文不容易處在於如何令讀者從彰顯的文字中，領略到「搖蕩情性，感動人心的文學表現」與詞采價值。

---

[50] 柯慶明，《古典中國實用文類美學》，頁302。

(三)「雜記」類

姚鼐《古文辭類纂》云：「雜記類者，亦碑文之屬」，此說顯得拘泥[51]，實際上，褚斌杰《中國古代文體概論》的說法更趨於事實。幾乎是以「記」名篇的文章都稱為「雜記體」，內容是很複雜的，它包括了一切記事、記物之文：

> 故劉勰《文心雕龍·書記》篇稱「書記廣大，衣被事體，筆劄雜名，古今多品。」結果他把所有形諸文字而難以歸屬的雜品文字，都置於「書記」類。後人則將書（指書牘，即書信）另為立類，稱書牘類，其他雜項文字，如狀、牒、令、疏等，也都分別歸屬他類，只留下以「記」名篇的文字，稱雜記文。但雜記文實際上仍然很雜，所謂雜記文，也包括著有些文章不易歸屬，不得已而獨成一類的意思。[52]

《雅堂文集》所收「雜記」之文，其篇帙內容頗為龐雜而難以分類。約略言之：〈萬梅崦記〉記敘友人林獻堂宅園勝景，而此處佳蔭已成霧峰林家「萊園十景」之一[53]；〈過故居記〉一文喟歎祖宅淪落異族之手，此間悲感，實寓寄國仇家恨、滄海興衰之痛；〈重修五妃廟記〉闡述明鄭殉節忠貞之事，連氏並藉此表達「國

---

[51] 吳曾祺《涵芬樓文談》雜記類第九云：「今擇其目為碑記者，入之碑誌類。碑記之不入記類，猶之碑銘不入銘類，同一理也。」此言似針對姚鼐《古文辭類纂》而發。氏著，〈涵芬樓文談〉，收錄於王水照編，《歷代文話》第七冊，頁6658。

[52] 褚斌杰，《中國古代文體概論（增訂本）》，頁352。

[53] 霧峰林家「萊園十景」為：木棉橋、擣衣澗、五桂樓、小習池、荔枝島、萬梅崦、望月峰、千步磴、夕佳亭、考槃軒。

破家亡之慟」[54]；〈開山宮記〉詳考肇建始末，並為鄭氏洗刷污名；至於〈文開書院記〉溯源命名緣由，而〈雍和宮記〉記錄古蹟沿革，〈紀五使嶼〉則載地名軼事，〈紀圓山貝塚〉記述臺北考古遺址，其用意乃志在存留史料；此外，以「樸學」根柢，稽考上古文字，藉此展現其學殖廣博者，此為連橫嗜好所在，如〈周代石鼓記〉雖收錄於本卷中，其實則為文字考釋；另如〈桃太郎之粉本〉則考訂日本傳說「桃太郎」故事，連氏認為該神話當可溯源至隋唐王梵志軼事；至若〈臺灣詩社記〉，實乃簡潔的臺灣詩社發展史；〈茗談〉言品茶，從側面則顯示連氏對品茗的偏愛；〈詩意〉係針對迎賽習俗裝飾「臺閣」而發，箇中不無顯露連氏才學之意。諸記中，以〈瑞軒記〉最有可觀。瑞軒是霧峰富賈林資鏜的別墅，連橫接受臺中的《臺灣新聞社》漢文部主筆一職（1908），曾舉家應邀入住[55]。連橫是如此描述「瑞軒」的周遭環境的：

> 瑞軒在東大墩之麓，清溪一曲，老柳數行，有人設肆賣酒。林瑞騰公子以千金買之，拓其旁為園，植花木，建亭樹，引水為池，種荷其中。仰視東南，則鰲峰九十環拱若屏，而群山之上下起伏者又不可計數。公子雅好客，暇則觴詠於是，而瑞軒之名遂聞於南北。（【文集】，頁86）

中國自古以來的理想居住環境，就是山水環伺、天（自然）人（人文設施）交融，如此方才符合前賢所謂「天人合一」的境界，連橫所述，瑞軒之旁有「清溪一曲」，其前方視野則是「鰲峰九十環拱若屏，而群山之上下起伏者又不可計數」，溪環如帶，屏山養眼，倚翠映藍，登臨亭榭，對荷飲觴的美景，讀者怎能不隨作

---

[54] 「青榕長在，彤管流芳，後之過者，其亦有感於國破家亡之慟，則五妃之靈猶在其上矣！」連橫，〈重修五妃廟記〉，《雅堂文集》，頁88。

[55] 林文月，《青山青史——連雅堂傳》，頁81。

者筆墨所至，怦然心動？不過，有趣的是，連橫兩度寫及自己對此一「洞天福地」約漠置之：

> 天下多佳山水，而當前景象，約漠置之，好奇之士輒求之數千百里外，以快其壯游。豈人性之厭常而喜異者哉？余既寓瑞軒，客之游者皆言山水之佳，而余亦約漠置之。旦而起，宵而寐，日而嘯傲其中，固不知其何以佳也。（【文集】，頁86）

表面上看，連橫託言其「約漠置之」是因為患了常人「捨近求遠」、「厭常喜異」的弊病，實際上，其心思之所繫，則為國事蜩螗，自己一身絕才而了無所遇，無處措力，終與草木同朽，因而，他寫道：

> 夫十室之邑，必有忠信，十步之內，必有芳草；而王公大人之求才者，輒求之數千里外，以博其好士之心，士之出入左右者，約漠置之。士豈自炫而求用哉？而王公大人之求士，又不能識其真；則士亦終隱其才而已。蕭何識韓信於敗軍之中，薦之沛公不能用。及何夜追信，力舉其才，沛公乃拜為大將，而信之功名顯於漢。今天下之士猶信也，而識士者無蕭何，用士者無沛公，則士之功名何以顯？夫瑞軒之山水猶昔也，得公子而啟發之，得遊者而潤色之，又得余之文章而揚之於世，則瑞軒之名足千古，而居瑞軒者亦足以千古乎？則亦終隱其才而與佳山水為徒也已！（【文集】，頁86-87）

在意不自得中，連橫又頗自得於其才情，所謂「夫瑞軒之山水……得余之文章而揚之於世，則瑞軒之名足千古」云云，猶如劉禹錫

〈陋室銘〉中「惟吾德馨」的自誇自豪，亦復透露其不願久居人下的志向。這篇雜記筆勢跌宕，情韻深永，頗堪品味。

（四）「哀祭」類

吳曾祺《涵芬樓文談・文體芻言》曰：

> 哀為傷逝之詞，如誄文、輓文、弔文、哀詞之屬皆是。祭則所用者廣，不盡施之死者。如告祭天地山川、社稷宗廟，凡一切祈禱酬謝詛咒之舉，莫不有祭，即莫不有文。以交於神明者，於理則一，故選家皆合而同之。姚氏於哀祭一門，專收送死之作，非其義矣。[56]

從吳氏的義界可知，「哀」主要是哀弔死者之文，至於「祭文」則範圍擴大到各類無形的鬼神、山川、天地、宗廟等等，均可包括在內。此外，引文可補充者，吳氏「哀為傷逝之詞，如誄文」云云，〔明〕吳訥〈文章辨體序說〉分為「誄辭、哀辭」一類，他引用《周禮・太祝》：「作六辭，以通上下親疏遠近。……六曰『誄』。」[57]其後，又引鄭氏注云：「誄，累也，累列生時行跡，讀之以作諡。」[58]而得到「是則後世有誄辭而無諡者，蓋本於此」[59]的結論。吳曾祺復加解釋云：「誄……古人語質，本無一定之體。後之為此者，前必有序，誄文則先敘家世，次及才行，次及官閥，

---

[56] 吳曾祺，〈涵芬樓文談〉，收錄於王水照編，《歷代文話》第七冊，頁 6664-6665。

[57] 〔東漢〕鄭玄、〔唐〕陸德明、〔唐〕賈公彥，《周禮注疏》，頁 12，文淵閣四庫全書電子版【內聯網版】。

[58] 〔東漢〕鄭玄、〔唐〕陸德明、〔唐〕賈公彥，《周禮注疏》，頁 11-12，文淵閣四庫全書電子版【內聯網版】。

[59] 吳訥，〈文章辨體序說〉，收錄於王水照編，《歷代文話》第二冊（上海：復旦大學出版社，2007），頁 1633。

次及死亡，大致略同。亦有從而少變之者。」[60]由是可知「誄文」
體例。若依此檢視《雅堂文集》卷二所收哀祭文章七篇，可發現
前兩篇「告文」（〈告延平郡王文〉、〈臺南鄭氏家廟安座告文〉），
屬於「告祭天地」之文，〈祭閒散石虎文〉則為「遙祭」先賢之
文，此係前揭〈閒散石虎墓記〉的姊妹作，其餘四篇「哀」、「誄」
之文，兩篇哀辭（〈林癡仙哀辭〉、〈賴悔之哀辭〉）均對摯友而發，
故其辭感人肺腑，兩篇誄文（〈陳太孺人誄〉、〈黃蘊軒先生誄〉）
則呈現對長者不盡的敬意，二文均具備「累列生時行跡」，且大
致符合「先敘家世，次及才行，次及官閥，次及死亡」之序。（按：
陳太孺人未有官閥，故不論）

　　哀祭文係哀悼死者之文，所謂「傷逝之詞」，其文遠則憑弔
前賢，近則悼念親友。連橫此類文章，首篇收錄〈告延平郡王文〉，
此文蓋因推翻滿清皇朝，肇建「中華民國」而發，一仍以明鄭遺
民自居之意，〈臺南鄭氏家廟安座告文〉、〈祭閒散石虎文〉等二
篇亦著眼民族氣節。「哀辭」兩篇——〈林癡仙哀辭〉、〈賴悔之
哀辭〉，寫林朝崧（癡仙）與賴紹堯（悔之）。死生契濶，本係中
國文學之專擅主題，兩人皆係連橫至交，尤其前者，連橫視之如
長兄，寫來情深意篤，乃哀慟逾恆：

　　訃至，其友連橫哭之曰：嗚呼！癡仙竟死矣！吾固知君之
　　必死，而不虞其速也。吾又不虞瑞軒一別，於今四年，而
　　不獲再見也！……而今竟無期矣！痛哉！嗚呼！君病吾
　　不能一存問，沒不能視含殮，北望愁雲，撫膺涕泣。吾其

60　吳曾祺，〈涵芬樓文談〉，收錄於王水照編，《歷代文話》第七冊，頁 6666。

> 何以對君耶！然君入地之時，吾雖少暇，亦當親臨窀穸，
> 拊棺一哭，以與君作永世之別也。[61]

至若賴悔之，則連橫以長輩之禮對待，故哀辭有謂：

> 始橫居中之時，策名社末，昔昔追隨，春花淪茗，秋雨哦
> 詩，聯床夜話，達旦不疲。橫以為人生之樂無過於斯，而
> 不圖死喪之戚竟至於斯耶！[62]

若相參照對比，顯然連橫對於癡仙之逝，要來得更為符合王戎所
謂「情之所鍾，正在我輩」[63]之旨。

（五）「書啟」類

　　《雅堂文集》卷二「書啟」類，姚鼐《古文辭類纂》作「書
說」類，或稱之「書牘」者，此係曾國藩《經史百家雜鈔》的分
類，薛鳳昌《文體論》指出：

> 書牘體：此類姚姬傳謂為「書說類」，曾滌生則曰「書牘
> 類」，蓋姚氏《類纂》，多載戰國遊士說異國之君之辭。
> 實則書與說，不相類也。[64]

按：吳曾祺《涵芬樓文談》「書牘類」第十目「啟」云：「魏晉間
於啟之首尾，多云『某啟』、『某謹啟』、『某啟聞』，此乃一定之
體。或又謂之啟事，史稱『山公啟事』是也。」[65]故《雅堂文集》

61　連橫，〈林癡仙哀辭〉，《雅堂文集》，頁117。
62　連橫，〈賴悔之哀辭〉，《雅堂文集》，頁118。
63　〔南朝宋〕劉義慶，〔南朝梁〕劉孝標，《世說新語》卷下之上，頁12，文
　　淵閣四庫全書電子版【內聯網版】。
64　薛鳳昌，《文體論》，頁66。
65　吳曾祺，〈涵芬樓文談〉，收錄於王水照編，《歷代文話》第七冊，頁6645。

稱之「書啟」者，蓋因內收布告於世之「公開函」，如〈募建觀音山凌雲禪寺啟〉及〈徵求中國殖民史材料啟〉等，前者為凌雲寺勸募，後者則為「華僑聯合會」徵求史料，二文均屬「啟事」之類，因此《雅堂文集》特與前人稍異，別立「書啟」一類。文集內其他書函信件，如〈與林子超先生書〉、〈與張溥泉先生書〉二者，希冀謀求「國史館」職；而〈與李獻璋書〉則有商榷學問之處，至若〈上清史館書〉、〈與張溥泉先生書〉，則不無自薦平生抱負之意，蓋因其時民國初建，國史文獻需求孔急，於此廣開言路之際，連橫頗思「自售」其學，如〈上清史館書〉云：

> 橫生長臺灣，壯遊南土，歐、美、菲、澳之華僑，既習與往來矣。摭拾遺聞，旁探外史，潛心述作，於今十年。……私心耿耿，寤饋不忘。今史館既開，徵文考獻，以橫不肖忝侍諸賢。何敢不貢其誠以揚國家之休命？如蒙俞允，命輯斯志，伸紙吮毫，當有可觀。豈唯史氏之責，民族之興，實式憑之。敬布鄙懷，諸維亮鑑。（【文集】，頁 126）

再如〈與張溥泉先生書〉所謂：

> 橫才識庸愚，毫無表見，而研求史學，頗有所長。他日開（國史）館之際，如得備員檢校，承命通儒，伸紙吮毫，當有可觀。然伏處海隅，未能自達。倘蒙大力為之吹噓，區區寸心，效忠宗國，是則邱明作傳，秉直筆於尼山；班固修書，揚天聲於大漢。敢有所懷，諸維霽鑑。（【文集】，頁 127-128）

以上，印證其〈瑞軒記〉所說——「而王公大人之求士，又不能識其真；則士亦終隱其才而已。」（【文集】，頁 86）連橫看到徵

求史料之路大開於前，汲汲於自售才學，求為世用。其辭懇切，可惜並無太多回應，以至他終身有不遇之苦。

三、論說、傳說與現代性的共存與矛盾

（一）論說、翻案與現代性的思考

　　《雅堂文集》卷一論說類，姚鼐《古文辭類纂》分類作「論辨」，實則，「論」自是「論」，而「說」自是「說」。曹丕《典論・論文》曰：「書論宜理」，視「書論」為四科之一[66]；而陸機〈文賦〉則明白指出：「論精微而朗暢……說煒曄而譎誑」[67]，是則「論」與「說」有著不同要求，李善《文選注》對陸機所言，作出如下解釋：「論以評議臧否，以當為宗，故精微朗暢」[68]、「說以感動為先，故煒曄譎誑」[69]，從上面解釋可知，「論」文主旨在評議好壞，而「說」文則是提出讓人感動的說服辭令，因此「論文」要求邏輯精細而條理暢達，「說文」則需詞藻華麗而不惜詭譎欺詐，因此，二者看起來是涇渭分明的兩種文體。不過，劉勰《文心雕龍》又將二體合併而有「論說」一類，此當係《雅堂文集》分類所本。不過，儘管劉勰把「論說」歸為一類，「論」文才是這類

---

[66] 曹丕〈典論論文〉：「夫文本同而末異，蓋奏議宜雅，書論宜理，銘誄尚實，詩賦欲麗。此四科不同，故能之者偏也；唯通才能備其體。」收錄於〔南朝梁〕蕭統、〔唐〕李善，《文選註》，頁 8-9，文淵閣四庫全書電子版【內聯網版】。

[67] 〔南朝梁〕蕭統、〔唐〕李善，《文選註》，頁 6，文淵閣四庫全書電子版【內聯網版】。

[68] 〔南朝梁〕蕭統、〔唐〕李善，《文選註》，頁 6，文淵閣四庫全書電子版【內聯網版】。

[69] 〔南朝梁〕蕭統、〔唐〕李善，《文選註》，頁 6，文淵閣四庫全書電子版【內聯網版】。

文體的始祖，而不是《論語》。而且，「論」這種文體，可有不同的流衍──陳述政事者，就和議論文、說理文相合；解釋經典者，則和傳疏、注釋等參合；辯論歷史者，和贊辭、評語一致；銓量評論者，又與序文、引言同屬。總之，依照《文心雕龍》之意，「論說」類，總源於「論」，引申流衍則可同歸「論說」。

　　《雅堂文集》所收錄的「論說」類文章，本卷收錄 18 篇，其中並未以「論」名題，反倒以「說」名題者有六篇（〈說八卦〉、〈說河圖〉、〈說墳羊〉、〈說在宥〉、〈墨子棄姓說〉與〈墨為學派說〉），以「考」名題有十篇（〈爾雅歲陽月陽考〉、〈中國玉器時代考〉、〈支那考一〉、〈支那考二〉、〈佛教東來考〉、〈東西科學考證〉、〈印版考〉、〈自來水考〉、〈留聲器考〉及〈藝旦考釋〉），另外兩篇分別是〈魯王遷澎湖辯〉和〈稻江圖書館議〉。申言之，雅堂以「說」名篇者，和《文心雕龍‧論說》所謂「陳政則與議說合契」相彷彿；以「考」（含「考證」、「考釋」）名篇者，吳曾祺《涵芬樓文談》「論辨」類指出：

　　　考者，主於臚舉故實，以詳核為上，其用與解釋相輔，而體稍不同。漢唐以前此等文尚少，宋以後多見。[70]

據此，連橫以「考」名題之文，符合《文心雕龍‧論說》所謂「釋經」、「辨史」之「解釋」與「辯論」文章；至於〈魯王遷澎湖辯〉明言「辯」；而〈稻江圖書館議〉者，符合《文心雕龍》所謂「陳政則與議說合契」之說。以上是就文體來看，至於連橫「論說」類文章的具體內容，主要包括哲學論文、政治論文、史論、文論等；這些論說文，顧名思義，即作者論述、說明其所欲表達對於

---

[70] 吳曾祺，〈涵芬樓文談〉，收錄於王水照編，《歷代文話》第七冊，頁 6635。

人、事、物的看法，藉由直接說明事理、闡發相關見解或宣示自身主張而達到論說的目的。

〈說八卦〉、〈說河圖〉、〈說墳羊〉針對「傳統迷信」而發。〈說河圖〉開頭即言：「《易》曰：『河出圖，洛出書，聖人則之。』後儒不察，以為帝王受命之符，而天特降之瑞。連橫曰：『否，否。是蓋上世遺物而適以時出也。』」（【文集】，頁 3）蓋連橫以今日考古學的眼光，對古代附會的「河圖」、「洛書」提出新的見解：「河圖、洛書者，必古帝王之典章，或為治水之圖，或為教民之書，刻之貞瑉，以垂不朽，中經災難，沒入水中，久之乃出，非果有龍馬之瑞也。夫河、洛皆中州之水，而古帝建宅之都也，故出於此。……一孔之士，附和其事以諂時主，而史官遂有符瑞之志。何其謬耶？」（【文集】，頁 3-4）由以上敘述可知，連橫對於祛除傳統迷信，有其堅定的意志。這主要也因為當時的中國積弱不振，為外強凌侮，而箇中要因，即在於封建傳統的守舊與迷信，故連氏論說文章，頗有針對性。〈說墳羊〉先點示舊說出處，接著，連橫提出他的意見，其一，孔子不語怪，而此誠怪矣！其二，如果真有墳羊，有一種可能是陶器以前時代的遺物；也有可能是宗教儀物，死而殉葬，藏之土缶。記錄者穿鑿附會為土之怪，木之怪，水之怪。以上，連橫先以其人之道還治其人之身——所謂「孔子不語怪，而此誠怪矣」（【文集】，頁 4）。接著，說明記載的失真，並提出事實的最大可能。如此，即有力完成一篇「翻案」的考據文章。最後，連橫語重心長地提出：「我輩讀書稽古，當具特識，方不為古人所欺。使此墳羊而發見於今日，以考古學、地質學、人類學、民俗學而研求之，必大有所得，復何至語怪也哉！」（【文集】，頁 4）

　　〈藝旦考釋〉詳本書第五章。〈稻江圖書館議〉性質近於「說」，在闡述道理而接受其所倡議者。蓋以「稻江為臺北樞要之地，商務殷盛，冠於全臺，行旅出入，通於鄰國，而環顧市中，乃無公園，無會堂，無俱樂部，無圖書館，則一閱報所（文化協會雖有港町讀報所，而規模甚小）而亦無之，文化低微，甚於村鄙，豈非稻人士之恥乎？」（【文集】，頁29）故連橫疾呼：「夫稻江為臺北樞要之地，住民六、七萬，納稅數十萬，凡有義務，寧落人後。而環顧市中，竟無一文化之建設。吾不知稻人士其何以默默而息耶？」（【文集】，頁29）本章可視為連橫對公共事務之關懷，稻江圖書館或未因此而建立，但其於知識之公共化之論述，則顯然著有貢獻。

　　〈爾雅歲陽月陽考〉裡，連橫試圖證明《爾雅》「歲陽」、「月陽」之名來自楚語。其理由如下：「謂太歲在甲曰閼逢，在乙曰旃蒙。又曰正月為陬，二月為如。郭璞以來，無有注者。竊以歲陽、月陽之名，當為外來之語。成周之時，文化廣被，四裔交通，故設象鞮以譯其言。」（【文集】，頁10）其一，以音調而論，當為楚語，其名詩書三傳不載，而《離騷》用之，是必楚之方言也。其二，《離騷》為楚國文學之代表，而多用方言。再以言調而論，中土名辭多用一字，間有二字，未有用三字者。他用此三個理由，層層轉進，最後論定「此必為外來之語，尤為外來之楚語。以見周代交通之廣，而南北兩大民族之接觸，融和滋長，遂生璀璨陸離之文學，亦可喜也。」[71]可見本章並不僅是學術推論，更有志於藉語言之推源，指陳夷語漢文化之事證，係其對詩歌創作使用語言主張之一部分。〈支那考一〉與〈支那考二〉二篇係「詞語」考證之作，連橫針對日本稱呼中國為「支那」一語，從文獻與文

---

[71] 連橫，《雅堂文集》，頁10。

字聲韻學觀點提出闡釋。前者論曰：「顧『支那』二字出於佛典，或作『支那』，或作『指難』，皆梵語也，音有緩急。華嚴翻為『漢地』，而《婆沙論》中譯有二義：一者『指那』，此言文物國；一者『指難』，此言邊鄙。《大唐西域記》譯『摩訶支那』為『大漢國』，則以中西交通始於漢時，猶漢書之稱『羅馬』為『大秦』也。」（【文集】，頁 12-13）後者則進一步指出：「華嚴經中已有『真旦』之名，『真旦』卽「震旦」，或作『支那』，此言文物之邦。是『真旦』之名久傳天竺，非由『秦』字而轉音也。」（【文集】，頁 13）〈說在宥〉：此係建議更改「譯名」之文。蓋西語「liberty」（或「freedom」）[72]之翻譯為「自由」，連橫持論自己的意見：「自由之說，於今為烈。西譯之士以為解放，義反束縛。夫曰：思想自由、言論自由、出版自由，則誠不為束縛，然猶未達於至善之域也。連橫曰：吾讀〈在宥〉一篇，而歎莊子之善言自由也。夫在宥之與自由，其音既近，其義較精。何也？在宥者，天則也；自由者，人為也。……莊子誠中國之自由神也哉！」（【文集】，頁 5）按：《莊子》「在宥」之義，王先謙《莊子集解》指出：「《文選》謝靈運〈從宋公戲馬臺詩〉《注》引司馬云：『在，察也。宥，寬也。』蔡奐云：『在不當訓察，察之則固治之矣。在，存也。存諸心而不露是善非惡之迹，以使民相安於混沌，正〈胠篋篇〉含字之旨。』」[73]以上，簡而言之，正如林希逸《南華真經口義》所解釋的「在者，優遊自在之意……。宥者，寬容自得之意。」

---

[72] 連橫當係不擅西語，故雖然討論「譯名」，卻並未列出西語原文。此處姑且以英文「liberty」權代之。

[73] 王先謙，《莊子集解》（北京：中華書局，1987），頁 90。

⁷⁴故「在宥」本係「無為而治」的張本,連橫據以為說,恐怕與西方「自由」之主動積極意含,相距甚遠。

〈墨子棄姓說〉與〈墨為學派說〉兩篇文章主要為墨子翻案,前文主張墨子「棄姓」(違反「成周之制」),故「**此孟子之所以斥為無父也**」(【文集】,頁6);後文則力主「**墨為學派之號,而非姓氏之稱也。**」(【文集】,頁6)按:自漢武帝採納董仲舒意見「獨尊儒術」之後,戰國諸子之學相繼湮沒,而曾為戰國顯學之一的墨家,亦復如此。當時孟子「**距楊墨,放淫辭**」⁷⁵而痛斥墨子「兼愛」無親親等差之別,是為「無父」,此一說法猶如蓋棺論定,遂使千百年來墨子飽受誤解。清末民初,西方耶教思想與科學觀念大舉傳入,其時學者發現,墨家之說頗有與其暗合之處,墨學遂得以翻身。翁聖峰〈一九三○年臺灣儒學、墨學論戰〉又說:「1930年黃純青(1875-1956)連載在《臺灣新聞》的〈孔墨並尊〉,當時一般人接受孟子批墨為無父禽獸的說法,而黃純青將墨子與孔子並稱,故引起軒然大波,遭致部份傳統文人的反對。雅堂(1878-1936)則函黃純青:『**崇論弘議,驚倒時人**』,以示欽佩,提出自己已完成的〈墨子棄姓說〉、〈墨為學派說〉,並徵詢刊載《昭和新報》的可行性。」⁷⁶

〈魯王遷澎湖辯〉旨在洗雪汪光復《明季續聞》對延平郡王鄭成功的不實誣衊。其文謂:「《明季續聞》載:魯王棲金門七年。**訊後來諸人云,至己亥秋受永曆手敕仍命監國。成功遷之澎湖**

---

⁷⁴ 〔宋〕林希逸著,周啟成校注,《莊子鬳齋口義校注》(北京:中華書局,1997),頁162。

⁷⁵ 〔東漢〕趙岐,〔北宋〕孫奭,《孟子注疏》卷六下,頁7,文淵閣四庫全書電子版【內聯網版】。

⁷⁶ 翁聖峰,〈一九三○年臺灣儒學、墨學論戰〉,《國立臺北教育大學學報》19卷1期(1996.03),頁4-5。

島，窘逼日甚。辛丑，成功因兵敗後，陡然悔悟，復迎歸金門。」
（【文集】，頁 28）連橫要證其誠「莫須有」事也，舉出若干事實，
如「天啟二年，荷人據澎湖。四年，復據臺灣，築壘駐兵，以張
海權。己亥為永曆十三年，二島尚為荷人所有。延平何能遷魯王
於其地？則遷之，而荷人豈肯受之？受之，又豈肯歸之？此勢之
所必無也。」（【文集】，頁 28）以問句層疊造成論議的氣勢，接
著再益以說明：「夫以延平忠貞之節，眷懷故國，志切中興。北
伐之舉，震驚宇內，清人惎之，故肆為蜚語，欲以灰志士之心。
而魯臣自舟山潰後，分散四方，久不與海上相往來；一聞其事，
信以為真。此書為汪光復所撰，則魯之舊臣而薙髮降清者。但恐
易世之後，據為史實，論者遂不能無疑於延平；而延平之大節固
無可毀也。余知其謬，故特辯之於此。」（【文集】，頁 28）蓋連
橫奉明鄭為正朔，人盡皆知，但對於不實言論，如何力斥其非，
不只需要史料的支持，更有待論述的清晰脈絡，修辭的鏗鏘有
力。以是，我們可以看到連橫論說的功力。

　　〈東西科學考證〉、〈印版考〉、〈自來水考〉與〈留聲器考〉
等四篇，主要強調西方列強的發明，其實中國「自古有之」，究
其觀點，如其所云：「夫東洋非無科學。吾以中國舊籍所載者摘
其一二以供研究，亦可為今日之考證歟。」（【文集】，頁 17）諸
如：

　　　《關尹子》曰：「石擊石生光，雷電緣氣而生，可以為之。」
　　　此非電學之論乎？《墨子》曰：「臨鑑立影，二光夾一光。
　　　足被下光，故成影於上。首被上光，故成影於下。鑑近中
　　　則所鑑大，遠光則所鑑小，此非光學之理乎？……」《三
　　　國志》載：「諸葛亮伐魏，以木牛流馬運糧。」《諸葛氏
　　　集》詳言其法。後人遂多仿製。《異僧傳》載：「唐時有

一僧騎木驢，能登山行遠。」以視今之自轉車、自動車為何如也？（【文集】，頁 19-21）

又〈印版考〉曰：

> 夫活版之術固非歐人發明，而由中國傳授也。元初，歐人從軍來此，遂取印版與火藥、羅經而歸，稱為東來三大文明。夫無火藥則不足以整軍開礦，無羅經則不足以航海略地，而無印版則思想閉塞，學術停滯，不能人人讀書。故歐洲今日之文明，其受福於此者不少。昧者不察，乃以印版之術為歐人所發明，是亦不揣其本也。（【文集】，頁24）

再如〈自來水考〉云：

> 自來水（即水道）之設，始於羅馬都城，約在西曆紀元前三百十有二年。時城中人民繁庶，污物充積，井水玷敗，疾病叢生，乃求他處之水，鑿隧架橋，接以瓦管，流至城中。用者利之。其後各國仿行，眾沾其惠。然抽水之法尚未善。至一千七百六十一年，英倫始用蒸氣，瓦管亦改鐵，而自來水始美備。顧余讀東坡惠州全集，則中國宋時已有自來水，非傳自西人也。」（【文集】，頁 24-25）

而〈留聲器考〉則據「小說」內容，以做引證：「留聲器之制，非創自美人，而作於中國人也；且非創諸近代，而作於二百年前也。於何徵之？徵之袁簡齋太史之《新齊諧》。簡齋，乾隆時人，其書有『寄語』一則，寄語則留聲也。」（【文集】，頁 26）以上，末則援引《新齊諧》之說，最為無稽。惟若考量其維護民族自尊

的心理，則我等不得不對其「用心良苦」的舉措抱以一定程度的認同。

〈說八卦〉裡，連橫試圖論證構成《周易》主體的「八卦」（即：乾、坤、震、巽、坎、離、艮、兌）的根本性質為「文字學」。如其云：「八卦者，曰☰，曰☷，曰☳，曰☴，曰☵，曰☲，曰☶，曰☱。是為中國最古之文字。當是時，人智初開，事物未繁，故以八卦表之。」（【文集】，頁1）天、地、雷、木、水、火、山、澤。這幾項都是皆大自然之物，而與人類最關繫者，故以八卦表之，而為一種之符號。「神農氏出，人智漸開，事物漸繁，八卦之數不足應用，乃演為六十四卦……文王乃以今文譯之；如☰曰乾，☷曰坤，☳曰震，☴曰巽，☵曰坎，☲曰離，☶曰艮，☱曰兌……。」（【文集】，頁1）「八卦為古代之文字，而《易》為古代之文字學。」（【文集】，頁2）以上論證，雖失之牽強，不過連橫嘗試成立「新說」的態度，亦有其積極意義。蓋演述陰陽之道的《周易》「八卦」本為傳統中國哲學的根源，惟後儒附會神秘、愈演愈烈，各式「圖書」[77]、「卦氣」層出不窮，遂將該書籠罩在占問卜筮的濃霧之中，而連橫僅以「文字學」視之，說明他不依從舊說而勇創新義，其嘗試祛除迷信色彩的用心，有其正面價值。〈中國玉器時代考〉係連橫標舉新說，力主「中華民族之進化，石器、銅器之間尚有玉器，可稱玉器時代。則中華民族之建宅諸夏，亦當在此時代。」（【文集】，頁11）連橫論點如下：

> 夫中華民族原居西方，在崑崙之北。崑崙者，產玉之名山也。故《爾雅》曰：「西北之美者，有崑崙之璆琳琅玕。」是中華民族既居產玉之地，磨礱雕琢，以為信瑞。……

---

[77] 圖書，其根據乃上古之「河圖」與「洛書」，宋人對此頗有啟發。

> 《易‧繫傳》曰:「河出圖,洛出書,聖人則之。」河圖
> 洛書者,古之玉器,中遭洪水流入河洛,至是而出,非果
> 有龍馬之瑞也。……是古者朝覲、祭祀,厥用維玉。至周
> 猶然。封泰山、禪梁父者七十有二代,瘞玉告功。至漢猶
> 然。然則中國之用玉也久矣,而為用亦宏。……故欲研究
> 中國太古文明,當就玉器而考之。(【文集】,頁 11-12)

按:玉器時代的比擬,似顯不倫。蓋石器、銅器時代之說,為生
產工具導致重大文明的影響,玉器不論於過去、於今日,都屬貴
重之物,洵非生產文化之生產工具。惟連橫提出中國重玉的傳
統,則於我輩有一定程度的啟示。

　　綜上所論,《雅堂文集》中的論說文重節操、重史識、重考
據,發而為文,或如〈魯王遷澎湖辯〉之正義慷慨,或者意在翻
案舊論,如〈說八卦〉、〈說河圖〉、〈說墳羊〉等等,強調「**我輩
讀書稽古,當具特識,方不為古人所欺。……以考古學、地質學、
人類學、民俗學而研求之,必大有所得。**」(【文集】,頁 4)或者
旨在「創立新說」,如〈說在宥〉、〈墨子棄姓說〉、〈墨為學派說〉、
〈爾雅歲陽月陽考〉、〈中國玉器時代考〉等等,意欲展現其文人
博識,立一家之言;或者意在「維護自尊」,對西方先進發明,
往往強調中國「自古有之」,諸如前揭援引〈東西科學考證〉、〈印
版考〉、〈自來水考〉與〈留聲器考〉等論,其維護民族自尊之意,
甚為顯然。要之,連橫綜論古今,博議中西,之所以如此,乃因
清末以降,西學東來,中國文化飽受衝擊,故連橫除卻竭力陳述
國粹傳承之外,亦借助西方當代學術(如前舉考古、地質、人類、
民俗學等),重新檢核古代學說,從而確立其一家之言。不過,
若考量當時「時代背景」因素的影響,則我們理當知道,民初時
候以顧頡剛、錢玄同等人為首的「疑古派」觀點,蔚為一時風尚

[78]，錢氏還為此改名曰「疑古玄同」，蓋流風所至，是時的臺灣漢
學界亦難免有相關勇於翻案的作品出現，若以此視之，連橫的論
點當非劃破時代、發前人之所未發之作。

（二）傳說、掌故與風俗慣習素描

　　《雅堂文集》卷三〈弁言〉曰：「臺灣漫錄凡一百一十二則，
共前半七十六則已載於詩薈，後半三十六則則輯自先生手稿。」
（【文集】，頁 1）本編內容正如歷代筆記資料，籣中記載臺地傳
說逸聞、文化掌故、風俗民情、天象氣候、以及特有物產等等，
留予後人寶貴的文化民俗史料。如「草雞」一則，備言鄭氏王朝
之崛起與滅亡：

> 讖緯之術，學者不言，而漢儒言之，每多附會。豈天數已
> 定，故為隱語，以神其說；抑至誠之道，可以前知，而不
> 可明言之歟？余前讀《槎上老舌》，載崇禎庚辰，閩僧貫
> 一居鷺門，夜坐，見籬外陂陀有光，連三夕。怪之。因掘
> 地得古磚。背印兩圓花突起，面刻古隸四行。其文曰：「草
> 雞夜鳴，長耳大尾，干頭銜鼠，拍水而起，殺人如麻，血
> 成海水，起年滅年，六甲更始，庚小熙皞，太和千紀。」
> 是書為明季閩縣陳衍所著。至清人得臺之後，王漁洋《池
> 北偶談》載之，且曰：「雞，酉字也，加草頭、大尾、長
> 耳，鄭字也。干頭，甲字，鼠，子字也，謂鄭芝龍以天啟
> 甲子起海中為群盜也。明年甲子，距前甲子六十年矣。庚
> 小熙皞，寓年號也。前年萬正色克復金門、廈門，今年施
> 琅克澎湖，鄭克塽上表乞降，臺灣悉平。六十年海氛一朝

---

[78] 其具體成果即後來的七冊《古史辨》。

蕩盡，此固國家靈長之福，而天數已預定矣。異哉！」(【文集】，頁 145)

上引傳說逸聞內容與古代「志異」相彷彿，其陳述鄭氏王朝的起落暗合「天數」者，雖已受現代文明洗禮的連橫，亦不敢等閒以「迷信」妄言視之，可知玄妙異常。事實上，「草雞」之典在連橫《劍花室詩集》中屢有援用，諸如〈秋日偕少雲游海會寺〉之「草雞已失英雄氣，雲狗難消佚蕩才」(【詩集】，頁 44)、〈迎春門遠眺〉之「省識興亡彈指事，遺民猶說草雞雄」(【詩集】，頁 79)及〈春日游海會寺〉之「草雞聲歌霸圖空，一劫風雲萬象中」(【詩集】，頁 96)等等，以此可知該逸聞對連橫的影響。又如「蚩尤」一則言舊時臺南屋脊塑立土偶的緣由：

> 臺南屋脊之上，或立土偶，騎馬彎弓，狀甚威猛，是為蚩尤之像，用以壓勝者也。按史記正義引龍魚河圖云：黃帝攝政，有蚩尤兄弟八十一人，獸身人語，造五兵，威振天下，誅殺無道。黃帝以仁義不能禁止。天遣玄女授帝兵符，伏之。天下復擾亂。帝乃畫蚩尤像，以威天下，咸謂蚩尤不死，八方皆為珍滅。是黃帝之所畫者用以壓人，今則用以壓鬼。然非人之害，尤酷於鬼，安得百萬蚩尤而制之哉！(【文集】，頁 164)

以上，連橫先提及臺南有些家庭在其屋脊上塑立土偶「蚩尤」，嗣後並考證了蚩尤的相關傳說與其文獻掌故，行文之末，連橫則發出喟嘆：「黃帝之所畫者用以壓人，今則用以壓鬼。然非人之害，尤酷於鬼，安得百萬蚩尤而制之哉！」所謂「非人之害，尤酷於鬼」云云，按索其意，當指非屬於個人直接危害的「制度」，而此處或隱指日本的殖民統治。

從民間俗諺對天象氣候的記錄，顯示臺人先民對於本島氣候觀測的心得，洵為難能可貴的經驗結晶，連橫對其相關記載甚多，如〈占驗〉、〈九降〉、〈火颱〉、〈騎秋〉、〈旋風〉、〈南吼〉、〈海眼〉、〈八卦水〉等等，均屬之。箇中又以〈占驗〉一文所列數則資料最為豐富，連橫云：

> 天文之學，其理精深，自非覃思，難窮妙蘊。然而蟻穴知水，鳩巢避風，雄雞戒旦，蟋蟀鳴秋；禽虫之微，當知其候，況於人乎。夫人為萬物之靈，心與天會，現乎蓍龜，動乎四體；故曰至誠之道，如以前知，此固非含生負氣之倫盡人而有也。然而故老流傳，每多應驗。田夫漁子，豫識陰晴。月暈而風，礎潤而雨，此則自然之作用，有不期然而然者。臺灣府志載占驗一門，列舉十數。余初頗疑其說。十稔以來，細心考察，竟無或爽。如所謂六月初三雨，七十二雲頭，則確實不易。臺南當酷暑之時，晴天無雲，川枯草萎。如六月初三日有微雨，則必降雨七十有二次，或一日一次，或數次，旱乾之田可播晚稻，且卜有秋；否則，六月必旱，秧苗多死。故農家以此日為憂喜之日也。又曰：上看初三，下看十八。如初三日不雨，而十八日有雨，猶不至旱。或如淫雨浹辰，人苦湫潦，至初三不雨，則不雨，十八放晴，則放晴。此亦有驗。臺，暴風也，夏秋常至，勢甚烈。諺云：六月一雷止九臺，九月一雷九臺來。此則莫明其妙者矣。夫占驗之術，近世日精。地震之器，風雨之表，測量之儀，視遠之鏡，幾於可參造化，而此則街談巷說，夫婦之愚可以知之。是必有真理寓乎其中。而莫為研究，故不能明其道爾。……（【文集】，頁159-160）

從以上引文可知,有的觀象竅門,非常靈驗(如上文之「六月初三雨,七十二雲頭」),有的則未必如此(如連橫所舉俗諺「六月一雷止九颱,九月一雷九颱來」),但大致說來,則靈驗度甚高,因此連橫才會有「余初頗疑其說。十稔以來,細心考察,竟無或爽」的感嘆,從而推出「是必有真理寓乎其中」的結論。

特有物產與大陸地區相較,臺島位居東南隅,地跨亞熱帶與熱帶氣候,又與大陸隔海相望,故本地特有物產,往往有內陸所難知曉者。連橫這方面的紀錄,提供了相當多的珍貴資料。諸如〈愛玉凍〉一則:

> 臺灣為熱帶之地,三十年前無賣冰者,夏時僅啜仙草與愛玉凍。按《臺灣府志》謂:仙草高五、六尺,晒乾可作茶,能解暑毒。煮爛絞汁去渣,和粉漿再煮成凍,和糖泡水,飲之甚涼。而愛玉凍則府縣各誌均未載。聞諸故老,謂道光初有同安人某居府治媽祖樓街,每往來嘉義,辦土宜。一日,過後大埔,天熱渴甚,赴溪飲。見水面成凍。掬而啜之,冷沁心脾。自念此間暑,何得有冰?細視水上,樹子錯落,揉之有漿,以為此物化之也。拾而歸家。子細如黍,以水絞之,頃刻成凍,和糖可食。或合兒茶少許,則色如瑪瑙。某有女曰愛玉,年十五,長日無事,出凍以賣,人遂呼為愛玉凍。(【文集】,頁 155-156)

此則軼聞,若非連橫予以記載,可能隨歷史推移,知其典實者也隨之物化,然則今日的我們就可能只「知其然而不知所以然」。故連橫〈臺灣漫錄〉中的筆記資料,對歷史文化的保存,厥功甚偉。風俗民情的記錄,往往可映射出臺人文化習俗的傳承,如「父母會」一則:

> 家貧親老，集友十數人為一會。遇有大故，則醵金為喪葬
> 之資，競赴其家，以助奔走，謂之父母會，亦厚俗也。（【文
> 集】，頁176）

上文的「父母會」，其性質頗類於今日民間的「互助會」，學界一
般稱之「合會」。史江〈宋代經濟互助會社研究〉表示：

> 經濟互助會，後世主要稱合會。王宗培在其書《中國之合
> 會》中對合會一詞作如下解釋：「自其方法言之，合會為
> 我國民間之舊式經濟合作制度，救濟會員相互間金融之組
> 織也。」其源起於民間的互助習俗及其以喪葬互助為目的
> 的喪葬社邑，其組合的根本目的在於經濟互助……。[79]

從引文可知古代的合會，其功能之一，就是連橫「父母會」中所
說的「醵金為喪葬之資」，至若「醵金」之義，史江進一步表示：

> 醵合之會者，其中心主旨在於一個「醵」字，「醵」字有
> 二義：一為合錢飲酒，如《禮·禮器》云：「《周禮》其
> 猶醵與。」據注：「合錢飲酒為醵。」……二是集眾人之
> 錢曰醵。如宋人王林輞川《燕翼貽謀錄》卷一〈因闕官司
> 增進士額〉云：「故事，唱第之後，醵錢於曲江，為聞喜
> 之飲。」由此可見，集眾人之錢的「醵」，在中國社會生
> 活中起源較早，而且一直比較風行。[80]

連橫對於民間「父母會」的讚許，旨在「孝道」精神，因古人對
「養生送死」頗為重視，尤其是後者，封建時期的孝子，為了安

---

[79] 史江，〈宋代經濟互助會社研究〉，《中國社會經濟史研究》季刊第 2 期
（2003），頁 94。

[80] 史江，〈宋代經濟互助會社研究〉，《中國社會經濟史研究》季刊第 2 期，頁
94。

葬亡者而傾家蕩產的紀載不勝枚舉，所謂「世以厚葬為德，薄終為鄙，至于富者奢僭，貧者單財，法令不能禁，禮義不能止」[81]，雖嫌太過，然以重親的角度視之，則又難以非議，而民間貧弱之家，只有借助「父母會」的方式，得以進其孝道，父母會之「父母」一詞，即以說明了涵義。

〈臺灣史跡志〉與〈臺南古蹟志〉二志在本書論中。連橫自己分別〈臺灣史跡志〉、《臺灣通史》，詳本書「地方之愛」一章。茲分析比較《通史》與〈史跡志〉對文廟之敘述，〈臺灣史跡志〉「文廟」：

> 文廟在寧南坊，永曆二十年，延平郡王經建。遂舉釋菜之禮。又設學校，興教育，聘中土之儒以教子弟，以是文運日啟。歸清後，擴而大之，旁建明倫堂，遂為全臺首學。今存。（【文集】，頁208）

《臺灣通史·文廟》：

> 文廟：在府治寧南坊。鄭氏之時所建，祀先師孔子。康熙二十四年，臺廈道周昌、知府蔣毓英改建，中為大成殿，東西兩廡配祀先賢先儒。前為戟門、為欞星門、為泮池，後為崇聖祠。三十九年，臺廈道王之麟建明倫堂[82]於殿左。五十一年，巡道陳璸建名宦、鄉賢兩祠。五十七年，知府王珍移泮池以欞星門之外。乾隆十四年，廩生侯世輝等捐資改建，正殿居中，左右為兩廡，前為大成門，又前為欞星門、為泮池，後為崇聖祠，左右為禮樂庫、典籍庫。門

81　〔南朝宋〕范曄、〔西晉〕司馬彪、〔唐〕李賢、〔南朝梁〕劉昭，〔清〕陳浩，《後漢書》卷一下，頁4，文淵閣四庫全書電子版【內聯網版】。
82　按原文衍一「堂」字。

> 之左右為名宦祠，鄉賢祠。門外之左為禮門，右為義路。
> 又外為大成坊、泮宮坊。廟左為明倫堂。又左為朱子祠。
> 後為文昌閣。並鑄祭器、樂器。規制完備。（【通史】，
> 頁 248-249）[83]

以上，這就是連橫自己說的「此編（《臺灣史跡志》）以地為經，以史為緯，間有議論，以資發明。」（【文集】，頁 189）也就是說，何謂史跡？即地之跡為直軸，以發生的故實為橫軸，框架出連橫的感興。這一段「遂舉釋菜之禮。又設學校，興教育，聘中土之儒以教子弟，以是文運日啟。」寫的是鄭成功如何建立文教制度，文廟崇祀孔子，而釋菜，即讀書人入學時祭祀先聖先師的一種典禮，透過禮制的建立，教育的實施，開啟文運，這是《通史》中所未做的議論。

　　西方的現代性原本即包括當代生活文明的改進，科學實證知識的發揚，其性質似與民俗、掌故、傳說等被視為慣習常有的迷信內容相矛盾，實則調查慣習以了解人類過去生活的方式，亦被納入科學領域，成為人類學的重要工作。日本學者在當時產出的大量成果，即此一現代性的遺存。連橫本身並無這些專業學科的訓練，其知識範疇來自古中國，因為所處環境而熟悉科學知識，因而，難免出現又科學又迷信的紛歧狀況，特別出現在論說筆記之中，其思維顯現出新舊交融的時代特色。

---

[83] 按：連橫此段文字，幾乎襲自余文儀，《續修臺灣府志·學校·學宮·臺灣府儒學》（南投：臺灣省文獻委員會，1993），頁 339-340。

小結

連橫是成長於新、舊文學交替之際的「文」人,綜括文史哲領域。他原為赴考而接受的文章寫作技藝,是八股文;日本治臺後,他的職涯場域泰半在「記者」這一行,記者操觚為文,多喜抒發議論,故《雅堂文集》之中,不乏評議論說性質的文章;連橫生平又以「撰史」為職志,撰述史事則需撿擇題材、考據材料,故其文往往帶有「考據癖」。他的性情根本,則是詩人,故發為詞采,或多情綢繆,或意興昂揚,揮灑自如,就此而言,《雅堂文集》寄言興感之語,更饒富意旨。總上所言,連橫《雅堂文集》一書,實可以「論敘興感與評議考證」含括之,蓋論述包含記事,興感表達抒情,評議呈現說理,考證表明史識。本章之名題,遂以此而立論,至於分疏則依《雅堂文集》之文章體例區分四個面向探討:

其一、序跋辨體暨其與人際的互動,將《雅堂文集》卷一所收之「序跋」文章作較為通盤的檢視,方法上除了傳統考據與辨體之外,還加入「實用美學」的鑑賞角度,筆者發現,連橫序跋篇章在「人際互動」所呈現出來的真摯性情,是為特點所在。換言之,凡與連氏關係密切者,我們從其序跋文章中可清楚窺見其情感的深刻抒發,如〈悔之詩集序〉中所謂「**悔之之逝,余不能撫其棺。及葬,復不能臨其穴。寸心耿耿,負疚良多!**」(【文集】,頁 47)細味文意,可辨其哀慟之極。

其二、傳狀、雜記等文類的人物敘事之美,以《雅堂文集》卷二所收「傳狀」、「墓誌」、「雜記」、「哀祭」與「書啟」等五部分篇章為主要分析對象。在「傳狀」方面,我們可看出連橫在敘事美學上頗有建樹,尤其〈書黃蘗寺僧〉與〈書陳三姐〉二文,

其敘事技巧直可和唐傳奇相媲美；「墓誌」方面，除其內容恪守古文範式之外，其文學性亦可從「德行」、「個性」與「命運」等敘事脈絡中窺知端倪；「雜記」類文章，連橫行文多端，不過，以美學觀點視之，則〈瑞軒記〉寓寄的情感，較為深刻動人，本篇文章除了顯露連氏自矜自負的性情，還可看出其自傷其隱與不願久居人下的志向；「哀祭」類文，因該文類旨在哀悼逝者（所謂「傷逝之詞」），故此類文章，以抒情為擅，據此，則〈林癡仙哀辭〉、〈賴悔之哀辭〉二篇，最具代表性，蓋二文所哀輓者均為連氏至欽至交者，故其為辭也哀，其寓意也深，此正如古人所謂「情之所鍾，正在我輩」[84]；最末部分為「書啟」類文，此部分文章，多可見其酬酢應對的實用價值，惟〈上清史館書〉、〈與徐旭生書〉則呼應〈瑞軒記〉裡面的話語──「**而王公大人之求士，又不能識其真；則士亦終隱其才而已。**」（【文集】，頁 86）

　　其三、論說、翻案與現代性思考，則分析《雅堂文集》卷一「論說類」篇章共計 18 篇，其具體內容，主要包括哲學論文、政治論文、史論、文論等，至於寫作手法則多半具有考據性質，此係連氏習性。惟連橫除了「重考據」之外，重節操、重史識亦屬特點之一。另外，面對西方現代性發明，連氏的認知是：其實中國「自古有之」，具體呈現此一想法者，如〈東西科學考證〉、〈印版考〉、〈自來水考〉與〈留聲器考〉等四篇文章最為明顯，連橫之所以發出如是議論，揆其用意，當在維護民族自尊，要知二十世紀初葉的中華兒女，均蒙受或多或少的民族歧視之苦，了解如此背景之後，我們將可對連氏撰寫此等文章的深層心理，抱有同情性的理解。

---

[84] 〔南朝宋〕劉義慶，〔南朝梁〕劉孝標，《世說新語》卷下之上，頁 12，文淵閣四庫全書電子版【內聯網版】。

　　其四、傳說、掌故與風俗慣習，則在考察《雅堂文集》卷三〈臺灣漫錄〉、〈臺灣史跡志〉、〈臺南古蹟志〉的敘事內容。具體分疏則大體從傳說、掌故與風俗慣習來加以檢視。前者〈漫錄〉，當屬筆記資料，箇中紀載臺地風俗民情、天象氣候、傳說逸聞以及文化掌故……等等，留予後人寶貴的文化民俗史料；至於中間二者，連氏〈臺灣史跡志凡例〉曰：「壇廟、祠宇、書院、寺觀，具載《臺灣通史》，唯擇其有關史跡者言之。」（【文集】，頁189）以此，可視為「正史」以外的補苴之作。

　　最後，當指出的是，學界目前對連橫散文的研究相當少見，除黃美玲《連雅堂文學研究》第四章專文提及之外，實際上尚未見到專書討論。本章雖則作了初步的通盤考察，但呈現的成績仍屬有限，事實上，《雅堂文集》若要深入解析的話，非專書無以其功，惟此部分，只能尚待後續機緣的成熟了。

　　本文宣讀於「第四屆東亞漢詩國際學術研討會」，嘉義：國立中正大學臺灣文學與創意應用研究所主辦，馬來西亞漢學會、林務局嘉義林區管理處合辦，2018.11.01-02。原題〈臺灣漢文書寫的類型暨其所反映的實用美學：以《雅堂文集》為例〉。

第五章　禮教境外：
對臺灣藝旦文化的考釋、述作暨交遊

前言

日治時期的臺灣，適逢宗主國極力脫亞入歐，殖民政府要求女性接受現代國民教育，臺灣傳統漢人社會所謂「女子無才便是德」、「大門不出，二門不邁」等閨範，逐漸調整。女性成為識字階層，投入社會生產機制，變成一普遍的現象。於是有女記者、女車掌、女店員等，不一而足。同一時間的中國大陸，亦大興婦風，女性的社會參與蔚為風氣，連橫這時候剛好在中國旅遊，蒐集《臺灣通史》的纂述資料。當他追尋明朔遺跡之際，遘接當代人物，觀察時勢，也出現了不少女性論述與創作。本章聚焦於連橫有關藝旦文化的述作，如對語源的考釋，對曲藝演示的探索，對其相關活動與互動的書寫。

對於傳統文人的女性書寫或性別觀念，學者已累積了一定的成果。如翁聖峰對漢詩書寫女性職涯的研究[1]，又如李毓嵐[2]指出當時漢詩人以傳統道德標準要求女性，自己則蓄妾，出入風月場所，1920、1930 年代後，觀念有所進步，多數人卻積習難改。[3]王振勳研究櫟社文人，提出類似的看法，但他以連橫為進步觀念的

---

[1] 翁聖峰，〈日治時期臺灣「女車掌」文學與文化書寫〉，《文史臺灣學報》第 1 期（2009.11），頁 207-246。翁聖峰，〈日治時期職業婦女題材文學的變遷及女性地位〉，《臺灣學誌》1 期（2010.04），頁 1-31。

[2] 李毓嵐，〈日治時期臺灣傳統文人的女性觀〉，《臺灣史研究》16 卷 1 期（2009.3），頁 87-129。姚政志，〈《三六九小報》中的臺灣藝姐（1930-1935）〉，《政大史粹》7 期（2004.12），頁 37-90。曾久晏，〈《三六九小報》與《風月》報刊中的女性影像〉，《藝術論壇》6 期（2009.7），頁 64-84。

[3] 對於傳統文人的女性觀，衛琪從王松的《臺陽詩話》（1905）中擇取女性為事主的六則內容，分析她們的出身背景、家學淵源、從師問學、詩作內容等，詳：〈王松《臺陽詩陽》中的女性論述〉，《嶺東通識教育研究學刊》4 卷 2 期（2011.8），頁 175-210。

指標，說明連橫出而當代詩風為之一變。[4]本章在前行的研究基礎上，目標卻在於如何從連橫之出入風月場所，從而說明他對當時的女性文化文獻、女性文藝或曲藝的保存，有具體的貢獻，更幫助我們理解當時文人與藝旦在風月場裡的交流，以及活動舉辦的形式，展現其性別意識在現代與傳統之激盪下的諧和與矛盾，期能深入連橫非「進步」可以概括的藝旦述作與相關文化的考釋，而其價值與意義，又係目前眾多藝旦之先行研究[5]所未能述及者。

---

[4] 王振勳同時還強調 1911 年梁啟超訪臺對臺灣傳統文人女性觀有所導正。參：〈櫟社詩人的社會意識與女性態度之研究〉，《朝陽人文社會學刊》2 卷 1 期（2004.06），頁 1-35。

[5] 期刊如張文薰，〈評論家／小說家的雙面張文環——以藝旦‧媳婦仔問題為中心〉，《臺灣文學學報》3 期（2002.12），頁 209-228，作者透過解讀張文環〈藝姐の家〉，挖掘臺灣知識份子思考的面向，以及日治時期媳婦仔——藝旦衍生的社會問題；姚政志，〈《三六九小報》中的臺灣藝姐（1930-1935）〉，《政大史粹》7 期，頁 37-90，作者以《三六九小報》為觀察核心，發現這群裝扮時髦，學習新式歌曲和舞藝的女子，不僅在陪酒待客上發揮她的長處，在一些特殊的公開場合也提供了戲劇、歌舞服務；曾久晏，〈《三六九小報》與《風月》報刊中的女性影像〉，《藝術論壇》6 期，頁 64-84，作者透過《三六九小報》與《風月》藝姐的寫真影像，考察其與時代社會的關係與具備的文化意涵。拙文〈日治時期臺灣藝旦養成教育之書寫研究——以「三六九小報花系列」為觀察場域〉，《中正大學中文學術年刊》6 期（2004.12），頁 29-63，作者以《三六九小報》的〈花叢小記〉專欄，分別論述「藝旦的符號與故事」、「藝旦的教育書寫及其性別視野」；向麗頻，〈《三六九小報》〈花叢小記〉所呈現的臺灣藝旦風情〉，《中國文化月刊》261 期（2001.12），論及藝姐執業場所。學位論文如莊于寬，〈1930 年代臺灣藝旦的音樂活動——以《三六九小報》為主要分析文獻〉（臺北：臺灣大學音樂研究所碩士論文，2004），作者討論藝旦曾經參與的酒家執業，以及廟會、私人筵席、公開活動等；張志樺，〈情慾消費於日本殖民體制下所呈現之文化與社會意涵——以《三六九小報》及《風月》為探討文本〉（臺南：成功大學臺灣文學系碩士論文，2006），作者將社會文本與文學文本相互參照，針對以殖民／男性為主的情慾消費進行細緻的討論；柯美齡，〈一段女性表演史研究——以日治時期臺灣藝姐戲與查某戲為論述中心〉（臺北：中國文化大學戲劇研究所碩士論文，2005），作者剖析藝姐具備的文化意涵，仔細觀察她們在日治時期的演劇歷程；張美鳳，〈「風雅想像」的權力意涵：日治時期藝旦文化之分析〉（宜蘭：佛光大學社會學系碩士論文，2007），作者認為藝姐文化「風

一、考釋藝旦文化：名謂、職能與風雅活動

就一般人的認知，藝旦是青樓女子，但是對日治時期的臺灣傳統文人而言，她們是詩歌風雅文化中極其重要的一部分。[6]這是為什麼連橫編輯《詩薈》，會以「藝旦考釋」出題，徵求答案。時經月餘，他不曾接到任何投稿。連橫感到奇怪，明明臺灣多鴻博之士，竟然沒有引起任何注意。是因為方家誤以這個題目為遊戲之文而不肯做呢？還是以為這是一個沉重的考釋題目而不敢隨意下筆？既沒有來稿，連橫便自己做了一番考釋。以下是針對他的考釋內容所進行的析辨。

連橫指出「旦」字雖見於元曲，卻不是語源。《說文》：「藝，穜也。」穜，音「童」，後熟之禾。穜為藝也，猶言栽也、點也、插也。《詩・楚茨》：「我藝黍稷」，引申為才藝。所謂「藝旦」，謂其有彈唱之藝也。這是一種怎樣的彈唱之藝呢？《晉書・樂志下》：「但歌，四曲，出自漢世。無絃節，作伎最先唱，一人唱，三人和。魏武帝尤好之。時有宋容華者，清澈好聲，善唱此曲，當時之特妙。自晉以來不復傳，遂絕。」[7]因此，連橫得出：「但歌不被管弦，凡能但歌者，即謂之『但』」的結論。嗣後，連橫

雅」的符碼是權力運作的結果；陳稚柔，〈日治時期藝旦書寫——以《三六九小報》為研究場域〉（高雄：高雄師範大學臺灣歷史文化及語言研究所碩士論文，2014），作者談論日治時期關於藝姐的書寫樣貌。專書如邱旭伶，《臺灣藝姐風華》（臺北：玉山社，1999），該書展演藝姐風情；黃武忠，《美人心事》（臺北：出版街雜誌，1987），該書收錄許多文人以藝姐為主的相關文章；柯瑞明，《臺灣風月》（臺北：自立晚報，1991），該書是民間研究者探討臺灣風月文化。惟相關研究頗眾，此處僅就其大概略陳如此。

6 　當時臺灣的性工業者與藝旦同時的，另有土娼；後於藝旦出現的，有咖啡店、喫茶店中的「女給」（又稱女招待或女服務生），其服務形態與藝旦絕不相同。不過，這與本文的論述主題關係不大，不復贅言。

7 　〔唐〕房玄齡，《晉書》卷二十三〈志第十三・樂下〉，頁 28，文淵閣四庫全書電子版【內聯網版】。

復引《淮南子・說林訓》：「使但吹竽。」註：「但，古不知吹，人以徒歌，故云不知吹。」[8]

　　根據以上的說法，筆者以為，所謂「但歌」，係漢魏時不用琴瑟之節拍以伴奏的徒歌，指的是無管弦伴奏的清唱，換言之，徒歌的演唱者就被稱為「但」。亦即「但」是「旦」的本字，這也才是藝旦的「旦」字本義。而若追溯「旦」字本義，許慎《說文解字》云：「旦：明也。从日見一上。一，地也。凡旦之屬皆从旦。」[9]許氏認為「旦」是天明的意思，意指太陽從地平線上升起，若考諸甲骨文，則「旦」字分作如下原形：

【字形擷取自「象形字典」[10]】

　　以上，甲文第二、三字形，其詮釋意義基本上與《說文》無異，「旦」上半部件為日，下半部件乃土塊（以四方形表之）[11]，

---

[8]　連橫，〈藝旦考釋〉，《雅堂文集》，頁 27。
[9]　〔東漢〕許慎，〔北宋〕徐鉉，《說文解字》卷七上，頁 5，文淵閣四庫全書電子版【內聯網版】。
[10]　象形字典，（來源：http://www.vividict.com/WordInfo.aspx?id=1981）。按：圖形中「粹」，指郭沫若編：《殷契粹編》二卷（日本：文求堂，1937）；「後下」，指羅振玉編，《殷墟書契後編》下冊（珂瓏版影印本，1916）。

此說因與《說文》雷同，故筆者不擬深論；但若要尋求較具啟發意義的理解，筆者以為，圖中甲文第一字形「旦」，上頭的四邊形*指事*符號，代表著天宇四方，下頭的四邊形*指事*符號，代表大地，其造字本義意謂：世界從黑暗混沌合一的狀態中分離出天與地，即天亮。[12]雖則「旦」字本義看似與後來的衍申意義並無深涉，惟《晉書・樂志》所謂「作伎最先唱」云云，顯示「旦」在表演節目中屬於「獨秀」的角色，故我們或可作此聯想：清晨「平旦」[13]之時，正係一日活動的序曲，此時天際只存旭日獨昇，若比諸演藝，則如同「清唱」般主要是一人獨秀場面。最後，連橫下結論說：「元人創造戲劇，棄『人』留『旦』，與生相偶，則所謂『戲旦』也。」（【文集】，頁27）他的這個看法，事實上大部分來自章太炎《新方言》的啟發，章太炎說：「今傳奇有云旦者，起自元曲，則所謂作伎最先唱者，本是但字，直稱其人為但，猶云使但吹竽矣。古語流傳，訖元猶在，相承至今。」[14]這個作伎最先唱者，很可能意謂著在晉代的「但」為沒有絃節的徒歌，卻在後來演變為表演暖場的序曲。我們知道，元劇中每折唱者只限一人，或末或旦，其他角色則有白無唱，此正係「但」歌的遺緒。

　　最後，連橫在考釋章氏這個說法之餘，更進一步強調了臺灣「藝旦」一詞的優越性：

---

[11] 另外，劉興隆，《新編甲骨文字典》（臺北：文史哲出版社，1997）則表示：「旦：象太陽剛出地面之形。假作壇墠之壇。」（頁390）

[12] 象形字典，（來源：http://www.vividict.com/WordInfo.aspx?id=1981）。

[13] 古代十二時辰的劃分，平旦屬「寅時」（早上三點到五點），惟若細分又將夜半時分區分為雞鳴、昧旦、平旦三階段；昧旦指天將亮而未亮的時間，平旦指天剛亮以後的時間。我要特別感謝黃清順博士對「旦」一字所給與我的高見。

[14] 轉引自連橫，〈藝旦考釋〉，《雅堂文集》，頁27。

> 夫旦本歌伎之名，臺灣以稱妓女，而加之藝，風雅典贍，
> 有非他處所能及者矣。[15]

章太炎曾在《臺灣日日新報》的任職，連橫援用他在《新方言》的看法，自文字的訓詁出發考鏡知識源流，這種做法基本上是清代樸學風氣之遺。這些看法，啟發吾人對藝旦文化的推源，有其特殊性。不過，我們自然也當理解，中國古代的「妓」字本義，主要指歌舞表演而言，武舟《中國妓女文化史》表示：

> 「妓女」又稱「娼女」，也可合稱為「娼妓」。在古代，
> 「妓」字與「伎」字通，「娼」字與「倡」字通。魏人張
> 揖《埤蒼》釋「妓」為「美女」，隋代陸法言《切韻》則
> 說：「妓，女樂也。」後代的字典辭書如《正字通》、《康
> 熙字典》、《辭源》等都釋「妓」為「女樂」。可見妓女
> 的確起源於「女樂」。所謂「女樂」，實即歌舞女藝人，
> 她們最基本的特徵就是姿容美，擅長音樂舞蹈。[16]

另外，孔慶東《青樓文化》也指出：

> 「娼妓」二字本意〔筆者按：當作「本義」，下同〕並非
> 是指今日那些只知道以肉體換取金錢的時髦女郎們，這些
> 女郎實在是連「娼妓」也不配的。「娼妓」的本意是女樂。
> 女樂並不提供性服務，而是以藝術表演為己任，大致相當
> 於今天官辦的歌舞團。如果沒有相當的水平，是難以濫竽
> 充數的。[17]

---

[15] 連橫，〈藝旦考釋〉，《雅堂文集》，頁 27。
[16] 武舟，《中國妓女文化史》（上海：東方出版中心，2006），頁 15-16。
[17] 孔慶東，《青樓文化》（北京：世界知識出版社，2008），頁 8。

如果以「古義」來看待「妓女」，其實和「藝旦」也有相通之處，不過，連橫所謂的「風雅典贍」，自然除了歌舞表演之外，還包括了琴棋書畫乃至於詩詞歌賦等「才能」，這方面要以唐代被雅稱為「女校書」的薛濤[18]最可為代表。

另一位學者呂訴上也為「藝妲」釋義，妲同旦，他進一步詮釋「藝」即「才」，剛好印證了連橫對「藝」的看法：

> 藝妲的字義解釋云：「藝者，才能也。《禮記》云：『月以為量故功有藝也』」。又在《周禮》云：「會其什伍而教之以道藝，藝是禮、樂、射、御、書、數也。」[19]

呂訴上所謂的才藝所包括的內容，這是古代「士」人的基礎養成。就藝旦論，書、樂大致與古代類似，前者包括說話、識字、吟詩、作文，後者則是歌唱與樂器彈奏，「禮」本指的五禮，即吉、凶、賓、軍、嘉[20]，在此可為應對、進退、著衣、談吐等酬應能力；「數」為基本計算能力。至於射箭技術的「射」、駕車技能的「御」，則可以視為男士應具的生活技能[21]，藝旦女子自非其列。呂氏的說法再參照當代學者江寶釵的論述，則藝釋為六藝，雖然有比附之嫌，不能盡得其實際，卻可以看到藝旦必備之職涯技能的多元

---

[18] 校書者，唐代薛濤，係蜀中能詩文的名妓，時稱「女校書」，胡曾〈贈薛濤〉：「萬里橋邊女校書，枇杷花下閉門居」。後因以「女校書」為妓女的雅稱。

[19] 呂訴上，〈大稻埕與藝妲戲〉，《臺北文物》9卷2期（1953），頁120-121。呂訴上以「妲者，妲己，紂妃也。又《晉》語云：『殷辛伐有蘇氏，有蘇以妲己女焉』。」不過，以「妲」為「妲己」，似有可議之處。

[20] 吉禮行祭祀之事；凶禮行喪葬之事；賓禮行賓客之事（如朝見、聘問、會盟等）；軍禮主行軍旅之事（含戰爭、田獵、築城等動員眾人之力者）；嘉禮之「嘉」，美也、善也，凡婚禮、冠禮、饗燕禮、慶賀禮、賓謝禮，君王聖誕、立儲冊封等均屬之。

[21] 拙文〈日治時期臺灣藝旦養成教育之書寫研究——以「三六九小報花系列」為觀察場域〉，《中正大學中文學術年刊》6期，頁45。

性，這也是為什麼連橫以「藝」稱臺灣藝旦較其他地方之「性工作」女性高明的原因。儘管名謂風雅，她們的才藝也為她們贏得敬重，逕名之為「校書」，連橫曾撰詩〈悼李蓮卿校書〉[22]，她們的實際身分仍是賣藝陪侍的性工作從事者，難免時而受到輕鄙。

　　倘若追溯「藝旦」的起源，自然如前文所云，必須考察整個中國古代的青樓文化，此一工程浩大，且相關典籍早有詳細論述，故本章不再置喙。和本章攸關者，則是：藝旦一詞起於何時？蔡欣欣以為清代已經出現。[23]她用來推論的主要根據，是劉家謀《海音詩》百首之二十六前的詩及小序中的說法：

> 山邱零落黯然歸，薤上方嗟露易晞。歌哭驟驚聲錯雜，紅裙翠袖映麻衣。

> 註云：「賽神，以妓裝臺閣，曰『倪旦棚』；今乃用之送葬。始作俑於某班頭；至衣冠之家亦效之，可慨也夫！」[24]

上引文字，意味著賽神的場合做臺閣，即邀請盛粧打扮的女性表演才藝，後來用於出喪；有無可能其後續的演繹與發展，即為藝旦，而「倪旦」即藝旦的前身。倪是兒的異體字，後來衍化為二，都仍保留對「小」輩稱謂的意思，用在這裡，明顯有輕蔑之意，似也符合社會對藝旦這類女子拋頭露面的評價。

---

[22]　連橫，《劍花室詩集》，頁 128。

[23]　蔡欣欣，〈臺灣藝閣名義與日治時期妝扮景觀初探〉，《臺灣文學學報》8 期（2006.06），頁 198。

[24]　原文出處〔清〕劉家謀，〈海音詩〉，《臺灣雜詠合刻》（南投：臺灣省文獻委員會，1994），頁 12。轉引自蔡欣欣，〈臺灣藝閣名義與日治時期妝扮景觀初探〉，《臺灣文學學報》8 期，頁 194。

　　藝與旦究竟在什麼時候合用為複詞，則無從考。日治時期的藝旦與日本內地的藝妓合流，整體人數變多，其執業情形或社會活動參與，就記錄所見，都較清代多元。如同前述，知音是藝旦才藝的基本訓練，她們演唱南、北管音樂。連橫的音樂造詣如何，以今日知見的文獻，殊難作一判斷。惟他留意到藝旦演示歌藝的變遷，則為臺灣女性文化留下可貴的見證。《雅言》〈七六〉，連橫試圖說明南、北管的差異：

> 臺灣音樂有「南管」、「北管」之分。「北管」樂器、曲調與「正音」同，亦能登臺扮演；所謂「子弟班」也。「南管」則「南詞」，其曲多泉州文士所製，取材富麗，音韻抑揚，又多兒女子事，使人之意也消。「北管」之聲宏而肆、「南管」之聲緩而悲，則民俗之異也。（【雅言】，頁 34）

南管並不等於南詞。所謂的南詞，原係宋元時長江以南之溫州、永嘉等地為中心的戲曲、散曲，其所用各類曲調之統稱；南戲，又名戲文、南曲戲文、溫州雜劇、永嘉雜劇等。而南管音樂，盛行於閩南語系的泉、廈地域，稱為「南音」（另有「南樂」、「南曲」、「弦管」、「御前清曲」、「閩南舊曲」、「南腔」、「泉南之樂」、「郎君唱」、「五音」、「十音」，等等名稱[25]）；其唱唸法以泉州鄉音為主，又稱「泉州絃管」。演奏方式保留唐代大曲坐部演奏之舊制，以「上四管」（即：琵琶、洞簫、三絃、二絃）為主，稱為「簫管」，若「上四管」與「下四管」（即：響盞、叫鑼、拍板、四塊四種打擊樂器），再加上「雙鈴」、「噯仔」（另稱「噯玉」，即國樂中的「小嗩吶」），就是「十音」。演唱時，歌者執拍以制

---

[25] 引自呂炳川說法，詳參呂氏，〈南管源流初探〉，收錄於劉清之主編，《民族音樂研究》（香港：商務印書館，1989）。

樂節，似漢代相和歌遺風；樂器形制，若琵琶、二絃、洞簫等，襲唐宋制；樂曲名則沿用歷代詞牌或曲牌。[26]因「南管」以絃管樂器為主，故曲風舒緩幽雅、意境悠遠，而相對的北管，二者最大的區隔是北管運用「鑼鼓樂」等北方樂器，故曲風昂揚激越、高亢豪邁，因後者較為熱鬧，故在臺灣傳統的農業社會中，深受歡迎，並使用於婚、喪典禮，或廟會節慶中的陣頭，廣泛地響振於臺灣漢人生活空間裡[27]，而前者因為舒緩綿密，故往往有曲高和寡之嘆。惟因其幽雅細膩，故頗為迎合文人雅興，自然早期藝旦操持，要以此為主。

　　南、北管聲情不同，流行的地域亦不同。連橫考察臺南風俗時，有一說臺南保留了很多漳地純古的風俗，「多沿紫陽治漳之法」[28]，紫陽是朱熹的別號。蔡欣欣對閩地風俗進行的研究，也指出臺灣移民以泉、漳為多，所嗜亦多與泉、漳同，印證了連橫的說法。據是，南北管與藝旦的關係是，她們的演唱原以南管為尚。《雅言》〈七七〉，連橫便推閩自南詞源起，其後轉為北曲，以及造成此一變遷的可能原因，他是這樣說的：

> 海通以前[29]，臺之商業與泉州關連；「一府、二鹿、三艋舺」，亦多泉人貿易。故勾闌最重南詞，以泉人之好之也。泉船載貨，北自天津、牛莊，南訖暹羅、呂宋，一年數至，貨物充積；操其奇贏，頗肆揮霍，故勾闌亦盛。及各國互市，輪船來往，泉船漸失其利；而藝旦亦唱北曲。然北曲

---

[26] 施炳華，〈南管的淵源與流傳〉，《《荔鏡記》音樂與語文之研究》（臺北：文史哲出版社，2000），頁 121-128。

[27] 吳佩熏，〈南管樂語、腔調及其體製之探討〉，（來源：http://trd-music.tnua.edu.tw/ch/intro/d.html）。

[28] 連橫，〈含蕊傘〉，《雅堂文集》，頁 184。

[29] 原文疑衍一「海」字，逕改之。

> 流傳既久，失其本真，士人復少知者。光緒十七年唐景崧
> 任布政使司，為母介壽，特召上海班來演。當是時臺北初
> 建省會，遊宦寓公簪纓畢至，大都中土人士，雅好京調；
> 勾闌從而習之，而南詞遂微微不振，是亦風氣使然也。(【雅
> 言】，頁 35)

上引，泉、漳以海上貿易發達，贏餘多而肆揮霍，這個優勢在中
國通商港埠大開後，不復可恃。再加上臺北初建省會，往來游宦
寓公多為中原人士，他們喜好京調，藝旦便從南詞轉而都唱北曲
了。如同前述，南詞不等於南管，北曲亦不等於北管，乃係金、
元時期流行於北地之雜劇與散曲所用的音樂，其源始為唐宋大
曲、諸宮調、宋詞、鼓子詞、唱賺、轉踏等，尤以諸宮調為大宗。
此地連橫逕以南詞稱南管，北曲為北管，應屬一時權宜而已，他
的主要目的，在說明南、北管的歌樂風格與唱唸音系之不同。

　　藝旦在才藝方面的訓練與演示，除了曲藝，文藝能力也很重
要。連橫在長詩〈天上〉吟詠他與名妓王香禪的交遊裡，寫及「射
覆猜紅豆，藏鉤賭綠橙。」[30]射覆，原為一種猜物遊戲，將物品
藏在碗盆下，讓人猜想，亦作占卜用。後為一種酒令，於喝酒行
令時，出題者先以詩文、成語或典故隱喻某事物，使得猜謎者得
以另一種詩文、成語、典故揭開謎底；若猜不出，或猜錯，或出
題者誤判，皆須罰酒。藏鉤係河南省義陽，於臘日祭祀之後，嫛
嫚兒童之一種遊戲。將人員分為兩方，一方藏鉤在手中，一方猜
謎，猜中屬贏者。在〈與香禪夜話〉裡，他更提及敲詩鬥茗：

> 旗鼓東南戰伐頻，玉關楊柳拂征塵。誰知風雪穹廬夜，竟
> 有敲詩鬥茗人。(【詩集】，頁 16)

---

[30] 連橫，《劍花室詩集》，頁 17。

引文中「玉關楊柳」出自「旗亭畫壁」[31]故事。連橫用此掌故，一指離愁，一擬王香禪為知音。連橫另有〈江樓夜飲贈賈晴雯〉詩：「**旗亭鬥酒句爭工，莫負花枝映肉紅。一曲黃河天上遠，玉關楊柳有春風。**」(【詩集】，頁 14) 亦用此典以贈歌伎。謝介石受聘為吉林法政學堂教習兼治報務，與王香禪移居吉林。連橫也受《新吉林報》之邀，再次與王香禪續緣半年，兩人有比較多的往來，此詩寫的應即是風雪夜裡的雅聚。敲詩，推敲詩句；「鬥茗」亦作「鬪茗」，猶鬥茶。據說李清照、趙明誠兩夫妻共勘奇書，整理題簽。而李清照性喜博戲，她與丈夫飯後對坐，在歸來堂中烹茶。兩人指著滿屋的書籍互相考問，猜中的人先飲茶，以此為樂。

「傳臚」是另一種與射覆藏鈎、鬥茗相類的遊戲，它原係殿試揭曉唱名之一種儀式。話說殿試公佈名次之日，皇帝必須入殿宣佈，由閣門承接，傳於階下，衛士齊聲傳名高呼，這就是傳臚。傳臚原本可指三甲（賜同進士出身）第一名，後來逐漸僅指二甲頭名而已，[32]酒樓裡以詩詞吟詠歌唱的文人與藝姐，拿這個儀式改編為遊戲。連橫這首詩具體描寫了傳臚的作用：

> 香國評春春事娛，二分明月勝姑蘇。江山樓上群花放，猶記傳臚唱碧珠。[33]

---

[31] 唐代詩人王昌齡、高適、王之渙三人一日於旗亭一面飲酒，一面聽梨園的伶人歌唱，私下賭酒，約定以詩作被選唱的多寡定三人作品的高下，並各自在牆上做記號，稱「旗亭畫壁」。後最出色的伶人所選唱的是王之渙〈涼州詞〉：「黃河遠上白雲間，一片孤城萬仞山；羌笛何須怨楊柳，春風不度玉門關」。被視為略勝一籌。事見唐薛用弱《集異記》卷二「王之渙」。這是連橫好用的典故，選歌、春風、楊柳用以暗示他與藝旦之間的互為知音。

[32] 參李新達，《中國科舉制度史》（臺北：文津出版社，1995），頁 251、300。

[33] 連橫，〈稻江冶春詞〉，《劍花室詩集》，頁 72。

上引這首詩寫著，春天了，夜中有兩分的月色，置身鬢影衣香的酒國裡，更覺勝過張繼吟詠中的蘇州夜景。春事指花事，也暗指男女歡愛，但在這裡的確解應是江山樓上貌美如花的諸位藝妲，評春即文人對她們進行評選，就中花名碧珠者獲得了二甲（或三甲）第一名。這種評選可以是座中不拘形式、隨興而作，也可以是正式對外公開投票，連橫就曾開「赤城花榜」，榜首李蓮卿，惹出不少物議。[34]日治後傳統文人藉科考以取得功名的自我實現之徑路消失所產生的失落感，藉著傳臚這種模擬的遊戲，似乎得到了彌補。

日治時期臺灣藝旦間、酒樓裡的文人、妓女的互動，在連橫筆下栩栩如生。透過不同的想像仲介，如閨房之私的鬥茗敲詩，歡場中短暫相值的男女仿擬趙、李兩人的鶼鰈情深；祭儀後的射覆拼酒、藏鈎競局，模仿了百姓生活中的嘉年華；而花榜評春，更是複製了科舉場中傳臚形式，這些活動被挪用到妓院裡遊戲化了，所代表的，不只是藝旦較一般婦女受過豐富的酬酢、文藝訓練，更是漢詩風雅從閨房私領域到公領域的非常生活，如祭儀與科場的想像，用以填補文人被殖民政府統治下的匱缺感。易言之，異族統治，使得傳統文人在自己的國境中漂泊，成為外國人，青樓詩樂所營造的風雅，將他們帶回到祖國文化的懷抱，從中得到依傍，此即「**一生肝膽酬巾幗，千古文章付劫灰。**」[35]在殖民統治後，臺灣文人功名無望，只好流連酒色，以為寄託，這是為什麼如初期櫟社成員，無論是被視為觀念較傳統的蔡啟運、林癡

---

[34] 連橫，《劍花室詩集》，頁 72。此榜開在《臺南新報》，過程比前述鷗社花選簡單得多：先是庚子之秋，余乏南報，曾開赤城花榜，遴選十美，以李蓮卿為首。由於缺乏公開的過程，招來不少批評，間接害了蓮卿。蓮卿病歿後，他為她寫的十首系列性悼念組詩前序敘寫他的遺憾之情：「*蓋狂且之肆辱由是而起，余至是而為之恨矣。*」

[35] 連橫，〈酬南強〉，《劍花室詩集》，頁 111。

仙，或較進步的連橫，倡議男女平權，積極鼓勵女智，並無例外
地都流連於青樓風雅，貌似沉緬女色，這絕不是單純的自我放
棄，或是將女性商品化，視女人為男人的玩物，實是另有自我與
國族的懷抱與寄託。[36]（案：佫是觀點，筆者於第二章已有充分
說明，此地不贅。）

　　這些戲遊活動在藝旦的工作場所如酒樓、藝旦間裡流行。值
得注意的是藝旦間這個專屬於藝旦自身或群體的特殊空間，如何
打造出一種演示性的風雅？連橫對此曾有不少描寫，如〈贈歌者
雲霞〉：「酒邊昵汝更嬌歌。」（【詩集】，頁 62）她們天生容貌姣
好，受過有計畫的才藝培養，能吟詩歌唱，口說便給，善讌飲，
說話、陪酒、歌唱，而保持一種妖嬈嬌柔的姿態吸引座客。這些
女性通常都背負著家庭貧困的包袱，有一個不堪的身世，不得不
賣身侍客，混跡歡場，生張熟魏，他們也不乏對某一人專情，誓
為知己，因他出生入死，形塑了豪爽的性格，忠義的美德，並指
認了唐代的「傳奇」如〈霍小玉傳〉、〈李娃傳〉等敘事中的妓女
形象，兩者具有著高度的類似性。對於她們的性工作，他為之辯
解道：

> 青樓亦一業，修其容，習其聲，以售其技；博金錢於溫柔
> 纏綣之中，固賢於貪吏之強噬民血也。[37]

連橫接受新思潮洗禮，持守著進步的男女觀念，殖民政府極力推
動女性教育、強調男女一同，女性亦尚武，可與男子並肩戰，過

---

[36] 如王振勳所指出蔡、林等人沉湎女色，蓄妾狎妓，頗有風月之作。連橫出而
　　詩風為之一轉。參王振勳，〈櫟社詩人的社會意識與女性態度之研究〉，《朝
　　陽人文社會學刊》2 卷 1 期，頁 1-36。

[37] 連橫，〈大陸游記卷一〉，《雅堂先生文集‧餘集》（臺北：文海出版社，1974），
　　頁 17-18。

廈門，他與怡園林景商[38]縱談人權新說，主張男女平等應在「**欲求國國之平等，先求君民之平等**」[39]的實踐之前。當時上海設交通部，部長林宗素創女子法政大學於城內，該大學教師張雅昭自刊女權雜誌，唐群英、沈佩貞等設女子參政同盟會於北京，「**設女學、開女會、演女報者**」，連橫稱她們為中原志女。[40]當臺灣漢文面臨空前危機，臺北有吳瑣雲女士邀集同志設立漢文研究會，有人疑其隱，而老成者甚且引以為憂時，連橫不僅表示贊成，還期許她只要主事者「**熱誠其心，高尚其志，黽勉其業，復得明師益友而切磋之，以副其所期，則疑者自釋而憂者且喜。**」此外，他不僅主張「**社會盛衰，男女同責。況研究漢文，尤為正當，復何疑？**」[41]更且付諸行動，關心女性創作：「**臺灣詩學雖盛，而閨秀能詩者尚少。**」[42]一句，表達連橫擺脫「女子無才便是德」的縛綁，矜惜女性才學，他創刊的《詩薈》輯錄作品時，錄及女詩人的生平與投稿詩作，評析、揄揚她們的作品，[43]認為女性在詩壇應佔一席之地，[44]亦是復興漢文的生力軍，可與男子同站在第

---

[38] 景商：林輅存（1879-1919）字景商，號鷩生，福建安溪人，林鶴年（氅雲）第四子。乙未（1895）滄桑，中日馬關條約簽訂後，臺灣割讓，林鶴年偕好友林時甫、林維源內渡廈門，築宅鼓浪嶼，輅存隨之。怡字，心懷臺灣，不忘臺灣之意。

[39] 連橫，〈惜別吟詩集序〉，《雅堂文集》，頁 48。

[40] 連橫引述林氏的說法云：「女子參政雖遭阻過，不能徹本衷，然我輩昔昔而求之，必有成功之日，亦唯朝莫間爾。」連橫，〈惜別吟詩集序〉，《雅堂文集》，頁 48。

[41] 「夫今日之女子，非復舊時之女子也。社會盛衰，男女同責；況研究漢文，尤為正當，復何疑？」連橫，〈詩薈餘墨〉，《雅堂文集》，頁 271。

[42] 連橫，〈啜茗錄〉，《雅堂文集》，頁 304。

[43] 如：「臺灣閨秀之能詩者，若蔡碧吟、王香禪、李如月諸女士，擷藻揚芬，斐聲藝苑，皆雋才也。」連橫，《雅堂文集》，頁 271。

[44] 「十數年前，閨洪女士浣翠之名，而讀其詩，語多淒怨。今則一洗俗調，無語不香，有詞皆秀。然後知詩之有關於境遇也。女士稻江人，曾學書於杜逢時先生，亦能篆刻。現居臺中，潛心詩學，又得陳沁園先生之指導，故其錦

一線捍衛漢文，與男性並肩為漢學奮鬥。在女性主義裡，這是在文學史中納編女性聲音，在當時保守的性別觀念裡，具一定的先鋒性。

若論連橫對於青樓女性俠義的理解，則於〈庚子秋夕訪李蓮卿於城西，賦此〉這首詩裡有所呈現：「半存俠氣半柔情，躍躍腰間隻劍鳴。燕市已無屠狗輩，酒場漸覓女荊卿。」（【詩集】，頁108）斯女被稱為酒場女荊卿，首見其善飲，次顯其個性豪放，持守赤誠之心待人，肝膽相照一笑間，通過連橫的筆墨，蓮卿的性格、舉止迄今如在眼前。佳人早逝，荊軻只是對她的性格的喻詞，真正投入革命，建立任俠形象的，則有上海名妓江海萍，連橫云：「便把柔鄉埋俠骨，風流仍屬女荊卿。」[45]另一上海名妓張曼君，則更清楚紀錄其人的女俠風範，她能讀報，曾為姐妹求自由，倡議籌建「青樓進化團」，以演劇籌款。[46]連橫為其自愛、自立之行所動，作詩稱其為女中豪傑，支持其爭取女權的行動，在〈示曼君〉這首詩裡，他寫道：

> 奇才未必天能妒，艷福從今取次修。千古美人原不老，一時名士盡低頭。藉憑兩兩風風意，管領鶯鶯燕燕愁。劍影簫聲同此夕，銀河迢遞笑牽牛。（【詩集】，頁4）

「一時名士盡低頭」是何等的推崇語？另一首〈出關別曼君〉也有「群雌粥粥女偏雄」（【詩集】，頁11）之語。以故，可以見連橫對於青樓女子之嘉勉有加。

囊時貯佳句，乃以近作惠寄詩簧。頌椒詠絮，巾幗多才。諸女士之掞藻揚芬，當與藝苑文人爭光壇坫矣。」連橫，《雅堂文集》，頁304。

45　連橫，〈贈江海萍〉，《劍花室詩集》，頁22。

46　孫風華，〈連橫的三次上海之行〉，《新民晚報》，2009.6.28。

連橫的詠歌具體描繪了藝旦的各個面相，這些碎片拼貼頗完整地說明了藝旦的職能，她們的人物特質是他心目中紅拂這類女性俠義傳統的延續。對於藝旦創作，他一視同仁，器重猶有過之。他收王香禪為女弟，與她唱和平生而在一定的禮教規範之下，都是當時與藝旦交遊的特殊案例。

二、流盼於北里風雅：禮教之外的人生境界

文人對藝旦的風雅想像以妓女為對象之外，她們所在的場所：妓院，亦扮演著重要的角色。從六朝金粉的秦淮河畔，到長安妓女集居在北門平康里，人稱「北里」，相沿而為妓院的代稱。北里不只是自成當時青樓群聚的場所，也是相關想像複製傳承的源頭。學者王鴻泰指出，就社會意識而言，妓院作為一個活動空間，是一個禮法的化外之區；它的前提先已違反禮教，其存在一開始就是禮教的禁區，脫離禮教的規範，形成禮教所鞭長莫及的場域，在這裡，男女確然明白地以「情慾」作為主題，面對面直接交往，無所顧忌地進行調情活動，率直地發展情慾關係。在禮教文化居於絕對優勢時，這個社會場域是社會文化中一個「存而不論」的特區。禮教所重之男女關係的區界，在此都不適用。他進一步推論道：

> 妓院乃在文人文化的浸潤下，發展成為一個具有豐富文化意涵的「情感世界」，隱然成為禮教之外的另一種人生境界。[47]

---

[47] 王鴻泰進一步分析道，妓院提供的不只是財色交易的所在，也是男女交往這個社會活動發生的場域；嫖客既要消費女性身體，也要學習迎合女性需求，於是形成「學風流」的風氣，在明末出現了《嫖經》之類的書，教導嫖客如

在臺灣，能夠具有發展另一種人生境界之文化內含的性工作者，只有藝旦。而包括連橫在內的當時文人出入藝旦場所的風氣，是這種人生境界的追求，有時候不免有所陷溺，傾家蕩產者，恐大有人在。

藝旦間、酒樓，與土娼營業的查某間、女給喫茶店、咖啡店，有所不同。工作場所不只指涉其工作內容，也區隔她們的身分與階層，土娼純粹是「情慾」交媾的滿足，女給穿著現代化，店裡重視霓虹聲光，以茶飲陪侍為主，兩者都未經過嚴格的才藝訓練，也不作任何公開的演示性活動。同時，藝旦的消費形態與臺灣當時的性工作者亦頗為不同，強調其「藝能」，她們只留在調情、陪伴，她們「賣面」是必然的，是否「無賣身」呢？林淑慧在她的大作〈《三六九小報》花系列專欄的女性身影及其文化意義〉[48]裡曾專節考察鷗社花選的經過，提供了我們可貴的參考資料。花選開始，小報先刊出廣告，詳細說明花選的對象，選票內附於鷗社出版的《品紅集》之中，購書後始得填寫，每四日公佈得票數，投票期間計二十日，報社累計總票數後公佈名次，刊登前六名藝旦玉照，公開頒獎，並提供花選中各種花絮。鷗社花選結合詩社鬻書，其商業化不只是身體消費，更刺激報紙與圖書買氣，吸引護花投票人與花絮投稿人，其目的是多重的，她因而得到賣面不賣身的結論。

不過，筆者以為，所謂賣面不賣身，頗可懷疑。在嘉義鷗社舉辦的花選裡，形容其競爭激烈，就曾經有這樣的描述：

何培養男女之間的情感互動，不只要「買」妓女的身體，也要擄獲她們的感情。妓院遂成為一個發展愛情的場域。以上整述自氏撰〈青樓：中國文化的後花園〉，《當代》第 137 期（1999.01），頁 29。

[48] 林淑慧，〈《三六九小報》花系列專欄的女性身影及其文化意義〉，（來源：http://in.ncu.edu.tw/csa/journal/59/journal_park448.htm ）。

> 諸羅花選期間中，諸姊妹行，每日粉汗淫淫，多奔走於逐
> 鹿場中，力竭聲嘶，號召嫖客，求為後援。諸嫖客亦多指
> 望愛人，高占鰲頭，為交遊光寵，不惜犧牲其物質，購票
> 紛投，期達最高點數。[49]

參與鷗社花選的藝姐所交往的對象，被《三六九小報》逕以嫖客
稱之，則藝姐其實應也賣身的。再證諸當時的藝旦聲名較高者，
都設有自己的「藝旦間」，藝旦必須定期接受殖民地政府的身體
檢查，確認其健康無虞，則藝姐之賣不賣身，恐怕是一種抬高身
價的策略，或者是賣藝的可能選項之一，實際上因各人的際遇與
出處而有不同，以故學者亦以為藝姐介乎優娼之間。[50]

　　把藝旦的交往對象逕稱為嫖客的小報，同時也是女性身體需
要展售的通路。報刊印刷現代性提供的虛擬空間或透過文字的書
寫描繪、小像漫畫的擬像，照片之展陳，都能達到一定的效果；
從擬像到照片，標識著脫亞入歐的日治臺灣，其印刷現代性之新
時代的到來，對女性身體的公開演示，殊無忌憚，與連橫關係匪
淺的《三六九小報》便長期刊載了花系列作品。相較於擬像的虛
構，照片能確定其具體、實感的真實性，對於女性身體之想像與
窺伺的欲望投射，顯然更具實踐性，連橫有一首為青樓女子小影
題寫的詩，聚焦於獨照人體之描繪：

---

[49] 參見《三六九小報》14 號（1930.10.23），頁 4。

[50] 徐亞湘：行政院國家科學委員會專題研究計畫成果報告「優娼之間——臺灣
藝旦戲研究」（計畫編號：NSC92-2411-H-034-003），（來源：
http://ir.lib.pccu.edu.tw/bitstream/987654321/942/1/902215E034.pdf）。

春陰冉冉春雲寒，海棠直壓紅闌干。釵橫鬢亂初睡起，鈿絲巾角微含歎。搗麝成塵亦多事，驚鴻艷影來無端。貯之金屋醉以酒，長臥屏風側側看。[51]

上引詩寫出風雅與女體想像的互為加值，女體透過圖文共抒之意象的仲介而完成。儘管女體的現代性想像在介入之中，文人對於佳人，亦仍可以偶而保持一種美學的閒賞，如蘇小小（479-約502）相傳為錢塘著名歌妓，貌美艷麗，聰慧多才，常坐油壁車，迷倒不知多少人。死後葬於浙江杭州西湖，成為千古勝跡。連橫來到位於孤山與蘇堤間的西泠橋側，憑弔蘇小小於她的墳前，寫下〈蘇小墓〉：

桃花成雪我來遲，繫艇垂楊獨賦詩。管是酒殘人去後，西泠橋畔月如眉。（【詩集】，頁3）

連橫憑弔蘇小小的時節，正是桃花怒放達數里之遠，宛如一片粉紅春雪，卻已是尾聲了。墓畔的光景，彷彿盛宴裡賓客已離席，孤魂長對橋畔的月眉。女性作為一種消費文化，存在於前現代社會，它注重觀賞、審美的價值，繫乎姿儀，一種與環境結合的氛圍，而非實在的身體，是一種繼承自文化傳統的觀看方式。

　　臺南做為清國領臺的府城，曾有一段南國金粉的菁華歲月。然而，光緒九年（1884），劉銘傳的艋舺中軍守備署設北皮寮，[52] 帶動了妓女業大規模的展開。隨著城市建設的北移，進入日治時期，臺北做為臺灣「島都」的地位已經十分鞏固，在商業、軍事

51　連橫，〈杞人持贈海棠紅小影，乞題〉，《劍花室詩集》，頁22。
52　即剝皮寮，鄰康定路、廣州街交會口一帶；清代中國杉木藉福州商船輸入臺灣，運至此地剝去樹皮，是以得名。參陳華民，《臺灣野史小札》（臺北：常民文化，1988），頁159。

等，都領先全島，所有的身體消費自然也就隨之在地生根。對此，連橫有以下的觀察：

> 臺南固舊時都會，仕宦遨遊，商賈雲集。西關之外，盛設女閭，風定日斜，歌聲漸起，衣香花氣，蕩魄銷魂，誠昇平之樂事，而沉醉之柔鄉也。
>
> 海桑以來，日就衰落。閱今僅三十年，而南都金粉變為北地臙脂，廻顧花叢，閒愁萬種，真不勝今昔之感矣。[53]

這個北地臙脂的集聚之域，橫互著淡水河的船運，以及不斷興盛中的艋舺、大稻埕商圈，很快的取代了府城成為性工業的首要產地。連橫在〈稻江冶春詞〉有一系列的描述：

> 大橋千尺枕江流，畫舫笙歌古渡頭。隔岸素馨花似雪，香風吹上水邊樓。（【詩集】，頁 71）

這首詩以耶悉茗、佛書作「鬘華」的白色常綠灌木素馨，香氣清冽，譬擬岸上往來的藝旦。大橋指臺北橋，是臺北市歷史最悠久的一座橋，五十多年前，它也是唯一橫跨淡水河上的重要交通要道。大橋的前身原為一木鐵混合建築的橋樑，用來通行火車，於光緒十四年（1889）興建完成。橋上靠近臺北端處，原為一鐵懸橋，每日懸放，供往來淡水河上的船隻通行，是一古渡頭，如今橋畔則成為姚冶脂粉的集散地，畫舫笙歌、旖旎夢鄉，此地脂香對照彼岸花香，人面、馨花相映成景。

> 火樹銀燈鬧上元，稻新街上管絃喧。多情惟有春宵月，猶自娟娟照北門。（【詩集】，頁 71）

---

53 連橫，〈花叢廻顧錄（一）〉，《臺灣詩薈（下）》，頁 396。

稻新街為大稻埕重要的街路，今甘谷街，昔時因米穀行甚多而命名，又因位於土地廟之北，故稱「土地廟仔街」。北門，則是舊城拆除後剩下的城門。上元節，稻新街兩旁的樹上掛滿彩燈，有如火樹，照得整條街燈火通明之景象，恰似銀花閃耀，歌聲舞曲貽蕩其間。

> 怡和巷口夕陽斜，長樂街頭喚賣花。十二珠簾齊捲起，玉樓沈醉美人家。（【詩集】，頁71）

上引詩裡的怡和巷、長樂街，都是昔日大稻埕的街路名；長樂街約今民樂街、民生西路口。也就是說，當時的酒樓、藝旦間、查某間大約以江山樓為中心，緣著淡水河向臺北橋、北門兩翼的方向展開，而又以酒樓、藝旦間為勝，因而俗諺道：「未看見藝旦，麥講大稻埕。」張達修在他的〈臺北橋晚眺〉裡寫道：「北里胭脂明夕照。」[54]藝妲的胭脂讓夕陽顯得更加嫣紅，這便是張達修、連橫為之詠歌、擬為北里的所在之地。女性姿色以「花」為喻體，已是文學語言中的陳腔濫調。妓院所在被稱為花柳，妓女群聚，被稱為花柳叢，事實上，大稻埕延平北路二段135巷，早期地方即稱之為「花街」巷。則此地的賣花，自然會聯想到性的交易行為。長樂街頭叫喚賣花，整條街的酒樓、藝旦間皆「珠簾齊捲」以迎接臨門的貴客。連橫生動地描述了群芳嬌嬈、亟欲款待的殷切之情。來客品花「評春」、猜謎，戲論花榜（香國評春春事娛），青樓女子群舞翩翩，傳唱珠玉金聲（猶記傳臚唱碧珠），大稻埕實不遑多讓。由於妓院或從事靈肉交易這種特定場所，意指閒適風流，被稱為風月場，因而此中勝地，常有「明月」的擬喻，所

---

[54] 張達修，《醉草園詩集》（臺北：龍文出版社，2006），頁59。

謂「二分勝姑蘇」、「二分明月在揚州」[55]。以故，連橫筆下也常見相類的譬擬：

> 簫鼓聲停酒未消，桃花燕子話南朝。賞心別有春燈謎，踏月江濱舊板橋。（【詩集】，頁72）

此地的簫鼓、春燈謎，而以「踏月」作結，「風月」與前論文人與藝旦間戲擬的風雅並無二致，係文人流連其間的重要理由。然而，酒樓、藝旦間做為風月場的特別布置，因之而經營出的不同於家居的氛圍，再加上時時結合了踏春、廟會節慶的非常活動，群聚交遊，宛如熱鬧的文藝嘉年華，恐亦是北里所以高度吸引文人魂魄流連不已之處。

就中國傳統文人而言，他們從青樓女子身上的自我投射是多重的，它是身體情欲、風雅寄託，以及才德想像，更是時光荏苒的宇宙悲情，這是因為這些女子的命運往往是少時身世坎坷，不得不以色事人，墮落風塵；歲月既長，美人遲暮，因而經常衍派出一種知己感，這是中文詩歌中常見的主題。〈贈愛卿，次蕉綠軒主韻〉共四首組詩裡有最能看到連橫出入歌樓酒肆的情懷：

> 十載歌場顧盼雄，狂生合拜美人風。未修鶴鳥三年約，到底靈犀一點通。文字新交金粉地，姓名舊注綺羅叢。看花我亦傷心者，欲補情天奪化工。

> 當場歌舞管絃清，福慧修來笑幾生。半榻燈光釵影亂，一鞭春色曲塵輕。迷離楊柳藏蘇小，管領芙蓉比曼卿。紅袖青衫知己淚，天涯淪落兩心傾。

---

55 〔唐〕徐凝〈憶揚州〉有「天下三分明月夜，二分無賴是揚州」之語。〔清〕愛新覺羅玄燁，《御定全唐詩》卷四百七十四，頁 5，文淵閣四庫全書電子版【內聯網版】。

底事紅稀綠暗時，捲簾無語客來遲。如花美眷憐君艷，似水流波顧我癡。閑課侍兒鈔樂府，早知好色誦風詩。未曾真箇消魂否，漂渺巫山化幾疑。

千里追風附驥蠅，鞭搖金縷我非能。尋春杜牧遲三月，賣賦長門病茂陵。兒女情長花解語，英雄氣短劍飛騰。劇憐羅隱評春慣，聲價從茲十倍增。（【詩集】，頁 139）

上引第一首首聯「十載歌場顧盼雄，狂生合拜美人風」，係連橫自道其出入金粉堆的歷史。文字結交，樂府風詩，乃至「紅袖青衫」、「天涯淪落」，佳人與我實非身體互為欲望而已，更是彼此人生遭遇之互為參照，此典巧妙化用白居易〈琵琶行〉中「**座中泣下誰最多，江州司馬青衫濕**」[56]之語，將「紅袖」與「青衫」渾然聯繫，於是主客同病相憐，驟生蕭條於不同時地的知己感，「看花我亦傷心者，欲補情天奪化工」。如果吾人另讀〈江樓夜飲贈賈晴雯〉：「柳花夙有何冤孽，狼藉東風化作萍」（【詩集】，頁 22），則將有更深的體會。這中間除了對美人的憐惜，也有著回顧一己光陰蹉跎，而有無限年光有限身的自我折射，延續傳統命運多舛、美人遲暮的意象。格外的感慨沉深，加重了知己感，為之下千行之淚了。

連橫與王香禪往來密切，成為士林佳話，兩人的唱和更可以證明文人在妓院、藝旦的交遊，實係另有懷抱者。〈幼安、香禪邀飲杏花樓，並約曼君同往〉：

---

[56] 〔唐〕白居易，《白氏長慶集》卷十二，頁 22，文淵閣四庫全書電子版【內聯網版】。

> 畫燭雙行照綺樓，酒觥詩卷盡風流。已開芍藥春婪尾，謾
> 采芙蓉艷並頭。太史文章牛馬走，美人心事燕鶯愁。他年
> 各有湖山約，管領風雲百自由。（【詩集】，頁4）

〈留別幼安、香禪〉：

> 平生不作離愁語，今日分襟亦惘然。客舍扶持如骨肉，人
> 間聚散總因緣。塞雲漠漠遲春色，海月娟娟憶去年。賓雁
> 未歸征馬健，一篇一劍且流連。（【詩集】，頁19）

連橫詩作中述及王香禪最多的，就在《吉林報》任職的時期。[57]〈吉
林重晤香禪〉寫道：

> 萬里投荒一劍雄，出門真覺氣如龍。山河兩界留詩卷，風
> 雨千秋付酒筒。塞草未霜遲客綠，園花半老對人紅。莫嫌
> 身世同萍梗，且向雞林印爪鴻。（【詩集】，頁13）

挾劍萬里投荒，確懷抱著不同凡響的希望，可惜書生所能者，惟
詩爾。塞草未霜，彷彿還有無限希望；園花半老，年華已經無情
逝去。生命之種種紛擾終將隨著時間成為過去，留予後人飲酒的
話資。且暫將生命的記憶付諸文字，聊以傳世詩文寄託精神生命
的不朽吧！在這裡，他因王香禪自殖民地統治的臺灣赴滿州，滯
留半年《新吉林報》的記者生涯，其經驗中的政治感受，其再現
只淡淡以「風雨付酒筒」帶到，其念茲在茲，只在於回歸祖國「山
河兩界留詩卷」的文化理想，只見與「園花對人紅」的兒女情長。
這也適度呈現連橫與當時部分的臺灣文人一樣，抱持著雙鄉情懷，
一方面以祖國文化為一生職志，一方面也與殖民統治者多所交遊。
而這種文化祖國，生命雙鄉的矛盾情境，便如此這般顯示於連橫

---

[57] 龔鵬程，《中國文人階層史論》（宜蘭：佛光人文社會學院，2002）。

與藝旦的往從之中。[58]

甚且，妓院不只是出入其間的柳陌花叢而已，也是一種文化符碼，甚且被神話化，連橫詩歌書寫裡就用了一則故事，北宋時代的詩人和書法家石延年（994-1041），字曼卿，著有《石曼卿詩集》。他生前性情豪放，飲酒過人，不拘禮法，不慕名利，身後竟有一說，他在他界已為鬼仙，主管「芙蓉城」。[59]對臺灣文人而言，妓院在人生的禮教情懷外，委實是文化祖國風雅生活之想像中的一部分。

連橫對當時臺灣流行表演的觀察，還注意到一種叫做「咏霓裳」的女伶文化，《雅言》〈七三〉：

> 三十年來，臺北始有女伶，曰「咏霓裳」。其曲師多京、滬班人，聲調步驟悉如正音；有時且過之，可謂青出於藍矣。「咏霓裳」之伶多名角，或死、或嫁，今已寂然。繼之者為桃園之「永樂社」，亦多佳麗，而紅豆、月中桂且以抑鬱死。余有詩云：「酒徒散盡佳人老，說到看花便惘然』！思之深唱。（【雅言】，頁 33）

何謂「咏霓裳」？《玉谿生詩集箋注》卷二「空記大羅天上事，眾仙同日咏霓裳。」清朝馮浩箋注：「鄭嵎津陽門詩注：葉法善引上入月宮，上若淒冷，不能久留，歸于天半，尚聞仙樂；及歸，且記憶其半，遂於笛中寫之。會西梁都督楊敬述進婆羅門曲，聲

---

[58] 有關連橫的國族想像，此地的探討僅很於與藝旦有關者。較全面的論述詳倪仲俊，〈連橫「臺灣通史」中的國族想像〉，《通識研究集刊》第 4 期（2003.12），頁 141-192。

[59] 歐陽修〈六一詩話〉：「曼卿卒後，其故人有見之者，云恍惚如夢中，言：我今為鬼仙也。所主芙蓉城。」收錄於郭紹虞主編，《六一詩話 白石詩話 滹南詩話》（北京：人民文學出版社，1962），頁 15。

調相符，遂以月中所聞為之散序，用敬述所進其腔，而名霓裳羽衣法曲。」又注引《唐逸史》：「羅公遠嘗與明皇游月宮，見仙女數百，皆素練霓衣，舞于廣庭間，其曲曰霓裳羽衣，帝默記其音調而還。明日，召樂工作是曲。」[60]根據徐亞湘科技部專題計畫「優倡之間」的研究成果報告，日治時期以藝姐為業者，學習戲曲音樂、表演並進而登臺演出的一種以職業特色為主的戲曲演出樣態，演出內容主要以京劇為主，稱之為「藝姐戲」，桃園永樂社即屬之。則「咏霓裳」應就是藝姐戲。不管藝姐戲唱的是南詞北曲，在臺灣流行既久，往往會浸失一些原鄉元素，與所謂的「正音」漸離漸遠。因而，臺北出現「咏霓裳」女伶，來自上海、北京的表演者，無論聲調、做工都十分道地，就能獨領一時風騷，贏得時人的讚譽。

以上的相關述作，都可以看到連橫與藝旦的關係，給予吾人極其多元的性別想像。

三、腸斷天涯杜牧之：與王香禪的交遊始末

據前文，連橫出入紅粉堆裡，不僅紅粉為他知己，他自己也是紅粉的知己。其中，與他往來最久、交遊最勤、贈答最多的女性文人，係王香禪。

王香禪，名夢癡，本名罔市，號留仙，臺北艋舺人。[61]日治時期號稱臺灣三大美人之一。[62]香禪生于貧困，一家依靠其兄王

---

[60] 〔唐〕李商隱著，〔清〕馮浩箋注，《玉谿生詩集箋注》上冊（上海：上海古籍出版社，1979），頁 534。

[61] 張子文，〈王香禪〉，收錄於張子文、郭啟傳、林偉洲等人著，《臺灣歷史人物小傳——明清暨日據時期》（臺北：國家圖書館，2003），頁 55-56。

[62] 高拜石，《古春風樓瑣記》（臺北：臺灣新生報社，1981）。

仔塗販魚維生。自幼被艋舺龍山寺附近的鴇母董仔治收為養女。據云董女曾為艋舺花魁，光緒九年（1884）劉銘傳的艋舺中軍守備署設北皮寮時，董女姿色姣好，又通文墨，紅極一時[63]。

在董仔治的安排下，王香禪接受藝旦的完整訓練[64]，包括應對進退、才藝表演，前者如談吐、姿態、桌儀等等，後者分為兩類要項，一為曲藝，一為文藝。

在曲藝方面，清末臺灣，藝旦習北曲之風，蔚為時尚。北曲即京劇，夙有「正音」之稱，要用北京話，對講臺語的臺灣人而言，上道不易，香禪拜師艋舺平樂遊酒樓的曲師戴源及福州人印同師，卻能表現優異。這使得她在人才濟濟的藝旦陣中獨樹一格。

香嬋曾南下鬻藝於臺南府城寶美樓或臺南玩春園，演唱京劇《二進宮》、《三娘教子》、《祭江》等，使不少當地士紳拜倒在石榴裙下[65]。她這趟南下，有兩個說法，其一說，這是因為當時有「飲墨水」的習俗，意即臺北藝妓十四、五歲時，多半要隨鴇母南下見習[66]；另一個傳說則是，香禪遭客人陳秋菊當眾剝衣之辱[67]，不得不暫避風頭。她十六歲在臺北永樂座大張豔幟，表演京戲。

文藝方面，趙一山在大稻埕開劍樓書塾，香禪因詩人王子鶴之紹介，隨之學香奩詩，用《香草箋偶注》為教本[68]。香禪喜讀《紅樓夢》，心儀林黛玉[69]，以「黛卿」為字[70]。

[63] 陳華民，〈艋舺花間排歸列〉，《臺灣野史小札》，頁 159。
[64] 梅嵩南，《讀詩雜記》（臺北：三民書局，1967）。
[65] 連景初，〈赤崁才女蔡碧吟〉，《臺南文化》8 卷 3 期（1954）。
[66] 石芳瑜，〈從臺灣到滿州國：一代詩妓王香禪〉，《花轎、牛車、偉士牌：臺灣愛情四百年》（臺北：有鹿文化，2012）。
[67] 高拜石，《古春風樓瑣記》。
[68] 高拜石，《古春風樓瑣記》。

　　連橫與王香禪的往從經過，不甚可以確定。但香禪在大稻埕永樂座賣藝時，連橫每到臺北，幾皆親赴捧場[71]。香禪在臺南，時任《臺南新報》漢文記者的連橫常與南社詩友前去寶美樓飲讌，收為女弟子，教之[72]以李商隱詩集、《詩經》、《楚辭》。在〈詩薈餘墨〉稱讚她詩詣大進，說：「今則斐然成章，不減謝庭詠絮矣。」（【文集】，頁 267）王女回憶當時道：「及從吾師劍花先生遊，一洗塵俗，所謂無語不香，有詞皆秀矣。」[73]

　　連橫與王香禪兩人關係密切的程度，據說她曾自薦與連橫結成連理，但連橫已有妻室，遂不得不予以婉拒[74]。明治四十年（1907），她拿錢自贖其身，與臺南舉人羅秀惠結婚。新婚燕爾，兩人一同發表詩作[75]，香禪更作〈問花〉詩，將丈夫比為解語花[76]。不久，羅秀惠移情師妹蔡碧吟，明治四十二年（1909），香禪被迫離婚，《臺灣日日新報》記者評論此事，說她「千金買離緣」[77]，臺南更且為諺語：「蔡姑娘仔嫁尫——加羅（勞）的。」說的是碧吟，挖苦的是香禪。甚至也有人撰聯說：「一父二夫三舉人，四妻五妾六娼妓。」[78]這段婚姻既為眾所矚目，其下場又如此不

69　羅秀惠，〈蘸綠村詩話〉，《漢文臺灣日日新報》，1907.9.29，第 3 版。

70　〈拾碎錦囊（九十）〉，《漢文臺灣日日新報》，1905.10.28，第 7 版。

71　鄭喜夫，《民國連雅堂先生橫年譜》（臺北：臺灣商務印書館，1980），頁 49。

72　連戰說：「我的祖父用《玉山集》來教授她，香禪讀之大悟，受到了發，繼之又課以《詩經》，深以《楚詞》，香禪詩風為之一變，斐然成章。」轉引自：〈傳奇藝旦王香禪　與夫漸離漸遠〉，《星島日報》，（來源：http://news.singtao.ca/calgary/2013-02-27/taiwan1361955561d4368720.html）。

73　王國璠，《臺灣先賢著作提要》（新竹：省立新竹社會教育館，1974）。

74　連景初，〈赤崁才女蔡碧吟〉，《臺南文化》8 卷 3 期。

75　王香禪，〈敬步柳城詩伯高韻〉，《漢文臺灣日日新報》，1909.3.25，第 4 版。

76　〈蘸綠村詩話〉，《漢文臺灣日日新報》，1907.9.29，第 3 版。

77　〈就蔡碧吟議贅羅秀惠言〉，《漢文臺灣日日新報》，1909.8.27，第 1 版。

78　轉引自：〈老城音樂：一曲相思情未了〉，（來源：http://www.itour.org.tw/controlle r/htmlpageDetail.php?id=59）。

堪，真心換絕情，再加上社會的嘲弄，對香禪的打擊可想而知，她心灰意冷，遁入空門，法名香禪，即改「嬋」為「禪」。[79]明治四十二年（1909）迄明治四十四年（1911）之間，她陸續以「黛卿」名投稿《臺灣日日新報》，所寫的詩作主題皆為棄婦詩，如〈秋感〉[80]、〈書懷〉[81]、〈和梅妃韻〉[82]、〈梅妃〉[83]等，這些詩情景濃至，造語清新，頗有可讀。新竹謝介石（名愷，字幼安，1878-1954）從報上得知香禪離異出家的消息，遂透過趙一山牽合，明治四十五年（1912）迎娶香禪[84]。兩人婚後赴大陸[85]，轉居上海、吉林、天津、北京等地。據說香禪曾出資五斤黃金[86]。謝介石二房系出的孫子謝輝表示，祖父在從政期間，所有的資助皆出自香禪。婚後，謝介石竟先與王香禪婢女素梅生下一子謝津生。與王香禪則育有兒子謝喆生、謝滬生、女兒謝秋生，一說女兒為養女。[87]同年，連橫遇新婚的謝介石夫妻於上海餐會，王香禪極盡地主之誼，朝夕作陪，品茗論詩，連橫〈滬上逢香禪女士〉寫此事云：

---

[79] 另一說是並未出家為尼，只是長齋禮佛。陳華民，〈蔡姑娘仔嫁尪——加勞的〉，《臺灣俗語話講古》（臺北：常民文化，1998），頁 164-166。

[80] 黛卿女士，〈秋感〉，《漢文臺灣日日新報》，1909.9.19，第 3 版。

[81] 香禪女士，〈書懷〉，《漢文臺灣日日新報》，1911.4.5，第 1 版。

[82] 香禪女士，〈和梅妃韻〉，《漢文臺灣日日新報》，1911.4.10，第 1 版。

[83] 香禪女士，〈梅妃〉，《漢文臺灣日日新報》，1911.4.22，第 1 版。

[84] 陳運棟，〈談藝旦王罔市到詩人王香嬋〉，《臺灣人物叢譚》（臺北：七燈出版社，1978）。

[85] 陳運棟，〈談藝旦王罔市到詩人王香嬋〉，《臺灣人物叢譚》。

[86] 朱建陵、陳柏廷、餘明洙、唐一寧，〈傳奇藝旦王香禪 幫夫從政求功名〉，YAHOO！奇摩新聞，（來源：https://tw.news.yahoo.com/%E5%82%B3%E5%A5%87%E8%97%9D%E6%97%A6%E7%8E%8B%E9%A6%99%E7%A6%AA-%E5%B9%AB%E5%A4%AB%E5%BE%9E%E6%94%BF%E6%B1%82%E5%8A%9F%E5%90%8D-213000924.html）。

[87] 陳運棟，〈談藝旦王罔市到詩人王香嬋〉，《臺灣人物叢譚》。

> 淪落江南尚有詩，東風紅豆子離離。春申浦上還相見，腸
> 斷天涯杜牧之。（【詩集】，頁4）

黃浦，一名春申浦，原為春申君封地，相傳為春申君所鑿，故名。
紅豆別名為相思子，後人以此表示相思懷念之情。前文提及香禪
委身相許，連橫婉拒，這裡所用的典故或可以作進一步的說明。
從正面說，在蓄妾猶盛的當時，連橫已能尊重女性自主權力，反
對男子多娶，主張男女平等；但也有可能是礙於妻子的反對，岳
家的壓力。連橫妻子為沈氏璈，字筱雲，又字少雲。她的父親係
臺灣赫赫大貿易商沈鴻傑，事蹟見《臺灣通史‧貨殖列傳》[88]。
終一生讀書、創作，為稻粱謀，他也當過當代名人的秘書、報刊
記者，但多數時間幾乎都花在詩酒交遊與自力撰著，他對生活資
給的經營不盡順利；他又遠行不斷，辦報、開書局、組漢學研究
會等，耗費甚大，以至到中年以後，生活境況並不寬裕，這或者
是他抱愧妻子的原因，不能再多做要求。這裡，他對香禪自比杜
牧，這個典故他題贈給名妓愛卿的詩裡也用過，那或許只是文字
遊戲，未必真有什麼意思。但就香禪這個事件而言，他對兩人未
能結褵始終耿耿於懷，他的遺憾是真實的。此地特別就杜牧事作
解。傳說杜牧遊湖州，識一女，年十餘歲。杜牧與其母相約十年
後來娶。閱十四年，杜牧始出為湖州刺史，而女子已嫁作人婦三
年，育二子。杜牧感歎其事，故作〈悵詩〉：「**自是尋春去校遲，
不須惆悵怨芳時。狂風落盡深紅色，綠葉成陰子滿枝。**」[89]這樣
的遺憾幾次重見。惆悵怨嗟，懊悔莫及的心情，從淪落一語可知，
自寬自慰，而詩意跌宕，寫來寄託深曲，修辭蘊藉，耐人尋味。

---

[88] 連橫，《臺灣通史》，頁 1012。
[89] 〔清〕愛新覺羅玄燁，《御定全唐詩》卷五百二十七，頁 3，文淵閣四庫全書
電子版【內聯網版】。

其後，謝介石受聘為吉林法政學堂教習兼治報務，與王香禪移居吉林。連橫也受《新吉林報》（1913）之邀，再次與王香禪續緣半年。〈幼安、香禪邀飲杏花樓，並約曼君同往〉：

> 畫燭雙行照綺樓，酒觥詩卷盡風流。已開芍藥春鬟尾，謾采芙蓉艷並頭。太史文章牛馬走，美人心事燕鶯愁。他年各有湖山約，管領風雲百自由。（【詩集】，頁4）

酒觥詩卷與前文的敲詩鬥茗，都是風雅想像的一部分，可見連橫最大的嚮往，便是妻子能與他詩酒唱和，有如文友，始終未得實現。能夠與他贈答的王香禪，各有各的湖山之約，各有各的追求，美人自有心事，而他自己則為著作如司馬遷，四處奔走。連橫題贈王香禪的詩作，出現最多的，就在吉林這段時間。[90]〈吉林重晤香禪〉寫道：

> 萬里投荒一劍雄，出門真覺氣如龍。山河兩界留詩卷，風雨千秋付酒筒。塞草未霜遲客綠，園花半老對人紅。莫嫌身世同萍梗，且向雞林印爪鴻。（【詩集】，頁13）

自殖民地統治的臺灣赴滿州，擔任半年《新吉林報》記者的連橫並無任何違牾之感。與其說他是牆頭草，隨勢依倚，不如說那個時代的生民不免都有雙鄉、甚至是三鄉的情懷。

接續在此詩之後的〈秋心〉、〈天上〉二首，雖未標題指出香禪，古人詩集排序，往往將同題前後並列，覆按其內容，指涉對象均為香禪。〈秋心〉：

---

[90] 龔鵬程，《中國文人階層史論》。

> 錦屏紅燭話秋心，十日騷魂感不禁。山下蘼蕪香滿手，江
> 干蘭芷淚沾襟。天風樓閣能來往，弱水蓬萊自淺深。青史
> 他年修福慧，檢書看劍有知音。（【詩集】，頁 16-17）

騷魂本指屈原，此處借指心懷愁緒、牢騷滿腹的苦楚，猶如屈原
感時憂國的魂魄附身，而錦屏紅燭可傾訴的對象，就只有香禪。
弱水，傳說中的險惡難渡之河。蓬萊，神話中的海上仙山之一，
泛指仙境。意謂兩人雖近在咫尺，卻有如天上人間。持香草求見
美人的屈原終究失敗。這時候，連橫正在修《臺灣通史》，未來
成書，至少可引香禪為知音。〈天上〉為五言古詩，篇幅較長，
詳細交待兩人往從的經過，以及他鄉重遇的心情：

> 天上秋將過，人間恨已平。棄嬙歌出塞，結綺拜傾城。岸
> 柳新陰遠，池荷褪粉輕。來時呼咄咄，往事問卿卿。憶昔
> 遊蓬島，相逢在太清。高樓居弄玉，閬苑降飛瓊。瑟鼓湘
> 妃曲，絃調趙女箏。波翻裙帶動，風引佩環鳴。鏡檻看文
> 鳳，簾鉤喚錦鸚。秦雲俱有意，楚雨更含情。胡蝶醒前夢，
> 鴛鴦訴此生。已憐憔悴影，無那惱儂聲。釵拆雙鬟股，棋
> 殘一局枰。匆匆聞話別，渺渺賦長征。我自消離恨，君真
> 負盛名。申江重握手，子夜續詩盟。細捲珍珠箔，還依翡
> 翠屏。有時同詠燕，無處不聽鶯。歌浦春潮滿，袞臺夜月
> 明。蘼蕪香婉晚，芍藥意輕盈。別淚鮫長濕，閒愁雁計程。
> 相思傳錦字，惆悵倚疏欞。五里花如霧，三春絮化萍。片
> 帆遼海去，一劍薊門行。雞塞雲停夜，龍潭雨乍晴。乖期
> 方積思，含笑重歡迎。駁秣芝田館，鳳樓竹塢亭。投壺逢
> 玉女，搗藥見雲英。畫染芙蓉艷，詩吟荳蔻馨。金爐香裊
> 裊，銀燭夜熒熒。射覆猜紅豆，藏鉤賭綠橙。晚涼粧欲卸，
> 卯飲醉初醒。錦濯松花水，裙煎芳草汀。梅魂爭冷瘦，桂

魄比娉婷。公子懷蘭芷，佳人寄杜蘅。天涯同作客，感此
二難幷[91]。（【詩集】，頁 17）

揆而言之，這首詩大量翻用了屈原《楚辭》中使用的香草，如杜
蘅、蘭芷等，也使用無數人間天上的男女會遇的因緣與典故。空
間的想像皆設於不俗之地，「憶昔遊蓬島」一語以下，均係連橫
回憶與香禪在臺灣相聚時候的情景，而此處「蓬島」與後文「太
清」、閬苑等語，係象徵如同神仙眷侶般在天庭相會。「雲英」為
意中人之代稱。「秦雲俱有意，楚雨更含情」嵌字「雲雨之情」。
按：先是，王香禪有意委身連橫，惟連橫以早有家室婉拒，但今
日吉林相會，舊情重燃，二者情意依然濃厚，故此二句或指舊事
（委身之事）重憶，或者顯示連橫情感上的綢繆及不能自拔。「蝴
蝶醒前夢，鴛鴦訴此生」表示詩人的「願望」，希望當下能如「莊
生夢蝶」般自當前的「虛幻夢境」中醒來；讓兩人可以在今生完
成鴛鴦眷侶的關係。「歇浦春潮滿，袁臺夜月明」二句，「歇浦」
與「袁臺」對舉，歇浦即黃浦，「歇」指戰國時楚人黃歇，則「袁」
者，必為人名，推斷或以袁世凱為喻，因袁氏在北京就任總統組
成北方政府，故「袁臺」當係詩人用以代喻北方的樓臺。此時連
橫人在吉林[92]，故此處或者喻指連橫夜訪王香禪時，所相會樓宇
的陽臺。如此，「袁臺夜月明」即為描述當時晚景的實筆，而「歇
浦春潮滿」則是帶有象徵意涵的虛筆，一則點示當時為明亮的滿
月（故「滿潮」），另則象徵詩人當時「春意」瀰漫，因當時季屬
秋末（前詩有「天上秋將過」之語），故「春潮」非事實描述。「棋
殘一局枰」暗喻連橫、香禪兩人姻緣不果。由「遼海去」、「薊門
行」二語知，連橫將要北行，去到雞塞，泛指邊塞戍遠之地。雲

91　《全臺文》主編黃哲永建議作「幷」，按底本作「並」，不合格律。
92　連氏 1903 年在《新吉林報》任職，且前有〈松花江晚眺〉之詩可知。

停出自陶淵明〈停雲‧序〉：「停雲，思親友也。」[93]故此處「停雲夜」指思念友人（很可能即王香禪）的夜晚。積思為刻骨相思。

〈久居吉林，有歸家之志；香禪賦詩挽留，次韻答之〉這首詩深入寫出連橫對王香禪的情感，其中最值得注意的是，一再援用的對於夫妻生活的風雅想像，有類於趙明誠、李清照的夫妻生涯。連橫久居吉林，有歸家之志，王香禪賦詩挽留，他次韻答之：

> 小隱青山共結廬，秋風黃葉夜攤書。天涯未老閒情減，且向松江食鱸魚。（【詩集】，頁 18）

這首詩表達連橫理想的生活，係與佳人為鄰，小聚共讀，想必這種閒情不盡然隨時能實現。末句則是回應王香禪的挽留，決定繼續烹松江鱸魚為食。可能因為東北局勢日趨緊張，連橫最後仍然決定離開，他在〈留別幼安、香禪〉寫道：「平生不作離愁語，今日分襟亦惘然。」（【詩集】，頁 19）回到臺灣，兩人持續通信往還。「寧南詩草」收錄數首詩，皆為對王香禪的回信。如〈再寄香禪〉：

> 名山絕業足千年，猶有人間未了緣。聽水聽風還聽月，論詩論畫復論禪。家居鹿耳鯤身畔，春在寒梅弱柳邊。如此綺懷消不得，一篇一劍且流連。（【詩集】，頁 38）

這時候，連橫已開始撰寫《臺灣通史》，自覺是名山絕業之作，勢將留名青史，遺憾的是猶有人間未了緣。另一首詩，「九歌公子思南國，一笑佳人在北方」[94]，明白指出他人住臺南，心繫中國北方，對王香禪的思念終未能稍已，兩人曾經分享過的「聽水

93　〔東晉〕陶潛，《陶淵明集》卷一（臺北：臺灣商務印書館，1983），頁 2a。
94　連橫，〈得香禪書卻寄〉，《劍花室詩集》，頁 38。

聽風還聽月，論詩論畫復論禪」[95]的生活樂趣或不復可即，未來以分隔結束人生，詩中也提及一己鴻圖之志未能伸展的失落：

> 寥落中天雁一聲，十年影事記分明。杏花春滿江南夢，衰柳寒生塞北情。黃絹詩詞傳女子，白衣談笑傲公卿。人間儘有埋愁地，獨抱孤芳隱大瀛。[96]

> 短衣躍馬出關時，一笑歸來鬢未絲。兩戒山河曾展覽，百年日月任奔馳。書生合具屠龍技，烈士空吟伏驥詩。準擬閉門求寂靜，禪心玄味遠相期。[97]

就連橫贈香禪的詩作看來，兩人有過師生情誼，也有過未能實現的終身之託，但兩人彼此的知賞、交遊與贈答不曾中斷，遠遠超過逢場作戲。

　　我們如何解釋連橫與香禪之間的往從過密？連橫曾赴上海，入聖約翰大學，計畫修習俄文，旋即返臺，未竟學業，其原因便是奉母命成婚。也就是說，兩人的婚姻為不得不屈從門望的包辦婚。妻子在家中固然為賢內助，卻也因此少見世面，與歡場所遭際的那種自由交遊的享樂氛圍不可同日而語。再看看連橫對婚姻生活的描寫，如〈茶〉二十二首其三：「紙窗竹屋絕纖塵，自淪清泉瀉供春。難得素心人對語，晚來妻子共沾唇。」（【詩集】，頁 145）表達少雲是可以共語的素心人。連橫旅行，少雲會伴隨在側。〈攜眷渡廈，舟泊淡水，偕妻子入臺北城竟日，歸舟記之〉其七「瀕年作客滯天涯，差喜妻孥共唱隨。」（【詩集】，頁 89）妻子不在身畔，連橫會報以家書。〈西湖遊罷，以書報少雲，并

95　連橫，〈再寄香禪〉，《劍花室詩集》，頁 38。
96　連橫，〈次韻答香禪見寄〉，《劍花室詩集》，頁 69。
97　連橫，〈寄王香禪女士津門〉，《劍花室詩集》，頁 32。

繫以詩〉：「他日移家湖上住，青山青史各千年。」（【詩集】，頁3）
〈家居〉：「便與荊妻相淪茗，起看新月漾簾波。」（【詩集】，頁
47）或者是〈柬林景商〉：「菽水承歡欣母健，籌燈佐讀愧妻賢。」
（【詩集】，頁100）連橫這些與妻子或居家或偕遊的吟詠，寫的
是泡茶、共飲，抑或談心、伴讀，顯示兩人感情不錯。只是，他
的風雅想像並未得到妻子的回應。妻子不寫詩，與連橫無唱和、
贈答，或者是書畫鬥樂等互動，是否多少教連橫感到遺憾，而成
為他情感另有陷溺的原因？此亦何以，當連橫的詩酒生活貫其後
半生，似乎都能得到妻子的諒解。

　　連橫「鴉片有益論」事件（1930）以後，他受到以林獻堂為
首的臺灣士紳的責難與排擠，陷入前所未有的人生低潮，正是謝
介石飛黃騰達的時候。香禪除了早期給予謝介石實際的金錢資
助，她教連橫傾心的美貌、言談、才藝等等，想必也在官場幫了
謝氏不少忙。昭和元年（1931）9月，日本佔領東北三省，建立
滿洲國（1932），謝氏出任滿州國外交總長、協和會事務局長、
駐日大使等，他是臺灣人在滿州國官位職等最高的一位。四年
（1935），還曾經代表滿州皇帝風光回臺灣參加臺灣博覽會，受
到場面盛大的歡迎。對熱衷於建立功名、事業的連橫來說，原有
意許嫁連橫的香禪嫁予謝氏，婚後謝氏的官運亨通或憑添連橫的
惆悵。而謝家既得意於政壇，他與香禪保持通聯，或許亦有助於
他自己的事業？這些可能的動機不能起死者於地下，自然也就純
流於假設了。翌年，連橫去世，他沒有機會看到戰後謝介石因漢
奸罪被捕入獄，王香禪帶著三子一女留居天津。連、王的交遊史
最後仍然是一段懸而難解的公案。

小結

　　連橫自幼接受傳統教育，長逢日本脫亞入歐之際，再加上民國肇建時的大陸旅遊，他的身上固然留下諸多傳統漢文化的刻痕，卻有無數殖民地「毛斷」（modern 的臺語音譯，現代化之意）的影響，連橫的女性觀並非論者之「觀念進步、行為保守」所能涵括，更不能單純作為觀念進步的表徵。

　　從本章的研究，可以看到連橫對於藝旦暨其文化，提出了一般人迄今仍一知半解的考釋：「旦」，原是舞臺上扮演先發的清唱者，由於他對知識的跨海峽的傳播有一定的把握，因而能指出，從傳入日本再到臺灣在地化之後的藝旦文化，已與他處大不相同。其原因即藝旦們長期接受「藝」的訓練，為了精進其文藝，向文人學習。在有關藝旦的述論裡，他的思維上同時保留著傳統與現代的刻痕，那不只來自其個人經驗，更是時代的印記。即便是他沉湎酒色，觀看藝旦的方式，都有著傳統性與現代性的不同交錯。他為青樓開花榜，書寫女體小影，憑弔蘇小小，以上這些面相，有著物化女性的凝視，卻也有同情、理解與讚賞，不僅顯示出連橫多層次的性別想像，而最重要的，則是博雅好思的連橫，因著他的行跡接觸，記錄了大稻埕、臺南府城的風月場，對文人與藝旦在其間的活動或相關的知識生產有獨到的看法，裨補了若干迷失於歷史之中的碎片，青樓可為漢文教育之地，藝旦甚至較一般女子嫻於文藝，能說善道，在她們的藝旦間裡流行著原鄉在不同場域舉行的文藝活動，射覆藏鉤、鬥茗敲詩、傳臚評春，撫慰著世變下進退失據的臺灣傳統文人，風雅想像成為寄託中原國族懷抱的所在。至若連橫倡議女子教育、革命，歎賞藝旦投入文學書寫、將之收入詩話之中，這些都是符於女性主義的前衛論述與行動。

此外，假如說於花叢交遊為文人在禮教之外的一種人生境界，欲望的暗影幢幢，處身其中，仍得以持守、展現其靈明自覺，則連橫對藝旦的考釋，對藝旦文化衍派的理解、載記和描繪，與藝旦的唱酬經歷，如與王香禪的往來，鋪陳出的襟懷寄託與文化理想，或可以說是此一人生境界所開展出來的一個知性與感性兼至、現代性與傳統性矛盾的面向，凸顯了臺灣多元的文化傳承與特殊的歷史經驗，無法以西方或單一的現代性視之，而呈現為一自具特色的另類現代性。[98]

尤有進者，連橫的考釋與述作，不只揭示了臺灣藝旦此一無形文化遺產中若干未被留意的內含，使得吾人得以更深入看到當年大稻埕藝旦風華之各種面相，足資今日論者參考，更為他自己以及同時代的臺灣文人的青樓行跡留下可資參考的資料。

表 5-1：連橫與女性文人贈答品表列（含青樓女子）

1.王夢癡 （香禪）	※〈滬上逢香禪女士〉【〈大陸詩草〉】
	※〈幼安、香禪邀飲杏花樓，並約曼君同往〉【〈大陸詩草〉】
	※〈寄香禪滬上〉【〈大陸詩草〉】
	※〈吉林重晤香禪〉【〈大陸詩草〉】
	※〈與香禪夜話〉（按：此詩之後〈秋心〉、〈天上〉二首，其內容指涉對象當均指香禪）【〈大陸詩草〉】
	※〈久居吉林，有歸家之志，香禪賦詩挽留，次韻答之〉【〈大陸詩草〉】
	※〈留別幼安、香禪〉【〈大陸詩草〉】

---

[98] 廖炳惠，〈從後殖民角度看臺灣〉，《臺灣與世界文學的匯流》，頁 42-49。

	※〈寄王香禪女士津門〉【〈寧南詩草〉】 ※〈得香禪書卻寄〉【〈寧南詩草〉】 ※〈再寄香禪〉【〈寧南詩草〉】 ※〈次韻答香禪見寄〉【〈寧南詩草〉】 另參《年譜》p40
2.張曼君	※〈示曼君〉【〈大陸詩草〉】 ※〈幼安、香禪邀飲杏花樓，並約曼君同往〉【〈大陸詩草〉】 ※〈出關別曼君〉【〈大陸詩草〉】 ※〈寄曼君〉【〈大陸詩草〉】 另參《年譜》p63
3.李如月	※〈答李如月女士贈詩〉【〈寧南詩草〉】 按：李如月：即李春生之孫女。李春生（1838 -1924）為清代臺灣養桑局副總辦，從事貿易之富商。
4.李蓮卿	※〈庚子秋夕訪李蓮卿於城西，賦此〉【〈劍花室外集之一〉】 ※〈悼李蓮卿校書〉【〈劍花室外集之一〉】 另參《年譜》p33、34
5.明珠	※雅堂〈有贈〉一詩，箇中有「果能小玉藏金屋，願把明珠作聘錢」之語（【〈劍花室外集之一〉】） 《年譜》p33
6.愛卿	※〈贈愛卿，次蕉綠軒主韻〉【〈劍花室外集之一〉】
7.寶玉	※〈寶玉曲〉【〈寧南詩草〉】 ※雅堂組詩〈稻江冶春詞〉之二十一，箇中有「北里曾傳寶玉篇，墜歡重檢綺筵前」之語（【〈寧南詩草〉】）
8.雲霞	※〈贈歌者雲霞〉【〈寧南詩草〉】

9.賈晴雯	※〈江樓夜飲贈賈晴雯〉【〈大陸詩草〉】
10.杞人？	※〈杞人持贈海棠紅小影，乞題〉：「春陰冉冉春雲寒，海棠直壓紅闌干。釵橫鬢亂初睡起，鈿絲巾角微含歡。搗麝成塵亦多事，驚鴻豔影來無端。貯之金屋醉以酒，長臥屏風側側看。」【〈大陸詩草〉】 按：觀詩中詞意，疑杞人係青樓女子。
11.江海萍？	※〈贈江海萍〉：「柳花夙有何冤孽，狼藉東風化作萍。鏡影描春疑是恨，簫聲咽月若為情。江山寂寞三秋燕，歌舞紛紜一院鶯。便把柔鄉埋俠骨，風流仍屬女荊卿。」（【〈大陸詩草〉】） 按：觀詩中詞意，疑江海萍係青樓女子。

本文刊於《臺灣文學學報》31 期（2017.12），頁 33-61。原題〈論連橫對臺灣藝旦文化的考釋與述作〉。

第六章　詠史懷古：
在時空旅遊中叩問自我與家國的關係

前言

　　日治時期此一特殊歷史環境，殖民統治施於被統治者的差別待遇及優越感，使得臺灣知識分子備感壓抑，傳統文人則另要面對漢學於現代性興起之際的式微，於是，他們也做出若干具體的回應。除卻具政治意味的社會活動（如議會設置請願運動、農民運動）之外，對於漢學──尤其是漢詩的保存、傳承與宣揚方面，可謂不遺餘力，連橫的特出之處在於，如第二章所列述的，他採取了各種策略，輯文獻，辦演講，開書局，成立研究會，此外，他更以述作為己任，勉力完成「絕業名山」之著。

　　本章聚焦於連橫詠史詩的書寫，除了深入揭示此一主題的創作出自他「以詩作史」的理念，更指出這與他纂輯傳述臺灣史的動機相始相因，並進一步說明其詠史詩創作的過程，係親訪古跡、當下詠懷，箇中表述了他對民族、家國的種種想法。

一、據亂吾修史：從歷史到詩史

　　文章「藏諸名山」以揚聲於後世，素為舊時文人的理想，《左傳》叔孫豹所提「三不朽」的「立言」，曹丕〈典論論文〉所云：「蓋文章，經國之大業，不朽之盛事」[1]的勉語，影響後世甚鉅。而宦途不順的騷人墨客，尤其深受柳永所謂「才子詞人，自是白衣卿相」[2]的影響。連橫堅定此一傳統信念，故其〈淡北諸公招飲，即席賦呈〉之詩，有著「千古但存文字貴，一生自信布衣尊」（【詩

---

[1]　〔南朝梁〕蕭統編，〔唐〕李善注，《文選》卷五十二，頁9，文淵閣四庫全書電子版【內聯網版】。

[2]　〔宋〕柳永，〈鶴沖天〉，收錄於薛瑞生校註，《樂章集校註》（北京：中華書局，1994），頁239。

集】，頁 115）的豪情，此外，其「眼底已無餘子在」[3]、「文壇我欲建奇勳」[4]云云，益加道盡不甘久羈凡俗的壯志。就算其生平不偶於世，在黯然傷神之餘，連橫猶有「一生憂患況奇才」[5]、「潦倒猶為不世才」[6]的自負，於慨嘆中，堅信文章「千古事業」的傳統，自比「白衣卿相」之流。

　　過去所謂的文章，範疇包括傳述與創作。屬於創作這一部分的，是詩、詞、曲、散文的撰寫；而屬於傳述這一部分的，則是歷史（傳記）的修纂敘述。在連橫的著作裡，後者的呈現形態是極為多元的。舉其犖犖大者，則是《臺灣語典》以字書體例編寫臺灣語言暨其相關軼事，饒有語言文字史的趣味，而〈臺灣史跡志〉、〈臺南古蹟志〉為地景作史，洋溢著深刻的地方空間變遷史關懷。《詩乘》（1921）乃臺灣詩人與作品史，該書仿中國傳統詩話編年體裁寫成，歷時性的織入了臺灣地方人物、風情，發抒其詩歌理論，也表明其以民族氣節自許的決心。而向來被視為最具代表性的，則是《臺灣通史》（1908-1920），這是第一本以「臺灣人應知臺灣事」起心動念的歷史撰作。[7]連橫師法司馬遷以創作「藏諸名山」的巨著為職志，著手修纂從無到有的臺灣史，沿襲《史記》的紀傳體書寫臺灣歷史，分為紀、志、傳三部分，總共包括了 4 紀、24 志、60 傳，約 60 萬言，寫下「三百年來無此作」[8]的豪語，並於該書刊刻之末，附上卷末題詞，所謂：「馬遷而後

---

[3] 連橫，〈年來〉，《劍花室詩集》，頁 29。
[4] 連橫，〈在廈東鄉中諸友〉，《劍花室詩集》，頁 93。
[5] 連橫，〈五更〉，《劍花室詩集》，頁 29。
[6] 連橫，〈重九日示李耐儂〉，《劍花室詩集》，頁 24。
[7] 〈連雅堂先生家傳〉載：「先祖父痛愛之。嘗購《臺灣府誌》一部授之曰：『汝為臺灣人，不可不知臺灣歷史』。後日先生以著臺灣通史引為己任者，實源於此。」收錄於連橫，《臺灣通史》（臺北：眾文圖書，1979），頁 1051。
[8] 連橫，〈臺灣通史刊成，自題卷末〉，《劍花室詩集》，頁 54。

失宗風」、「絕業名山幸已成」、「千秋事業未沈淪」[9]云云，以賡續
馬遷正史精神為榮，並以完成史著為傲，其為史職志昭然若揭，
不只是夜深與妻子的細語裡，確認「青史青山尚未忘」[10]，寄予
紅粉知己王香禪的詩作，更明言「名山絕業足千年」[11]，充滿自
詡與豪情，印證前文所述「白衣卿相」的實踐。

　　不只是歷史的修纂敘述念茲在茲，具現為《通史》、《詩乘》
的撰作，就連創作範疇的詩歌也一再透露其歷史關懷。連橫於詩
集之中，詠史之作甚多，即以青年期的〈劍花室外集之一〉為例，
箇中以「讀史」、「詠史」為題的組詩，所收作品即有 187 首之譜
（〈冬夜讀史有感〉20 首、〈讀西史有感〉37 首、〈詠史〉130 首）。

　　緣此，吾人不禁想問：連橫的歷史關懷從何而自？又為何如
此致力於史述──《通史》、《詩乘》、詠史詩的事業？他對友人
說：「春秋據亂吾修史」[12]，這句話需參以底下這段論述，才能揭
示其中底蘊：

> 《臺灣通史》既刊之後，乃集古今之詩，刺其有繫臺灣者
> 編而次之，名曰「詩乘」。子輿有言，王者之跡熄而詩亡，
> 詩亡然後「春秋」作。是詩則史也，史則詩也。余撰此編，
> 亦本斯意。[13]

以上，連橫說明他何以作「詩乘」的緣由。「王迹熄而詩亡」是
孟子的看法，其後文還有：「晉之《乘》，楚之《檮杌》，魯之《春
秋》，一也。其事則齊桓、晉文，其文則史。孔子曰：『其義則丘

9　連橫，〈臺灣通史刊成，自題卷末〉，《劍花室詩集》，頁 54。
10　連橫，〈臺南〉，《劍花室詩集》，頁 77。
11　連橫，〈再寄香禪〉，《劍花室詩集》，頁 38。
12　連橫，〈出都別耐儂〉，《劍花室詩集》，頁 27。
13　連橫，〈自序〉，《臺灣詩乘》（南投：臺灣省文獻委員會，1992），頁 3。

竊取之矣。』」[14]中國自古以來有一個說法：詩歌表達民心向背、針砭王政，因而國家建立遒人以木鐸采詩於路上的制度[15]。從遒人所采集而得的詩歌，當國政平順，民安物阜之時，其采得者往往為不失溫柔敦厚的雅正頌美之聲；方時局陵替、風教日漸隳敗之際，所采得者則多刺怨之音，這也就是所謂的「變風變雅」[16]的產生了。尤有甚者，自西周自平王東遷後，政教號令不行於天下，采詩制度被廢止，詩歌也就消失了，不得已，為了持續監督王政，撥亂反正的《春秋》誕生了；不管在不同國家有著怎樣不同的名稱，如晉國為《乘》，楚國為《檮杌》，魯國為《春秋》，其用意並無二致，都在記載周室東遷以後，王室聲威大衰，諸侯陵夷，齊桓公、晉文公等霸者事業的繼起。孔子有其德，卻沒有適當的位置，無法征伐，以糾正王道，只得將他的觀察託諸魯史。連橫將他自身的修史譬擬於春秋時代的世亂，可見他認為臺灣被日本割據，不再受中國管轄，與東周諸侯不接受王室號令，處境是類似的，尤其是，晚清以前之漢人仍保有「溥天之下，莫非王土；率土之濱，莫非王臣」[17]的想法，晚清之際，各國的入侵、租界讓漢文化的天下觀崩毀，天朝不再是唯一的中心，只是世界諸國之一，文化也非定於一尊，「天下觀」崩塌了，是時更已成立民

---

[14] 〔東漢〕趙岐，〔北宋〕孫奭，《孟子注疏》卷八上，頁 19，文淵閣四庫全書電子版【內聯網版】。

[15] 《左傳‧襄公十四年》引《夏書》云：「道人以木鐸徇於路，官師相規，工執藝事以諫。」〔周〕左丘明傳，〔晉〕杜預注，〔唐〕孔穎達疏，〔唐〕陸德明音義，《春秋左傳注疏》卷三十二，頁 28-29，文淵閣四庫全書電子版【內聯網版】。

[16] 「變風變雅」之語，出自〔東漢〕鄭玄〈詩譜序〉，收錄於〔西漢〕毛亨，〔東漢〕鄭玄，〔唐〕孔穎達，〔唐〕陸德明，《毛詩注疏》，頁 7，文淵閣四庫全書電子版【內聯網版】。

[17] 國立臺灣師範大學出版中心編輯，《詩經》（臺北：師大出版中心，2012），頁 68。

國，文化更新，更可見漢文化之衰頹，感於世變而嘆，意圖振敝起衰，此或即連橫撰述《通史》、纂輯「詩乘」的原因。[18]

　　雖然日人治臺與東周諸侯並起的景況有所類似，惟究實而言卻又有根本上的差異：前者是異族，就傳統中國的觀點視之，東瀛日本猶如夷狄，孟子曰：「*吾聞用夏變夷者，未聞變於夷者*」[19]，為免於「被髮左衽」之下「亡種滅文」的危機，且基於歷史是「*民族之精神，而人群之龜鑑也*」[20]的認知，連橫引述清代龔自珍的警語：「*滅人之國，必先去其史；墮人之枋，敗人之綱紀，必先去其史；絕人之材，湮塞人之教，必先去其史。*」[21]自惕「*臺灣人知臺灣史否*」？是故，當他體認「*臺灣固無史也*」[22]，並以之為《臺灣通史・自序》始句，這固然是「*余之所戚者*」[23]，「*豈非臺人之痛歟？*」[24]因之，修史的迫切感遠遠大於其他。只有修史並不夠，還要回到更早的以詩歌反映生活、批判社會的傳統。當遒人采詩的制度不復存在，誰人能夠肩負起「*致君堯舜上，再使風俗淳*」[25]的使命呢？惟有杜甫賡續其精神，透過詩歌記時事，或詠歷史，涵蓋對古人、古事、古跡的緬懷，分別為時事詩、詠史詩、懷古詩，一皆展現了的人文精神與文化理想，紀錄並批判前代或當代發生的史事。其中，時事詩特具時代精神，為杜甫所

---

[18] 此地部分襲用筆者在《臺灣古典詩面面觀》（臺北：巨流圖書公司，1999）、〈黃得時的臺灣古典文學史論暨其相關問題〉，《臺灣文學研究學報》19 期（2014.10）對詩史、詩乘的觀點。

[19] 〔東漢〕趙岐，〔北宋〕孫奭，《孟子注疏》卷五下，頁 6，文淵閣四庫全書電子版【內聯網版】。

[20] 連橫，〈自序〉，《臺灣通史》，頁 15。

[21] 連橫，〈臺語考釋序二〉，《雅堂文集》，頁 37。

[22] 連橫，〈自序〉，《臺灣通史》，頁 15。

[23] 連橫，〈臺灣詩乘序〉，《雅堂文集》，頁 33。

[24] 連橫，〈自序〉，《臺灣通史》，頁 15。

[25] 典出〔唐〕杜甫，〈奉贈韋左丞丈二十二韻〉，〔清〕仇兆鰲《杜詩詳註》卷一，頁 64，文淵閣四庫全書電子版【內聯網版】。

創製，多傾向於諷諭，寓春秋褒貶的批判理趣，杜甫因而被尊稱「詩史」。

　　據晚唐孟棨的《本事詩‧高逸第三》所云：「**杜逢祿山之難，流離隴蜀，畢陳於詩，推見至隱，殆無遺事，故當時號為『詩史』。**」[26]以上，杜甫以自身經歷，關懷民瘼，針砭施政，將社會史實託諸詩句，所以得到「詩史」的評價。進一步來看，杜甫所作詩常與歷史相關，它們不以吟唱、娛樂為目的，而是寓涵如宋人周敦頤所謂「**文以載道**」[27]的職志，換言之，即將「詩言志」的傳統融入騷人墨客的社會觀察和政治理想之中，並以寫實的手法，形現批判的精神，以他躬歷親聞的代表作「三吏」（〈新安吏〉、〈石壕吏〉、〈潼關吏〉）和「三別」（〈新婚別〉、〈垂老別〉、〈無家別〉）為例，清代仇兆鰲《杜詩詳注》引明末王嗣奭評曰：「**一一刻畫宛然，同工異曲，隨物賦形，真造化手也。**」[28]這種深入肌理的描寫更足以作為「詩史」的表徵。

　　另外，傳誦千古的〈北征〉，確實體現了浦起龍所說的「**一人之性情，而三朝之事會寄焉者也。**」[29]若另外名篇〈哀王孫〉，就創作手法言，隱喻與寫實迭相為用；就內容言，詩本身即歷史

26　〔唐〕孟棨，〈高逸〉，《本事詩》（臺北：新文豐出版公司，1984），頁 11。
27　「文以載道」出自〔北宋〕周敦頤《通書‧文辭》：「**文所以載道也。輪轅飾而人弗庸，徒飾也，況虛車乎。**」〔明〕曹端，《通書述解》卷下，頁 14-15，文淵閣四庫全書電子版【內聯網版】。
28　〔清〕仇兆鰲，《杜詩詳注‧一》（臺北：里仁書局，1980），頁 539。按：本文援引仇兆鰲《杜詩詳注》內容與今傳王嗣奭《杜臆》有所出入，據上海古籍出版社刊本《杜臆》，其「附錄一」顧廷龍〈杜臆‧前言〉指出：「仇兆鰲《杜詩詳註》採引《杜臆》，文字和此本頗有異同……依我推測，其不同的原因，可能有兩種：一是仇氏加以潤飾和總括；一是據另一稿本錄存，而不是從此本所出。」王嗣奭，《杜臆》（上海：上海古籍出版社，1983），頁 396。
29　浦起龍，《讀杜心解‧讀杜提綱》，不著頁碼。

紀實，具照明歷史之識見。要之，詩史的概念與西方截然不同，代表一種價值觀念，一種尊稱，為中國詩歌評價中極高之性質，由於命名的近似，卻很容易與西方「史詩」淆混。[30]

實惟詩史之名，向來頗有論之者[31]。自晚唐孟棨提出之後，宋代頗多附和之論，然明代楊慎，則提出不同意見：

> 宋人以杜子美能以韻語記時事，謂之詩史。鄙哉！……杜詩之含蓄蘊藉者，蓋亦多矣，宋人不能學之，至於直陳時事，類於訕訐，乃其（杜甫）下乘，而宋人拾以為己寶，又撰出詩史二字以誤後人……如詩可兼史，則尚書、春秋可以併省。[32]

---

[30] 西方有一史詩傳統，其形式為吟唱，吟唱者以神祇的代言人自居，採取客觀敘事的方式摹仿嚴肅的行動，詠歌故事，故事主角泰半係神話、傳說或歷史中的英雄人物。由於採用敘述體，不受時間限制，可以使長度增加，營造宏鉅之篇製，以及雄偉之氣勢。其詩歌的精神側重個體生命的表現，詩中譬喻之使用，僅有修辭學之意義。這種詩歌稱之為史詩，the Epic。其創作以娛樂群眾為目的，相衍為西方的敘事傳統（narrative tradition），以模仿事件、再現人生（representation）為主，構成西洋文學的主流，一以「模仿創造物境」為理想之「描寫敘述傳統」相關討論見亞里士多德（Aristotle）著，姚一葦譯，《詩學》第 5 章、24 章（臺北：中華書局，1984），頁 62、188。高友工，〈文學研究的美學問題（下）〉，《中外文學》7 卷 12 期（1979.5），頁 4-51；〈試論中國藝術精神（上）（下）〉，《九州學刊》2 卷 2、3 期（1988.1、4），頁 1-12。過去論者每以西方的史詩為憑，以為中國並無可以相埒者。經過近人於比較中反覆推陳辯證，中國所獨有的詩史傳統終於獲得理解，並確認其價值足以與西方的史詩傳統相頡頏。

[31] 如孫席珍，〈敘事詩〉，《文藝創作講座》第 2 卷（上海：光華書局，1932）；又如成惕軒，〈論史詩〉，《中央日報》，1968.8.10，第 8 版。龔鵬程，第二章〈論詩史〉，《詩史本色與妙悟》（臺北：臺灣學生書局，1986），頁 32-34；Paul Merchant 原著，蔡進松譯，顏元叔主編，《詩史論》（臺北：黎明文化，1973）；Alex Preminger ed., *The Princeton Handbook of Poetic Terms*. (Taiwan：Bookman Books, Ltd., 1988).，頗有增刪。

[32] 〔明〕楊慎，《升庵詩話》卷十一「詩史」條（上海：上海古籍出版社，1987），頁 125。

楊慎上述疑問的提出，顯然有待商榷[33]。但他嘗試辨明「詩」和
「史」的界線，卻也不無道理。也因如此，明末王夫之才會進一
步指稱「夫詩之不可以史為，若口與目之不相為代也，久矣。」
[34]然則「詩」、「史」之辨，也就進入了各持己見、言人人殊的局
面了。

　　明末清初錢牧齋最篤於史學，同時為杜詩專家，《有學集・
胡致果詩序》裡論說極是剴切：

> 《春秋》未作以前之詩，皆國史也。人知夫子之刪《詩》，
> 不知其為定史；人知夫子之作《春秋》，不知其為續
> 《詩》。……曹之〈贈白馬〉，阮之〈詠懷〉，劉之〈扶
> 風〉，張之〈七哀〉，千古之興亡升降，感嘆悲憤，皆
> 于詩發之。馴至于少陵，而詩中之史大備，天下稱之曰
> 詩史。[35]

錢氏的說法可與黃宗羲《南雷文定》卷一〈姚江逸詩序〉互相發
明，其語曰：「孟子曰：『《詩》亡然後《春秋》作。』是詩之與

---

[33] 如陳文新〈明代詩學對「詩史」概念的辨證〉一文指出：「楊慎的立論是並
　　不周密、嚴謹的。首先，以『詩史』二字評說杜甫的作品並非始於宋人，而
　　首見於唐代孟棨的《本事詩》。『詩史』的含意，當然包括『以韻語記時事』
　　在內，但唐人以『詩史』讚美杜甫，則又指他在對社會生活的展現中抒發了
　　自身豐富深沉的感情。楊慎用『以韻語記時事』總括『詩史』之義，有欠周
　　全。其二，楊慎認為《詩經》無『訕訐』之句，這也與事實不符。明擺著的
　　例證如〈魏風・葛屨〉：『維是褊心，是以為刺。』〈陳風・墓門〉：『墓門有
　　梅，有鴞萃止。夫也不良，歌以訊之。訊予不顧，顛倒思予。』〈小雅・節
　　南山〉：『家父作誦，以究王訩』……故王世貞《藝苑巵言》卷四駁楊慎曰：
　　『其言甚辨而覈，然不知向所稱皆興比耳。《詩》固有賦，以述情切事為快，
　　不盡含蓄也。……』。」收入《社會科學輯刊》6期（2000），頁139。
[34] 戴鴻森箋注，《薑齋詩話箋注》（北京：人民文學出版社，1981），頁24。
[35] 錢謙益著，錢曾箋注，錢仲聯標校，〈胡致果詩序〉，《牧齋有學集》（上海：
　　上海古籍出版社，2009），頁800-801。

史，相為表裡者也。故元遺山《中州集》竊取此義，以史為綱，以詩為目，而一代人物，賴以不墜。」[36]

請注意「一代人物」。在這裡，詩不僅為風物民情之觀，並在賡續史統，照明歷史為史家所不敢記載或遺忽之幽微。蓋史家之筆為散文直抒，詩人之筆為比興之託喻，故其所論往往可以更深入，動態的、實踐的、入世的，而杜甫的詩，正有入世與實踐之特質，這也是他所以被尊為「詩史」的主要原因。

以上，筆者之所以不憚其煩地議論「詩史」，是因為連橫對於杜甫有著高度評價，並以之為學習的對象。連橫於乙未事變之際，更逢父憂，時年方十八，根據其自述，他在守喪期間以抄寫《杜工部集》作為排遣之道[37]。《雅堂文集・詩薈餘墨》則明言：「夫古今之書，汗牛充棟，何能盡讀？試以余所經驗，而為從事詩文者徑塗……於詩則《楚辭》、《杜集》[38]」（【文集】，頁 293），習詩專拈騷、杜，除了文藝美學的考量之外，其意在言外的，自是渠等對君上家國都表現了始終如一的堅持，亂世中凸顯出感時憂國的情懷與節操。

晚清以降天下觀的崩塌，「詩史」的傳承，似乎有了中斷的危機，更不要說乙未年的世紀之變所帶來的動盪感，是以《雅堂文集・詩薈餘墨》才會有如下的感喟：「唯我臺灣，今當文運衰頹之時，欲求一入世詩人，渺不可得，遑論出世。」（【文集】，頁 286）連橫雖為乙未動盪、文運衰頹而太息，卻對振衰起頹懷抱著無限的希望，提出他的觀察：「然以臺灣之山川奇秀，氣象

---

[36] 黃宗羲，〈姚江逸詩序〉，《南雷文案》（上海：上海商務印書館，1970），頁11。

[37] 「先生奉諱家居，乃手寫少陵全集，學詩以述家國淒涼之感。」鄭喜夫，《民國連雅堂先生橫年譜》，頁 29。

[38] 《杜工部集》的簡稱。

雄偉，必有詩豪誕生其間，以與中原爭長也。」(【文集】，頁286)
無疑地，連橫是以「詩豪」為己任的，至於如何與中原爭短長呢？
他的首選便是向杜甫學習，從第一義著手，創作月旦人物、褒貶
善惡的詠史懷古詩。

　　連橫勉力完成《臺灣通史》的著作，他認為是不足的。進一
步撰「詩乘」，「乘」為春秋晉國的史書名，以賡續采詩制度的「以
詩證史」之意圖是十分明顯的。甚至連《詩薈》[39]的刊印都有這
樣的隱含，這主要由他收錄篇章可以一窺究竟，顧名可知，「薈」
者，取義於「薈萃」精華之意，該雜誌常態性專欄有詩鈔、詩存、
詞鈔、文鈔、文存、詩話、學術、雜錄、詩鐘、謎拾、餘墨……
等等，而吾人觀察連橫所輯入《臺灣詩薈》的文章，除了以文學
史料性的專欄居多之外，其內容對於「民族氣節」的表彰，著墨
甚深，諸如創刊首號，箇中「文存」專欄即收有鄭成功的〈與日
本幕府書〉、〈再與日本幕府書〉、〈報父書〉、〈與荷蘭守將書〉等
文，其在滿清末造，遙尊「明鄭」正朔的立場甚顯。與上述纂輯
併進，連橫還寫作了一百多餘首的詠史詩。他要像孔子一樣，以
「一字褒貶」為天下建立典範於後世，正賞罰，使亂臣賊子感到
畏懼，用此明人倫的秩序，端正上下的分際，然而，我們也要注
意到連橫之《通史》裡，以「褒忠」為主，少見批判，或有顧忌，
啼笑兩難。甚而在「撫墾志」中蔑稱清廷、原住民（原文為「土
番」）之愚，不解開墾山林，似又有呼應日本殖民政策之虞，彷
彿其終極目標則是親善諸夏而摒除夷狄似略有矛盾，但這樣的論
述，事實上還融入了他所主張的「現代民權」，強調「**夫史者，**

---

[39] 連橫於1924年2月在臺北創刊的《臺灣詩薈》，共發行22期，至1925年
10月赴杭州西湖養病刊止。

天下之公器，筆削之權，雖操自我，而褒貶之旨，必本於公」[40]的原則。

不過，吾等當知：連橫述作歷史的方式，來自他對於殖民現代性的照明，也來自他的咀嚼、蘊藉中國文化傳統，與前人略有不同。由是而產生的成果，其形態是極為多元的，其目的為彰顯「春秋大義」，一詡國族史。連橫所表達的史觀，乃一個「中國中心」的「漢族民族主義」的立場。他所要證的史，不只是臺灣歷史或詩史，而是臺灣依附於中國的國家興亡史。關於此等意識，茲疏解於下。

二、海國春已回：漢民族主義與集體記憶的建構

種種跡象顯示，連橫一秉初衷，持續不輟投入各種與臺灣史相關的事業，不斷以詩作史，實踐他完成紹緒詩史的志業。連橫對於述作臺灣歷史的繫念之深，用力之勤，絕非區區，係來自他所懷抱的信念。此一信念，以其漢學傳統中的華夷概念為初基，區別日人與臺人，確立其由裡向外之同己／異己二分的人群範疇，或可以稱之為族群範圍，它必需透過不斷的定義以區隔其邊界的維持來完成，其所憑藉者，即集體記憶[41]。集體記憶並非天賦所得，而是被建構而產生。[42]個體各循所處的群類脈絡（group context）來記憶或是創造自我的歷史，由於時間的線性特質，現在不斷成為過去，新的記憶永遠在加入之中，而與舊的記憶產生競合關係，或兩者共存，或兩相重組，或前者覆蓋、排擠下，後

---

[40] 連橫，〈吳、徐、姜、林列傳〉，《臺灣通史》，頁 1038。

[41] 王明珂，〈民族史的邊緣研究：一個史學與人類學的中介點〉，《新史學》4 卷 2 期（1993.6），頁 95-120。

[42] edited and translated by Lewis A Coser, Chicago, *On Collective Memory*. (USA: The University of Chicago Press, 1992).

者零餘殘存，甚至消失。以故族群範圍的邊界是開放的，它是易變的，更可以根據族群利益的現實被利用或運作，中國過去「華夏國族」的形成，便是邊界內外族群不斷凝聚新的主觀認同的結果。[43]對集體記憶之重要性的肯認，係連橫堅持歷史述作的根源。以下，經由《臺灣通史》纂述的幾個面相，將可以說明連橫如何將集體記憶建構於華夏國族的基礎之上。當時已屬民國，滿清退位，正可藉此機會重塑漢人之民族概念，此一華夏國族的基礎，又如何在異族日本人的殖民統治下，進行族群邊界的修訂，發展出臺灣人意識。

連橫修史，他面對的，就是一個複雜的時間問題。他如何進一步處理臺灣三百年來之史的時間問題？為鞏固漢族民族主義，建立來臺移墾者的正統性是必要的策略。在連橫，便是奉明朔為統緒，而修史以表現其正統史觀乃成為連橫的不二抉擇。《臺灣通史》記錄起自隋煬帝大業三年（607），迄清光緒二十一年（1895），凡約 1,290 年的歷史。首先，在什麼時候修史有其集體記憶的可信度？他說：「**顧修史固難；修臺之史更難，以今日而修之尤難。……然及今為之，尚非甚難。若再經十年、二十年而後修之，則真有難為者。是臺灣三百年來之史，將無以昭示後人，又豈非今日我輩之罪乎？**」[44]也就是說，《臺灣通史》用中國的紀年，雖然是三百年來之史，儘管採擇與臺灣相關而見諸載

43　1930 年代，法國阿伯瓦克（Maurice Halbwachs）開始從事集體記憶之研究。他以為記憶是一種集體的社會行為，現實的社會組織——當然，國族也在內——都有其對應的集體記憶。當然，集體記憶不是真的由團體或制度在做記憶，乃是個體各自依循所處的團體脈絡（group context）中來記憶或是創造自己過去的歷史，所以，集體記憶並非來自於天賦，而是一種社會性建構的概念。而過去的記憶千頭萬緒，至於那些記憶可以挑選出來組成新的集體記憶，常基於其背後所蘊藏之現實。轉引自：倪仲俊，〈連橫「臺灣通史」中的國族想像〉，《通識研究集刊》4 期，頁 148。

44　連橫，〈自序〉，《臺灣通史》，頁 15-16。

籍者，始於隋代，將敘事上溯秦漢中國與臺灣交通之傳說，另一方面，「高山之番，實為原始；而文獻無徵，搢紳之士固難言者。」[45]排除原住民，而重點則為十七世紀明鄭時期至割讓日本的三百年間之史事。這樣的做法，連橫將原住民族或其他族群納入中國時間，這或許可以用班哲明（Walter Benjamin）所說的「彌賽亞時間（Messianic time）」加以說明，那「將過去和未來匯聚成稍縱即逝的現在」的「同時性（simultaneity）」，朝向時間是空洞（empty）、同質（homogeneous）的線性歷史概念前進，以至被操作成為空洞的意識形態，[46]華夷之辨，這正是作為定居移墾者的連橫用以安置其民族主義的文化根源。[47]

如此，把臺灣視為明代的領土，經過被荷蘭佔據、為鄭成功所收復、屯墾、建制的敘事得到完成。事實上，明代以前，臺灣不只明朝不管，也不屬於任何國家管轄。根據《東印度事務報告》中有關福爾摩莎史料，德‧卡爾本杰（Pieter de Carpentier）1623～1627 年間的報告指出：

> 司令官萊爾森（Cornelis Reijersz.）親自面見福州的中國大官。此人要求我們撤出澎湖，在遠離中國管轄的地區尋找落腳之處，並將指示他們的人與我們貿易，禁止船舶駛往馬尼拉。最後，他為司令官萊爾森提供幾名中國導航員和

---

[45] 連橫，〈開闢紀〉，《臺灣通史》，頁 1。
[46] 這是班雅明於「歷史哲學論綱」裡對法西斯主義與社會民主黨所提倡的進步主義的批判。班雅明形容此一線性的同質時間，無阻力地快速積累，輕易地形成班雅明口中的災難風暴，猛烈地吹擊著歷史的天使的翅膀，讓想停下來喚醒死者的天使，不可抗拒地被暴風刮向祂所背對的未來。Walter Benjamin, Harry Zorn trans, "Theses on the Philosophy of History," *Illuminations*.(London: Pimlico, 1999), p. 246-2479.Ibid, p.247.
[47] Anderson, Benedict, *Imagined Communities: Reflections on the Origin and Spread of Nationalism* (London: New York, 2006),p.24.

> 船工同去福爾摩莎及其附近，在中國行政管轄之外的島嶼
> 尋找合適的地方，但除大員或福爾摩莎之外沒有發現更優
> 良的港灣。……（1623.12.25）[48]

可見明代官員不僅知道臺灣，卻不認為臺灣是他們的屬地；又萊爾森的繼任者官宋克（Martinus Sonck）於明天啟四年（1624）8月抵達澎湖，發現澎湖已無法據守，乃決定拆毀工事、撤往大員，旋即於大員建築熱蘭遮城堡，並成為首任長官。[49]

　　不只是明人不以為臺灣為明朝屬地，清人的看法大抵如之。世宗雍正皇帝說：「臺灣地方，自古未屬中國，皇考（指康熙皇帝）聖略神威，拓入版圖」[50]，乾隆年間《重修福建臺灣府志》序言：「臺灣……然自宋、元以前，不登經傳。至明季而後，始有荷蘭屯聚……迨康熙癸亥，始入版圖，改隸郡邑。」[51]卷二又寫道：「臺灣府，古荒服地。先是，未隸中國版圖。」[52]不管是清帝的皇府書籍或官方的地方誌，臺灣都在康熙二十三年（1684）才納入中國版圖。查繼佐《東山國語》裡曾說：「臺灣，洋夷也，獨用夏以變夷。」[53]亦未將臺灣視為中國領土。

48　程紹剛譯註，《荷蘭人在福爾摩莎（1624-1662）》（臺北：聯經出版公司，2000），頁 24。

49　程紹剛譯註，《荷蘭人在福爾摩莎（1624-1662）》（臺北：聯經出版公司，2000），頁 xxiv。

50　臺灣銀行經濟研究室編輯，《清世宗實錄選輯》（南投：臺灣省文獻委員會，1997），頁 4。

51　〔清〕劉良璧，《重修福建臺灣府志》（南投：臺灣省文獻委員會，1993），頁 1。

52　〔清〕劉良璧，《重修福建臺灣府志》，頁 39。

53　查繼佐，〈臺灣前語〉，《東山國語》（臺北：大通，1987），頁 93。

〈與荷蘭守將書〉謂臺灣為中國土地，與史實不符。楊雲萍先指出這篇文字可能是根據江日昇《臺灣外記》[54]有關鄭成功遣使的記載，從「此地非爾所有，乃前太師練兵之所。今藩主前來，是復其故土。」[55]鋪衍出「然臺灣者，中國之土地也，久為貴國所踞。今余既來索，則地當歸我。」[56]吳密察進一步申論它是連橫杜撰的。蓋大正八年（1919）之前，相關文獻從未見有此文，其內容所述與荷蘭所記書信並不相同。〈與荷蘭守將書〉確立了臺灣為明代領土的「事實」，一方面創造了闢建者的英雄形象，透過立傳、歌詠、傳說的不同敘事修辭，塑造其形象。他的〈鄭成功〉吟詠鄭成功：「拒清存漢族，闢地逐和蘭。弔古生餘恨，東寧落日寒。」（【詩集】，頁 136）當中的「和蘭」，即「荷蘭」（Nederland）之另譯，東寧為臺灣，再度將臺灣視為漢族民族抗清逐蘭復興的根據地。強化鄭成功與臺灣土地的關聯，不僅不限於戎馬征戰，也有與在地連結的日常生活，連橫〈國姓魚〉裡寫道：

> 海國春回鹿耳東，漁人爭說大王風。鯨魚入夢潮初漲，龍種偕來路已通。恩錫朱家天浩蕩，名傳臺嶠水空濛。尺鱗莫怨南溟小，跋扈飛揚尚足雄。（【詩集】，頁81）

國姓魚即「虱目魚」（milkfish），連橫《雅言》：「『麻薩末』，番語也；一名『國姓魚』。相傳鄭延平入臺後，嗜此魚，因以為名。」（頁 97）其名稱來自原住民語言「麻薩末」，二者（「虱目」和「薩

---

[54] 江日昇著的《臺灣外記》，楊雲萍以為是「一部即乎史實的歷史小說」，黃典權則推許為一部不折不扣的歷史著作，說見方豪，〈臺灣外志兩抄本和臺灣外記若干版本的研究〉，《國立臺灣大學文史哲學報》8 期（1958.07），頁 21-96+28_1。平允而論，筆者以為楊說較近於事實。

[55] 江日昇，《臺灣外記》（南投：臺灣省文獻委員會，1995），頁 204-205。

[56] 連橫，〈開闢紀〉，《臺灣通史》，頁 22。

末」）音近。以此，民間遂有底下軼聞：鄭氏嚐此魚後，向百姓問道：「這是什麼魚？」或以其口音之故，百姓誤將「這是『什麼魚』」聽成了「這是『虱目魚』」，以為國姓爺替此魚命名，故後來即以「虱目魚」稱之。朱家，此指鄭氏一室，鄭成功本名「鄭森」，南明唐王隆武帝賜國姓「朱」。臺嶠指臺灣。尺鱗係以部分借代稱虱目魚，南溟為南方大海。《莊子‧逍遙遊》：「是鳥也，海運則將徙於南冥。南冥者，天池也。」[57]這句詩的意思是說，臺灣雖然地方小，卻是一個可以鴻圖大展的地方，也可以延伸為連橫對鄭成功在臺事業的禮讚。在另一首〈延平王祠古梅歌〉裡，將鄭成功上比諸葛亮、岳飛：

> 我聞諸葛廟前古柏柯如銅，堅貞不拔回天工。又聞岳王墳上古檜高摩空，萬枝南向表臣衷。我謂古木無知，何得人推崇，千古見者猶思二人之精忠。……古香古色不與凡花同。擲筆大笑眼矇矓，醉臥梅下魂何從，夢見延平對我拍手驚相逢。（【詩集】，頁 31-32）

連橫尊崇鄭成功，運用了各種不同角度，前揭之例，可見一斑。然而，這只是崇明祀的方法之一而已，自古以來，武力征伐並未被視為納土服人的最佳策略，此所以商紂無德，周氏伐之，而伯夷、叔齊乃不食周粟而死，武力驅逐異族荷蘭人則是另當別論。有鑒於此，連橫還必須從中原禮樂「化成天下」以建立明鄭治理的正當性。前述的「天下觀」、華夷之辨的文化主義，為中國的國族想像提供了一個基礎，於是，曾與史可法共同抗清，舟為颶風所壞，自宜蘭登岸的沈光文（1612～1688）就提供了一個絕好的基礎。光文，字文開，號斯菴，浙江鄞縣人。永曆十五年（1662）

---

[57] 陳鼓應，《莊子今注今譯》上冊（北京：商務印書館，2007），頁 6。

鄭成功據臺，以賓客之禮對待沈光文。鄭經繼位後，沈作賦諷刺當道，因而被迫逃離臺南，輾轉避居於目加溜灣、大崗山、羅漢門（今高雄內門）等地。連橫《劍花室詩集》有〈沈光文〉一詩：

> 扁舟東海去，文獻啟臺灣。詩禮傳荒服，番黎拜杏壇。（【詩集】，頁 137）

上引詩以相傳為孔子聚徒授業講學之處的杏壇，譬擬沈光文使得原住民束脩致禮，從師習文，教化之風行。沈光文倡議組織「東吟詩社」，推動詩運，著有〈臺灣輿圖考〉、〈草木雜記〉、〈流寓考〉、〈臺灣賦〉、《文開詩文集》等。從述作、結社與設帳授徒等這幾個方面，連橫呼應了清代全祖望、季麒光的觀點，把沈光文形塑為漢人菁英文化傳承於臺灣之始祖，稱之為「海東初祖」，同時，藉此也證明臺灣雖在殊方，卻早已是被受漢文化的已開發之地。然與之同時，屬喀爾文教派的歐洲傳教士在大臺南地區傳播福音、編撰字典，教平埔族人（尤以本地的西拉雅族人）學習羅馬拼音文字的《聖經》、主禱文等，並進行溝通。西拉雅新港文書即臺灣教育之見證。對此，連橫卻隻字未提。

沈光文之外，南明動盪之際，不只是王室顛躓於海上，流落於中國境外的文人遺老，在臺澎的有李茂春，在日本有朱之瑜，雅堂也予以評述。李茂春（？～1675），字正青，福建龍溪人，明隆武二年（1645）舉人，時往來廈門，與諸名士遊。鄭成功辟為參軍，與陳永華交善。永曆十八年（1663）至臺，卜居永康里。茂春好吟詠，喜著述，構一禪宇，匾曰「夢蝶處」，與住僧禮誦經文為娛，人稱「李菩薩」，卒葬新昌里。雅堂對其吟詠曰：「梅花香似雪，蝶夢正酣時。吊古尋遺跡，高風在海湄。」【詩集】，頁 137）朱之瑜（1600-1682），字魯璵，號舜水，浙江餘姚人，

寄籍松江。少有志概，及長，精研六經，特通《毛詩》。他後來東渡海，於日本長崎、江戶（今東京）講學，提倡「實理實學」，造就當地實學，對日本文化貢獻功不可沒。連橫〈朱之瑜〉稱譽他「禹城胡塵滿，扁舟泛日東。浪浪亡國淚，化作海潮紅。」（【詩集】，頁 135）同樣視為海外的文化傳播者。

　　如果沈光文代表了士大夫在臺灣民間的禮樂化成，則明鄭官方之建樹自然不能不受表彰。連橫《臺灣通史・建國紀》以陳永華（1634-1680）建臺南孔廟為臺灣官方文教事業的始源：

> 杖策談時局，軍門禮數寬。兵農輔文教，遺愛在臺灣。【詩集】，頁 136）

陳永華（1634-1680），字復甫，諡文正。鄭成功於廈門開府時，他才二十三歲，得兵部侍郎王忠孝推薦，與鄭成功論政，深得賞識，遂授予「諮議參軍」之職，並委為鄭經的老師，從此為鄭家麾下謀將。陳永華建孔廟係引進中國教育典章的始源，為連橫所尊；但臺灣官方文教事業，實則另有始源。荷蘭聯合東印度公司入主赤崁時，曾引進西方的教科文制度，教附近的平埔族學習羅馬文，連橫同樣略而不談，臺灣的開化以明朔正統說法顯然值得商榷，卻是崇明祀的另一個不得不採取的策略。

　　連橫詠史，在歌詠明鄭的範疇之中。至於鄭經庶出長子，鄭經之妾昭娘所生的鄭克㘗（1664-1681），連橫亦有所吟詠：「幾年任監國，巨禍起蕭墻。夫死婦從死，君亡明乃亡。」（【詩集】，頁 136）永曆三十四年（1680），鄭經伐清失利，撤返臺灣，東寧王國元氣大傷，鄭經意志消沉，政事委由鄭克㘗處理。隔年，鄭經病危，授鄭克㘗監國劍印，意欲其繼承大統，惟鄭經過世之後，權臣馮錫範聯合鄭經從弟鄭哲順等宗室、將領發動政變，擁立年

僅十二歲的鄭克塽為延平王，更誣陷鄭克㙷非鄭經親生，派人絞殺克㙷，這就是「巨禍起蕭牆」。明鄭經此動盪，國力大減，朝中又乏棟樑之才，以致後來清國水師提督施琅順利收服臺灣。與之相對比的，則是〈朱術桂〉:「**艱辛避海外，留髮見高皇。千古誰爭烈，吁嗟北地王。**」(【詩集】，頁 136) 朱術桂 (1617-1683)，表字天球，號一元子，受封寧靖王，為太祖九世孫。南明時期先後在方國安、鄭鴻逵、鄭成功軍中任監軍。明鄭退守臺灣後朱術桂亦隨之。鄭克塽降清時，朱術桂自殺，成全氣節，連橫的詠歌，遂有不同的評價，連橫所讚許術桂者，自是其「留髮」以全志節的操守。朱術桂自殺，他的兩位妃子、三位侍女亦跟隨在側，後人於臺南市建有五妃廟祀之，成為日治時期臺灣傳統詩人最喜詠的擊缽課題的題材，連橫的〈五妃〉寫道：

> **魁斗山邊路，萋萋草亦香。王孫歸不返，環珮冷斜陽。**(【詩集】，頁 136)

要之，堅持「道統」的史觀，使得連橫以漢族民族主義的眼光來「斧鑿」正史，將史事納入民族大義的視野，忽略原住民，對西方傳教士／荷蘭東印度公司的文教事業略而不提，評價明鄭的文教事業亦多所疏漏，遂爾產生主觀「誤讀」乃至「杜撰」史料的情形。[58]有人感佩連橫的漢族民族大義敘事，也有人力揭其不尊重事實的處理模式，指出其自命為「名山絕業足千年」的著作字行之間隱藏著為人詬病的瑕疵。

---

58 如朱一貴之布告、〈與荷蘭守將書〉。有關年代、史實之錯誤，參鄧孔昭，《臺灣通史辨誤》〔臺灣版〕(臺北：自立晚報出版公司，1991)。

三、金駝朱鳥已無家：民族主義的追思之旅

　　隨著殖民統治與外在世界的變動不居，旅遊蔚為風氣，日本帝國膨脹下的版圖，擴大了臺灣人的移動地圖與路徑。現代性文明的滲入，使島內語境空間不同了，它的移動與轉換，使得臺灣人的身體經驗與空間感受亦時有差異，認同形構與情感結構自然跟著位移。不過，與之相對，雖則連橫移動路徑與地圖，有時候是「聽之以耳，觀之以目」之拘限於身體層次的「遊」，這部分見諸文字者極少見，反而是他冥然神思，所到之處，上下縱橫，緬懷古人，以今鑑古，多有宏言讜論。此外，在《劍花室詩集》以「詠史」為題名的「組詩」之中，我們可以更為明確地看出連橫以漢為正統，詠懷繫明朱的史觀。不管是身踏其地或心臨其境，都是想像之遊「悄焉動容，視通萬里」、「寂然凝慮，思接千載」[59]的踐履。

　　「連橫久居東海，鬱鬱不樂，既病且殆，思欲遠遊大陸，以舒其抑塞憤懣之氣。」[60]其大陸之旅，以漢為正統的連橫，似乎成了療癒內心苦楚的最佳紓解之道。連橫懷抱著民族主義而來，他旅途規劃的首站，便是肇建民國之地，首都南京。連橫除了尋覓史籍，亦就明室正統進行追思之旅。

　　　　當是時，中華民國初建，悲歌慷慨之士雲合霧起，而余亦戾止滬瀆，與當世豪傑名士美人相晉接，抵掌譚天下

---

[59]　〔南朝梁〕劉勰，《文心雕龍》卷六，頁 1，文淵閣四庫全書電子版【內聯網版】。
[60]　連橫，〈大陸詩草自序〉，《劍花室詩集》，頁5。

> 事，縱筆為文，以譏當時得失，意氣軒昂，不復有瘝憊
> 之態。[61]

如引文所述，連橫既然「與當世豪傑名士美人相晉接」，自是不能忘卻那遠近馳名的「秦淮河」：

> 畫舫笙歌一夢休，秦淮春水尚風流。晚風桃葉迎前渡，落
> 日楊花撲酒摟。千古美人空有恨，六朝天子總無愁。瓊林
> 璧月知何處，不及青溪控紫騮。[62]

秦淮河，流經南京，是南京市名勝之一。「桃葉迎前渡」句，指東晉大書法家王獻之當年常在渡口迎送愛妾桃葉，古渡口「桃葉渡」即因此得名。王獻之〈桃葉歌〉曰：「桃葉復桃葉，渡江不用楫；但渡無所苦，我自迎接汝。」[63]既然「秦淮」之意，不忘胭脂美人，南京當地的名景「莫愁湖」也應該納入詩人的詠歌才對，〈福王由榔〉按福王，即明福王朱常洵子朱由崧（1607-1646），而非指桂王朱由榔：「清兵已渡江，帳下猶歌舞。湖水本無愁，美人自千古。」（【詩集】，頁 136）明亡，朱由崧流落淮安（今江蘇淮安），由鳳陽總督馬士英等擁立監國於南京，繼而稱帝，建元弘光，在位（1644-1645）昏庸無能，沉湎酒色，由馬士英專政，任用閹黨阮大鋮，排斥東林領袖史可法。弘光元年（1645），清軍渡江，弘光帝逃至蕪湖黃得功軍中，旋為降將劉良佐所俘，挾之南京，次年，押至北京後處死。連橫此詩，而其用典「美人」云云，可以有兩種解釋，一則扣連上句「湖水本無愁」而發，隱喻南京「莫愁湖」，因南京係明代開國皇帝朱元璋所定首都，故

---

61 連橫，〈大陸詩草自序〉，《劍花室詩集》，頁 5。

62 連橫，〈秦淮〉，《劍花室詩集》，頁 2。

63 郭茂倩編，《樂府詩集》卷四十五，頁 14。

可喻指連橫所念茲在茲的大明正統，而「美人」即「莫愁」的代稱。其二，自屈原《離騷》將美人君子並舉之後，二者意象往往是一而二、二而一的，故此處「美人」亦可喻指憂心國事、氣節凜然的君子，而且，若要指實的話，更可視為表彰史可法抗清事蹟（因其與福王攸關）。史可法抗清殉節，名留千古，故曰「美人自千古」。此處詩句「千古美人空有恨」之語，應亦為此而發，莫愁湖傳因南朝梁武帝撰寫的〈河中之水歌〉[64]而來，梁武帝被視為六朝「宮體」的代表詩人之一，故連橫以「六朝天子總無愁」諷之。此外，除了連橫大陸行涉及的莫愁湖外，其早期創作也以此作為「亡國」意象：

> 半壁江山擁石頭，談兵不上閱江樓。君王自愛風流事，湖水千秋尚莫愁。（【詩集】，頁85）

這首〈桃花扇題詞〉係「浪吟詩社」課題之作，「浪吟詩社」乃連橫早年與許南英、李少青等人所組成。《桃花扇》乃清代孔尚任撰作的傳奇劇本，敘述南明興亡及侯方域與名妓李香君之故事，〈桃花扇·入道〉裡有「白骨青灰長艾蕭，桃花扇底送南朝」[65]之句，謂弘光帝貪慕繁華，為君昏昧，葬送江南繁華之地。這裡的「南朝」即代指南明的隱語。但也因這隱語，讓詩人將六朝宮體美人的昏聵，和明朝正朔的沉淪，一同寫入史詩的憑弔之中。

　　連橫的大陸行旅，從南京城漸次往塞外行進，到了東北長春之地，他從「長春」之名回想起先前在北京紫禁城內的「長春宮」，寫下〈長春〉一詩：

---

[64] 〔南朝梁〕梁武帝，〈河中之水歌〉，〔宋〕郭茂倩《樂府詩集·雜歌謠辭》。惟〔南朝陳〕徐陵《玉臺新詠》同錄此首，並不提作者之名。

[65] 孔尚任撰，梁啟超註，《桃花扇註》，收錄於《飲冰室專集》第10集（臺北：臺灣中華書局，1972），頁254-255。

> 寬城馬上有箏琶，一路平蕪盡落花。回首長春宮外望，金
> 駝朱鳥已無家。（【詩集】，頁 12）

這首詩的寫作背景，應是他到吉林的報社工作的時期，可能是大
正二年（1913）前後。「金駝」即「銅駝」[66]，用「銅駝荊棘」典，
「朱鳥」則出自謝翱（1249-1295，字皋羽，一字皋父，號晞髮
子。）於文天祥遇難後第八年，為其招魂之辭：「魂朝往兮何極？
莫歸來兮關水黑。化為朱鳥兮，有味焉食？」[67]謝翱在元兵南下
時，率鄉兵數百人投歸文天祥的部隊，任諮議參軍。至元十九年
（1283），文天祥就義，悲不能禁，常暗中祭拜。這裡指的是如
今革命成功，民國肇建，中國卻陷入軍閥割據，山雨欲來，大戰
將起。先賢魂兮歸來，將歸底處？故詩中所謂「金駝朱鳥」一句，
對於政權的起落，頗生山河破敗、興廢無常之慨。印證於底下這
首〈出關〉之四的詩：

> 長白山頭望，松花水不波。黃龍今痛飲，朱鳥命如何！對
> 月懷前事，臨風發浩歌。故人重握手，一醉且婆娑。（【詩
> 集】，頁 14）

「黃龍府」為遼金兩代之首府，此處代指滿清。「黃龍痛飲」出
自〈岳武穆傳〉，為直搗黃龍或攻克敵腹之意，這裡指如今已償
夙願，痛飲稱慶，當可告慰先賢。詩末以酣暢婆娑收束，連橫擯
滿興漢的民族意識，不言可喻。又如〈席上〉一首：

---

[66] 晉時索靖知天下將亂，指洛陽宮門的銅駝嘆曰：「就要看見你埋在荊棘裡。」
　　典出《晉書・卷六〇・索靖傳》。後用來形容國土淪喪後的殘破景象。

[67] 〔南宋〕謝翱，〔明〕陸大業，《晞髮集》卷十，頁 10，文淵閣四庫全書電
　　子版【內聯網版】。

> 刻燭傳觴盡此宵，平明準看海門潮。春風梅柳當前秀，故
> 國雲山入夢遙。蘇武居胡仍仗節，伍員復楚且吹簫。人生
> 聚散何須念，回首枌榆感寂寥。（【詩集】，頁82）

引詩所謂蘇武、伍員故事，乃是對於過去淪入異族之手仍能仗節
守貞的蘇武，報以無限的敬意，也對當時克復國土、驅逐滿清猶
如伍員復仇的景況，感到欣慰。重點在「人生」一句，意謂在大
陸神州之地雖則欣慰民國的肇建，但回首故鄉，猶為日本的殖民
地區，不禁教人感到無限的悲涼與寂寞。但詩人堅信，解救故鄉
倒懸之苦，會當有時，〈此行〉：

> 飲馬長城在此行，男兒端不為功名。十年宿志償非易，九
> 世深仇報豈輕。北望旌旗誅肅慎，南歸俎豆祭延平。中原
> 尚有風雲氣，一上舵樓大海橫。（【詩集】，頁83）

上引詩中「十年」句，既可泛指滿清統治中國的怨仇，亦可隱喻
日本殖民臺灣的怨恚，如此血海深仇豈能輕易平復。而當滿清勢
力終被誅除之際，詩人所想到，就是「南歸俎豆祭延平」——要
回到家鄉祭拜延平郡王，告慰其在天之靈。連橫此語當係陸游「王
師北定中原日，家祭毋忘告迺翁」[68]的賡引，如此祭拜，當有深
意，連橫實則不無企盼「中原尚有風雲氣」的雷霆勢力，一舉席
捲南島臺灣，讓同遭荼苦的炎黃子孫，早日脫離異族之手。

　　連橫的詠史詩，或以地理古跡而發，或以人物事件而發。如
「史可法」、「黃道周」、「左光斗」抑或「楊繼盛」，均係明朝忠
臣。史可法死後（1602～1645），其遺體不知下落，隔年（1646），
史德威將其衣冠葬於揚州城天甯門外梅花嶺，雅堂為之詠懷云：

---

[68] 〔南宋〕陸游，〈示兒〉，《放翁詩選》後集卷八，頁 2，文淵閣四庫全書電
子版【內聯網版】。

「聞說揚州破，南都半壁殘。梅花臺下路，何處葬衣冠。」（【詩集】，頁136）黃道周率師出衢州，兵敗被執，不屈而死：「文酒風流會，儒臣飲恨多。黃公抱忠孝，慧眼顧橫波。」（【詩集】，頁136）左光斗立朝忠鯁，不畏權要，光宗崩，與楊漣協力，排除宦官勢力，扶持幼主，後為魏忠賢所害，死於獄中：「一疏請移宮，臣心稟至忠。奸璫如鬼蜮，構陷道終凶。」（【詩集】，頁136）楊繼盛上疏反對咸寧侯仇鸞請開馬市，以和數度入寇的韃靼部長俺答，坐貶狄道典史。俺答敗約，帝思其言，遷兵部武選司；後以彈劾嚴嵩，為嵩構陷，棄屍於市，穆宗立，追諡忠滔，連橫寫道：「椒山負正氣，抗疏論奸徒。天上詎明聖，臣罪詎當誅。」（【詩集】，頁136）當他拜訪文天祥被殺的柴市，寫下〈柴市謁文信國公祠〉，詩中寫道：

> 一代豪華客，千秋正氣歌。艱難扶社稷，破碎痛山河……宏範甘宋亡，思翁不帝胡。忠奸爭一瞬，義節屬吾徒。嶺表驅殘卒，崖門哭藐孤。西臺晞髮客，同抱此心朱。……我亦遭陽九，伶仃在海濱。中原雖克復，故國尚沉淪。自古誰無死，寧知命不辰。淒涼衣帶語，取義復成仁。（【詩集】，頁22-23）

表達對文天祥高風亮節的尊崇之外，復採取映襯手法，將張宏範甘為元軍倀鬼和文信國寧死不降異族的史實作一明顯對比。「西臺晞髮客，同抱此心朱。」上句用謝翱哭臺事，今浙江富春山西臺留有「謝翱哭臺」，如今已列入中國有形資產。而下句用「朱」，固然可以通指為赤誠之心，卻也遙契明代「朱」姓的「朱」。

由於尊明室為正朔，連橫抑「滿」揚「洪」的立場亦極為明顯。他在作品中，對頗富爭議的太平天國起事失敗表達同情與遺

憾，其〈大陸詩草〉首篇作品〈至南京之翌日，登雨花臺，吊太平天王，詩以侑之〉，詩中有謂：「民族精神在，興王事業空。荒臺今立馬，來拜大王風」（【詩集】，頁1）、「同室戈相閱，中原劍失群。他年修國史，遺恨在湘軍」（【詩集】，頁1）云云，對太平軍「功虧一簣」的興王偉業，報以不捨之意。又如底下二詩：〈李秀成〉：「洪楊末造時，舉國皆豎子。難得忠王忠，百戰照青史。」（【詩集】，頁135）〈石達開〉：「翼王亦人傑，孤旅入川中。虎鬥龍驤劇，淒涼哭北風。」（【詩集】，頁135）李秀成於太平天國末造堅守國都天京，城破，護衛幼主洪福突圍，失利被擒；石達開雖則驍勇善戰，但形勢比人強，最終仍孤木難支，而遭凌遲之刑。故連橫所謂「百戰照青史」、「淒涼哭北風」云云，一則肯定渠等丹心赤誠青史永垂，再則同情其際遇不堪，令人哀慟。因而詩的最後慨嘆滿清推翻之後中原雖然「克復」，但其家鄉——臺灣依然沉淪異國之手。

四、中原父老痛沉淪：民族主義的邊界流動

邁入十九世紀，西方民族主義（Nationalism）思潮發展得如火如荼，於該世紀末，此一風潮始傳入印度與東亞，當時吸收現代化知識的有志青年，受此激勵，紛紛主張民族獨立運動。連橫深受新時代思潮的影響，故其因應新時代潮流，主張廢除帝制、還政於民，實施現代民權，箇中詩作可以〈讀盧梭民約論〉為代表，詩云：「平生最愛盧梭子，民約思潮湧大球。革命已成專制死，文人筆戰勝王侯。」（【詩集】，頁106）盧梭（Jean-Jacques Rousseau，1712-1778，或譯「盧騷」）係歐洲啟蒙時代重要的思想家，亦為法國大革命（1789）最有力催生者，其《民約論》（*Du contrat social ouPrincipes du droit politique*，今通譯為《社會契約

論》）開宗所謂：「人是生而自由的，但卻無往不在枷鎖之中」云云，霑溉後世青年甚鉅，蓋其學說鼓舞世人追求自由平等，故連橫對其甚為愛重。以是，上引詩句中所言「革命已成專制死」之謂，乃歌頌推翻專制的民主革命。進而言之，連橫深信「歐美思想新，民權日興起。世界入大同，進化循其軌。如日光中天，如泉流不止。」[69]現代民權乃是不可遏止的潮流，故其於〈壬子（1912）十月十日〉一詩中，深切提出個人籲求：「三月三，春修禊。五月五，湘纍祭。九月之九作重陽，何如十月之十國民呼萬歲！萬歲呼，甘馳驅；武昌一戰誅東胡，共和之國此權輿。嗚呼！共和之國此權輿，慎勿內訌外侮為人奴！」（【詩集】，頁 5）以上，連橫寄望「共和體制」之下的新中國，能夠不再受到「內訌外侮」——內訌，指民國肇建，各方勢力北洋軍閥、孫文派系、各省獨立軍、革命黨人等，依舊爭鬥不已；外侮，列強殖民的戕害，致使人民再次受到奴役的枷鎖的束縛。

在詠史組詩中，連橫廣泛探討了明季其他值得表彰的文士，如〈黃宗羲〉：

> 故國流離日，扶桑去乞師。滿腔民賊恨，握筆著明夷。（【詩集】，頁 135）

扶桑，為日本之代稱。明夷即黃宗羲的著作《明夷待訪錄》，該書題名引自《周易》「明夷」卦。按：《周易・象傳》曰：「明入地中，明夷」[70]，從字面看，「明夷」意謂光明隱入地中之象，故有著黎明前之昏暗，等待明君來訪的寓意；此外，黃氏係明末士人，「明夷」之「明」，亦指涉明朝已遭異族取代，於是，黃氏乃

---

[69] 連橫，〈遣懷〉，《劍花室詩集》，頁 140。

[70] 〔南宋〕朱熹，《原本周易本義》卷四〈周易象下傳〉，頁 2。文淵閣四庫全書電子版【內聯網版】。

成了明朔「遺民」的慨嘆。另外，《明夷待訪錄》之宗旨，已有提倡民權，反對君主專政專權的訴求，此正與連橫主張的「現代民權」相合，故不難想像連橫此詩，除了重彈民族大義的舊調之外，《明夷待訪錄》的民權概念，也是其推崇的要因。再者，連橫於江蘇省南京市鍾山南麓玩珠峰下，明太祖朱元璋與馬皇后合葬處，寫下〈謁明孝陵〉：

> 漢高唐太皆無賴，皇覺寺僧亦異人。天下英雄爭割據，中原父老痛沉淪。亡秦一劍風雲會，破虜千秋日月新。鬱鬱鍾山王氣盡，國權今已屬斯民。（【詩集】，頁2）

上引詩，漢高祖劉邦出身低微，唐太宗李世民則誅殺兄弟，故詩人謂其「無賴」。

連橫對滿清朝廷的顢頇腐敗，表達憤慨不平，對甘受異族驅使的漢人臣子顯露不以為然的態度。箇中詩作，諸如〈弔李鴻章〉：「廿紀文明啟亞洲，功名僅比左、彭儔。問公第一快心事，同種相殘也策勳。」（【詩集】，頁111）連橫於該詩自註云：「李使歐洲時，至德見俾相，問李平素功業，李歷敘平髮、平捻事，有得色。俾曰：公之功業誠巍巍矣，然我歐人，以能敵異種為功；自種相殘，歐人不取也。李有愧色。」（【詩集】，頁111）以上，可知連橫對李鴻章「同種相殘」卻還自以為「快心」的行徑感到不齒，再一次證明連橫的民族主義，其實是以漢人為中心的民族主義。

也就因為滿清末年外國勢力大舉入侵，而亞洲各國亦或多或少蒙受歐美列強的侵凌，在這樣的前提下，遂有詩〈成吉思汗〉：「立馬天山上，兵威震亞州。黃人須尚武，大勇服全球。」（【詩集】，頁130）竟然推崇成吉思汗過去的成就，重新有威震全球的

時日，故希望「黃人須尚武」──身為黃種人的我們，必須自立自強，崇尚武勇、強化國防力量。而這，蒙古族的成吉思汗成為中國甚至亞洲的代表，在這裡，國家主義又似乎跨越民族主義，對照孫文的政治修辭，在反滿革命時以「驅逐韃虜」為號召，民國肇建後，不得不改稱「五族一家」，或可以看到民族／國家這類概念的邊界游移的軌跡。

　　在這裡，我們看到連橫對於中國奉漢族、明朔為中心的邊界流動。如前述，《臺灣通史》、若干詠史詩以華夏為中心，提供了傳統「漢族民族主義」一個共同歷史經驗所形成的文化界限。在地理上是中原，在族群上，是漢族。不具此共同移民臺灣或其移民後裔的經驗者──島上的原住民或可能遠自宋代起即移民澎湖者，皆被摒除在敘述主體之外。[71]彷彿是，在父系敘事的召喚，〈開闢紀〉、〈建國紀〉、〈經營紀〉、與〈獨立紀〉「**利用重分期等敘述方式，以塑造一個從遠古進化到現代性、至未來的共同體，把國族建構為歷史的主體**」的直線進化史觀。[72]實則不然。連橫自視為遺民，建構了民族政制，對明亡充滿痛惜，卻對明太祖展開批判。他抑滿揚洪，又接受成吉斯汗征戰世界為發揚國威。這個民族邊界的移動更教我們看到「渡大海」的人們，邁入荒陬，這個向來被視為五服[73]之外的殊方轉而成為《臺灣通史》敘事中的「斯土」，由邊陲而進入核心，成為連橫述論的中央。〈獨立紀〉篇始寫道：「**光緒二十一年夏五月朔，臺灣人民自立為民主國，奉巡撫唐景崧為大總統。**」（【通史】，頁89）篇末則為：「**（九月）初四日辰刻，日軍入城，海軍亦至安平，（劉永福部所）遺兵二**

71　倪仲俊，〈連橫「臺灣通史」中的國族想像〉，《通識研究集刊》4期，頁16。

72　倪仲俊，〈連橫「臺灣通史」中的國族想像〉，《通識研究集刊》4期，頁150。

73　五服，古代王城外圍，每五百里為一區畫，共分侯、甸、綏、要、荒五等，稱為「五服」。

十餘人被殺，而臺灣民主國亡。」(【通史】，頁 104)此間所記敘
者，不過百餘日之史事，所佔篇幅，竟相埒於超過兩百年的〈經
營紀〉；論記事之詳贍，較〈建國紀〉尤有過之。連橫以為乙未
抗日係以「獨立」、「建立臺灣民主國」為主軸線進行的國族抗爭
行動。劉永福在臺灣民主國成立後的文告中所言：「何以天無厭
亂之心，而使民遭非常之劫！自問年將六十，萬死不辭；獨不思
蒼生無罪，行將夏變為夷！」[74]考諸臺灣民主國成立前後的史料，
當時臺灣人民已自稱「臺民」，吳叡人以為，「臺民」作為一個「前
民族的」(pre-national)想像，在之後對日軍的抵抗活動中變成一
個動員的象徵，而此一象徵看似空洞，被更後期的反殖民運動「奪
佔」後，成為現代臺灣人國族國家想像的起點。[75]它是一種「想
像的共同體」。這詞語源自愛爾蘭裔的美國康乃爾大學教授班納
迪克‧安德森(Benedict Anderson)對「民族」的定義，其論點
普遍受學界引用：

> 它是想像的，因為即使是最小的民族的成員，也不可能認
> 識他們大多數的同胞，和他們相遇，或者甚至聽說過他們，
> 然而，他們相互連結的意象卻活在每一位成員的心中。[76]

就想像共同體而言，血緣、語言僅具有參照性，安德森就指出，
臺灣國族主義是「克瑞奧里式」的[77]——即使語言，宗教與文化

---

[74] 王炳耀，〈臺灣自主文牘〉，《中日戰輯選錄》(南投：臺灣省文獻委員會，1997)，頁 70。

[75] 吳叡人，〈臺灣非是臺灣人的臺灣不可——反殖民鬥爭與臺灣人民族國家的論述〉，收錄於林佳龍、鄭永年主編，《民族主義與兩岸關係》(臺北：新自然主義公司，2001)，頁 43-110。

[76] 班納迪克‧安德森(Benedict Anderson)著，吳叡人譯，《想像的共同體：民族主義的起源與散布》，頁 41。

[77] Anderson, Benedict, "Western Nationalism and Eastern Nationalism: Is there a differencethat matters?"，(來源：

是中國式的，獨特的歷史經驗卻促成一個新的國族想像。連橫的臺灣史書寫，不只是呈現一個國族想像從中國遷移入臺灣的紛歧，他個人生命的實際經歷也一樣表現出國族想像的眾聲喧嘩。

連橫一再以臺灣為念，謂不赴科試，實則不然。明治三十五年（1902），連橫先赴廈門，捐資獲監生功名，取得應考資格，再轉福州應鄉試；翌年，再赴北京參加華僑選舉國會議員。皆不中。大正三年（1914）1 月 31 日，連橫「呈請北京政府恢復其中國國籍」[78]。

連橫與日本人的關係亦非屬一般，明治三十二年（1899）為臺南《臺澎日報》記者，為臺灣總督兒玉源太郎作歌頌詩〈歡迎兒玉督憲南巡頌德詩〉[79]。大正十四年（1925），獲日本「常磐生命保險株式會社」給予特許經營權臺北代理店，專事兒童保險，並於《臺灣詩薈》刊登廣告。昭和二年（1927）返臺北，[80]與友人黃潘萬合開雅堂書局。雅堂書局標榜不販售日文書籍文具，卻又代理臺灣總督府採購有關南方資料的漢文書籍業務[81]，昭和六年（1931）至昭和七年（1932）擔任臺灣總督府史蹟名勝天然紀念物調查會委員。發生於連橫晚年的「臺灣鴉片特許」問題，為

---

http://newleftreview.org/II/9/benedict-anderson-western-nationalism-and-eastern-nationalism）。

[78] 施懿琳，〈連橫〉，臺灣大百科全書，（來源：http://nrch.culture.tw/twpedia.aspx?id=4538）。

[79] 連橫，《雅堂先生集外集》（南投：臺灣省文獻委員會，1992），頁 168。

[80] 連震東，〈連雅堂先生年表〉，收錄於連橫，《臺灣通史》，頁 1062。

[81] 林元輝，〈以連橫為例析論集體記憶的形成、變遷與意義〉，《臺灣社會研究季刊》31 期，頁 8。

日本專賣鴉片辯護，導致臺灣文人的共相指責，櫟社且與之決裂。[82]

　　離中國近不夠近，遠又不夠遠的臺灣，這個處於日本與中國之間的實際地理位置，係論者所說的「夾縫地理」（geography of in-betweenness），被賦予兩者之間的橋樑位置。[83]光緒二十一年（1895）乙未議約，割據臺灣，它被拋擲入一個斷裂歷史的語境中。殖民統治的五十年，在「中國」之外，「日本」也介入到臺灣人的身分認同建構，形成糾結的扭曲和矛盾。更有趣的是，殖民統治者所厲行的現代化措施，又造成了與傳統的扞格。地理的夾縫位置，歷史的斷裂語境，身分的扭曲矛盾，現代化導致傳統的裂變，形塑了臺灣人錯綜的情感結構。也是在這個時期，臺灣人開始去追尋一個臺灣人的圖象，尋找一個「臺灣」的視點位置，發展一種「鄉土」的在地想像，貫穿了整個日本殖民時期的臺灣語境，臺灣形成一個從地景到心景的喻象，伴隨而來的是一種間性（in-betweenness）的臺灣特殊性位置想像的出現。[84]

　　這個複雜的變化便如王明珂所說的，族群範圍，是一個由裡向外的同己與異己二分的人群範疇，他們形構的主觀認同，必需透過定義與族群邊界的維持來完成，其所憑藉者，實即集體記憶的運作。個體各循所處的團體脈絡（group context）來記憶或是創造自己過去的歷史，它並非天賦所得，而是被建構而產生。新的記憶加入時，舊的記憶或與之共存，或重組，或被覆蓋、排擠

---

[82] 林獻堂著，許雪姬等編註，〈灌園先生日記/1930-03-06〉，臺灣日記知識庫，（來源：http://taco.ith.sinica.edu.tw/tdk/灌園先生日記/1930-03-06）。

[83] 曾巧雲，〈往返之間：日治時期臺灣知識份子的中日移動經驗與夾縫地理〉（臺南：成功大學臺灣文學系博士論文，2014）。

[84] 曾巧雲，〈往返之間：日治時期臺灣知識份子的中日移動經驗與夾縫地理〉（臺南：成功大學臺灣文學系博士論文，2014）。

而殘存，甚至消失。其根據為族群利益的現實。邊界因之具開放性，它既是易變的，更可以被利用，中國過去華夏國族的形成，邊緣內外族群不斷有新的凝聚，其根據，即「文化」，一種分判夷夏的標準，透過文字書寫而形成「中國」最核心的意義。所謂「漢」這個「民族」只是個概念，其義界與因血緣、語言等自然力而結合的「種族」相去甚遠。而維持漢民族的集體記憶是文化的創造，亦即書寫的技藝，這是集體記憶使得民族意識得以產生、凝聚的根據，也是文人個我完成不朽的道路。[85]這應是連橫念茲在茲於詠史或述史之故。

小結

　　本章檢視連橫所處時代的政治系統和知識脈絡的權力關係，意欲闡明像他這樣的被殖民者，在歷史敘事權力受到剝奪的危機與壓力下，原本中國文化傳統中十分強烈的作史傾向，如何因之更為活躍起來。連橫抱持著作史的意圖，天涯遊屐，履踏他所心許的文化祖國「在此時的現在」之土地，詠懷「在彼時之過去」的人、事、物，古今交錯，形成一種不斷穿越時空以尋索、叩問其自我立身之道，而落實在國族身分的建構。

　　這裡至少牽涉兩種文類，即以詩作史的詩歌創作：詠史詩系列，以及歷史述作：《臺灣通史》。在針對這兩類文獻進行參差對照時，筆者指出，歷史在前現代國家與現代民族國家的興起中都扮演著重要的角色，在後現代的論述中，不只對再現或誰的再現備感質疑，同時，更進一步指陳歷史是社會的建構，或者是想像。若是，其與傳統中國對歷史的態度是截然不同的。儘管深受現代

---

[85] 張淵盛，《飄零·詩歌·醉草園──跨政權臺灣末代傳統文人的應世之路》（高雄：麗文文化公司，2016），頁36。

性霑溉，連橫所代表的，卻是後者。對他而言，歷史是一種集體的現實經驗的再現，而不是單一的個人：他的歷史（his-story）。連橫作史，採用的是司馬遷《史記》的體例；傳述的敘事時間是古中原的，所建構的文化體制為明室正統，完全排除了原住民族的存在。他以為歷史是敘事與經驗零縫隙接軌的呈現，他的書寫卻有不少來自虛構的想像。

　　本章最重要的成果，在於透過系列詠史詩與《臺灣通史》的互文，去說明連橫以字行寓治亂之褒貶、評議，去反映他所理解、看到或呈現的世界，他的敘事帶著殖民地臺灣的語境與經驗作為視線的參照框架，亦即，他在嘗試凝塑漢人的文化、歷史與價值觀之際，納入臺灣角度，於是，在他描述、定義下所展開的不時有所矛盾的再現與想像，不只呈現為論者所謂殖民現代性壓力下之「單一現代性」的反彈，形構了一個明確的文化大傳統的框架，更進一步的，因著「一」個臺灣，以及本島人所對應的臺灣人意識的崛起，邁向了多元現代性。

本文宣讀於「第三屆文化流動與知識傳播台灣文學與亞太人文的在地、跨界與混雜國際學術研討會」，台北：台灣大學台文所主辦，2018.09.29-30。原題〈詠史懷古：論連橫時空旅遊書寫中所反映的自我與家國關係〉。

第七章　場所精神：
書寫「地方」的兩種方式與寓意析論

前言[1]

　　根據連橫的自述，他在二十世紀初期就決心為臺灣作史。一○年代，他展開一連串的旅行。遍歷海峽兩岸，旁蒐博采，其過程裡遇見諸多文獻資料，有的另有用途，期諸他日；有的則係為撰史而準備，卻並未派上用場，後來再作補充，纂輯成書者。在臺灣省文獻委員會編印《連雅堂全集》裡，《臺灣語典》記錄臺語文字訓詁；《臺灣詩乘》載述詩人、詩歌作品；至於《雅堂文集》裡的〈臺灣漫錄〉、〈臺灣史跡志〉、〈臺南古蹟志〉寫作臺灣各種名物、地方，均屬筆記形式的遺墨。〈臺灣漫錄〉一如其名，為天南地北之雜談漫錄。兩志經過連橫自編、後人整理重編，具脈絡性，圈限了一定的範疇，以地方史跡、古蹟的地理空間為主要內容，係寓有作者意圖（author's intention）的創作實踐。連橫如此區分《臺灣通史》所載與二志之不同，在〈史跡志〉的體例裡，他說道：

> 壇廟、祠宇、書院、寺觀，具載《臺灣通史》，唯擇其有關史跡者言之。[2]

引文中，「書院」部分見諸《臺灣通史》卷十一〈教育志〉所附「臺灣書院表」，至於「壇廟、祠宇……寺觀」等，則可於卷十〈典禮志〉所附「各府廳縣壇廟表」中索檢，包括當時臺南縣

---

[1]　本章的撰成，黃清順博士曾協助補益有關《水經注》的文獻；又蒙兩位匿名審查人提供的寶貴意見，本文乃得據以修改，特此呈上感謝之意。

[2]　連橫，〈臺灣史跡志凡例〉，《雅堂文集》，頁 189。連橫《雅堂文集・跋》云：「若夫壇廟、祠宇、書院、寺觀，俱載臺灣通史，茲不復贅。雅堂跋。」（連橫，《雅堂文集》，頁 252。）似乎意謂著《臺灣通史》有載，則二志不贅。實則不然。文廟見於〈古蹟志〉，亦見於《臺灣通史》。且二志裡壇廟、祠宇、書院、寺觀不斷出現，並非不贅敘。因而，筆者採體例中的說法，而不取跋中所言。

在內。但前揭二表頗為簡略，不足載明其史跡緣由，因而乃有二志的寫作，同時，二志也有裨補《臺灣通史》、提供中央纂修歷史參考之用的意義。

　　如果細膩地追索，我們發現，連橫前述幾本有關臺灣的筆記體作品，都有他心儀楷模的對象。如《臺灣通史》仿司馬遷《史記》，《臺灣語典》上溯揚雄《方言》，《臺灣詩乘》為歐陽修《六一詩話》以降的中國詩歌理論史，而〈臺灣漫錄〉、〈臺灣史跡志〉、〈臺南古蹟志〉更形如魏晉南北朝筆墨，特別是〈臺灣史跡志〉、〈臺南古蹟志〉，二者在各自撰述的體例或形制上，似皆受到酈道元《水經注》、楊衒之《洛陽伽藍記》一定的影響，於山水描景上似取法前者，而人文設施、家國情感上的書寫則近於後者。

　　連橫〈史跡志〉與〈古蹟志〉的書寫蘊含怎樣的動機？我們又如何從中看到《伽藍記》、《水經注》的留痕？其以及我們應該如何看待連橫二志敘事背後的地景史觀？筆者認為這兩志的書寫方式正呈現了當代學者廖炳惠所指出的，在臺灣歷史的動態發展過程，它在接受不同階段的殖民經驗之後，與現代性產生多元的交錯，[3]其回應之一即「單一現代性」，廖氏用此指稱一種情境，即被殖民者在殖民政府的壓抑統治下，激發出孺慕祖國而有回歸祖國文化大傳統的行動。這種回歸行動的發微，不能不溯及當時的時代背景。二十世紀一〇年代，回應西方與東洋帝國之夾擊，引動了「整理國故」的思維，民國八年（1919），中國出現五四運動，胡適強調傳承有年的文獻遺產不能稱之為「國粹」，應中性化地稱之為「國故」。而所謂的國故，

---

[3]　有關多元的現代性，詳本書第一章。參廖炳惠，《臺灣與世界文學的匯流》，頁8。

不只是包含向來被視為有價值的經典傳統，更應該包括不入流的古代各類稗官野史、街談巷議、三教九流的口傳或書寫文獻。[4]二志中蒐錄了不少傳統被視為「不入流」的作品，其受到整理國故運動的影響，自不可避免；另一方面，二、三〇年代在臺灣展開的新舊文學論爭到臺灣話文運動，都曾針對文言漢文是否能夠做為書寫語言展開辯證，連橫的態度從捍衛文言漢文，最後又轉變為「世界語」亦無不可，但他的重要論述，幾乎都聚焦於前者，[5]有關世界語僅輕輕帶過，則二志與連橫其時的論述形成何種關係？

　　回顧有關連橫的研究，固然不多，於〈臺灣史跡志〉、〈臺南古蹟志〉尤其相對殊少，因而，本章擬自二志的內容、比較，底下分三節次第考察兩志對臺灣／臺南書寫的策略，如何取法中國古代地理經典的書寫，在殖民統治的壓抑下，其敘事所隱含的地方精神與文化意義，如何向文化祖國的大傳統回歸。

一、地方的書寫技藝暨其文化意義

　　連橫的二志見於《雅堂文集》，原是在《臺灣日日新報》中以專欄的形式刊登的文章。「婆娑洋聞見錄」稍作改動後，其大部分收錄於〈臺灣史跡志〉、〈臺南古蹟志〉，少部分編入〈臺

---

[4]　參胡適，〈新思潮的意義〉，「整理就是從亂七八糟裏面尋出一個條理脈絡來；從無頭無腦裏面尋出一個前因後果來；從胡說謬解裏面尋出一個真意義來；從武斷迷信裏面尋出一個真價值來。」原載《新青年》7 卷 1 號（1919.12.1）。後收錄於《貞操問題（胡適文存／第一集・第四卷）》（臺北：遠流出版公司，1994），頁 123。如果就這個層面而言，連橫二志的書寫顯然不符此一運動的精神。但就拾掇地方文化傳統而言，則連橫的作為就可以說是雖不中，亦不遠矣。

[5]　參連橫，《雅言》，頁 21。相關論述亦見拙文〈日治時期臺灣文人對語言使用的主張暨其平議〉，《東吳中文系學報》26 期，頁 245-264。

灣漫錄〉。〈臺南古蹟志〉則刊登兩處，一是大正元年（1911）
前半年刊載於《臺灣日日新報》的〈臺南名勝志〉，二是大正十
三年迄十四年發刊的《詩薈》（1924～1925），後並收入《文集》
之中。筆者比對後，發現《臺灣日日新報》所刊為《詩薈》、《文
集》的初稿，內容幾乎相同。〈臺灣史跡志〉則不見於《詩薈》，
所描寫場所也與〈古蹟志〉全不重疊；二志皆著墨臺南，但〈史
跡志〉多為舊臺南縣的向外拓墾區，也著墨壇廟，但也有的談
一個區域在「面」的興衰發展，如曾文溪、竹溪寺等，而〈古
蹟志〉則幾乎都集中在舊臺南市，而且是明清時期人的「景點」；
復次，目前見收於《雅堂文集》的〈史跡志〉，較日治時期刊載
條目多出八十八條，是極可能寫作於三〇年代者。由是，可證
實二志實有不同。

　　連橫中曾有以〈臺南古蹟志〉併入〈臺灣史跡志〉的想法，
「余既撰《臺南古跡志》，因念偏圍一隅，未及全局，乃作此編，
以為讀書稽古之助。俟殺青後，當將《古跡志》併入於內。」[6]
言雖如此，但並未全然落實，其原因很可能是前者為連橫撰寫
故里臺南，後者則是將臺南也含納在內的臺灣全島，無論在情
感、筆觸、地理規劃上都有所不同。且後續增補擴充後的〈史
跡志〉篇幅甚鉅，〈臺南古蹟志〉一旦併入其中，其面貌勢必變
得模糊。也許是為了維持故鄉臺南的主體性，他最後不僅未將
二志合併，尚且分開標目。而如同《臺灣語典》係為《三六九
小報》寫的「臺灣語講座」專欄，連載未完，民國四十六年（1957）
由其子連震東重予整理、陳漢光校訂出版；二志亦依此模式，
後由臺灣省文獻委員會編輯，廁入《雅堂文集》卷三，並仍連

---

[6]　連橫，〈臺灣史跡志凡例〉，《雅堂文集》，頁 189。

橫舊例，獨立為兩志。而考其書寫方式，我們可以看到若干《伽藍記》、《水經注》的留痕。

　　《水經注》四十卷因北魏晚期酈道元疏注東漢桑欽之《水經》而得名，該書描述一千多條大小河流地貌、地質礦物、動植物、歷史遺跡、人物掌故、神話傳說、碑刻墨跡和漁歌民謠。清代王先謙認為酈道元注《水經》的目的在於「**因水以證地，即地以存古**」[7]。清人錢大昕發現漢初分封的侯國，於班固的《漢書》中已無完整的記載，但《水經注》裡竟能索得十之六、七[8]。至於與《水經注》被視為北朝文學雙璧的則是北魏楊衒之撰寫的《洛陽伽藍記》（以下簡稱《伽藍記》）成書於東魏孝靜帝時，集歷史、地理、佛教、文學於一身，保存了當時的文獻掌故，更具備高度的文化底蘊。《四庫全書》繫二書於地理類，一寫北朝國都洛陽，一寫大江南北，揆其內容，都在寫空間與景觀。至於學者將《水經注》、《伽藍記》的地理空間書寫集約為兩種方式：身親歷之與診視山水。《伽藍記》之親歷史蹟，固不待言，而《水經注》之躬臨山水，歷來窮究「酈學」[9]的學者，也已多所證明，如吳天任《酈學研究史》摘舉實例云：

7　王先謙合校本，《水經注・序》卷十八（北京：北京出版社，2000），頁43。

8　「漢初功臣侯者百四十餘人，其封邑所在，班孟堅已不能言之。酈道元注水經始考得十之六七。」錢大昕著，陳文和點校，《潛研堂文集・卷十二・答問九・諸史》（南京：江蘇古籍出版社，1997），頁180。

9　正如霍華亮、劉鵬，〈酈道元生平簡介與《水經注》〉所云：「《水經注》是西元6世紀北魏時酈道元所著，是我國第一部以記載河道水系為主的綜合性地理著作，在我國長期歷史發展進程中發生過深遠的影響，自明清以後不少學者從各方面對它進行了深入細緻的專門研究，形成了一門內容廣泛的『酈學』。」收錄於《安徽文學》4期（2009），頁35。

綜觀《水經注》全書，述其親身訪歷、勘察實跡者，略
舉數例：如卷三「河水經」「又東過雲中楨陵縣南……」
下注云：「沿路惟土穴出泉，挹之不窮。余每讀〈琴操〉，
見《琴慎相和雅歌錄》云：『飲馬長城窟』，及其扳陟
斯途，遠懷古事，始知信矣，非虛言也。」此因讀古歌
謂其地有飲馬窟，初尚不信，及親身扳陟，始知其實，
脈水考文，同時並重……自臺西出，南上山，山無樹木，
惟童阜耳。因實地觀察而證明所歷之山，乃無樹木，但
一禿阜，若非親歷親見，何由知之。[10]

以上，不論雲中楨陵縣抑或陰山講武臺，酈道元總在親歷其境
之後，提出相關的檢視。[11]

　　就前述身親歷之的空間書寫意義而言，人文地理學家 Tim
Cresswell 的說法或許可以提供我們思索的脈絡。Tim Cresswell
認為「地方」是一種觀看、認識和理解世界的方式，從人與「地
方」之間的種種關係，發現意義和經驗的世界，使之進入文化
的範疇。[12]酈道元生當中樞南移的世變之際，從而有江南佳山
水的出現，他遂以自身的游歷經驗以疏注水經為名，不時呈現
對其自身之空間感的書寫。除了知性文字的勾陳與探討之外，

---

[10] 吳天任又舉了下文「同卷經注又云：『余以泰和十八年，從高祖北巡，屆
於陰山之講武臺』此地不贅」，詳《酈學研究史》（臺北：藝文印書館，
1991），頁 23-24。

[11] 研究《水經注》最深最力的大陸學者陳橋驛才會得出以下的結論：「酈道
元撰寫《水經注》所運用的各種方法之中，最突出的特色是他的勤勉的
野外工作。他自己在〈水經注序〉指出了他的寫作方法是『訪瀆搜渠，
緝而綴之』。真是一點不假。」陳橋驛，《酈道元與《水經注》》（上海：
上海人民出版社，1987），頁 55。

[12] Tim Cresswel 著，徐苔玲、王志弘譯，《地方：記憶、想像與認同》（臺北：
群學出版社，2006），頁 21。

往往亦將相當的人文經驗灌注其中，這使得他對該地描述被賦予一種「地方關懷」的主觀情感。這樣的情境也呈現在連橫兩志的書寫之中。易言之，出身府城臺南、又寓居臺中、臺北的連橫，在處理其「家鄉」、「寓居」的史跡或史蹟資料，經營其臺灣或府城敘事，會一定程度聯結其在地的空間經驗，此經驗又透過內在的「心境、思想和感覺」[13]而轉化成具有主觀情感依附的「在地記憶」，而有別於客觀地景（landscape）書寫。

　　這種在地的主觀記憶，又往往嵌插著連橫的家國興亡感，而連橫在受到《水經注》啟迪之外，也有著《伽藍記》影響的迴光。《伽藍記》寫人文興築，分城內、城東、城西、城南、城北五卷歷數北魏洛陽城的伽藍（佛寺）的緣起變遷、廟宇的建制規模及與之有關的名人軼事、奇談異聞。箇中所述，實無一非作者穿梭其間之清晰履跡，更有著時空流動的特殊情感。根據作者自道，他曾於魏孝莊帝永安年間（528-529）官奉朝請，目睹帝都洛邑極盛時的景觀。時隔約二紀，孝靜帝武定五年（547）復因行役重覽洛陽，觸目「**城郭崩毀，宮室傾覆，寺觀灰燼，廟塔丘墟。墻被蒿艾，巷羅荊棘**」[14]，故撰斯記。推其成書，應在北魏滅亡，東西魏分裂（534）之後，楊衒之明寫佛寺盛衰，實則借以詳述都城地理，反映國家興亡，寄託故國哀思，寓含著黍離麥秀之悲與治亂訓鑑。正《魏書》之曲筆，考史志之闕誤，於歷史地理研究佔重要地位。連橫所經歷的時代景況與楊炫之固不盡相同，惟〈古蹟志〉作於臺灣改隸日本之

---

[13] 此處借用段義孚（Yi-Fu Tuan）《經驗透視中的空間和地方》（Space and Place：The Perspective of Experience）一書中「緒言」的說法，參潘桂成中譯版（臺北：國立編譯館版，1998），頁 3。

[14] 〔北朝北魏〕楊衒之著，楊勇校箋，《洛陽伽藍記校箋》（北京：中華書局，2006），頁 1-2。

後，當時殖民政府厲行市區改正。連橫追思往昔，綴拾舊聞掌故，書寫的對象也是人文興築，以之裨補其個人所撰述之《臺灣通史》的不足，字行間不忘考證史志之載述，寓含深沉的世變之警惕，家國之深思，其最明顯者為後文之「馬兵營」一則，揆其意含，實與《伽藍記》無異。詳後論。

在身親歷之以外，《水經注》另有一種書寫的方法，即診視山水。一般而言，地理空間通常指涉區位（location），故就外來者的角度以觀，原只是一個辨識方向與區域的名詞或定位點。例如：旅人看到雞籠山與鯤鯓時就知道臺北與府城要到了。另外，空間也會純粹被用來指涉一個地方，與個體在地生活經驗無關，也不含帶主觀感情，這種情形的理解，固然能講述得頭頭是道，但缺乏實地體受，因此是以「知性」文字和「客觀」語言的縷陳來建構整篇文獻，究其實際，並沒有地方感，也就是沒有主觀經驗和個人情感上的依附。不過，善寫者往往能巧妙彌縫此一盲點而做到如臨其境的效果，這是因為作者靈活挪取他人閱歷以化為己用，佐以文人想像的充分發揮，從而寫出宛如在場的文學作品，這或可另稱之為「案頭山水」。在中國，「案頭山水」是一個行之久遠的書寫傳統。不只是文人創作可以從繹解典籍、採擇文獻中獲得題材，也可以沿襲他人作品中的內容，如李白寫下千古名作〈蜀道難〉，他自己是否「親涖蜀道」，則恐怕大有疑義。[15]這種狀況喻之於題畫詩就更清楚了。

---

[15] 如羅聯添說：「李白除開元十三年（725），二十五歲經三峽，乾元一、二年（758、759）流放夜郎遇赦，往返三峽外，一生似不曾踐履自青泥嶺至劍閣一段路程。其所描述蜀道之艱險，山川景物之奇特，部分出於想像、推測；大部分係取舊籍……內容取材多據楊雄〈蜀王本紀〉、張載〈劍閣銘〉、暨左思〈蜀都賦〉。其中『劍閣崢嶸』一節辭意幾與〈劍閣銘〉〉無甚差異。惟此等取經李白變化融裁，增益懸想，遂成傑構宏篇。」參〈李白《蜀道難》寓意探討〉，《唐代文學研究》第五輯（1994），頁247-248。

作詩題畫寫的是觀畫所見的山水，未必是自身行履所至。這些題畫詩被收入詩集中出版，卻被當作真正的山水詩閱讀。「案頭山水」之大家，要以被視為中國山水遊記先導的酈道元《水經注》為最。而此一書寫的策略，也或多或少見諸連橫兩志。

《水經注》因疏解內容所牽涉的幅員遍及大江南北，作者勢必不能一一親臨見證，故其闡述地景遺跡，往往援引前人典籍閱歷以作為說明，如《水經》卷九〈清水〉曰：「（清水）東北過獲嘉縣北」，酈《注》「獲嘉縣」云：

> 《漢書》稱，越相呂嘉反，武帝元鼎六年，巡行于汲郡中鄉，得呂嘉首，因以為獲嘉縣。後漢封侍中馮石為侯國。縣故城西有漢桂陽太守趙越墓，冢北有碑。越字彥善，縣人也，累遷桂陽郡、五官將、尚書僕射，遭憂服闋，守河南尹，建寧中卒。碑東又有一碑，碑北有石柱，石牛、羊、虎，俱碎，淪毀莫記。清水又東，周新樂城，城在獲嘉縣故城東北，即汲之新中鄉也。[16]

酈氏上面的注解，乃考索史籍而來，雖則闡述詳盡，卻是知性的客觀鋪陳，並未帶有情感的依附，其地方認同感自是闕如。再者，如《水經注》卷一〈河水〉提及「新頭河」云：

惟劉大杰則持不同意見，他在《中國文學發展史・中卷・盛唐詩人與李白》表示李白遊蹤遍南北：「他看得多，體會得深刻……三峽的猿啼、天姥山的雄奇、蜀道的驚險、四萬八千丈的天臺山，天山飛來的黃河水，一一出現在李白的筆下。」（上海：上海古籍出版社，1997，頁 521）。另外更為著名的例證，則是韓愈。考韓退之一生足履未曾蒞臨桂林，其〈送桂州嚴大夫同用南字〉有「蒼蒼森八桂，茲地在湘南。江作青羅帶，山如碧玉篸」之名句（〔清〕愛新覺羅玄燁，《御定全唐詩》卷三百四十四，頁 16，文淵閣四庫全書電子版【內聯網版】。）

[16] 〔北朝北魏〕酈道元，《水經注》卷九，頁 7，文淵閣四庫全書電子版【內聯網版】。

> 釋法顯曰：度蔥嶺已，入北天竺境。于此順嶺，西南行
> 十五日，其道艱阻，崖岸險絕，其山惟石，壁立千仞，
> 臨之目眩，欲進則投足無所。下有水，名新頭河。昔人
> 有鑿石通路施倚梯者，凡度七百梯，度已，躡懸絙過河，
> 河兩岸相去咸八十步。九譯所絕，漢之張騫、甘英皆不
> 至也。余詢諸史傳，即所謂罽賓之境。有磐石之隥，道
> 狹尺餘，行者騎步相持，絙橋相引，二十許里，方到懸
> 度。阻險危害，不可勝言。[17]

考察酈氏仕宦北魏的經歷，其生平主要在華北黃淮流域活動，
足跡不曾逾越國境以外，因而他對北天竺罽賓之境的描述，只
能「詢諸史傳」而來，從而對該地「崖岸險絕」的危道形容——
所謂「行者騎步相持，絙橋相引……阻險危害，不可勝言」云
云，究其實際，或者巧挪他人形容，間或加諸文人想像在內，
並不是自身體驗下的地方記憶。相較之下，酈氏所援引的法顯
傳記之言，因法顯親至西土「佛國」，故對蔥嶺的描述，是有著
親臨其境的「在地」記憶，故所謂「壁立千仞，臨之目眩，欲
進則投足無所」云云，其真實度，令人動容。《水經注》中，相
同的情況，還有卷三十七所描述湖北宜都的「清江」（當時稱之
「夷水」）：

> 夷水又徑宜都北，東入大江，有涇、渭之比，亦謂之佷
> 山北溪。水所經皆石山，略無土岸。其水虛映，俯視遊
> 魚，如乘空也。淺處多五色石，冬夏激素飛清，傍多茂

---

17 〔北朝北魏〕酈道元，《水經注》卷一，頁 5-6，文淵閣四庫全書電子版
【內聯網版】。

　　木空岫，靜夜聽之，恒有清響。百鳥翔禽，哀鳴相和，巡頹浪者，不覺疲而忘歸矣。[18]

　　上引這一段頗為生動的文字裡，諸如「府（俯）視游魚，如乘空也」、「冬夏激素飛清」、「靜夜聽之，恒有清響」等等形容描繪，都營造出如臨其境的修辭效果，令讀者悠然神往。事實上，這一段文字的光采，如郗志群所指出的，連疏解酈《注》的清末學者、道地的宜都人士楊守敬（1839-1915）都為之流眄，將之用為顏其藏書閣之名的憑藉。[19]

　　然而，我們也當知道，今之湖北古代略分「荊」、「江」二州，南北朝時候，隸屬南疆，故酈氏對宜都夷水的描摹，只能如前所述，係「診諸史傳」而來的，故王允亮明指出當時南北對峙，酈道元一生足跡未到過南朝，無法實地考察南方山水。於是，南方文獻相當程度地裨益了《水經注》的成書，尤其是對他所敘寫的南方山水，「具有填補知識空白的作用，彌補了他不能親自到南方進行考察的缺憾。」[20]

　　連橫撰寫〈史跡志〉、〈古蹟志〉，也會觸及非其經驗所及的空間景觀，這時候，他所使用的，也便是所謂的「診視山水」，如酈氏之夷水美文巧妙地挪用他人的敘述，益以其個人巧思於其內的「再創作」。在這部分，由於缺乏「在地情感」的體驗，

---

[18] 〔北朝北魏〕酈道元，《水經注》卷三十七，頁 15-16，文淵閣四庫全書電子版【內聯網版】。

[19] 同治六年至七年（1867～1868）年間，楊守敬編著過兩部金石學著作，分別為《激素飛清閣評碑記》和《激素飛清閣評帖記》。書名中的「激素飛清閣」即楊守敬在宜都家中的藏書閣名，其由來顯然源於上引酈書那一段精彩的描寫。郗志群，〈關於《水經注疏》始撰起因及時間的探討〉，《文獻》3 期（1995），頁 203。

[20] 王允亮，〈《水經注》與南方文獻研究〉，《中國文學研究》3 期（2010.07），頁 39。

故對其空間認同也就付之闕如，從而相關的地景描述，也就主
要著墨在文獻的考掘、爬梳、客觀環境的描繪與詩詞的徵引之
上。箇中呈現的意涵，自與「經驗」過的地方記憶有別。酈氏
未有南朝經驗，連橫則無東臺履跡，如〈史跡志〉中載「花蓮
港原名迴瀾港，以潮水至此而迴也」（【文集】，頁213）、「羅東
在宜蘭之南。《噶瑪蘭志略》謂：番語呼猴曰『老黨』，此地有
石如猴形，故名；譯為羅東。」（【文集】，頁214）等等，皆為
考述之詞。另一個有力的證據則是他在紅頭嶼裡這樣寫道：

> 紅頭嶼在恆春海中。光緒三年，始入版圖。按夏獻綸《臺
> 灣輿圖》，謂嶼在恆春縣東八十里，孤懸荒島，番族穴
> 居，不諳耕稼，以薯雜糧捕魚牧養為生。樹多椰實。有
> 雞、羊豕，無他畜。形狀無異臺番，性最馴良，牧羊於
> 山，剪耳為誌，無爭奪詐虞之習。民人貿易至其地者攜
> 火鎗，知其能傷人也，輒望望然去之。語音有與大西洋
> 相似者，實莫測其所由。地勢周圍六十餘里，山有高至
> 五、六十丈者。社居凡七，散列四隅，男女大小不及千。
> 光緒三年，前恆春縣周有基率船政藝生游學詩、汪喬年
> 履其地，歸述其所見如此。又有火燒嶼者，橫直二十餘
> 里，與紅頭嶼並峙，水程距卑南六十里，有居民五百餘。
> 商船避風，間有至其地者。（【文集】，頁218-219）

本則筆墨形容在文末說明為「游學詩、汪喬年履其地者，歸述
其所見。」如此正可以確認「案頭山水」寫作之存在。若是者，
或可求諸陸機〈文賦〉中有一句眾所周知的名言：「課虛無以責

有，叩寂寞而求音」[21]，文人創作總難免藉由浮想聯翩而馳騁墨瀋，然則依憑妙筆生花的筆觸，課虛責有、叩寂得音，加上過人的想像力，也就讓作家能身處魏闕之下而思通千里之外，寫出彷彿「身歷其境」的佳構了。類似的引例，將於下節中再觸及。

此外，相較於酈道元、楊炫之，連橫對於身親歷之似乎懷抱著更強烈的堅持。他極力主張「欲為臺灣之詩，須發揮臺灣之特色。」（【文集】，頁 270）書寫題材就在詩人走動的環境之中，臺灣的山水之美橫陳眼前，「臺灣景色皆詩料……」、「臺北詩境……」、「滿山皆詩料也」。他抨擊擊缽詩，明明是身在臺灣蝸居之中，徵詩者竟舍近而圖遠，仿作「桃葉渡」、「莫愁湖」、「咸陽弔古」一類，題目雖佳，終乏觀感，純然為詩造情，「雖極能事，終是死詩，而非活詩。」（【文集】，頁 281-282）「如以江南花月、塞北風雲而寫臺灣景象，美則美矣，猶未善也。」（【文集】，頁 270）在創作論裡他提及虛心靜氣的修養方法，走入一己處身的自然：

> 圓山也，碧潭也，北投也，皆臺北附近之詩境也。遠而淡水之濱，觀音之麓，社寮之島，屈尺之溪，亦足供一日之游。杖頭囊底，妙句天然。我輩仄居城市，塵氛撲人，何不且捐俗念，一證真如？（【文集】，頁 272-273）

上文裡，連橫一語雙關，意謂吾人此身所在之現場方為自我安頓之地，而惟有自我安頓後，得以安頓詩之思，一體真如。他以為，詩人欲進入創作之心靈有賴於「現場」，詩作題材暨其命

題，所應秉持的原則完全相同。詩歌膚淺的表層之美，卻失去最重要的生命力。這正是連橫對新文人所批判的——舊文人作詩惟務懷古傷情，暮氣沉沉——的一個非常重要的自我反省。[22]

連橫既如此強調作者的在場經驗，他自己卻也寫作案頭山水，如何解釋？我們或可以說，這是無法親歷其境，不得不退而求其次的補救辦法。如此一來，就案頭山水而言，中國與臺灣有何不同？是皆訴諸想像的「課虛無以求有」耳。那麼，連橫對於臺灣書寫的堅持是否就失去了立足點？此亦不然。儘管是訴諸想像，其站在理解臺灣的基礎上想像臺灣，並未失去「**女為臺灣人，不可不知臺灣事**」（【通史】，頁 990）的立場。

然而，即便連橫大聲疾呼臺灣之名勝古蹟，實可用來做為詩歌的好題目，言者諄諄，聽者藐藐，卻始終無法提起臺灣詩人書寫的興趣，以至於連橫有如此之扼腕：

> 婆娑之洋、美麗之島，昔人所謂海上仙山者也。故自開關以來，中土士夫之戾止者，多有題詠。……今之作者何不著意於此，而乃作此毫無關係之題目！臺灣詩人雖多，而真能為臺灣作詩者，有幾人哉！（【雅言】，頁 40）

> 臺灣屹立海上，山川多秀，氣候如春；眼底風光，足供吟料，而臺人士未知收拾，寧不可惜！（【詩乘】，頁 34）

對於這個現象，過去包括筆者在內的研究者，都認為課題擊缽仿古製題，內容千篇一律寫塞外、江南等中原地景，係詩人懶

---

[22] 有關連橫為詩主張應以**臺灣實境與經驗**為書寫對象的論述，詳第八章。

於創新或習於抄襲之故。然而，在閱讀連橫這兩志之後，卻有
了非常不同的體會。這就如同陳夢林修纂《諸羅縣志》,「**未循**
古制，每每忐忑不安。」[23]未被人文化的山水，邊緣的殊方必
須成為中心的此方的連類譬喻，以完成地方的經典化，連橫隱
隱然體會到這種必要性，以及面對此一必要性所需採取的途
徑，便是透過史跡、古蹟的書寫，詩人佳篇的舉隅。這樣的做
法，或許傳承向來有著自己的符號系統或者演示方式，被「刻
寫」在紀念碑、博物館等有形載體上文的字、圖片和儀式等；
它也通過無形的渠道代代相傳，去形塑共同體分享的記憶。《水
經注》、《伽藍記》滋養了唐代李白、杜甫等詩人的創作，甚至
我們也可以看到柳宗元的〈永州八記〉取法《水經注》的蛛絲
馬跡。蘇軾〈寄周安孺茶〉詩亦提及：「**嗟我樂何深，《水經》**
亦屢讀。」[24]則兩書的問世，實為當代以及後世詩人創造了大
好的詩歌材料。而連橫二志這些文言漢文中的鄉土敘事在一、
二〇年代的刊載，為當代所接受儘管有限，卻在臺灣二、三〇
年代鄉土文學、臺灣話文的論戰中，一方面為連橫打開言說的
空間，另一方面又加強連橫對於其重要性的認知，後人集結梓
行後成為地方無可取代的無形文化資產。

　　而爬梳〈史跡志〉和〈古蹟志〉，可以發現兩種判然可分
的書寫方式。〈史跡志〉涵攝整個臺、澎領域，幅員較廣之外，
一如上述，連橫描述地景遺跡時，以診視山水之方式書寫者，
較多。〈古蹟志〉則因為為連橫家鄉，幾皆為身親歷之。兩志在
「地方記憶和認同」之表現的方式以及不同程度，筆者將分別
做進一步的梳理。

---

[23] 陳夢林，〈自序〉，《諸羅縣志》（南投：臺灣省文獻委員會，1992），頁 4-5。
[24] 〔北宋〕蘇軾著，馮應榴輯注，黃任軻、朱懷春校點，《蘇軾詩集合注》
　　（上海：上海古籍出版社，2001），頁 2403。

二、〈臺灣史跡志〉的地景敘事與視角

　　檢視連橫〈史跡志〉的若干寫作技巧，諸如援引前修之作、紀錄騷人歌詠，等等，其撰述模式，均可追溯至酈《注》。或者我們可以這樣說，酈道元《水經注》的地景表述方式，已成為後世文人借鏡取法的楷式，因此連橫撰寫史跡景點時，時有因循酈氏書寫方式的軌跡。如連橫描繪〈火燄山〉一文云：

> 火燄山在臺中之東，貓羅、貓霧兩山為之左右，危峰突兀，秀插雲霄，狀若火燄。樹林密茂，上多松柏，下為烏溪之流。山半有蝙蝠洞，多而且大。山上有池周數丈，雖大旱不涸。相傳池中有文龜，風雨將至，則見於水面。曙色初開，霞光燦爛，府志所謂「燄峰朝霞」，為彰化舊八景之一；而諸羅志所謂九十九峰者，則指此也。（【文集】，頁216-217）

以上，「危峰突兀，秀插雲霄」云云，在酈氏山水描景的形容中，類似譬喻，隨處可見，諸如「長城之際，連山刺天」[25]、「夾岸深高，壁立直上，輕崖秀舉，百有餘丈」[26]、「虎牙桀立，孤峰特拔以刺天」[27]、「四面壁絕，極能靈舉，遠望亭亭，狀若單楹插霄矣」[28]，由此可知連橫山水刻繪和酈道元之間的可能聯繫。

---

[25] 〔北朝北魏〕酈道元，《水經注》卷三，頁4，文淵閣四庫全書電子版【內聯網版】。

[26] 〔北朝北魏〕酈道元，《水經注》卷四，頁32，文淵閣四庫全書電子版【內聯網版】。

[27] 〔北朝北魏〕酈道元，《水經注》卷八，頁16，文淵閣四庫全書電子版【內聯網版】。

[28] 〔北朝北魏〕酈道元，《水經注》卷三十一，頁2，文淵閣四庫全書電子版【內聯網版】。

　　惟連橫自負才情，並非亦步亦趨的一般文人，故其地景書寫，仍有其特色在內，此部分將於後文提及。

　　由於〈臺灣史跡志〉是概略介紹臺灣全島與離島的地理樣貌及歷史事蹟，但全臺的範圍較大，使得連橫無法一一親身前往踏查，特別是前引幾則的地方皆位於臺灣東部、離島，一〇年代，交通殊為不便，筆者檢尋連橫所有創作之餘，並參考已撰製的年表重製一年表，未見到連橫的遊歷記錄，可見其有關東臺、離島的描寫都屬案頭之作，不是依靠史籍紀載，便透過前人詩詞來領略當地之美；也就是說，以他人的介紹來作為本章的內容。又如該篇「阿猴林」條：

> 阿猴林則今屏東，番語也；或作阿猴，或作阿緱。《臺灣外紀》曰：林道乾據打鼓山，餘番走阿猴林。臺灣雜記曰：鴉猴林在南路萆日社外，與傀儡番相接，深林茂竹，行數日，不見日色，路徑錯雜。傀儡常伏於此，截取人頭以去。此書為康熙二十四年諸羅令季麒光所著，閱今二百四十餘載，已為富庶之區。即阿猴以南之番地，亦悉成都成聚，適彼樂郊矣。光緒紀元，開山議起，設下淡水縣丞於此。今為郡。（【文集】，頁 205）

以上，這則較具趣味的阿猴林，今屏東，亦是連橫未至之地。在敘事上，連橫援引史籍《臺灣外紀》、《臺灣雜記》的相關載錄，作為引介「阿猴林」的基礎，因此，連橫觀看的視角就不是以自身經驗出發，而是透過他人之眼來看，這樣停留在「空間」的層次，也就是以站在外圍角度去觀看此地。另外，就表述內容來說，上引文字呈現出「知性」文字的考索，這種客觀筆觸，雖則塑造其專業形象，但同時也減卻了在地經驗的情感

氛圍，然而遊歷經驗所銘刻的主觀記憶，正是賦予空間／地景書寫一種動人的要素。段義孚是如下界定「經驗」的：

> 「經驗」乃跨越人之所以認知真實世界及建構真實世界的全部過程。……經驗是「感覺」和「思想」的綜合體。[29]

以是，文人如有親臨地景的真實「經驗」，則可透過感覺（感官上的視覺、聽覺、嗅覺、觸覺等）與「思想」（「決定環境的空間組織的原則和幾何性設計」[30]）的組構，將體驗形諸筆墨，倘是「『感覺』和『思想』的綜合體」，也將令筆下的形容效果，增色不少。

　　不過，理當指出的是，臺灣幅員畢竟不能和酈《注》所涉及的遼闊疆域相比，而連橫在臺也確曾遊歷府城以外的若干景點，乃至移居臺中[31]、臺北[32]等處，故〈臺灣史跡志〉的紀錄中，會有數處描述自身「經驗」的記憶書寫，如「西雲巖」條：

> 西雲巖在淡水觀音山麓，一作栖雲寺；見林鶴山《琴餘草》。復建凌雲寺於山上，乃稱凌雲為內巖，栖雲為外巖。巖則寺也。石古林深，境絕幽邃，余曾遊之，有詩載集中。（【文集】，頁222）

---

[29] 段義孚（Yi-Fu Tuan）著，潘桂成譯，《經驗透視中的空間和地方》，頁7-8。

[30] 此語係段氏該書的描述，出處：段義孚（Yi-Fu Tuan）著，潘桂成譯，《經驗透視中的空間和地方》，頁14。

[31] 「清德宗光緒三十四年戊申（一九〇八）……春，先生移家臺中，入臺灣新聞社漢文部。」鄭喜夫，《民國連雅堂先生橫年譜》，頁61。

[32] 「中華民國八年……春，先生應華南銀行發起人林熊徵聘，為處理與南洋華僑股東往還文牘之秘書，移家臺北大稻埕。」鄭喜夫，《民國連雅堂先生橫年譜》，頁122。

引文中，連橫所謂「有詩載集中」云云，現收入《劍花室詩集》，所作者係題名〈宿栖雲巖〉的組詩[33]：

> 昨從雲中來，今向雲中去。來去本無心，白雲在何處？
> 夜宿山上寺，晚汲山下泉。紅埃飛不到，一夢亦翛然。
> 萬木噪寒蟬，殘花啼一鳥。天籟自然鳴，令我詩魂悄。
> 寂寂貪枯坐，玄玄悟色空。無人無我相，萬劫一塵中。
> （【詩集】，頁 67）

連橫性本近佛，他曾於大正十三年（1924）開設「六波羅蜜」、「釋迦佛傳」等講座[34]，後並發表多篇考證佛學的文章[35]，另據鄭喜夫《連雅堂先生年譜》所載，大正七年（1918）臺中開靈山大會，曾邀請內陸法師釋太虛蒞臺共襄盛舉，而連橫和太虛多所唱和[36]，故可知連橫對於佛學的親近態度。也因為如此，上面所引的詩句裡，頗能呈現參禪的妙境，詩中「無人無我相」云云，典出《金剛經》所謂「無我相、無人相、無眾生相、無壽者相」之語，佛教要信眾滌蕩人、我分別相，也就是「無分別心」，勘破執著念，連橫自詡在佛寺「栖雲巖」中，已然體悟教理真言，故化入詩句，作為詮解。所以，總結該組詩內容併參〈臺灣史跡志〉的描述，栖雲巖在連橫記憶中的「地區意識」，

---

[33] 按：臺灣省文獻委員會編印《劍花室詩集》將本組詩合併為一首，然觀看上下詩句，宜析為四。

[34] 「（一九二四）一月……十七日……是夜，先生在臺灣文化協會臺北支部第七回通俗學術土曜講座講『六波羅蜜』。」（頁 143-144）；又「（一九二四）四月……十九日夜，先生在臺灣文化協會臺北支部第二十一回通通俗學術土曜講座講『釋迦佛傳』。」鄭喜夫，《民國連雅堂先生橫年譜》，頁 153。

[35] 如連橫，〈觀世音考證〉，《臺灣民報》，1930.01.01，第 7 版。另，參鄭喜夫，《民國連雅堂先生橫年譜》，頁 153-154。

[36] 詳參鄭喜夫，《民國連雅堂先生橫年譜》，頁 121-122。

占有特殊位置。邁克‧克朗（Mike Crang）在《文化地理學》（*Cultural Geographies*）談論「空間經驗」時說道：「在一個地方居住一定時間就會導致與當地人長期形成的特徵相融合」[37]，克朗於文後補充了相關的哲理基礎，亦即胡塞爾「現象學」中所謂「意向」的概念：

> 胡塞爾提出了本體論學說，一個關於什麼是存在的理論。他認為雖然世界是可以被觀察的，但是對於物體或觀察的對象而言，還有更多的東西，之所以會這樣，他認為是由於「意向」所造成的。比如說，一只足球……只有在有人開始踢它或將它用於比賽時，它才成為一只足球。一個物體只有把它與人們賦予它的用途聯繫起來才成為某個東西。因此，按照本體論的思維，我們稱之為足球的現象不僅存在於物體本身，也存在於我們對待它的方式中。……這種思想為地理學提供了新的可供研究的領域。地區不再是一些收集的資料數據，它包括了人的意向。我們不應只是數一數主要街道上商店的數量，而且應了解這條街道對它的使用者的意義。[38]

以上，由於連橫參訪「棲雲巖」，在「使用者的意義」上，該處屬於超脫紅塵的智慧場域，故連橫在借宿中也讓自我的身心契入代表佛教莊嚴聖地的寺廟裡，從而書寫的詩文，便沾染佛學的真諦，不論詩句的禪境，抑或文章所謂「石古林深，境絕幽

---

[37] 邁克‧克朗（Mike Crang）原著，楊淑華、宋慧敏譯，《文化地理學》（南京：南京大學出版社，2005），頁 106。

[38] 邁克‧克朗（Mike Crang）原著，楊淑華、宋慧敏譯，《文化地理學》，頁 100。

邃」等語，都將佛寺背後所代表的地方特徵和意涵，融入作品
當中。

另外，連橫也談論其「知交」的景點，比如「鰲峰」條：

> 鰲峰則牛罵頭，或作寫鰲頭，番語也。清初仁和郁永河
> 曾至其地，《稗海紀游》載之。自是以來，我族移處，
> 遂成都聚，而蔡氏實為望族。敏川先生與弟敏南素友愛，
> 老而彌篤。晚年同居一樓，曰伯仲居，又曰川南別墅，
> 命名甚善。唐棣荊花，誠足媲美。南丈之子惠如，負幹
> 才，有遠志，與余交莫逆，故余數至其家。今二丈雖沒，
> 而典型尚在，思之撫然！山麓有泉，甘而冽，聞為土番
> 所鑿，莊人皆就飲焉。或曰：荷蘭之時，曾設牛頭司於
> 此，故稱牛馬頭云。（【文集】，頁 220）

從上面引文暨前揭援引「阿猴林」的內容可知，連橫在書寫臺
灣各地方的區域，是概略介紹原始地名及其命名由來，後續則
援用重要的前人著述以作為權威紀錄，如本則「鰲峰」是參考
《稗〔裨〕海紀遊》來寫這一簡介，換言之，連橫也仍透過他
人之眼來當作立論的基礎。不過，本則引文和「阿猴林」有所
不同的是，連橫在引介景點的過程中，順勢帶出了該地的重要
人物軼事。郁永河為大家所熟知，不贅。敏川為蔡敏川，明治
四十二年（1909）2 月 11 日紀元節，臺中廳長佐藤謙於知事舊
館招宴並唱和。席中有蔡蓮舫。佐藤謙率先賦詩，後刊於《臺
灣日日新報》，諸人唱和之作亦連載於報。[39]惠如為蔡惠如，係

---

[39] 席上另有王學潛、山田孝、林南強、陳百川、吳鸞旂、林耀亭、呂鶴巢、
傅錫祺、鷹取岳陽、呂汝玉、蔡敏川、蔡敏南、林紀堂、蔡啟華、林獻
堂、文斯霞、林燕卿等人。參：竹亭佐藤謙，〈明治己酉紀元節日設雅筵

連橫於臺中活動時時相過從的友人，明治四十四年（1911）曾共事處理蔡啟運的喪事，[40]同年曾一起參加櫟社文人發起的「中央金曜會」。[41]《臺灣詩薈》發刊時，蔡惠如填詞祝賀[42]；治警事件後蔡惠如出獄，連橫亦撰詩祝賀。[43]這樣，也就讓純粹的知性記載因為點染了人與人、人與事件、人與文學交流的感受而增益人文情懷，再者，本則內容中，連橫還提及「鰲峰」川南別墅的後人與其莫逆相交的說明，「余數至其家」云云，更表明了連橫有著親臨其地的空間體驗，因而，該條目對山泉甘冽的描述，就不能只被視為挪用他人的形容。

讓我們再看連橫對「鐵砧山」的描述：

> 鐵砧山在大甲溪北。永曆二十四年，斗尾龍岸番亂，延平郡王經自將討之，毀其社，遂登鐵砧山，留百人屯田，以制蓬山諸番。山下有井，曰國姓井。《淡水廳志》謂鄭氏屯兵大甲，水多瘴毒，乃拔劍斫地得泉，味清冽。井旁有碑，為光緒乙酉余望、林鏘等所立，誤為成功駐兵之事。且言清明前有群鷹自鳳山來，聚哭不至疲憊不

於知事舊館恭賦長句一篇聊以引諸士高吟云爾〉，《臺灣日日新報》，1909.02.19，第 1 版。

[40] 蔡啟運逝世。林癡仙、傅鶴亭、黃旭東、鄭汝南、蔡惠如、林望洋、連劍花等集議公弔之事。命劍花撰誄。而舉癡仙鶴亭前赴苑裡弔奠。〈臺中通信（廿八日發） 死生契闊〉，《漢文臺灣日日新報》，1911.05.01，第 3 版。

[41] 瑞軒梅花逢盛開，雅堂乃任東道，函招會有觀梅，與會有傅錫琪、鄭嘯陵、黃旭東、蔡惠如、林子瑾、林望洋等。〈臺中通信（十五日發）雅人深致〉，《漢文臺灣日日新報》，1911.01.17，第 3 版。

[42] 鐵生，〈滿庭芳雅棠發刊詩薈來書索詞填此以祝時適舊曆元旦也〉，收錄於連橫，《臺灣詩薈（上）》，頁 91。

[43] 連雅棠，〈聞南強鐵生芳園出獄走筆訊之〉、〈鐵生出獄以蟄龍吟寄余走筆報之〉，《臺灣詩薈（下）》，頁 418、420-421。

止；或云兵魂固結所成。山麓田螺斷尾能活，謂當時螺殼棄置者均著靈異。同治二年，林日成攻大甲不勝，登鐵砧山，禱於延平郡王祠，弗吉而還。苗栗陳滄玉有〈鐵砧山吊古〉云：「憑弔空山感百端。延平創業最艱難。孤軍地拓田橫島，上將身登韓信壇。井水一泓冰雪冷，劍光萬丈斗牛寒。鐵砧舊跡堪千古，想見英雄立馬看。」其弟聯玉同作云：「地下英雄骨已寒，尚留遺蹟隱雲端。卅年孤島延明祚，一代頭銜署漢官。左衽肯為降虜計，焚衣合作棄襦看。荒山俎豆今安在，井洄碑橫夕照殘。」滄玉名瑚，號枕山，聯玉名貫，號谿軒，均能詩。（【文集】，頁 209-210）

上引文字，很明顯紀錄了騷人墨客對「鐵砧山」的感喟，從而也讓原本知性的史跡添增感性的抒情，復加上歷史記憶的追懷。從表面上看，連橫只是挪用了陳氏昆仲的詩文以作為詮釋「鐵砧山」地景的見證。但陳瑚、陳貫兄弟，實際上也是連橫的至交，連橫在臺中居住期間，與「櫟社」詩友往來甚密，陳氏昆仲正屬「櫟社」社員，故連橫援引陳瑚、陳貫的詩句，就帶有前述所謂「人的意向」和「使用者的意義」在內。要之，連橫此舉，一方面保存了友人的作品於其文獻之中，帶有推薦、褒舉的意味（故連橫方說「均能詩」）；另一方面，陳氏昆仲之詩，符合連橫「崇明抑清」的民族大義心理（詳下節探討）——陳瑚所謂「孤軍地拓田橫島」，以田橫義不降劉漢，隱喻鄭氏父子抗清的氣節；而陳貫所謂「卅年孤島延明祚，一代頭銜署漢官」，更挑明「驅逐韃虜」的志向，雖則鄭氏王朝國祚不永，但其風其義，自是長留人間。因此，連橫援用陳氏昆仲的詩句，

也在無形中，表述了自身的國族立場，從而亦讓連橫的地景書寫，突出了不同於酈道元《水經注》地景描述的成分。

末後，我們可從〈臺灣史跡志〉檢視地景書寫的分布比例，〈臺灣史跡志〉提到地名與地景如下：

表 7-1：〈臺灣史跡志〉地景一覽

地名	地景
臺北	國姓埔、劍潭、鸚哥石、西雲巖、反經石、北投、艋舺、大龍峒
桃園	蓮座寺
新竹	氏祖墳、紅毛港
臺中	霧峰、鐵砧山、翁仔社、葫蘆墩、大里杙、平臺莊、草鞋墩、土城莊、迴馬社、火燄山、阿罩霧、鰲峰、林剛愍墓、王田莊、藍興堡、十八義民之墓
南投	林圯埔、制火潭、小半天、日月潭、林參軍墓、甘泉井
雲林	北港、斗六門
彰化	定軍亭、鄧國公墓、蔣國公墓、鹿港
嘉義	嘉義故縣、顏思齊墓、紅毛井、將軍莊
臺南	承天故府、半月城、大東門、春牛埔、鯽潭、安平、林鳳營、查畝營、官佃莊、果毅後莊、曾文溪、鐵線橋、漚洪莊、舊社、龍湖巖、黃蘗寺、竹溪寺、萬壽寺、馬公廟、文廟、陳總制墓、李孝廉墓、石虎墓、鹿耳門、七鯤身、開山王廟、火山
高雄	萬年故縣、半屏山、蓮花潭、竹滬、旗後、曹公圳、阿猴林、阿公店、羅漢門、鳳山、龜山、超峰寺、打鼓山、前何莊、岡山

地名	地景
屏東	柴城
宜蘭	羅東、甲子蘭
花蓮	花蓮港、璞石閣、繡孤鸞
臺東	紅頭嶼
澎湖	雞籠嶼、盧司馬墓、將軍澳、菩薩寮

　　以上，從〈臺灣史跡志〉中所描寫的地景與地名數量，以臺南最多，有 27 項；臺中次之為 16 項；高雄為第三，有 15 項，臺北居四，8 項。這又與臺灣開發史相符，臺南本為渡臺漢人最早開發之地，經營數百年，所顯現的地名當然也就最多，再加上臺南為連橫故里，高雄自明鄭時期就開發，離臺南最近，向外開墾必以高雄為先。至於臺中與臺北更是從南到北開墾過程的重要大城，因此在臺灣史跡上便有不少的地名與地景。

　　總上所言，〈臺灣史跡志〉所描述府城以外的地名，除了連橫遷居過的臺中、臺北之外，以東臺為主的其他地區多半是連橫站在外界觀看的角度所書寫的，連氏參考典籍或他人文集所載以書寫一篇地名指引和介紹，並非親自處身於現場。也就因此並無在地生活經驗，較未能顯現出他對地方的認同感。末後，此地再以「雞籠嶼」為例：

> 侯官楊雲滄孝廉新修《淡水廳志》，其言多謬，同安林卓人已彈之矣。余摘其誤，莫如地理。雞籠嶼為澎湖群島之一，鄭氏守之，清軍攻之，見於靖海奏疏，而雲滄以為淡水之雞籠。夫靖海未得澎湖，何以別攻臺北？且澎湖一破，克塽遽降，又何必再攻臺北？此固必無之事也。鳳山令譚垣〈巡社〉詩有上下淡水二首，此為下淡

水溪畔之番社，而雲滄獨取上淡水一詩列入文徵，是誤為臺北之淡水矣。譚垣為鳳山令，非淡水同知，何以巡社及此？此又事之所必無者也。夫作史不明地理則不能論其險夷；讀史不辨地理則不能知其興替。雲滄聰明人，雅負時望，乃於此事漠不關心，宜乎卓人攻其隙漏，多至數十條也。（【文集】，頁 214-215）

按理，空間的命名與指涉，泰半因襲前人或承襲舊有的典籍，而此處連橫在寫地名介紹時特別進行勘誤的工作，可以看到連橫學問家的立場與考古癖。我們也發現，臺灣的地方往往隨著統治者的變遷而有不同的命名，如清領、日治、國民黨政府時期等階段，臺北市街巷的名謂就存在著鉅大的差異。一般而言，統治者在劃分地名界線與地名內容時所做的命名與賦予實質內涵，雖然於理有據，但並沒有以在地經驗出發來作情感上的描述，究其實質，總是與住民以空間記憶作為命名的方式，大不相同，少一份認同，如民間稱基隆為雞籠。而這種考據癖，即便是以個人親歷經驗為敘事材料的《伽藍記》，亦頗有類似。如《伽藍記》卷二載：「明懸尼寺，彭城武宣王勰所立也」，下文楊氏自註曰：

衒之按劉澄之《山川古今記》、戴延之《西征記》並云：「晉太康元年造。」此則失之遠矣。按澄之等並生在江表，未游中土，假因征役，暫來經過；至於舊事，多非親覽，聞諸道路，便為穿鑿，誤我後學，日月已甚。[44]

---

[44] 〔北朝北魏〕楊衒之著，楊勇校箋，《洛陽伽藍記校箋》，頁 70。

以上，楊衒之指摘劉澄之、戴延之穿鑿附會的不實紀錄，這種「求是」的史家態度，我們還可以在連橫〈史跡志〉見及，諸如「劍潭」條：

> 劍潭在臺北城外，水清而秀。相傳荷人插劍於潭邊之大樹，故名。或曰：延平郡王投劍於此，風雨晦明，尚騰奇氣，故有「劍潭夜光」之景。二說均屬荒談。荷人插劍，得之傳聞，延平亦未至臺北，故知其出於附會也。唯潭邊有山曰圓山，石老林深，境絕清閬，春朝月夜，策杖遨遊，誠足以蕩滌塵襟而拓開詩界也。（【文集】，頁 212-213）

此外，「小半天」條，所謂「而〈平定臺灣述略〉謂……非實也」（【文集】，頁 212）；「開山宮」條，所謂「今且以開山為開仙，抑又誤矣」（【文集】，頁 245）；並同前揭引文「雞籠嶼」條所謂「侯官楊雲滄孝廉新修《淡水廳志》，其言多謬」（【文集】，頁 214）等語，皆可以清楚看到連橫個人地方記憶闕如，而訴諸歷史知識的面向。這亦可以視為〈史跡志〉的特色之一。

三、〈臺南古蹟志〉對地方記憶的想像與建構

若說〈史跡志〉是文獻史料上整體「面」的概略介紹，具有補正史之闕和「以為讀書稽古之助」（【文集】，頁 189）的功能性意義，那麼〈古蹟志〉則是就具特殊意義的「點」來作深入踏查，對闡述地方文化的底蘊，更具歷史特色。〈古蹟志〉所提到的史跡均為人文設施或人文景觀，而非人自然生活的空間。也因為是人文設施或人文景觀，所以「人」的故事既佔居非常重要的成分，也煥發出特殊的意義。這些人的事蹟從明清

流傳下來，所呈現的底蘊，是一座城市的記憶與呼吸，事實上
也可以視為該地「場所精神」（genius loci）[45]的表徵。雖然，
就一般人而言，府城的人文設施或人文景觀，只是破敗不堪的
老建築，抑或現代景致中蕭條的陳跡，但對在地人來說，它們
卻包涵了無可取代之生活留痕的文化景觀。這些古蹟的存在，
與住民的日常活動交錯，織造出非凡的內容，蘊含著地方的視
覺性，由這視覺性而傳達了歷史的時間感，引發出人的地方感
與存在感。

　　復次，作為府城的臺南，古蹟是認識府城最好的切入點。
對這一點，從連橫不斷引用「臺南固舊時都會，仕宦遨遊，商
賈雲集」[46]，他的詩集命名為「寧南」，一再提及鄭成功在臺南
的文教創制，而有文運日啟的傳承意味，都可以看到他對臺南
此一文化古都的覺識（awareness）。透過古蹟地景的觀看，人
們重返過去的記憶，感受城市昔日的時代氛圍，更何況，較諸
〈史跡志〉所述的臺中、臺北，臺南緊緊牽繫著生命記憶：連
橫童年成長穿梭的履跡，他與家人共同生活的悲歡，與南社師
友的交遊，在《臺南新報》、《三六九小報》等職涯的展開……。
段義孚詮釋「地方之愛」（Topophilia）時指出，人們藉著自我
的感知、經驗與想像……，去體驗、認識周遭世界，並以之為
基礎，對自己居住的所在，產生情感聯繫，或發展出一種依附

---

[45] 所謂「場所精神」（genius loci），正如諾伯舒茲（Christian Norberg-Schulz, 1926-2000）所詮釋的那樣：「『場所精神』（genius loci）是羅馬的想法。根據古羅馬人的信仰，每一種『獨立的』本體都有自己的靈魂（genius），守護神靈（guaraian spirit）這種靈魂賦予人和場所生命，自生至死伴隨人和場所，同時決定了他們的特性和本質。」氏著，施植明譯，《場所精神——邁向建築現象學》（臺北：田園城市文化公司，1995），頁 18。

[46] 連橫，〈花叢迴顧錄（一）〉，《臺灣詩薈（下）》，頁 396。

／眷戀感[47]。連橫不只驕傲地吟詠：「**文物臺南是我鄉**」[48]，在各種著作之上自署臺南連橫，以臺南為自身的惟一故里，更透過文獻蒐羅，描繪臺南風俗之純古，透過婦女婦女出門，必攜紙蓋障面，為含蕊傘，將之譬擬為宋紹熙元年 4 月（1190）朱熹曾經治理的漳州，讚譽其地「**多沿紫陽（朱熹）治漳之法**」[49]。

於是，連橫藉著考察古蹟，是將他自身或與前人所記憶中的地方重整且建構為實質的象徵，儘管經過百年以上的變遷，有些古蹟已經毀壞或者改作它途，透過考察的觀照，去完成一種標定，凸顯在這城市的存在與意義，轉化成地方的記憶。換言之，走訪與考察是從記憶中的地方轉化成地方中的記憶，從而變成府城人共有的地理景觀與歷史認知。例如〈臺南古蹟志〉「禾寮港」條：

> 禾寮港即今打銀街，鄭氏之時尚有港道，今變通衢。而西城以外之佛頭港、關帝港、媽祖港、王宮港、番薯港，皆舊時運河，現已淤塞。

明鄭時期的「禾寮港」，並其周遭諸港道（佛頭港、關帝港、媽祖港、王宮港、番薯港等等），原本屬於水上生活的地方景觀，惟在百年之後迭經變遷，滄海桑田、物換星移，到了日治時期，因為港道淤塞，於是轉型成以製作金銀飾物為主的「打銀街」，這其中的記憶變遷，是府城人共有的精神遺產，也是府城人引以為念的歷史認知。

---

[47] 《地方之愛：環境感知、態度與價值的研究》（*Topophilia: A Study of Environmental Perceptions, Attitudes, and Values*）Topophilia 是複合名詞，由 topo（place）和 philia（love）兩個字組成

[48] 連橫，〈臺南〉，《劍花室詩集》，頁 77。

[49] 連橫並引張鷺洲詩形容其景象，云：「一隊新妝相掩映，紅葉葉底避斜曛。」連橫，《雅堂文集》，頁 184。

　　再者，若以「空間」來論斷，空間只是一種「命名」，無論是承天府、臺灣府還是臺南州，這不過是一個由外來者或統治者以此名之的座標，缺乏生活事實，但是若作為「地方」，是要有實質的生活經驗於內，如此方才具備人文情感的在地記憶。其中，地景是最好的定位座標，地景又分為地形地勢（可以觀看的事物）與視野觀念（觀看的方式）。地形、地勢就是古蹟，是連橫可親臨探訪，甚至親手觸摸的實質景物，事實上，連橫也藉由進入古蹟或勘察遺址，來進入歷史的氛圍中。諸如〈臺南古蹟志〉「五妃墓」條：

> 五妃墓在寧南門外桂子山，寧靖王從死嬪妾也，曰袁氏、王氏、荷姑、梅姑、秀姐。臺人士感其義，就墓就廟，歲以六月二十有五日致祭。鄭氏奉表降清，而明朔滅亡之日也。廟前有古榕一株，蔭大可數畝，踏青士女每止其中。追懷節烈，是則人倫之坊表、巾幗之綱常，誠足以頑夫廉而懦夫立也。（【文集】，頁244）

上文中連橫以為，「五妃墓」背後可歌可泣的史實，不知名的人們感其義，遂自發性地就墓就廟定時致祭，已是一種地方之愛之實例的彰顯，而它的效應又不止於此，更進一步的，令駐足賞玩的遊客產生「頑夫廉而懦夫立」的淬勉心理，這樣的說法，除了呼應前文援引胡塞爾「現象學」概念中「人的意向」和「使用者的意義」的自我覺察和省思的觀念，也呈露了連橫對於「明朔滅亡」的感喟心理，從而其祖國認同的意識也可輕易推得。短短的幾行字含蘊層層轉折，事實上為〈史跡志〉中所少見。

　　此外，觀看的方式也是一個很重要的地方感。連橫的〈臺南古蹟志〉書寫該地區人文設施或人文景觀的歷史沿革，在時

序上橫跨三代：明鄭、清代與日治，但事實上，如果我們仔細觀察，「古蹟志」所描繪的主體景致，率皆來自明清時期，改隸日治以後的「今昔對照」，應不只是用以凸顯「撫今思昔」的懷舊感傷而已，它可能隱含著楊衒之《伽藍記》中寄寓於北魏都城的禾黍之歎，尤有進之，它更有可能是一種被壓抑的現代性，亦即在殖民統治下，對殖民壓迫之抑而不言，不得不另尋言說策略的託喻，如「赤崁城」條文末所謂「唯使弔古者興無限之感嘆而已」（【文集】，頁239）、「半月樓」條所謂「今樓已毀，池亦漸淤。寒葦荒畦，蕭然滿目，能不慨嘆！」（【文集】，頁250）、「飛來峰」條所謂「今已式微。滄桑之感，能不慨然！」（【文集】，頁 252）等等，這些古蹟、地景的變遷係區分你我的重要分界，亦凝聚國族認同的象徵，它們的興建，並不是出於殖民政府之手，建築本身或亦不符合現代美學，過時而又破舊，從時人的角度來看，似無保存的價值。然而，身為在地的府城人，連橫的觀看卻飽含著記憶、情感與認同。易言之，連橫踏查古蹟的同時，也是尋找地方「本質」的過程，藉著跨入異時空的神遊向過去取得連結點，連結今日之府城於過去之歷史文化。總的來說，府城，對連橫而言，絕不只是一個「空間」而已，它是一個依附著無數真實生活之履跡的「地方」，它們本身就是一部府城發展史。

> 臺南固舊時都會，仕宦遨遊，商賈雲集。西關之外，盛設女閭，風定日斜，歌聲漸起，衣香花氣，蕩魄銷魂，誠昇平之樂事，而沉醉之柔鄉也。

海桑以來，日就衰落。閱今僅三十年，而南都金粉變為北地臙脂，廻顧花叢，閒愁萬種，真不勝今昔之感矣。[50]

進而言之，正如 Tim Cresswell 在《地方：記憶、想像與認同》一書中所說的：「地方不僅是世間事物，還是認識世界的一種方式……我們看見人與地方之間的情感依附和關連。我們看見意義和經驗的世界。」[51]綜觀〈臺南古蹟志〉共紀錄了 44 處人文設施或人文景致，如下表簡單分類所示：

表 7-2：〈臺南古蹟志〉地景一覽

分類	古蹟名稱
井池	大井、荷蘭井、天池井、林投井
城樓	赤崁城、赤嵌樓、半月樓、奎樓
亭塔壇臺	一元子園亭、斐亭、四合亭、宜亭、一峰亭、秀峰塔、澄臺、聚星亭
機關	鄭氏故宮、承天舊署、東寧總制府
廟宇	小南天、開山宮、彌陀寺、鄭氏家廟、北園（北園別墅，後為開元寺）、夢蝶園（居所，後為法華寺）
堂館	萬卷堂、浮瓠草堂、宜秋山館、褆室、陳氏園（陳永華府）、南社（論文之所，近社學）、榕壇（海東書院內講學之所）
墓園	陳蔡二姬墓、兩公子墓、監國墓、五妃墓、閒散石虎之墓
港驛	國姓港、禾寮港
其他	烏鬼埕、桔桔門、馬兵營、橃林、飛來峰（吳園的假山）

　　若細究上表分類，至少可以發現到三個特質：

---

[50] 連橫，〈花叢廻顧錄（一）〉，《臺灣詩薈（下）》，頁 396。
[51] Tim Cresswell 著，徐苔玲、王志弘譯，《地方：記憶、想像與認同》，頁 21。

其一，典記人文遺蹟：連橫自己說道：

> 臺南為吾故里，惟桑與梓，必恭敬止。況釣遊之地，而
> 不心焉繫之？顧自改隸沒，輒遭毀廢。今其存者，十不
> 得一。爰志其略，以示後人。（【文集】，頁 252）

記憶代表著一個人對過去活動、感受、經驗的印象累積，有相
當多種分類，主要因環境、時間和知覺來分。外顯記憶指人能
意識到的過往經歷，又被稱為陳述性記憶。內隱記憶則包括運
動能力、行為習慣等等，吾人未意識到，但又確實是因過往經
驗的影響而產生。記憶的深淺，則由該內容與其他內容之連接，
或與情感對之的評價有關。[52]這或可以解釋，作為故鄉的地方，
與履跡所至的其他地方並不相同。唐韓愈〈送楊少尹序〉一文
曾說：「今之歸，指其樹曰：『某樹，吾先人之所種也；某水某
丘，吾童子時所釣遊也。』」[53]其大旨在此。〈古蹟志〉裡，連
橫先引用《詩經・小雅・小弁》：「惟桑與梓，必恭敬止。」表
達臺南為他的故鄉，童年生活的地方，書寫臺南，其懷抱與書
寫其他地方有所不同是很自然的。進一步深入探究，他筆下的
這些古蹟多半已經破敗毀棄，存留至日治時期的，幾近於零。
連橫因而撰述古蹟的起造以及古人活動其中的種種舊事，使之
流傳後代，府城曾經的興築不至於在世變中毀於戰火或拆除
時，又在文化記憶裡歸零，這便是連橫的「地方之愛」。另外，
就另一角度來論，連橫此舉亦不無透過地方紀錄以喚起臺南住
民之文化自覺的寓意。

---

[52] Alan Baddeley, *Essentials of Human Memory*. (Hove, England: Psychology Press, 1999).

[53] 葉百豐編著，《韓昌黎文彙評》（臺北：正中書局，1990），頁 173。

其二：嘉揚明鄭正朔：連橫奉明鄭為正朔的立場，本書第六章〈詠史懷古——在時空旅遊中叩問自我與家國的關係〉第二部份「海國春已回：漢民族主義與集體記憶的建構」已多所探討，此地僅以辛亥革命推翻滿清之後，連氏所撰〈告延平郡王文〉為代表，文曰：

> 中華光復之年壬子春二月十二日，臺灣遺民連橫誠惶誠恐，頓首載拜，敢昭告於延平郡王之神曰：於戲！滿人猾夏，禹域淪亡，落日荒濤，哭望天末，而王獨保正朔於東都，以與滿人拮抗，傳二十有二年而始滅。滅之後二百二十有八年，而我中華民族乃逐滿人而建民國。此雖革命諸士斷脰流血，前後繼，克以告成，而我王在天之靈，潛輔默相，故能振天聲於大漢也！夫春秋之義，九世猶仇；楚國之殘，三戶可復。今者，虜酋去位，南北共和，天命維新，發皇蹈厲，維王有靈，其左右之！（【文集】，頁115）

從上面引文可明顯看出，連橫「崇明抑清」的民族大義心理，故而載諸〈臺南古蹟志〉中的相關描述，不論明鄭「機關」用地（鄭氏故宮、承天舊署、東寧總制府），墓園、廟宇、港驛等相關紀錄亦可看出連橫對「明鄭」政權的高度認同。諸如「國姓港」條：

> 國姓港在安平之北。延平入臺，泊舟於此。而臺灣以國姓名地者，尚有數處。山川草木，由我發揚，正朔衣冠，俾無隕落，故後人追溯其本，肇錫佳名，以傳千古，是亦崇德報功之意也。（【文集】，頁242）

所謂「山川草木，由我發揚，正朔衣冠，俾無隕落」，正是在聲明土地所有權或因客觀形勢而改易，但山川草木的內含、意義、價值，卻是我等主觀所能作為。務必在這上頭用心，則正朔方不致於隕落。關於正朔的爭奪，當時殖民政府以鄭成功母親為日本人，因而將明鄭視為日治歷史記憶的一部分，以至連橫有此一說以抵禦之。另外，「桔柣門」條亦云：

> 延平入臺後，因就赤嵌城以居，改名安平；安平即安海，志故土也。建桔柣門，以春秋鄭國有此門也。夫鄭雖小國，武、莊二君為王卿士，東遷以後，且與諸夏爭長，亦大國之風也。然門之遺址已不可考，唯見滿目寒蕪，灑一掬興亡之淚而已！（【文集】，頁 242）

上面引文，一則強調延平郡王改名「安平」以示不忘「故土」的用意，再則說明建立「桔柣門」表明與滿清「爭長」的決心，隱吟禾黍之淚。

若我們要追問，何以連橫對延平郡王抱持著高度的認同心理，除了漢人意識的民族因素之外，曾迺碩《連橫傳》的說法，或許可提供另個解讀的面向：

> 明永曆十五年辛丑……鄭成功祭海興師，直向臺灣進兵……七月，鄭成功改臺灣街為安平鎮，十二月三日荷蘭首領揆一投降……是月，改臺灣為東都……立即實施兵農合一之屯墾制度。……安平鎮為荷人佔據時之駐在地，漢人開墾土地，亦稱王田。成功部下馬兵營官兵眷口，亦分配墾屯之田埔，中有一塊已廢菜園，稱馬兵營

> 故園，後為雅堂先祖開居地也，是雅堂移民精神泉源
> 乎！[54]

曾氏將連橫故居遙接到鄭成功開墾安平時期，這樣的解讀策略，可以在一定程度上說明連氏對鄭氏王朝的認同態度，也一定程度表徵了連橫的地方認同心理。除此之外，筆者還可以例舉連氏後代的說詞以為呼應，連橫的外孫女林文月教授，於其手著《青山青史──連雅堂傳》中明言：

> 連氏本來是福建漳州府龍溪縣人。連雅堂的七世祖興位
> 公，生於明桂王永曆三十五年（清康熙二十年，一六八
> 一年）。兩年後，明朝亡。興位公少時遭此便難，胸中
> 長懷隱遁之志。後離開龍溪，渡海來臺，卜居於臺南寧
> 南坊馬兵營。馬兵營世明鄭住師的故址，興位公選擇以
> 此故壘作為移居之處所，正表現了他與古人心同志合的
> 驗證。他一生不仕清朝，死後入殮，全家人取明服，以
> 表示生降死不降之志。並且垂為家規：「若入殮之時，
> 男女皆用明服。」這個規矩為馬兵營連氏所遵奉，直到
> 雅堂的父親得政公都如此。[55]

以上，林文月教授的說法，很可以代表連氏家族的立場，也可視為連橫一生的職志。

其三：保存生活記憶：對於曾經存在過的生活方式與記憶，透過敘事予以適當的保存，甚至遠稽古籍，恢復被湮埋的記憶。在〈過故居記〉一文中，連橫這樣寫著：

---

[54] 曾迺碩，《連橫傳》，頁 1。
[55] 林文月，《青山青史──連雅堂傳》，頁 18。

寧南門之內有馬兵營者，鄭氏駐節之地也。附城而居，境絕幽靜。自我始祖即處於是，及余已七世矣。宅十畝有奇，植竹為籬，南無之果十數章，皆大合抱，高或四、五十尺。夏時結實纍纍如絳珠，或碧若玉，味甘而冽，稱佳果。菩提、龍眼之樹稱是。皆我先大父所植者。宅外有道。夏秋間山水驟漲，自城隅來，當門而流；至八、九月始涸。鯉鯽之屬逐隊游泳，旦夕掬之以為樂。宅面西立。以人眾稍隘。余十二歲，我先君擴而大之，可居二十餘人。又買近旁吳氏園，為余兄弟讀書。吳園有宜秋山館，雪堂司馬所建，而謝琯樵曾寓其中者也。館外有亭，繞以欄，旁鑿塘，種荷其中。花時清香入戶，讀書其間，饒有悠遠之致。吾家固多花卉。抹麗盛時，每日可采一籃以餉親友。而余又愛花，庭隅路畔，幾無隙地。蘭蕙之屬以十數，晚香玉以百數。臺南天氣溫燠，每當十月之交，蘭、菊、桃、荷合供一瓶，亦奇觀也。

我先君經商數十年，自是多家居。夕陽西下，樹影扶疏，軸掃落葉瀹水煎茶，坐石上談家常事。吾家之井水絕甘，汲者投一錢，日可得百數十文。先君好讀春秋、戰國書及三國演義，所言多古忠義事，故余得之家教者甚大。其時我二兄已入泮。士大夫之來我家者，必竭誠款之。春雨之後，新筍怒生，而燒之，用以饗客，食者靡不稱美。或果實熟時，猱樹而摘之以餉客，客無不果腹者。余時雖稚少，顧讀書養花之外，不知有所謂憂患者。熙熙皥皥，凡五、六年，而余戾至矣。乙未六月二十有四日，先君見背。是時戎馬倥傯，既卜窀穸，而劉永福遁吾家，遂為軍隊所處。未幾，又為法院所買，改築宿舍，

而余亦僑居城西矣。閱今僅二十年，而一過故墟，井湮木刊，尚認鈞（按，釣）游之處。追思少年時樂，何可多得！（【文集】，頁 87-88）

這篇近乎小品文的敘記，正是一個人和特定區位（location）或建築物的某種關連，而有「我的」，不同於「你的」宣示意義，[56]故而就題目而言，便已洋溢著地方感。連橫觸筆先寫故居地名的由來，進而描寫周遭環境，先賢如何引流為湖，依湖建亭；築小徑，入高堂。而父祖又如何種樹蒔花，他逐一列舉了這些花的名字，承接他的記憶。先賢父祖們，共同打造出一個既宜於群聚閒話，又宜於獨坐安靜讀書的生活空間，樹影搖動，花香撲人之際，人我沉醉其中，而竹樹供竹筍，果樹有果實，皆足以為佳餚餉客。除了生活空間中素描，更有著人文活動的深描。他的兩位兄長已上學，家裡只有父親與他，父親在庭院內煎茶閒話日常的形影，對他講述故事啟發忠義思想的用心，以及時時到訪而受到款待的士大夫，使得整個生活空間顯得異常活絡。雖說當時庭院外的世界已遭遇劇烈的變動，但幼小的連橫仍然讀書養花，除此不知其他的怡然快樂。隨著父親去逝，劉永福來，又被日本政府徵收作為地方法院的用地。經二十餘年後，故居已不復可尋，連橫的偶然經過，不僅勾起少時的成長記憶，也逐一歷數時代的移易。地方建築的變動銘刻著時代的履痕，以及自我青春歲月的涓涓流逝，此一地方記憶之深度便因多方連結而獲得加強，也使得這一段書寫格外動人。可見若無實際常住的親身體驗，無法生產這段記憶，而最重要的，本章一開始即點出連橫自己的故居馬兵營是鄭成功駐節之地，呼應父親講述忠義故事，向讀者展示了連橫生命地圖的捲軸，

---

[56] Tim Cresswell 著，王志弘、徐苔玲譯，《地方：記憶、想像與認同》，頁 6。

銘刻著他對家國與文化的認同。而此一認同,又因著臺南為古都,特別能顯示其滄桑。

至此,我們將深深明白,如果把空間當作一個生活的範圍,它將可以隨著交通工具的進步而不斷擴大範圍,卻不會注入任何情感連結,以至失去與人文意義的關聯。只有在空間納入地方之中,成為「身置其中」(in place),方始能召喚(interpellation)出認識城市的觀點與記憶。連橫的臺南古蹟書寫,以古蹟為主要的地景媒介,以世變創傷、國族記憶、庶民生活等不同層次,凸顯出人與地方的聯繫,因之而發皇的情感,雖然並未能實質的抗拒日本政府的現代性建設導致城市樣貌的劇烈改變,但他的敘事再現卻阻遏了城市記憶全然消失,保存了地方特色與地方感,捍衛了包括連橫自己在內的「我們的」府城。而這樣視角聚焦、層次多重、關懷深沉、情感濃烈的書寫方式、觀察視角,與〈史跡志〉中的敘事,主題上雖然也在「臺南」這個地方交錯,卻仍然有相當程度的不同。

小結

本章有鑑於〈臺灣史跡志〉和〈臺南古蹟志〉,是連橫地理空間書寫的重要作品,卻罕見討論者。在此,遂以「地方」的記憶、想像與認同析剖其書寫。首先指出其地景敘事無論從創作緣起、敘事角度、內蘊意識等方面來看,皆可以溯源至被認為是北朝文學雙璧的兩部地理書:《水經注》與《伽藍記》之上。他取法古人身歷其境的調查或利用文獻、想像以診視山水的書寫技藝,對史跡、古蹟留下了珍貴的記錄,〈史跡志〉的描寫是區域性的面,而〈古蹟志〉則著重在具體的人文建築或設

施，藉此完成他補正史之闕和「以為讀書稽古之助」的創作意向。

此外，不論在「城市關懷」抑或「場所精神」的面向上，我們發現，「在地情感」的體驗確實可以呈露作者一種觀看、認識和理解世界的方式。換言之，作為府城子弟的連橫，對其故鄉的描述，比較他對府城以外的臺灣史跡的書寫，除了跳脫一般知性文字的敘事手法，更灌注其主觀情感和地方認同的心理於其中。

這樣的書寫究竟有何意義？筆者從人文地理學的角度回答，在社會／地理的基礎上，事物自有其特殊秩序，在人的生活中不只對之發展認識，形成記憶，同時也銘刻意義與情感聯繫，此即地方感。惟，環境變遷造成地方的「流動性」，如史跡、古蹟隨著時間、市區改正或其他都市新地景的興起而圮壞之時，人的記憶以及因之產生的事物之意義，也將隨之而日漸消亡，地方感亦為之改變。則連橫在被收入此二志的書寫正是 Tim Cresswell 所說的「地方再現」，重建日常生活在一個「地方」的實踐，緣著書寫之再現，「地方」在消失的記憶中得以被留住。由於文化記憶對集體的主體同一性起著極其重要的作用，其是否被存儲、傳播，甚至是其呈現的方式，都會受到殖民統治者官檢的嚴格控制。對於此一控制的反抗與把握，一方面意味著責任和義務，另一方面也意味著權力。二志中的書寫，不管是援引文獻、用詩載文以診視山水，或親歷其間的生活經驗或田野調查，都在為漢文化書寫爭取露出、傳承，並藉此強化地方、國族認同。而連橫以述作取法古人，絕不只是地理空間的書寫而已，他在通史、方言、詩史等不同方面的書寫，皆呈現他向中國古文化傳統取經的現象，它一方面代表了被殖民者臺灣人

對殖民統治者之文化建構權力的爭取,表達了連橫向文化祖國「大傳統」的回歸,而呈現為單一的現代性。

　　但二志的書寫所產生的意義實際又不止於此。如前言所述,一○年代中國五四運動所引動的整理國故的思維,對連橫產生了一定的影響,二志在展開史跡敘事時,大量講述民間風習民情,並引用庶人的詩歌、歌謠、故事,確認了文言文可以是鄉土敘事的載體,這些書寫暨其經驗在連橫所經歷的臺灣話文、鄉土文學運動中為他打開話語空間,使他一方面增益〈史跡志〉條目的寫作,另一方面,則不斷以論述致力臺灣／臺南地景的經典化,鼓倡臺灣文人將之化入筆墨,避免從中國故實中做空洞的挪用,這可以說從地景空間的描述進入功能性的運用,確立了二志在地理空間書寫的特殊性。

本文刊於《中正漢學研究》26 期(2015.12),頁 129-159。原題〈論連橫「地方」書寫中的兩種方式與寓意:以〈臺灣史跡志〉、〈臺南古蹟志〉為觀察核心〉。

第八章　為詩主張：
對中國文化大傳統的回歸與變奏

前言

　　過去並非沒有論者觀照連橫的為詩主張，探討詩學革命者，如翁聖峰、王惠玲等，必然涉獵此一議題；而探索連橫詩學成就者，如黃美玲，更無法迴避。惟整體以詩話為對象之討論，尚未之見。探討連橫之論為詩主張，《臺灣詩乘》六卷為論詩的總輯，自然是最方便的入門。該書係連橫刊行《臺灣通史》後，纂輯所蒐錄之臺灣史料與古典詩相關者、敷衍論述。該書體裁比照「詩話」的筆記體，取名「詩乘」，編年紀事，述臺灣自鄭成功攻臺迄乙未割臺之人事物，藉此凸顯其書「以詩為史」的特性。但《詩乘》並未能包攬連橫的所有論詩意見，另《雅堂文集》、《臺灣語典》，乃至《詩薈》中的「餘墨」，散在《臺灣日日新報》的「瑞軒詩話」，或其他零星對報刊的投稿，都有相關的材料。筆者在地毯式地逐一蒐集連橫的論詩意見之後[1]，爬梳並匯編，做為本章詮釋連橫詩學意見之根據。

　　詳加閱讀連橫的詩話之後，筆者發現連橫的為詩主張和他的漢學傳播活動每每相互呼應，與日本漢詩人相往來的混雜（hybridity）[2]現象十分顯著，這也使得他的為詩主張隱含頗令

---

[1] 本章的撰寫承黃清順、謝崇耀兩位博士協助資料整理，以及兩位匿名審查人的仔細閱讀，提供修改意見，並發表於《東吳中文學報》22 期（2011.11），頁 249-280。特此致謝。

[2] 混雜，何謂混雜？此一語彙譯自 Hybridity，亦即交混雜糅。這個詞最初指的是十七世紀時不同「種」的動、植物交配之後所產生的新品種。在跨文化或後殖民的研究裡，則借助巴赫汀（Mikhail Bakhtin）的「多音」（polyphony）觀念，特別是巴巴（Homi Bhabha），他將巴赫汀的「交混」與後殖民研究相融合，霍爾（Straut Hall）接著在他的《新族裔》（New Ethnicities）一書中指出，黑人文化政治中，共同的生活經驗，被邊緣化現象，以及受優勢文化的各個影響層面相交混，構成他們同質化的基礎，由是而形成一個新的類別，此一類別，係為對抗主流文化政治而存在（counter-hegemony），並賴此進行自我組織，創造其獨有的歷史、傳統

人驚奇的文化多元性，這或可以肇歸於因應世變而產生權宜思
考。此一多元性根據筆者的進一步觀察，大致可以分為幾類。
其一，在異族的殖民統治下，臺灣詩人莫不體受著官檢的存在。
在官方的文書檢查系統下，他們主動清除作品中犯當局忌諱的
觀點或語言，形成自我官檢，有的作者進一步迎合官方的好惡。
而連橫詩話最為世人所知的部份，即他對當時官檢籠罩下的詩
界提出批判，乃至倡議詩界革命，這部份由於論者已多，本章
多整合利用前人已建立的研究成果，再以茲指出若干個人的心
得。接著，筆者指出連橫在其作品發表前預做自我檢查，形成
壓抑，這種壓抑導致他對中國古典詩歌大傳統的頻頻顧惜、孺
慕，而強烈倡議其回歸與再造。是故當我們看到連橫反省詩歌
風格、談詩人養成、觀時代風氣與社會責任等等問題的時候，
他念茲在茲的是中國傳統，不斷凝視的是詩教文化。其三，筆
者也注意到官檢下的文人，深受政治環境的制約，在帶著政治
閱讀時代的過程中，有時也會激發創意，發現某種新視野。[3]連
橫主張詩歌因時制宜，務期民間化、本土化、世界語言書寫等
等，很可能即此一新視野的展現。準是，筆者以為在臺灣的殖
民時期，連橫以詩為史，述事及辭，積極為世變中的臺灣古典

與認同（representations of resistance）。於是，混雜（hybridity）抗衡權威
（counter-authority），成為被殖民者可利用的第三空間，「進而發展存在於
語言認同和心理機制之間，既矛盾卻又模稜兩可的嶄新過渡空間」，在此
異文化彼此交織（inbetween）與交錯（crosscutting），創生無數新的意義。
本文稱連橫的混雜，指的是此一特殊理論意義下的存在情境。Hall, Stuart,
ed. by, James Donald, James, and Ali Rattansi, "New Ethnicities" in *'Race',
Culture and Difference.* (London: Sage 1992)., pp. 252-259. 又見廖炳惠，
《關鍵詞 200：文學與批評研究的通用辭彙編》，頁 133-134。

[3] 廖炳惠，《關鍵詞 200：文學與批評研究的通用辭彙編》，頁 35。

詩建構「正典」[4]，他的努力呈現了差異文化接觸所形成的特色，它既穿透傳統，觸及現代性，並形成同時含括中國、東洋、西洋等不同文化元質的多元論述。[5]

一、對於殖民治下詩界「官檢」的批判、協商與迎合

如前所述，「官檢」原本意謂官方對作家言論的控制，但意識到官檢存在的作家，往往主動地以避諱方式壓抑其內心不滿情緒的表達，而形成「自我官檢」。尤有進之，以迎合官檢的方式達到跨越官檢。殖民地臺灣，儘管統治者刻意以漢詩文作籠絡手段，詩人發言仍需多所斟酌。連橫對創作環境的不自由頗有慨歎，通過自我官檢，他隱約表達了他的不滿：

> 詩學之興，至唐而盛。而唐之侍詩人亦主寬大。故唐人之詩每斥國事，而執政者不以為忤。白樂天，詩人之敦厚者也，而長恨歌直言其事，宮闈秘語猶播人間，然猶曰：「漢皇」而不曰「唐皇」。若李義山之「薛王沈醉壽王醒」，則不復為之諱，而唐主弗以為罪。此唐人之詩所以卓越千古。（【文集】，頁 279）

在這段文字裡，連橫指出，唐代之所以被後世推崇為詩歌黃金期，有一個客觀環境做為支撐面。詩人被允許針砭政治環境，批判帝王舉動，而獲得完全的容忍，甚至有時候他們是受到鼓

---

[4] 所謂正典（canon），簡單地說，即在創作、閱讀活動中所應具備的準繩，在文本呈現中所應達到的水準。

[5] 殖民經驗與現代性產生多元的交錯，詳廖炳惠，《臺灣與世界文學的匯流》，頁 8。

勵的。反觀其時的臺灣，詩人的創作遭遇諸多限制。他們的發
表園地報刊以官辦為多，有所刊載，必須經過編輯審查，是為
直接官檢的形式之一；接著，還要再送地方主管或總督府檢查
兩份；若有任何欠妥，或就地「食割」[6]，或處以禁錮或罰鍰[7]，
如《詩報》中舉凡故園皆為闕字。其次，作家別集或合集的出
版，往往有日人參與其中，這很可能也是官方透過混雜以監控
出版圖籍的方式。回應這樣的形勢，詩人邀請負資望的日本漢
學文人代作序跋或點評，在一方面具攀附驥尾的效果，為自己
爭取聲名以獲致認同，卻也很可能代表某一種協商，通過這種
協商獲得發表的安全感，而成為一種自我官檢的形式之一。詩
話中這一類官檢與自我官檢幾乎是無所不在的。《臺陽詩話》、
《詩薈》從著作到出版，都受到官辦報紙的注意與推介。詩學
活動備受關注，可以解釋為它們所獲得的重視，但反過來說，
亦可視為官方對於詩學媒體的高度警戒。平面媒體的刊行如
此，原本發端於民族復興結社而興盛於臺灣的文人社群活動，
更是為官檢所利用改造。總督府刻意安排的揚文會、翰墨宴等
活動，相當程度地變造了漢人傳統詩文社的目的，詩人固然無
法暢所欲言，由詩人社群舉行的擊缽吟，創作時也不得不有所
檢點。在這裡，儘管連橫對於殖民地的創作與言論自由感到焦
慮，傷嗟於臺灣詩界前景的黯淡，卻也只能藉言在此而意在彼

---

[6]　食割，將不妥處加以割除或塗抹，不教其出現於版面。
[7]　黎澤霖纂修，〈第五章　新聞事業〉，《臺灣省通志稿‧教育志文化事業篇》
　　（臺北：成文，1983），頁284、頁403-406。1900年2月「臺灣出版規
　　則」規定任何出版品在出版前都需預為檢查；不妥的，第十一條規定有
　　「冒瀆皇室之尊嚴，變壞政體，或紊亂國憲者」、「妨害秩序之安寧，或
　　敗壞風俗者」。又，1917年12月「臺灣報紙發行令」，包括三十四條，對
　　新聞一概採取「許可制」、「保證金制」、「檢查制」。若有不當的言論，有
　　關單位逕行查禁。

的方式掩飾其相關意見。這段發言正是在政治統攝──特別是異族的殖民統治下，一切文學作者所懷抱的無奈。其時詩界諸種怪現象，歌頌阿諛，令人毛骨悚然，將之視為此一官檢現象之揚波泛瀾，從自我官檢到迎合官檢，應不為過。對於這些怪現象之癥結，連橫頗有體會，在提出強烈不滿的同時，他也呈現了相當程度的自我反省。他這些反對詩壇現象的意見，與當時傾力批評古典詩界的張我軍，並無不同。不過，我們要注意的是，兩人的目的截然相反。張我軍（1902-1955）意在白話文學的推動，連橫則在復興漢文書寫，回到中國文化的大傳統。為此，他倡議重建文人傳統，標舉古典文學應具有格調，而在深刻體會到時代的推移與變動時，他也深刻思考古典詩書寫的可能出路。請詳後文。

　　觀照當時詩壇弊病，連橫無所規避地直指擊缽吟與詩仔會。

　　對於擊缽吟的性質，連橫在《雅堂文集・詩薈餘墨》中有他獨到的分析。他認為這是「一種遊戲筆墨，朋簪聚首，選韻闖題，鬥捷爭工，藉資消遣」（【文集】，頁 262），做為朋友歡會的節目固無不可，但「可偶為之，而不可數」（【文集】，頁262）。如果屢屢為之，甚至以為常態，則弊害叢生。就詩體而言，連橫分析說，擊缽吟會的詩作，要求在極短的時間內完成，體裁為絕句律體，又以絕句為多。絕句一體並不易為，連橫深知個中滋味，他說：「七絕最難下筆，又最難工。寥寥二十八字，有意有神，有調有韻，而後可入管弦，供之吟詠，非易事也。……今人學詩，便作七絕。」（【文集】，頁 263）不只是時人以絕句為易與之道，以近體，特別是七絕為擊缽吟的固定體式，而且

還將詩題限定於詠物[8]，難以發揮，進一步使得詩歌的格局大受限制。擊缽詩做多了，他進一步說：其大者，詩人不僅因此養成宜小難大的弊病，無法經營結構[9]，而且局限在詠物，定著於物象，神意韻調俱無法把握，其微者，則連在形式上的詩律、詩法都不合格。而題目雷同，其久矣使得詩人無法創作新題，亦不足為奇。連橫的看法獲得李漁叔的共鳴。李漁叔在他的《三臺詩傳》裡說：「江都陳含光先生嘗言：『臺地諸公，似皆致力近體，意以為禮儀筐篚之用，質以建安、開元、大曆，或不暇稱也。』云云，此為近日風氣如此。」[10]於是，當時的時代景況，便展現為詩人只作近體，特別是擊缽吟，氣度逼仄，難以恢宏。連橫對於擊缽吟尤有具體的批判，不畏指名。他以蔡啟運為例，說他慣作擊缽吟詩。及櫟社議刊同人集，諸友各有佳構，而啟運之詩大費選擇，因為他在擊缽吟詩外，幾乎沒有創作。於是，連橫勸勉時人以此為戒：「然則欲學作詩，切不可專工此道，僅爭一日之短長也。」（【文集】，頁 265）

　　擊缽吟的創作，基本上是「選韻闓題，鬥捷爭工」（【文集】，頁 262），導致作詩者速食化、功利化，這種因舉行詩會活動而產生的風氣，甚至也影響到各種方式的詩歌寫作，如草上之風，所到之處，皆隨之俯仰起舞，報紙漢文欄便有這樣的批評：「徵詩雅事也，而慕虛名。作詩樂趣也，而干贈品。市道相交，旁人齒冷。報章所載，嘖有煩言。詩學之興，豈若是耶？」（【文

8　連橫〈詩薈餘墨〉：「近時詩會每有作詠物之題，復用七絕之體，此真難下筆矣。」連橫，《雅堂文集》，頁 262。
9　連橫〈詩薈餘墨〉：「其詩必滑，一遇大題，不能結構。」連橫，《雅堂文集》，頁 262。
10　李漁叔，《三臺詩傳》（臺北：學海出版社，1976），頁 70。

集】，頁 273-274）從此，人人為沽名釣譽、為求贈獎品而作詩，
這豈能是振興詩學之途徑？連橫有更激烈的批判：

> 三十年來，臺灣詩學之盛，可謂極矣。吟社之設，多以
> 十數。每年大會，至者嘗二、三百人。賴悔之所謂「過
> 江有約皆名士，入社忘年即弟兄」；誠可為今日詩會讚
> 語矣。顧其所作者，多屬擊缽吟。夫擊缽之詩，非詩也。
> 良朋小集，刻燭攤箋，鬥捷爭奇以詠佳夕，可偶為之而
> 不可數；數則詩格日卑而詩之道僆矣。然而今之詩會非
> 擊缽吟無詩，今之詩人非作擊缽吟之詩非詩；是則變態
> 之詩學也，可乎哉？（【雅言】，頁 41）

連橫大聲疾呼，擊缽，非詩也，其學則變態之詩學，下語沉痛。
詩會頻仍，詩作累簀，詩人滿街，所作卻都不是連橫心目中的
詩。詩作遊戲成風氣，遂淪為「應酬頌揚之具」，詩人毫無懷抱
可言：

> 今臺人士之所尚者非詩乎？詩社之設，多以十數，詩會
> 之開，日有所聞，而知之真意義，知者尚少。夫詩者，
> 最善最美之文學也，小之可以涵養性情，大之可以轉移
> 風化，其用神矣。而今之詩人知之乎？能不以詩為應酬
> 頌揚之具乎？（【文集】，頁 296）

就連橫的觀察而言，時下詩作已無「涵養性情」或「轉移風化」
的自持與期許，最嚴重的是詩人無恥，而詩格卑下，詩道衰微
至此孰甚，他惟有扼腕，企望改變。而詩會作擊缽吟，擊缽吟
成就詩會之盛，兩者互為影響，惡性循環，在連橫看來，是不
能不扭轉之變態風氣。

　　頗令人不解的是，連橫大力批判擊缽吟，對於創作形式與擊缽吟相似的詩鐘，連橫卻頗為讚許，表面上看起來難以理解，是故這一點，論者多略而不論。筆者在反覆展思其內蘊時，深覺得有深入探討的必要。對於詩鐘，他的看法是這樣的：

> 詩鐘亦一種遊戲。然十四字中，變化無窮，而用字構思，遣辭運典，須費經營，非如擊缽吟之七絕可以信手拈來也。余謂初學作詩，先學詩鐘，較有根底，將來如作七律，亦易對耦，且能工整。（【文集】，頁 265）

連橫也明白詩鐘是一種遊戲，其為遊戲的性質，與擊缽吟同。不同的是，他看出詩鐘這種遊戲的設計，是掌握中國文字修辭之美的必經之路。對句，不管是在節奏的對稱平衡、內容的虛實相生，或者在內含上的互文相關，都充分把握中文書寫藝術的美學。[11]透過詩鐘之融入趣味，引導初學者進入詩歌創作的殿堂，為他們展布中國文字在做為詩歌語言時，應經過何種鍛鍊的過程；這種鍛鍊應如何進行，又會有什麼樣的效果。以當代語言社會學的角度思考，則中國文字可以通於日常用語，但也可以做為創作用語，前者屬生活的範疇，後者為藝術的場域。兩者並不是截然分割，也有互為滲透的方面，許多成語、掌故仍留置在日常生活中。一般而言，日常用語自生活中即可以習得，但要有一套豐富的日常用語，則只有透過日常生活的習得是不夠的。因而，為使初習者建立豐富的日常用語，各國的語言習得課程莫不加入若干藝術語的練習，令初習者迅速明白文字的妙用，而且也為藝術語言的培養進行準備。這就是為什麼迄今我們的小學國語課程裡仍有類似詩鐘的單元，教導各種語

---

[11] 古田敬一著，李淼譯，《中國文學的對句藝術》（臺北縣：祺齡出版社，1994）。

詞的對子。對於詩鐘於詩歌創作活動的好處，連橫自己是頗為成功的詩人，深知個中滋味，他進一步說：「詩鐘雖小道，而造句鍊字、運典構思，非讀書十年者不能知其三昧。」（【雅言】，頁 42）連橫將詩鐘視為學詩根柢，好的詩鐘創作，需要長年累積的文字訓練，是故有倡議之說，另一個原因也可能是其時受過嚴謹文字訓練者實在太少，甚至也沒有人知道文字訓練於詩歌創作的必須性。然而，有趣的是，連橫在說明詩鐘的重要時，語文學習與使用並不是唯一的著眼點，反而像是佐證點，他舉閩人林則徐（諡文忠）少時與諸友小集：

> 偶拈「以」「之」二字為雁足格，眾以虛字，頗難下筆。
> 文忠先成一聯云：「苟利國家生死以，豈因禍福避趨之！」
> 見者大驚，以為有大臣風度。其後文忠出歷封圻三十載，
> 事業功勳，震耀中外。誰謂遊戲之中而無石破天驚之語
> 耶？（【文集】，頁 266）

林則徐的例子說明詩鐘也會有對仗工整至極的驚人之語，但更重要的是，它也能開大格局，不僅表達個人懷抱，還能據以判斷其人未來功名勳業的成就。準是以觀，連橫的思維運作完全遵循著傳統的路子來。文學為國家命運表徵，其興衰互相依違，遠自春秋時代，季札論詩於魯就正式開始了。這以下班固投筆歎不為刀筆吏，揚雄揚言大丈夫不做賦，這一類的看法成為中國文化史中最核心的一部份。從琢磨技藝的角度來肯定詩鐘之價值，僅為其次，更重要的是它與個人志業息息相關。此外，我們也不要忘記，詩鐘與對聯的同質性，而對聯係漢人社會重要的書寫形式，在廟宇建築裡，它甚至具備神聖的性質，用來記述廟宇祠主的生平性誼事蹟，連橫便曾表達對關廟的對聯的

讚許。[12]不過，撰製對聯以貼在各個家戶門上是日治時期重要的民間活動，如此看起來，則連橫對詩鐘的重視又隱含頗複雜的情結。它既是菁英創作活動的根柢，又是民間特殊的書寫形式之一，同時，它也很可能表達連橫在異族治下對殖民政府之漢文活動的妥協。再者，對連橫而言，回到菁英的創作活動，詩鐘到底只是一種鍛鍊字句的途徑而已，雖然它有時也會達到令人驚異的成就點，如林文忠，但它並未像詩歌一樣在歷朝裡被累積了各種不同的重大使命，而是一種尋常以之為琢磨文字技藝、偶然以之為抒發個人情志的體式，它的本質，就是一種遊戲，不曾負載著移風易俗的責任，與詩會擊缽吟所用者為文學主流的近體詩大不相同。

連橫不滿時俗，針砭臺灣詩壇，指摘「擊缽吟」與「詩會」弊端之際，對於當時新學知識分子的論述，甚不以為然：

> 今之青年多不讀書，但閱二三講義，便以通人自命，且欲舉至美至粹之文學而破壞之。人不滅我而我自滅……。（【文集】，頁293）

這裡所謂不讀書的青年有兩類，一則是讀一本《香草箋》，便附庸風雅的擊缽吟詩人；另一則是新知識分子──他們對漢學並無全面的了解，對之卻有從根拔起的批判，聲言全面改革，引起連橫深沉的文化焦慮。在西學東漸、新舊交替的年代，殖民政府實施打壓漢文的教育政策，漢學的處境益形艱困，衛護之猶且不遑，焉可舉而破壞之，這豈不是「**人不滅我而我自滅**」？

切不可滅的文化命脈為何？舍「**至美至粹之文學**」，無他矣。為了復興此一命脈，連橫投入編報、辦報、組夜學等漢學

---

12 其文為：「關廟之聯，頗多佳構。」連橫，〈啜茗錄〉，《雅堂文集》，頁303。

活動，並嚴肅思考「詩鐘」之為詩學根柢所扮演的角色，甚至也調整自己的論述。這種調整與當代其他許多漢文人並無二致，他力陳「凡一民族之生存，必有其獨立之文化，而語言、文字、藝術、風俗，則文化之要素也。」（【雅言】，頁1）以異族統治下談民族，其施力有限，為擴大論述的基礎，便向同文主義借兵：「夫漢文為東洋文明之精華，而道德之根本也。」（【文集】，頁297）意謂漢文既是臺灣人的民族文化根本，也是日人的文明基礎，其目的則在增益漢文之重要性。

　　受過傳統文人養成教育的連橫，原本即抱持著對漢學國粹的醉心與癡念，殖民治下的官檢與自我官檢所形成的文化危機，加深他對自己對文化之源的戀慕，藉著不斷的回顧，他進行重複其文化之內容與形式的呼籲與實踐；他回歸大傳統的理念，在現實環境的逼仄下有所修訂，請詳下文對其詩話論述的闡析。

二、回歸大傳統的理念與實踐

　　連橫既主張向大傳統回歸，他的各種詩學意見依傍大傳統，承續中國詩話傳統，是自然的結果。以下筆者將略述回歸大傳統的幾種方式，隨即將討論的重點放在連橫的主張，用以彰顯其詩論思維之特色。

（一）對大傳統的凝視與行動

　　日治時期此一特殊歷史環境使然，感到受壓抑的臺灣文人，不只是連橫，對於時代，他們也做出若干具體的回應。他們的做法，有幾種方式。洪棄生（1866-1928）所採取者，係以

評述中國詩歌文學，以為學子習得之典範，其《寄鶴齋詩話》依時代、源流編次，從三百篇、楚辭、漢、魏、六朝，以至唐、宋、元、明、清各名家之詩文，皆有所列。[13]其二是直接抄撮中國詩話。謝雪漁（1871-1953）《詩海慈航》所本者即遊（或作游）子六的《詩法入門》。吳德功（1850-1924）《瑞桃齋詩話》在創作原理部分，部分引用徐禎卿、徐秋濤的言說。他引用徐禎卿說：「古詩三百，可以傳其源。遺篇十九，可以約其趣。樂府雄高，可以屬其氣。《離騷》深永，可以禪其思。然後法經而植旨，繩古以崇詞。」又引用徐秋濤說：「採擷李、杜諸大家之華，以為骨骼。」即其明例。[14]其三是從傳入日本的中國詩歌理論中抄撮而得。李攀龍《唐詩選》進入日本，於江戶時代（1603-1867）的創作影響甚巨，連帶地，也影響了臺灣詩人的詩觀。

　　與洪棄生、謝雪漁、吳德功等人相較，連橫與他們有相近之處。他因為深知「今之作詩者多矣，然多不求其本。」（【文集】，頁 261）他所謂的不求其本，不合律法、題材陳舊、不忌卑俗，而以上種種，其肇因一為不讀書，一為擊缽非詩，是故編撰《詩薈》、《詩乘》，其意便在正本清源，欲以不同方式的敘事，重建臺灣詩歌的文人傳統，導正擊缽吟與詩會之風氣。他自己說：

13　該書亦選入臺灣遊宦如易順鼎、羅大佑、梁鈍庵的作品，而本土人士則有邱逢甲、施梅樵、張光岳、施莶、李清琦及洪棄生本人。林文龍說：「顯然還存有鄉曲之見，不夠客觀。」鄉曲之見之外，後者幾皆彰化縣籍，為其知交，而遊宦中皆與之有一定交遊；易順鼎因為彼此的抗日立場而相知；羅大佑為洪棄生應試時的受知師；梁鈍庵愛好寄鶴齋詩，曾專程赴鹿港拜訪定交。洪棄生的選詩正印證了社群交遊對文學史撰作的影響，另見論述。洪棄生，《寄鶴齋詩話》（作者自行出版，不著年代）。

14　吳德功，《瑞桃齋詩話》（南投：臺灣省文獻委員會，1992），頁 8-9。

> 夫詩界何以革新？則余所反對者如擊缽吟。擊缽吟者，
> 一種之遊戲也，可偶為之而不可數，數則詩格自卑，雖
> 工藻繢，僅成土苴。故余謂作詩當於大處著筆，而後可
> 歌可誦。詩薈之詩，可歌可誦者也。內之可以聯絡同好
> 之素心，外之可以介紹臺灣之作品。（【文集】，頁 294）

如果以前述諸家紹繼大傳統的三種方式，連橫的其特出之處在
於，他採取了堪稱為第四種方式的策略：以詩作史，《詩薈》、《詩
乘》都有這樣的隱含，而後者特別令人矚目。不管論者對連橫
的行事有怎樣的爭議，他的詩話論述意在以臺灣詩史繼承中國
詩史，蘊涵著提撕文化傳統的深思宏願，則為事實。我們回到
春秋時代孟子所說的話：「王者之迹息而詩亡；詩亡，然後春秋
作。晉之乘，楚之檮杌，魯之春秋，一也。其事則齊桓、晉文，
其文則史。孔子曰：『其義，則丘竊取之矣。』」[15]連橫在撰作
其詩話時，具體紹繼了中國詩話的筆記、報導性質，以風物叢
談為主，轉載中國詩人或宦臺詩人生平、軼事與作品，並詳其
始末，載負「存作者」、「錄文獻」、「知方物」之責任。但這與
《寄鶴齋詩話》是不同的。《寄鶴齋詩話》甚得梁寒操的青睞，
他曾經為之評論說：「可作文學史讀。」[16]但《寄鶴齋詩話》作
出的基本圖像是中國詩歌史，連橫則不然。《詩乘》或修臺灣通
史所遺，在臺灣通史之外，它以隨手拈來的敘事留下臺灣詩人
或詩作的點點滴滴，以保留細節，與通史之大論述相輝映，成
為臺灣通史之外，以文學敘事為主體的臺灣文化史。他以詩立
史或證史，事實上正是源自春秋的悠遠傳統，或許這是何以稱

---

[15] 〔東漢〕趙岐，〔北宋〕孫奭，《孟子注疏》卷八上，頁 18-19，文淵閣四
庫全書電子版【內聯網版】。

[16] 洪炎秋，〈弁言（一）〉，洪繻，《寄鶴齋選集》（臺北：臺灣銀行經濟研究
室，1972），頁 4。

之為「乘」的原因。連橫是受過前朝科舉教育的士子，置身新舊文明之交，他首先遭遇的是個人的謀生方式、身分階層的改變，現代化的社會裡，他失去傳統以知識進入官僚體制的機會，新學校的設立使得過去失意於場屋者得以設帳為業的可能性變少了，收入少，也更為邊緣；至於藉此以獲得身分，確立階層位置，更是渺不可遇。在此之後，自我的動盪、文學美的異化、中華文明的存續，漢學傳統的興微，亦是其關心所在，因而，連橫對使用漢文、詩歌活動等等，才會具有如此高漲的危機意識，並積極捍衛的心理。

連橫在新舊文學論戰中所展現的能量，他對新體詩、白話文運動的強烈抨斥，自然招來新文學鼓倡者的攻擊，他將攻擊者比喻為不自量力的「蜉蝣」，甚至以『小人』稱之，並引用昌黎詩自我慰解：「李杜文章在，光燄萬丈長。不知群兒愚，何故肆毀傷？」[17]他並以蘇東坡為忠孝之人，卻遭奸宄小人之構陷下獄，「其詩能感鬼神，而不能信於群小。然東坡自東坡，群小自群小。知人論世，孰得孰失？」（【文集】，頁 279）「今之自命通人而不知世界大勢，其能免於井蛙、夏蟲之誚也歟？」（【文集】，頁 274）這種種的自我解說，在在突顯了連橫對自身文化養成以及傳統價值一逝不返的焦慮。連橫挺身力求「保舊」，更以弘揚道統為己任。當他以古人自喻時，他再三不安於自己的托大，為自己的挺身論戰一再解釋並非熱衷名利之故，「我何為汲汲而營營？我將以求文化之敷榮。」（【文集】，頁 274）可見他所受到的壓力非比尋常，但他並未注意到韓愈、東坡與他所面對的，完全是不一樣的局面。韓、蘇的問題不過是政治脈絡

---

[17] 其他類似的論述又見於「以太白之塵垢秕糠，超然物外，而世人尚有欲殺之者，何況雅棠！」連橫，〈詩薈餘墨〉，《雅堂文集》，頁 274。

下知識分子的去處，他自己的問題卻是殖民地再加上現代化所帶來的雙重世變。在這世變的洪流裡，連橫堅持詩學，亟欲弘揚道統，當時臺灣文化協會欲以小說、戲劇、演講、報紙等，做為啟發民智，提升群眾道德，加速社會文化之發展，連橫則以為這些藝術的成熟度並不夠，他遂投入自己所長的漢學事業，編撰《詩薈》、《詩乘》，以與新學者抗衡，[18]甚至以英國莎士比亞、中國屈原、李白等文化巨擘自勉，期待一挽臺灣文化衰微的劣勢[19]。而這樣的努力，連橫雖然堅定意志，惟昔日文友凋零，有志者難覓，不能不感發於吾道何孤，故其云：「**予於臺灣詩界，素主革命。二十年前，曾與陳君枕山筆戰旬日。今仲闊、癡仙已逝，枕山亦亡，而予奔走騷壇，尚無建樹。我臺英特之士有能起而發揚之者，則詩界之祉也。**」（【文集】，頁277）連橫疾呼贊成與反對漢詩之創作形式者和衷共濟，共謀努力，為漢文開創一片天地，並以此期待於後來者。不過，這些人在日治時期的身分地位都不高，堪稱才秀人微的連橫，似乎也並沒有引起太大的回應。[20]

---

[18] 連橫〈詩薈餘墨〉：「而今之臺灣，無小說家，無戲劇家，雖有講演而不能周，雖有報紙而不能達……不佞以為凡屬臺灣之人，皆負啟發臺灣文化之責。其責惟何？則人人當尊重其個性，發揮其本能，鼓舞其熱誠，以趨於文化之一途。不佞不能詩也，而敢為詩薈。詩薈者，集眾人之詩而刊之，仍以紹介於眾人，不佞僅任其勞。而臺灣之文學賴以振興，於臺灣之文化不無小補。」連橫，《雅堂文集》，頁284-285。

[19] 連橫〈詩薈餘墨〉「烏乎！英國有一沙士比，已足驕人，而中國有一靈均，又一太白，……然以臺灣之山川奇秀，氣象雄偉，必有詩豪誕生其間，以與中原爭長也。」連橫，《雅堂文集》，頁286。

[20] 連橫在當時詩界的地位，請詳第二章。

（二）反思大傳統的內含與價值

連橫紹繼了中國文化中觀照詩歌的幾個角度，在個人與社群為抒情言志，在社會與國家則為移風易俗，總其言即為詩歌創作的精神與理想。因而，他說：「帝舜曰：『詩言志，歌詠言；聲依永，律和聲。』古今之論詩者不出此語，而〈卿雲〉、〈復旦〉之歌亦卓越千古，有虞氏誠中國之詩聖矣！」（【文集】，頁261）連橫將詩歌定位為「言志」之管道。「臺北文廟久遭拆毀，濟濟多士，言之嗚咽。而今乃有重建之議。夫孔子以詩為教者也，故曰：『不學詩，無以言。』又曰：『詩可以興。』詩之為用大矣哉！」（【文集】，頁287）連橫又說：

> 記曰：「樂者吾之所由生也。其本在人必，感於物也。是故其哀心感者，其聲噍以殺；其樂心感者，其聲嘽以緩；其喜心感者，其聲發以散；其怒心感者，其聲粗以屬；其敬心感者，其聲直以廉；其愛心感者，其聲和以柔。」今臺灣之作詩者，其聲如何，則視其所感之如何。（【文集】，頁278）

將詩歌視為詩人胸中丘壑、塊壘之發抒，在創作的立場上，這是表現主義（expressionism）[21]的主張。由於人的情感受其生活際遇與環境的影響，因而社會風氣的良莠便決定詩作的風格，和諧快樂的社會，詩人的詩作便洋溢著雍容和熙之氣，相反的，便充滿著怨怒哀苦之音。他說：

> 樂律之制，中國最備，而用亦最宏。吾讀樂記，而嘆其論之精也。記曰：……又曰：「夫人有血氣心知之性，

---

[21] 劉若愚著，杜國清譯，《中國文學理論》（臺北：聯經出版公司，1981），頁92。

而無哀樂喜怒之常，感物而動，然後心術形焉。是故志微焦殺之音作而民思憂，嘽緩慢易之音作而民康樂，粗厲猛奮之音作而民剛毅，廉直經正之音作而民肅敬，寬裕順成之音作而民慈愛，流辟邪散之音作而民淫亂。」今臺灣之音如何，民志如何，吾可於詩而定之。（【文集】，頁 278-279）

當作者感發於心而形諸詩歌筆墨，讀者讀之，必然會有所共鳴，這是從受眾的角度肯定詩歌的價值，他說：「詩雖無用之物，小之可以涵養性情，大之可以轉移風化。故今日臺灣之詩人，當先自立而後立人，當先自覺而後覺人。」（【文集】，頁 280）詩人雖被視為無用，但其無用為大用，詩人要能自立自覺，涵養性情，進而移風易俗，改善社會。此一功能論的觀點，在崇高詩歌的價值。詩歌既如此崇高，為詩者自然應謹小慎微，他以身體滋味做為譬喻，指出甘言為美疢，忠言為藥石，忠言不如甘言討喜，自古而然。頌揚引人歡喜，但此一歡喜僅一時爾，有如吃蔗糖般傷胃。而諷刺之詩的內容為言之有物的關懷，發人省思，必傳之悠久，如啖諫果，味道雖苦，嚼而生津。如果「作詩者亦日貢蔗糖，而不敢稍進諫果。是詩界終無革新之日，而詩人永無高朗之心。」（【文集】，頁 281）中國詩教自來以「風／諷」為中心，連橫主張詩歌應以此為主軸，「寧為藥石，毋為美疢」，「寧為諷刺，毋為頌揚」（【文集】，頁 280），亟欲匡正時人作詩之心態。這些主張無一不契合中國古典詩的大傳統。

總言之，連橫強調詩的抒情言志、興觀群怨、反映民瘼的功能，此舉具有雙重意含，一者乃向反對舊詩的人喊話，列出舊詩的優點，肯定其價值；二者則挺身為創作之目的定調，勸

勉時下詩人，作詩應朝向如此目標邁進，不可盡是作些應酬式的擊缽吟。

連橫以傳統三不朽的觀念，為詩定位，其云：「太上立德，其次立功，其次立言。我輩生今之世，既不能立德，又不能立功，其立言乎。」（【文集】，頁262）故「孔子言名，耶穌言靈魂，婆羅門言神我，釋迦牟尼言真如，皆不滅也。余謂詩人之詩，文人之文，亦可不滅；然古來作者已無量數，而不滅者幾人哉？」（【文集】，頁262）將作詩的意義提高到具有立言以不朽的崇高，則何能不嚴肅，何能以遊戲輕忽對之，這可以回應連橫對擊缽吟的態度。

在《臺灣詩乘》卷三，連橫曾區分了「詩乘」和「詩話」的不同。他說：「詩乘與詩話異，詩話之詩必論工拙，而詩乘不然；凡有繫於歷史、地理、風土、人情者則采之，固不以人廢言也。」（【詩乘】，頁117）這是連橫自己的創見。「詩話」從「文學性」（literariness）的角度計較詩歌作品之工拙；「詩乘」則傾向以詩述史，用心於歷史之反映。則《臺灣詩乘》以詩作歷史作文化史的意圖便更為顯豁了。反過來說，作史的詩乘是否為詩話？由於詩乘為詩人作品、地景風物之叢談，其表現形式實與詩話並無根本的不同。

（三）對詩歌理論的闡析

中國傳統詩話的創作，內容總雜為事實，其創作方式是即興的，對於議題的論述不集中，系統不清楚，結構鬆散，但這並不表示它沒有主要的關心。屬詩歌創作活動的部份，大致上都會包括幾個部份，詩人器識的養成，詩歌境界的品味，詩歌技藝的說明等等。殖民治下的臺灣，漢文教育遭遇空前的挑戰，

詩人的素質大不如前。因而，臺灣詩話家普遍對於詩歌技藝，詩人養成都有比較多的說明，連橫亦不例外。不過在識見上，我們不得不承認連橫有其來自於紮實基礎與個人才調的特殊之處，造就他在詩話家中的領導地位。請略論於下。

1. 詩人養成

　　連橫坦率描寫下，當時詩壇的現象是：「搢紳但知權利，青青子衿又求享樂，而螢窗雪案之功遂無人肯用心矣。」(【文集】，頁 291) 文運之衰，寧不慨歎，不過，在不虞中，他仍抱著「十室之邑，必有忠信」(【文集】，頁 291) 的希望，以為「天下事特患無人提倡爾。」(【文集】，頁 291) 而他第一首要，就是提倡讀書。「茍欲作詩，必須讀書。如乘此時而提倡之，使人人皆知讀書之樂，漢學之興，可以豫卜。」(【文集】，頁 305)「余謂今日辱閱詩薈諸君，則不佞之同志也，吾當藉此組織讀書會及流通處，以收其效。」(【文集】，頁 291) 連橫創辦《詩薈》，以訂閱的讀者為同志，也實際地開設書局，組織漢學研究會，[22] 他為臺灣漢學所做的努力雖多卻未能挽其頹勢。《詩薈》的編輯方式具體呈現連橫對讀什麼書以提高做詩品質的看法，而在詩話裡的相關論述更為全面地從初學說起。連橫指出讀書應循序漸進，由文字辭章的「小學」入手，其云：

> 作詩必須讀書，讀書必須識字，識字必須知小學……故余謂作詩不如讀書，讀書不如識字。購書不難，能讀為難。讀書不難，能熟為難。(【文集】，頁 276)

22　參第二章。

> 夫六書為讀書之基礎，而臺人多不講求，則不能讀古書，
> 而微言要義，隱晦不彰矣。（【文集】，頁293）

對於如何識字，《爾雅》、《說文》固為基礎，認識字形字義，同時還必須以熟悉六書為羽翼，才能有效地擴大並加深對文字造構原理、源流的認識，進而能使文字為我所用。打一個簡單的比方，六書如兵法，有了六書，操兵便有原理可循，實際控制字詞的組合結構，有益於練字，這使我們對連橫之重視詩鐘有進一步的理解。

在擴大知用文字之能力後，接下來便是如何豐富個人心靈之內含。在古典詩歌的創作，心靈的內含有賴於對古今宇宙之各種知識的包攬觸發類譬，其方法即為對故實的運用，而這與讀什麼書更是息息相關。古今之書，汗牛充棟，何能盡讀，學者應如何做選擇呢？

> 試以余所經驗，而為從事詩文者徑塗，約有十種。於經
> 則《詩經》、《書經》、《春秋左傳》；於史則《史記》、
> 《漢書》；於子則《孟子》、《莊子》、《韓非子》（以
> 文言之，當讀《韓非》，取其刻峭；以學言之，當讀《墨
> 子》，取其廣大）；於詩則《楚辭》、杜集（此以舊例
> 分之，若照今日科學，則《詩經》當入詩，《左傳》當
> 入史）。此十種者，固非難得之書。若以常人讀之，三
> 年可以畢業，最久亦不過四五年。聰穎之士，如有餘暇，
> 可以旁讀《昭明文選》或《經史百家雜抄》，則欲撰述
> 詩文，斐然成章矣。（【文集】，頁293）

在上列連橫的這段話裡，他於經史子集各有所取，其準則在貴精不貴多，內容與清末中國古典詩話家教人做詩所列的書單並

無太大的出入，這也是連橫學詩的經驗之談。打造個人心靈，
開拓卓犖器宇，如此則直接影響詩歌作品的品質，對於裨官野
史，連橫了無所取：

> 作詩用典，須取現成。十三經、廿四史、百氏之書多矣，
> 取之無盡，用之不竭。近有樊雲門者，好作小品之題，
> 多用稗官之說，自矜淹博，以驚愚盲，直古玩爾。（【文
> 集】，頁 262）

連橫把經史子集之書視為現成，可見這正是其個人日常濡染之
所在。不過，對於當時的青年，則難免陳義太高，以致於反應
稀落，他所苦心經營的各種漢學事業的隳頹，他不得不改弦更
張，另做思考，遂有了對於詩學論述的修訂？詳後文第三小節。

2. 創作論

　　在詩話家裡，連橫是少數耗費篇幅論述如何創作者。這一
點，或者也與他對當時詩歌活動所造成的文化現象之極度不
滿，痛切地感到必須從詩人自身發動改革，是故特別用力於詩
人從事創作活動之心靈狀態，以及到達此一心靈狀態之必要
性：「作詩之要，莫如虛心，莫如靜氣。虛可通神，靜可致遠。」
（【文集】，頁 269）這樣的看法很顯然受到劉勰《文心雕龍·
神思》的影響，有很深刻的「現象學」[23]的思維。如何虛靜其
心？他提出有一去偽存「真」的歷程，雖未做詳說，但明顯地，
即為一工夫論：

---

[23] 「現象學」文學理論處理作者、文本與自然宇宙的關係，作者如何了解
道，以及作者如何在作品中顯示道，文學即在體現自然之道。詳見劉若
愚著，杜國清譯，《中國文學理論》第二章「形上理論」，頁 27-105。

> 夫詩者真也。大之而山川日月、風雲變幻，小之而蟲魚
> 鳥獸、草木榮枯，皆不容一毫之偽於其間，而後詩之價
> 值乃不可量，不可稱，不可思議。不可思議四字為佛法
> 第一之真諦，而作詩者亦當於此求之，而後能極其
> 妙。……詩人之詩而至不可思議，則詩界之上乘也，而
> 詩之生命於是乎在。（【文集】，頁 281）

談詩境而挪用禪佛之說，為中國詩論傳統之一大特色，名家如
嚴羽、司空圖、王士禎等，各自塑鑄其特色。連橫在這部份亦
有所霑溉取法。他自己便說:「詩之與禪，一而二、二而一者也。
詩人之領略得乎自然。」[24]而虛靜、去偽存真，如此乃得臻佛
學不可思議之真諦。為此，詩人做詩，必先立心，「出世為心」、
「以天地為心」，其結果是「情懷澹泊，萬物皆空。」（【文集】，
頁 276）「襟懷宜廣，眼孔宜大，思想宜奇，情感宜正。」（【文
集】，頁 273）「談利祿者不足以言詩，計得失者不足以言詩，
歌功誦德者尤不足以言詩。」（【文集】，頁 276）總之，斤斤於
世俗名利得失，「奔走於權勢利祿之中，號泣於饑寒衣食之內」
（【文集】，頁 273），都不能獲詩人之名。這樣的看法呼應中國
文學傳統中以道家思想為主的作者創作與讀者賞鑑的理論：靜
觀逍遙，[25]不存功利心。其「計得失者不足以言詩」云云，也
和康德美學觀點所謂「美的無目的性」說法，有其相通之處。

　　然而，虛靜無我以出世之思為詩是作詩的起點，不是終
點。接著，詩人還需進入詩歌技藝的切磋琢磨，他強調謹嚴，
需虛心師法古人如杜甫、柳河東等人，在格律上用心不放縱，

---

24 連橫，〈詩薈餘墨〉，《雅堂文集》，頁 276。
25 徐復觀，《中國藝術精神》（臺北：臺灣學生書局，1984）。

在脈絡上檢點，不雜不驕，[26]俾使文本臻至善之境界，可以說是工夫論的佐證。[27]

論者在《瑞桃齋詩話》中曾指出詩歌技藝的點撥直接關係到實際的創作活動，易收實效，因而成為臺灣詩話家的核心關懷所在，吳德功即其一例。[28]與吳德功相較，連橫也重視詩歌技藝，他對於詩鐘的討論，已發其一隅，下面的引文，是一段更完整的關於作詩技藝的討論：

> 作詩須先相題，而後立意。立意既定，而後佈局。佈局既成，而後造句。造句之時，並須鍊字。鍊字非有工夫，不能知其巧拙。如少陵之「星垂平野闊，月湧大江流」：平野之闊，大江之流，人能想到，而用「垂」字「湧」字，則非初學所能。（【文集】，頁267）

這段文字，教人作詩應自審視題意，立定主旨，選擇詩體，然後依布局、造句、練字等次序逐一為之。此既是連橫累積其個人於詩歌創作活動中推敲詩歌技藝之實際心得，亦可以引申為擴充讀者閱讀、評鑑之涵養。則立章修辭與審美賞鑑實際上互通聲息。從這裡，吾人將進入連橫的詩歌審美論述。

---

[26] 連橫〈詩薈餘墨〉：「少陵詩曰：『老去漸知詩律細。』……而少陵猶老去漸知。吾輩初學作詩，便欲放縱，目無古人，是猶無律之兵，一遇大敵，其不轍亂旗靡耶？」連橫，《雅堂文集》，頁261。

[27] 柳子厚的這段話原文是：「吾每為文章，未嘗敢以輕心掉之，懼其剽而不留也。未嘗敢以怠心易之，懼其弛而不嚴也。未嘗敢以昏氣出之，懼其昧沒而雜也。未嘗敢以矜氣作之，懼其偃蹇而驕也。」〔唐〕柳宗元，〈答韋中立論師道書〉，《柳宗元集（下）》（臺北：華正書局，1990），頁873。

[28] 吳德功原著，筆者校注，李知灝責任編輯，《瑞桃齋詩話校註》。

3. 審美論

　　詩歌的審美活動如何形成的？也就是說，讀者如何透過文本揣閱作者的心境，而讀者與讀者之間並無橫的聯繫，如何達成對於一首詩的共同判斷？就這一點，有似於莊子與惠施的池上之辯與延伸，子非魚安知魚之樂？此魚所知之樂，又何以知同於彼魚？因而，康德的四大美學批判便預先確立美之可能，即為感受美的主體在某一種度上對於一客觀對象有相同的愉悅反應。站在這個基礎上，劉若愚指出中國的審美傳統，由道家、佛家所主導的形上美學有其悠遠而深刻的影響力，連橫在這樣的影響下，於創作論主張詩人應如佛家出世淡泊，持守虛靜無為之心，已見前述；在審美論上，他也相應地主張詩境應以無我自然為上境，並允為第一義之表現：「詩人之領略得乎自然，禪家之解脫明乎無我。夫自然也，無我也，皆上乘也。故詩人多耽禪味，而禪家每蓄詩情。」（【文集】，頁276）

　　這裡的無我說與王國維《人間詞話》的無我之境不可相提並論。王國維以有我、無我分疏詩境，著眼點在：詩人之主觀情感遇接客觀世界而後呈現於文本中的我與物的關係，連橫的無我、有我則比較簡易，他指的是世俗利益。以作詩為實現個人之物質欲念之手段為有我，去此功利心為無我。如果詩人一心想以詩作求稿費，干贈品，沽名譽，則其詩處處為迎合世人好惡而作，自然俗惡之氣紛陳於字行之間，這是不可醫之俗，較諸粗、拙更令人憎惡。他的看法是這樣的：「詩不忌粗，不忌拙，而最忌俗。粗可改也，拙可學也，而俗不可醫。如次韻也，而曰『敬次瑤韻』，甚而曰『恭攀玉礎』；試舉題目，已見其俗，不可速醫？」（【文集】，頁261）

　　類似了無個人懷抱的次韻詩純為酬贈而作，甚至出現「恭攀玉礎」這一類趨炎附勢之話語，都非詩歌本色。

　　連橫的審美論承其創作論而來，具深刻的形上論色彩，但他雖主張自然無我，卻並不主張詩歌避世而存在，反而極力以為詩歌應創造移風易俗的功能，因而，他也未曾偏離中國古典詩歌審美的另一個主流，即溫柔敦厚的詩教傳統，「**詩人之詩，原主敦厚。**」[29]詩境的營造，需能體現一個敦厚世界。而不同的任務，應援用不同的詩歌類型以達成，不可局於一。對於不同的詩歌境界，連橫也有他獨到的看法：

> 詠史之詩，須有感嘆，有議論，而用典又須堂皇。（【文集】，頁 263）

> 詠物之詩，最難工整；而細膩熨貼，饒有餘味，尤堪吟誦。（【文集】，頁 294）

> 然詠物比興，此為最工，非僅剪裁字面，以藻繪為能事也。（【文集】，頁 295）

> 余意凡欲作詩，須先擇題，次選體，方有佳搆。而詠物則以七律為宜。質之吟壇，以為然否？（【文集】，頁 287）

不同詩體有不同的美學表現，連橫的體會亦有其淵源，本書第三章曾有所論及。詠史、詠物各有規範，社課「大夫松」五律，題目為「秦皇登封」之事，已屬枯窘，七律還馬馬虎虎，可以

---

[29]　連橫，〈詩薈餘墨〉，《雅堂文集》，頁 272。

應付，五律幾乎是下不了筆的。這一類的討論固然為連橫個人之心得，亦為中國詩話之遺緒。

連橫主張作詩選題、用典皆需配合情境，詳作斟酌，內容應出自肺腑，可以是親歷之經驗，也可以是個人識見，不可強為吟詠，為詩造情，否則與喪家聘五子哭墓有何不同，令人讀之或作嘔，或忍俊不禁，如有人以〈哭父詩〉投報囑刊。後又有人以〈和友人哭父詩〉郵示，父母之喪，已不宜歌詠，竟然還能和人哭父[30]，可見詩風之淪落。

以上無論從詩人養成、創作或審美等相關詩學理念的闡述，幾乎都可以落實到彼時的詩社現實，藉以革新詩人的貪求聲名利祿，或缺乏真才實學淪為文字堆砌等弊病，而其援說立論，於大傳統無不有所淵源。

吾人自連橫之凝視大傳統，反思詩歌價值，投入新舊文學論戰以及各種漢學事業，其個人詩學理念，含括詩人養成、詩歌技藝，並以一民族之生存，皆有其獨特文化，是其民族精神所依附，係「徵之歷史而不可易者也」，為臺灣詩學活動加持，以為當今臺灣文化衰微，起而發揚蹈厲，「則鄉人士之天職也」（【雅言】，頁 2）等等行徑，可知將漢文／文學／文化／民族國家的精神共構，係連橫回歸大傳統的論述主軸，細膩地展示了殖民政治下被殖民者心目所夢想的祖國。易言之，爬梳連橫的詩學主張，我們發現他將詩歌視為中國文化傳承下的啟蒙活動，他盡一切努力試圖回到大傳統中。（【雅言】，頁 8）然而，工作長期與媒體相關，足跡遍中國、日本，住地長在都會臺中、臺北，連橫不能不感受到時代大環境在不斷變動之中的壓力，

---

[30]　連橫，〈詩薈餘墨〉，《雅堂文集》，頁 267。

他的詩學論述出現了若干歧異。以下本章將揭示其詩話中各種
不同於中國詩話文化傳統論述的異質。

三、詩學理念的單一、混雜與修訂

對殖民政治的拒斥與協商，係連橫與其他詩話家立場一致
之處，而詩話家對正典的理想造成他們與現實的衝突，最明顯
的例子即洪棄生，他一昧守舊，反對「大掃除」、反對「斷髮」
等等。

如前所述，連橫具備都會、旅遊與媒體等現代性生活經
驗，他對於新學頗有認識。他對臺灣之學術與文學走向的看法，
在存舊之外更有求新的認知，與洪棄生之輩頗不相同。他說：「文
章尚古，學術尚新，此余二十年來所主張也。故余讀古書，輒
以最新學理釋之；而握筆為文，則不敢妄摭時語，以炫新奇，
真守舊也。」（【文集】，頁 273）他又說：

> 不佞之刊詩薈，厥有二義：一以振興現代之文學，一以
> 保存舊時之遺書。夫知古而不知今，不可也；知今而不
> 知古，亦不可也。故學術尚新，文章尚舊，採其長而棄
> 其短，芟其蕪而揚其芬，而後詩中之精神乃能發現。（【文
> 集】，頁 273）

連橫明白西學、新學的文明，不能再以奇技淫巧視之，其船堅
炮利的科技，乃至以西方為學習對象實施維新開化而國力大躍
進的日本，在在彰顯了西方文明、學術的優勢，對於新學，連
橫完全予以肯定，此之謂「學術尚新」；但傳統文人所堅持的東
方文明底線──精神──卻是不允許妥協的，是以「文章尚古」，
以「保存舊時之遺書」，與新學相互截長補短，「而後詩中之精

神乃能發現」。連橫同意西方偏物質，東方重精神的看法，他對用的主張則定焦於漢學，以及他目之為文明最高成就，為文化道統價值核心的詩歌，與體用論有所不同。在這個連橫首要反對者，為新體詩。他引用梁任公為例，說道：

> 梁任公謂余：「少時作詩，亦欲革命。後讀唐宋人集，復得趙堯生指道，乃知詩為國粹，非如制度物采可以隨時改易，深悔孟浪。」任公為中國文學革命之人，而所言若此，今之所謂新體詩者又如何？（【文集】，頁267）

借梁啟超的話說，連橫表白了詩是一種高於制度、物采的「國粹」，不得隨時改易。就如國語之為日本的精神血液，格律詩是漢學文化的實質體現，係一不可動搖的阿基米德點。新體詩意欲取代舊體詩，直接挑戰的不是其他，而是文化根基。反對的基礎何在？連橫歷數新體詩暨其論者的諸多不是，其如：

> 歌謠為文章之始，自斷竹射肉，以至明良喜起，莫不有韻。韻之長短，出於天然。否則不足以盡抑揚宛轉之妙。而今所謂新體詩者，獨不用韻，連寫之則為文，分寫之則為詩，何其矛盾！（【文集】，頁288）

新文學者汲汲於批評古典詩，聲調格律的束縛是其重點之一，「為新體詩者，以為固有之詩多束縛」。（【文集】，頁289）但，對於連橫這樣的傳統文人，他們對文學的感知結構，詩的用韻、音韻長短係用以配合吟詠者，是詩之本性，怎會是新學者所說的束縛呢？新體詩無音調押韻，反倒不詩不文四不像。連橫回首中國古典詩歌傳統，指出詩無新舊，隨時代而變，惟隨著風雅頌而楚辭而樂府一路而下，「莫不有韻」，因此用韻非守舊，舊詩亦能創新。而且就算是民謠，以其有韻，亦為「*所謂新體*

詩者更萬萬不及。」[31]「今之所謂新體詩者，誠不如古之打油詩。」[32]此外，新體詩用字冗長，也為連橫所詬病，他批評道：

> 詩有六義，學者知矣。而今所謂新體詩者，則重寫實。
> 余曾以少陵之「露從今夜白，月是故鄉明」二語，問之
> 當如何寫法，竟不能寫。即能寫矣，亦必不能如此十字
> 之寫景寫情耐人尋味也。（【文集】，頁289）

舊詩的精練、意趣深長，實非新體詩所能及者。連橫對新體詩的不滿非僅此而已，他進一步說：「或懼其難，學之不至，遂敢斥之。」（【文集】，頁289）撤去「句法聲調調解放。」（【文集】，頁289）譏以為「夏蟲井蛙」（【文集】，頁299）。

　　連橫對新體詩的諸多批判，有他理直氣壯的理由。傳統知識分子的養成，向來是十數年苦讀、服儒雅，而後進入官僚階層，學以致用，他們在古典文學的濡染，足以教他們有充分自信與自傲的本錢，相較之下，彼時的白話詩／文運動者，一來較乏精深的傳統學養，二來作品還在萌芽階段，萬不能遽與演進已千年之古典詩傳統抗衡，連橫的輕蔑，並非無由而至。但這些觀點之不合時宜，在於現代性文化、經濟資本的籠罩下，

---

[31] 「夫詩豈有新舊哉？一代之文，則有一代之詩，以發揚其特性。是故風雅頌變而為楚辭，為樂府，為歌行，為律絕，復變而為詞為曲，莫不有韻，以盡其抑揚宛轉之妙，而皆為詩之系統也。是故宋人之詞、元人之曲別開生面，流暢天機，可謂工矣，而作之者斷不敢斥歌行律絕為無用，即作歌行律絕者亦不敢斥楚辭樂府為無用。而為新體詩者，乃以優美之國粹而盡斥之，何其夷也！臺北之採茶歌，純粹之民謠也，又莫不有韻，且極抑揚完轉之妙。余嘗采其辭，明其意，美刺怨慕，可入風詩；而所謂新體詩者更萬萬不及。」連橫，《雅堂文集》，頁288-289。

[32] 連橫〈詩薈餘墨〉：「《升庵外集》唐人張打油〈詠雪〉詩云：『江上一籠統，井上黑窟窿，黃狗身上白，白狗身上腫』。故謂之俗者為打油詩。然此詩有韻，且句法整齊，略如五絕，可吟可詠，勝於新體詩萬萬矣。」連橫，《雅堂文集》，頁289。

科技文明的陡升，國民教育實施，工廠興起，都市集居，中產
階級形成，知識於養成、行銷、消費都講究效率，隨著知識內
容的多元化，也不再局限於經史子集，因而走向言文一致易於
了解，是必然的方向。儘管有所盲點，連橫所置身的現代性生
活，仍然影響了他的文學觀念，而有了若干因時制宜的論述。
這些論述首先表現於連橫詩話中對詩人詩作的品論。連橫以臺
灣詩為歷史，致力於詩家與詩作的鉤沉。《詩乘》、《詩薈》
輯錄作品，特別值得注意的是，他錄及女詩人的生平與詩作，《詩
薈》更採用不少女詩人的投稿。雖然，當時詩話家注意及女性
創作一共同趨勢，如《詩報》刊有「閨秀詩話」，不過，相較之
下，連橫的態度更為嚴肅，相關論述更為透徹，他以「頌椒詠
絮」為譬，又以「掞藻揚芬」為讚辭。他與王香禪的唱和在當
時頗受矚目，並惹物議，他對女性的文學創作所作的品評，在
當時都有一定的代表性。以下的這一段話極有意義：

> 臺灣詩學雖盛，而閨秀能詩者尚少。《詩薈》發刊以來，
> 其寄稿者有王女士香禪、李女士如月、余女士芬蘭，清
> 詞麗句，傳播騷壇。今則又有黃女士金川。女士臺南人，
> 年十九，初學吟哦，雛鳳聲清，已非凡鳥。若更加閱歷，
> 其造就未可量也。（【文集】，頁304）

「閨秀能詩者尚少」一句，充分表達連橫擺脫「女子無才便是
德」的縛綁，矜惜女性才學。何以連橫如此看重女詩人？殖民
政府極力推動女性教育、強調男女一同，女性亦尚武，可與男
子並肩戰，對連橫的啟發是，漢文面臨空前危機，而「社會盛

衰，男女同責；況研究漢文，尤為正當，復何疑？」[33]因而，女性亦將是復興漢文的生力軍，可與男子同站在第一線捍衛漢文；連橫類似的言論甚多，[34]在此無法一一舉列。總之，連橫主張女子在詩壇應佔一席之地，可與男性並肩為漢學奮鬥，表達他對女性的特殊關懷與立場，其進步的男女觀念，係其接受新思潮洗禮之證明。

連橫另一反映時代意識的論述為他對地方性、民間性與通俗性三位一體的注意。現代性之一致化的傾向使得各地方趨於雷同，但因應現代化興起的旅遊消費卻反過來要求地方特色。殖民政府在臺灣推動的展館、公園、特色土產等，都在因應現代性興起的需求。大正十三年（1924）以降開啟的新舊文學論戰，新舊文人在彼此攻防的同時，也各自思考文學的進路，甚至考量新舊／文白合作同流的可能。化為實踐，即為三〇年代

---

[33] 「今臺北有吳瑣雲女士者，邀集同志，設立漢文研究會。不佞深嘉其志，而祝其會之成。然會之設立，或疑其隱，而老成者且以為憂。夫今日之女子，非復舊時之女子也。社會盛衰，男女同責；況研究漢文，尤為正當，復何疑？唯主其事者必須熱誠其心，高尚其志，黽勉其業，復得明師益友而切磋之，以副其所期，則疑者自釋而憂者且喜。」連橫，〈詩薈餘墨〉，《雅堂文集》，頁271。

[34] 「臺灣閨秀之能詩者，若蔡碧吟、王香禪、李如月諸女士，擷藻揚芬，蜚聲藝苑，皆雋才也。然碧吟以家事故，久廢吟哦；而香禪移居津門，如月亦寓蘇澳，山河阻隔，猶幸時通魚雁，得其近作，刊諸詩薈，亦足為騷壇生色。」連橫，〈詩薈餘墨〉，《雅堂文集》，頁271。「十數年前，聞洪女士浣翠之名，而讀其詩，語多淒怨。今則一洗俗調，無語不香，有詞皆秀。然後知詩之有關於境遇也。女士稻江人，曾學書於杜逢時先生，亦能篆刻。現居臺中，潛心詩學，又得陳沁園先生之指導，故其錦囊時貯佳句，乃以近作惠寄詩薈。頌椒詠絮，巾幗多才。諸女士之撷藻揚芬，當與藝苑文人爭光壇坫矣。」連橫，〈啜茗錄〉，《雅堂文集》，頁304。

鄉土文學的興起，[35]口語化以及鄉土取材。連橫的行動，落實在語言方面，即《臺灣語典》和《雅言》的編纂；在詩學論述方面，他重視臺灣民間歌謠，如採茶歌、竹枝詞，每見必做收錄；他自己的詩作使用具有臺灣地方文化、歷史特色的典故等，具體落實鄉土描寫。連橫以為：

> 比年以來，我臺人士輒唱（今作「倡」）鄉土文學，且有臺灣語改造之議；此余平素之計劃也。顧言之似易而行之實難，何也？能言者未必能行，能行者又不肯行；此臺灣文學所以日趨萎靡也。夫欲提唱鄉土文學，必先整理鄉土語言。（【雅言】，頁1）

連橫自陳鄉土文學是他畢生之職志，他也看清楚鄉土文學的問題，沒有一套通行的語言做為載具，因而他發憤整理臺灣語言，跨出鄉土文學的第一步，肯定臺灣語言、俚語、方言的存在，力陳其實用，並以之做為文學創作活動的美學價值，他進一步援引古人以為類譬：

> 民謳為一種風謠，所以刺時政之得失；〈小雅〉、〈巷伯〉之詩，已啟其端。《左傳》所載，尤為刻畫：如宋人之諷華元、鄭人之歌子產，則其類也。班、范兩書，采取尤夥。而臺灣亦有一二：蔡牽之亂，俶擾海上。薛志亮為臺灣知縣，募勇守城，與民同疾苦；而守備吉凌阿號知兵。民間為之謳曰：「文中有一薛，武中有一吉；任是蔡牽來，土城變成鐵。」及平，眾多其功。咸豐初，

---

[35] 三〇年代為第一次鄉土文學論戰主軸為臺灣話文論，七〇年代則為第二次鄉土文學論戰，即鄉土文學論，探討臺灣文學寫作方向、路線（1977-1978），參見陳淑容，《1930年代鄉土文學——臺灣話文論爭及其餘波》（臺南：臺南市立圖書館，2001）。

> 安邱王廷幹任臺灣縣，性貪墨，折獄狥私。民間為之謳
> 曰：「王廷幹，看錢無看案！」（【雅言】，頁 24-25）

《楚辭》南方文藝之代表，「方言之用，尤多異彩。」如「荃」
之為「君」、「羌」之為「爰」、「些」之為「兮」，則其著也。而
靈脩、山鬼、蕙茝、杜衡，更足以發揮鄉土文學之特色。[36]《詩
經》、《楚辭》兩者都有一個強大的方言傳統做為創作基礎，本
係「民謳」，為一種風謠。唐詩、宋詞不忌方言，甚且多用方言，
而且臺灣方言就有相當詞語為古代語言之遺存，可以直接就用
諸詩作之中。他說：

> 唐人作詩每用方言，宋人之詞尤多用之。而臺灣方言之
> 可入詩者，若「騎秋」、若「禪雨」、若「海吼」、若
> 「迴南」、若「雙冬」、若「九降」、若「蔣鵲」、若
> 「潮雞」，皆雋語也。我臺詩人，當有取而用之者。（【雅
> 言】，頁 42）

除了《楚辭》、《詩經》、唐詩歷歷證之，連橫更補充說明俗諺
的地位，他說：

> 俗諺，多可作對。茶餘酒後，曾舉一二：如「客人請人
> 客」對「頭對作對頭」。又如「七扔八添九抄十無分」
> 對「一錢二緣三水四少年」。真是天造地設，妙趣橫生。
> 臺南「三六九」小報疊載「新聲律啟蒙」，為趙少雲、
> 洪鐵濤及同好之士所作；悉採里言，復葉音韻，誠可謂
> 本地之風光而藝苑之藻繪也。他日如刊單本，布之海內，
> 亦可為臺灣之特色。（【雅言】，頁 47）

---

[36] 《楚辭》為詞章之祖。連橫，《雅言》，頁 3-4。

俗諺的價值除了可以作對聯，亦可入詩句，更重要的是，它為樹立臺灣特色。

　　鄉土文學除了語言使用是其論述重要，另一重點則是整理「國」故，這一點，連橫也有相當的自覺，他的《語典》、《詩乘》都是整理國故的具體成果。對於與他同時的文人所從事的國故整理，他一併地給予肯定。鄭坤五整理編輯〈臺灣國風〉，連橫便將之定位臺灣的民間歌謠，肯定「**臺北之『採茶歌』，為一種特有之風謠**」（【文集】，頁 272），他看出其於美學、文化的特殊性，斷言其價值將遠比擊缽甚高，其為當代詩人的遺產，實屬必然，他說：「**我輩處此環中，無時不為詩境，取之無盡，用之不竭，又何須擊缽相催，始成妙句？**」（【文集】，頁 272）

　　除了採茶歌、竹枝詞，他也注意到臺灣地方特有的「駛犁歌」，有聲無辭：

　　　　「駛犁歌」為鄉間一種音樂，則農歌也。田家作苦，歲
　　　　時伏臘拊髀擊缶，而歌嗚嗚。……臺灣之駛犁歌，大都
　　　　有聲無辭，所謂「啞咿唏難為聽」也。鄉中賽會，逐隊
　　　　而出，以一男子駛犁、兩女子驂左右，和以絲竹、節以
　　　　銅鉦，且唱且行，手舞足蹈。彼輩自有樂趣，固不得以
　　　　「巴人下里」而儗「白雪陽春」也。（【雅言】，頁 35）

駛犁歌無辭，與文學無關，但從連橫對這類簡易曲聲的重視，可以看到他對民間階層俗樂的理解，「彼輩自有樂趣」正是對詩學傳統中所謂詩者，心之所往，不知手之舞之蹈之的擴大理解，是詩歌之起源。他並以原住民的口傳歌謠為例，說明文學的進程，做為文學發生的源頭，廳縣各志所載的原住民歌謠雖然簡單，但有其不可取代的重要性：

臺灣廳縣各志均載番歌，譯以華言，大都祀祖、耕田、飲酒、出獵之辭；而男女情歌亦采一、二，以存其俗。夫人類之進化，先有繪畫而後有文字、先有歌謠而後有文學，此智識發達之程序。臺灣蒙昧之番，尚無文字而有繪畫、尚無文學而有歌謠，故考古學者、歷史學者、民俗學者以此為貴重之文獻。得其遺蹟隻語，詳細研求，可知大體。原人時代之景象亦復如是，如《吳越春秋》所載〈斷竹歌〉則其例也。（【雅言】，頁5）

連橫也注意到民間藝人的彈唱，最常見的「歌仔」，即彈詞，與〈孔雀東南飛〉敘事詩的性質略同。臺南有盲女，挾一月琴，沿街賣唱。其所唱者，為「昭君和番」、「英臺留學」、「五娘投荔」等男女悲歡離合之事。此外，也有采拾臺灣故事，編為歌辭者，如「戴萬生」、「陳守娘」及「民主國」，這就是「西洋之史詩」了。今之文學家，如能「將此盲詞而擴充之，引導思潮，宣通民意，以普及大眾。」（【雅言】，頁36）其於社會之教育，將有莫大之裨益！由此可見連橫對通俗文學看法之基進（radical）。

以上從地方廟宇之對聯、採茶歌、駛犁歌、原住民歌謠、歌仔等，連橫幾乎窮竭臺灣的各種謠歌聲樂，並將之逐一與中國文學之同類型文體比較，藉古文經典重新確認臺灣民間文學的特質與特色，肯定其存在的價值與意義。由於這些民間遺產如此重要，他進一步呼籲這一類口傳文學的採集整理，他說：

……二十年前，李耐儂發行《臺灣文藝雜誌》，曾採數十首，且為評註；擷翠揚芬，感均頑艷，誠浪漫之文學也。近者臺南小報亦載「黛山樵唱」、「消夏小唱」，

> 頗有佳搆。而廈門某氏曾刊臺灣情歌，惜其用字遣辭尚
> 欠斟酌。今之提唱鄉土文學者，何不起而搜羅以存妙製，
> 為藝苑中放一異彩也！（【雅言】，頁 5）

連橫注重臺灣的地方特色，認同臺灣特色的文學歌謠，著實反映或者回應當時臺灣特殊的歷史情境——殖民政治裡現代化進程中對鄉土文學的訴求。從這些蛛絲馬跡，我們應該說，連橫的民間文學知識是頗為全面的，而且處處注意到根源。如提到臺語的〈育兒歌〉，即〈栲栳歌〉，便印證了「樂府」有〈讀面辭〉。

　　對於臺灣既有民間謠歌的深刻理解，看來似乎緊緊回扣中國文化書寫傳統，事實上卻充滿了革新的意圖。基本上，他在這裡所呼應的書寫傳統並非中國之主流，而是其末流。此一末流在五四文學運動（1919）中受到高度重視，民間文學與民俗信仰的田野調查、蒐集整理蔚為風潮，幾乎與五四同時，海峽的這一岸臺灣也在本土文人覺醒與日本官方的整飭下有頗為豐富的成果呈現，但能夠將之與中國文化傳統繫聯，闡析其內容之本土意義者，連橫可以說獨領風騷。這樣的視野必須有博學的基礎，以及圓通之識見。對於印刷現代性的衝擊，長期做為媒體人，連橫之感受必然深刻，因而更能體會地方性之重要性。前述對於臺灣各類文學類型的檢視，固然是連橫做為史家於文學史的高度自覺，但他更提出地方性在創作實踐所佔有的位置，亦即「書寫臺灣」的必要性。在創作論裡他提及虛心靜氣的修養方法，走入一己處身的自然：

> 圓山也，碧潭也，北投也，皆臺北附近之詩境也。遠而
> 淡水之濱，觀音之麓，社寮之島，屈尺之溪，亦足供一

> 日之遊。杖頭囊底，妙句天然。我輩仄居城市，塵氛撲
> 人，何不且捐俗念，一證真如？（【文集】，頁 272-273）

在這裡，連橫一語雙關，意謂吾人此身所在之現場方為自我安
頓之地，而惟有自我安頓後，得以安頓詩之思，一體真如。他
以為，詩人欲進入創作之心靈有賴於「現場」，詩作題材暨其命
題，所應秉持的原則完全相同。連橫大聲疾呼臺灣之名勝古蹟，
大可用來做為詩歌的好題目，而徵詩者竟舍近而圖遠，老是找
「桃葉渡」、「莫愁湖」一類，題目雖佳，終難觀感，其弊病即
在於沒有作者的在場經驗，純然為詩造情，明明是身在臺灣蝸
居之中，卻仿作「咸陽弔古」，「雖極能事，終是死詩，而非活
詩。」（【文集】，頁 282）追求詩歌膚淺的表層之美，卻失去最
重要的生命力。這正是連橫對新文人所批判——舊文人作詩惟
務懷古傷情，暮氣沉沉——的一個非常重要的自我反省。

在寫物摹景方面，連橫讚賞孫湘南、張鷺洲等善寫臺灣氣
候，[37]並作評論道：「故欲為臺灣之詩，須發揮臺灣之特色。如
以江南花月、塞北風雲而寫臺灣景象，美則美矣，猶未善也。」
「臺灣景色之可入詩者，美不勝收。」（【文集】，頁 270）就地
方取景、就場所取境，立足臺灣，不「掉書袋」，不蹈襲用古人
既定套語。也因此，連橫於《詩乘》鈎沉作品時，不忘說明作
品本事，很多時候，以臺灣地景、事件做為輯錄相關詩作的主
題，如談海東攬勝的地景詩、寫林爽文的記事詩等，凸顯臺灣
特色。

---

[37] 「『兩乳燕投孤壘宿，四時花共一瓶開』：孫湘南句也。『花無寒燠隨時發，
酒長瓊漿不用沽』：六居魯句也。而張鷺洲亦有詩云：『少寒多燠不霜天，
木葉長青花久妍，真個四時皆似夏，荷花度臘菊迎春』。此均善寫臺灣氣
候。」連橫，〈詩薈餘墨〉，《雅堂文集》，頁 270。

　　連橫在闡述其詩歌主張時，在性別、地方性、民間性、通俗性等方面，頗為深刻地呈現了被殖民的歷史情境下多元文化資源因出版印刷性的傳播而更容易匯集，因而產生了混雜多元文化的論述。於後人對於臺灣古典詩歌歷史的描繪與想像，以及對連橫文學主張的瞭解，提供了不可估量的價值。

小結

　　本章從連橫對官檢、自我官檢的批判、詩歌創作向大傳統回歸的種種思考，以及他受多元文化激盪出的各種理念，檢視其詩話論述如何建構臺灣古典詩創作的「正典」。他力主擊缽吟非詩，一方面諄諄諫議古典詩界，一方面與新學對舊學的詆斥論戰。他看到官檢壓抑下古典詩創作的變形，力行向中國古典詩傳統的回歸，無論是從詩人養成、詩歌創作與鑒賞活動等，無不援引中國古典詩學論述傳統，以作為臺灣古典詩正典的依傍。當他在當代多元文化資源下，被觸發因時制宜的各種創作理念，而在性別、民間性、通俗性與地方性有截然不同於傳統的觀點時，他亦不忘回顧中國詩學傳統，以為呼應。在日治時期的詩學論述裡，連橫相當地凸出了其個人的學植、視野與投入，在對於「正典」的反省上提出有力的論證，而語典、《詩乘》的著作，《詩薈》的編輯，正是其具體呈現主張的重要呈現。透過對連橫論詩相關作品的完整整理，我們發現連橫懷抱著澄清臺灣詩壇之用心，他的詩歌主張、改革訴諸的方式、實踐改革之意志，體現為一種對正典的追尋歷程，歸宗於維繫漢學、保存國粹，由文學擴及臺灣民族文化之理念。

　　若以一般的眼光看，連橫的詩學論述不只是紛歧，有時候甚至陷於矛盾。他痛批詩界，但自己也奔走於詩仔會與擊缽吟，

顯見其自身不免於陷入其泥淖。他抨擊日本官方對言論尺度的壓抑，反對因此而造成的廣大影響，於當時的阿諛頌美之風，不以為然，但他的作品經常出現日人序跋。他執著於古典詩歌的價值在於抒發或感動個人情志，能對社會風俗的教化產生一定的作用力，於民族國家的歷史與主體性的保存扮演著重要的角色；但是，為了極力稱舉詩歌的重要性，他援引日本文化、東亞文明以為其不可或缺之佐證，在這部份與其詩歌為一民族一國家之精神所寄的看法相忤。在創作論上，他頗堅持於詩歌情感的真實，在審美論上，詩歌語言藝術的錘鍊，但他卻極力讚許詩鐘之作用；為了捍衛漢學傳統，他作《詩乘》，便指出為史之詩縱然其文學不可觀，亦具備存錄的價值。[38]我們可以看到在時代政治文化潮流與官檢的圈限下，他在論述上所做的各種自我調整，形成的混雜與矛盾。這樣的調整在幫助吾人理解連橫其個人行誼、詩學主張之外，亦增益吾人對於其時文學發展的整體理解。

> 本文刊於《東吳中文學報》22 期（2011.11），頁 249-280。原題〈向文化大傳統的回歸與變奏——連橫對臺灣古典詩「正典」的追尋〉。

---

[38] 這一點，在施懿琳，〈清代臺灣詩所反映的漢人社會〉（臺北：臺灣師範大學國文系博士論文，1991）、拙作《臺灣古典詩面面觀》，都曾有所論及。

第八章　結論

本書係針對單一文學家探索（single writer exploratory inquiring）的研究。

在完成了二十餘萬字的論述後，產生了什麼樣的意義和價值？

一、連橫：個案、典範與文本深讀

本書首章曾提及「1895 年」這個時間點的重要性。

在後現代主義出現以前，所有敘事的發生、結構與探索，幾乎都由時間所肇始。[1]光緒二十一年（1895）的割據和約，造成了臺灣與清國兩百餘年治理的裂解，也使得臺灣傳統文人陷入一個生存／存在的困境。日治時期重要的議題，國族身分、語言文化、地方空間與時代環境，莫不緣是而生。這些議題彷彿故障的放映機，在螢幕上閃閃熾熾地一再出現。假如文明的躍昇，往往是人類為了回應生存／存在困境的挑戰，[2]日治時期一切有關於漢文化的敘事，傳統性遭接殖民性、現代性，都是其具體結果。這時候，對於某個別具代表性之文學家的探索，將可以帶領我們從此一個體的立場去全面性體會其行為當時的情境與立場需求，也許可以建立一個具內部一致性的知識系統，對社會行為本質的深入詮釋。

---

[1] 對「時間上自我瓦解的困境」（temporal aporia）、再現時間的「不可再現性」，是界分現代美學與後現代美學、大敘事（meta-narrative）與小敘事的關鍵。黃宗慧，〈大敘事或小敘事？——重探李歐塔之後現代觀〉，《中外文學》24 卷 2 期（1995.07），頁 85-101。

[2] 英國歷史家阿諾・湯恩比（Arnold Joseph Toynbee, 1889-1975）的說法。他認為一個文明如果能適當回應的時代挑戰，就有機會更堅實地成長、茁壯。布羅諾斯基（J. Bronowski）著（1973），漢寶德譯，《文明的躍昇：人類文明發展史》（臺北，明文書局：1976），第一章。

　　這種對個案研究的思考可以立即獲得文化人類學理論的支撐，有類於「深描」。如眨眼可能不是單純的抽動眼皮，它有可能向密友拋暗號、對眨眼示意的惡作劇模仿、小丑在舞臺上的表演。這些眨眼的表意構成不同的文化層面，包含了不同的文化意義，非深描無法對此有所區辨。這樣的文化分析不再是實證性的科學，而是探索意義的解釋性科學。[3]早期「原因／法則」式的社會物理學並沒有獲致良好的成果，因而產生對通性的質疑。研究者也調整角度，從「試圖通過將社會現象編織到巨大的因果網絡中來尋求解釋」，轉變為「嘗試透過將社會現象安置於當地人的認知架構之中以尋求解釋。」[4]許多社會科學家已經揚棄對於「解釋」採取「法則與例證」的理念，而轉趨「個案與解釋」的理念。[5]對於日治時期臺灣這樣一個多元勢力爭衡的地方，揚棄「法則與例證」，深入思考「個案與詮釋」，反而更容易教吾人理解各種被同一性抹去的差異性。

　　在這裡，我們更可以發現，所謂「江山代有才人出，各領風騷數百年」[6]指認的中國文化傳統，係依歸於人；而西方所說的「典範變遷」，指的是學科的內含，雖然是殊途同歸，其所指無非是同樣一件事，有如中國民本政治有賴於「聖王」傳統，而西方的民主政治則建立在「制度」的礎石之上。另一個原因，中國知識分子以儒雅從政，通常肩擔國家治理的使命。這或也

3　克利弗德・紀爾茲（Clifford Geertz）著，納日碧力戈等譯，《文化的解釋》（上海：上海人民出版社，1999），頁 5，這是他在「深描：邁向文化的闡釋理論」所提出來的觀念。

4　克利弗德・紀爾茲（Clifford Geertz）著，楊德睿譯，《地方知識：詮釋人類學論文集》（臺北：麥田出版，2002），頁 12-15。

5　克利弗德・紀爾茲（Clifford Geertz）著，楊德睿譯，《地方知識：詮釋人類學論文集》，頁 12-15。

6　〔清〕趙翼，《甌北詩鈔》，收錄於《趙翼全集》第四冊（南京：鳳凰出版社，2006），頁 510。

可以說明，為什麼單一文學家的研究，可以充實時代的典範意義。

本書首章便後設性地優先就連橫的代表性進行檢視，詳細說明何以選擇連橫之故。在確認連橫為研究對象之後，先針對進行與研究有關資料收集的工作，博稽群籍，完成連橫一個逾七萬字的生平年表，接著查閱目前詩文集的作品輯錄，檢索報刊雜誌，逐一增補所有相關的文學材料，分類匯編，或校勘，或注解，三者完成後，再進行新批評家所主張的文本的逐篇「細讀」，接著，再進行「深讀」。

「細讀」（close reading）為新批評的文本研究方法，主張作品本身為一自足獨立的存在，否定任何作者意圖或時代背景的介入；語言的功能在呈現意義、感情、語氣和意向等，因而重視語脈（上下文，context）對語義分析的影響，特別重視內部組織結構，如意象、格律、文體，常用歧義（ambiguity）、反諷（irory）、張力（tension）、肌理（texture）等。[7]本書借用細讀的文本研析方法，之後，再根據當時連橫的各種相關資料，形成一個建構他我關係的蜘蛛網絡，進行深讀。「深讀」則是筆者完成本研究後借用「深描」的語彙，指出一種以文獻為對象的比較、參照、融合的閱讀方法，結合了個人才性、時代背景的思考，意在點出研究者藉著各種閱讀的累積經過澱定的思索，以及不同理論的沖激與對話後，可能產生的會通、神悟。

就文本（text）而言，建立在對語言符號的理解，所謂深讀，筆者即以〈稻江冶春詞〉一詩的閱讀為例：「怡和巷口夕陽斜，長樂街頭喚賣花。十二珠簾齊捲起，玉樓沈醉美人家。」

---

[7] Terry Eagleton, *Literary Theory: an Introduction*. 2nd ed. (Oxford: Blackwell, 1996).

（【詩集】，頁 71）究竟是真「賣花」，還是僅為譬喻？逐字深讀、考索後，遂打開不同文化意義的空間。赴妓院消費的男人經常要買花送給妓女，花攤滿街，香港甚至有一條擺花街，今日香港島中西區中環南部一段斜坡上，連接荷李活道及威靈頓街與砵典乍街交界處，叫 Lyndhurst Terrace。這首詩事實上是唐五代韋莊〈菩薩蠻〉的改寫：

> 如今卻憶江南樂，當時年少春衫薄。騎馬倚斜橋，滿樓紅袖招。　翠屏金屈曲，醉入花叢宿。此度見花枝，白頭誓不歸。[8]

詞寫的是韋莊少年時，往風月場邊的橋頭一站，酒樓樂院整條街，無數的美麗女子，張起豔紅袖子，招呼著他呢！玉屏風與金鉸鏈開處，就推開一重重門而入，倒臥美人鄉。只是，韋莊另有懷抱，他年青時不知珍惜美人的情意，老來時遇見了一位有情人，就為她許誓共渡白頭了。這裡連橫用的應指自己在風月場所受到的美人青睞。

　　董仲舒《春秋繁露》云：「《詩》無達詁，《易》無達占，《春秋》無達辭。」[9]他的《詩》，指的是《詩經》。意思是的解釋因時因地因人而有差異，沒有一成不變的確切解釋，意味著經典詮釋的開放性。從文學欣賞和批評的角度觀之，閱讀者的生活閱歷、思想涵養不同，所處身的文化環境、時代背景不同，對同一文本往往有不同的體會，「詩無達詁」正說明了語言意義的相對性和審美取徑的差異性。閱讀者權衡眾說，參以己意，擇

---

[8] 〔清〕愛新覺羅玄燁，《御定全唐詩》卷八百九十二，頁 6，文淵閣四庫全書電子版【內聯網版】。

[9] 〔西漢〕董仲舒，《春秋繁露》卷三，頁 10，文淵閣四庫全書電子版【內聯網版】。

一作解，這正是中文學術傳統中與後現代性相互發明之處。在後現代主義裡，「文本」係由作者寫成，有待於閱讀的個別作品，亦即需要通過各種不同解讀方得以理解者稱之。就實際的語言修辭說，每一個文本皆有其一看就知道的固定意義（proper meaning），此一意義，任何具資格的讀者（qualified reader）都可以從事同質性的繹解，亦可以稱之為「原意所指」，其他研究者皆能基於此一恆常不變的意義而各自發展成不同的「創意所指」（significance），[10]而只有與固定意義有別的創意所指，很可能人言人殊，亦即其中有對言外的深層涵義有所創解，其貢獻才屬研究。這是從解釋學的觀點說明「詩無達詁」，以及「深讀」的必要性。而本書所選擇並提出解釋的連橫文本，係根據筆者個人的閱讀所得。不過，我們要注意的是，這樣的深讀也可能造成誤讀或過度詮釋。因而，在未能確認大稻埕是否有一條賣花街，本書第五章並未展開這樣的說明過程。

再以「鬥茗敲詩」為例，可以是漢詩寫作場域的一種競智遊戲，表徵風雅；藝旦間，它是歡場中短暫相值的男女仿擬趙明誠、李清照兩人的愛情，建立一種兩性間可能的期許；當它與其他在藝旦間舉行的遊戲並觀，如祭儀後的射覆拼酒、藏鉤競局，模仿百姓生活中的嘉年華；花榜評春，複製科舉場中的

---

[10] significance 與 meaning 的區別見於 E.D.Hirsch,Jr.的 *Validity in Interpretation*. (New Haven and London: Yale University Press ,1967)其最簡明之解釋見頁 8 此段：

> Meaning is that which is represented by a text : it is what the author Meant by his use of a particular sign sequence; it is what the signs represent. Significance, on the other hand, names a relationship between that meaning and a person, or a conception, or a situation, or indeed anything imaginable...Clearly what changes for them is not the meaning of the work, but rather their relationship to that meaning. Significance always implies a relationship, and one constant, unchanging pole of that relationship is what the text means.

傳臚形式,這些有系統地對文化中國的種種行為複製,不僅帶有明顯的國族意識,並且也是世變裡挫敗的文人自我安頓的一種方式。由是,連橫以及與他同時的傳統文人,他們在藝旦間的遊戲,就提供了不同的文化詮釋。

賣花、鬥茗敲詩,這兩個例子,都與世變的「官檢」以及文人生命的轉向有關。舉例言之,清代以異族入主中國兩百多年間,宋明思想轉向樸學考證,那固然為殖民者有意的引導,對於被殖民者而言,無疑亦較能保有身家的安全,於是淹然成風。大文學家沈從文(1902～1988),則是另一個好例子。民國三十八年(1949)國民黨政府遷臺以後,沈從文不再創作小說,先後任職研究員於北京中國歷史博物館(1950～1978)、中國社會科學院歷史研究所(1978～1988),主要領域中國古代服飾,完成鉅著《中國歷代服飾研究》。這本明明是關於服飾文物的考釋之作,被馬悅然稱之為:「**一部非常有刺激性的長篇小說,最精彩的一部長篇小說。**」[11]讚譽有加。連橫寫作《語典》,考釋「藝旦」,追跡語源,探索曲藝的演示,寫作藝旦間的各種文人活動,甚至是詠史詩、《臺灣通史》、《詩乘》等等,豈不亦是傷心人另有懷抱的一部部小說?

本書的研究提出一個奠基於中文傳統的閱讀方法,並在與西方深描的參照下,嘗試予以理論化。

---

[11] 久黑必白責任編輯,〈沈從文如果活著就肯定能得諾貝爾文學獎〉,(來源:http://cul.sohu.com/20071010/n252580088.shtml)。

二、文學術：實用為美的技藝／記憶

本研究的另一個重要目的，係在說明像連橫這樣的知識分子，如何承續中國文化傳統以書寫技藝傳播集體記憶的方式，秉持實用美學的書寫信念，在殖民性與現代性的雙重壓抑與衝擊下，完成其個人繫念的名山事業，並留下無數的爭議。

大抵而言，一個時代的代表性文學家，不只書寫的質高、量豐，同時，他所選擇的題材、表達的形式，多半能在與時代環境的重要議題深度交涉時，鋪排言說敘事，更能作實際行動的介入，在這幾方面，儘管連橫的爭議性確實存在，仍能給予後繼者的我們無數的啟發。

本書第二章略似傳統文學批評中的知人論世，追跡日治時期的時代環境，宗主國極力脫亞入歐，連橫如何以扮演傳播人的角色，以書寫、編輯、出版建構出漢學的傳播版圖，包括：任《臺南新報》、《臺灣新聞》社漢文部、廈門《鷺江報》、《福建日日新報》等報刊筆政、創結詩社、開辦「雅堂書局」、設立「雅堂書局漢學研究會」，發行《臺灣詩薈》期刊等等，係以傳統性的漢學回應現代性的印刷資本性、國民教育。他代表了與他同時代的知識分子的處境。一生積極於漢文化傳播之經營，同時也造成他的挫敗，為自己招致抗日愛國或親日背國的爭議。

不容諱言，連橫的著作是他一生成就的累積所在。本書第三、四章分析他其詩歌與散文作品，分從「體裁」、「情思」（鄉愁）以及「文學社群」三方面談連橫的詩歌特色，從「實用美學」的角度探討連橫散文的書寫類型與特色；詩歌成就，除了三大詩人的同儕讚譽，他以詩言志、藉詩詠史，〈劍花室外集〉感時憂國，又，〈大陸詩草〉詠嘆歷史、議論時事、縱橫人

物,〈寧南詩草〉懷舊傷時、群我交遊、悼唁故交,連橫歷乙未世變,逢新時代之思潮,移居臺灣南北,履跡海陸神州;觀四海藏書,視野開濶。再加上天假其才,縱意所之,非特各體詩歌兼擅,也呈現各種風格,香奩體、四傑體、郊島體、詩史等。在散文書寫方面,一如詩歌的試遍各式體類與風格,而且也都有清晰的儀範對象,如《臺灣通史》仿《史記》紀傳體書寫臺灣歷史,《詩乘》係以編年的「詩話」筆記體裁寫成詩史,歷時地編織了臺灣地方人物、風情,《語典》以字書體例編寫臺灣語言暨其相關佚事,這些是廣泛定義下不以散文書寫為目的的散文。至於本書所討論的「文學性」散文,為輯錄於《雅堂文集》中的作品,相對的邊界較為嚴格。這些論說、序跋、傳狀、墓誌、雜記、哀祭、書啟、筆記、漫錄等古體散文的集結,說明連橫不斷試驗各體的努力,取材廣泛,而有議論縱橫、敘事如繪的特徵。他書寫〈臺灣史跡志〉和〈臺南古蹟志〉二志的兩種方式,其地景敘事無論從創作緣起、修辭技巧、內蘊意識等各方面,皆可以溯源至《水經注》與《洛陽伽藍記》。

日治時期,漢詩在殖民主與被殖民者的同床異夢下大盛,詩社數達高峰,為理解其時臺灣文化所不得缺少者。連橫於臺灣三大詩社都有交遊,留下不少酬贈唱和之作。其中有不少注入亦師亦友的情感,抒情言志,展現而為生命存在與他人的通感,也有純係遊戲、應酬者,擴張了酬唱聯誼的「應用」的功能,形成另類美學。大正八年(1919)的次年,當中國五四白話運動喧聲震天時,臺灣文社為延續漢學,主張傳承中國文言文的書寫,亦強調其「實用性」。連橫是少數同時在詩歌、散文書寫都盡情揮灑、各類文體兼善的文人,這樣的作為其立意原是證明漢文創作可為世用,一種延續中國「實用美學」的文學

觀與創作活動，歸向祖國文化傳統的具體例證，最後卻呈現為對中國古典文學之漢詩創作經歷的最後回眸，一個包攬式的成果展示。除了對祖國文化傳統的依歸，更顯示他回應殖民現代性時所受到的浸潤，獲得向多元現代性開展的資源，得以成為創造另類現代性的基礎。

日本政府治下，臺灣漂泊在殖民文化社會中，人們透過失土或在異地的這種經驗——也就是說，他們生活在臺灣這塊自己的土地上，體受的卻是一種他鄉的生活履歷，感覺自己像是外國人，在臺灣，連橫被視為日本治下的中國人。在中國，他是日本治下的臺灣人；傳統文人進退失據的身分認同，在連橫的性行與文學世界裡，表露無遺，「不在家」幾乎從去鄉的憂愁，從他無數旅程的行腳中升進到一種形上的層次，體驗到宇宙的飄泊。然而，究其基底，畢竟是中國性的，既是文化的、國族的，也是生活的。

藝旦間、民族主義與地方書寫，是此一多元現代性的部分圖景。本書第五章指出連橫對藝旦文化的考釋，有其不同於一般人的識見。他出入的藝旦間是個不折不扣的風月場，原係禮教境外的特殊性別交際的場所，以故一方面他與藝旦的交遊，經常流露一種傳統男性觀看的態度，不無物化女性的嫌疑，另一方面，此一交遊，似又存在著某一種深層的知解，如他與王香禪的往來唱和。於海峽兩岸大興現代女性的社會參與的風潮下，他又提倡女性漢文學書寫，評騭、編輯、出版其作品，甚至推許她們投入革命運動。而藝旦間這個空間仿擬了「原鄉」的各種文藝活動，前所述及的鬥茗敲詩、射覆拼酒、藏鉤競局、花榜評春等等，這種對文化中國的種種複製，既是國族意識的，也是個人的自我安頓。凡是，在在揭示了連橫在性別平等此一

現代性的重要內容上游移於進步殖民地與傳統文化祖國之間的糅雜與矛盾，無疑地，此亦為另類現代性的反映之一。

　　針對連橫的行旅中國、足跡所至，詠史懷古的履歷與書寫，無一不寓家國民族之思。本書第六章從空間與時間的維度指出「民族」並非理所當然地源於天生的血緣、地域，也非永恆不變的群體，近代以來的民族認同往往是知識菁英為政治目的所建構的結果。「**資本主義、印刷科技與人類語言宿命的多樣性這三者的重合，使得一個新形式的想像共同體成為可能。**」[12] 尋繹其說，或許還可概括成更簡單的一種，就是「傳播」，無論透過口語還是文字的傳播，所謂「想像的共同體」係透過「傳播」建構出來的，亦即「印刷資本主義」。而臺灣人與「祖國」相互連結的想像藉何建構呢？從秦始皇「書同文」以來，凝聚「中國」這個古老帝國士大夫階層之群體意識的，一直都是以「文字」為載體的儒家文化。[13]更進一步說，中國源遠流長的立言傳統，是以文字、書寫、技藝傳承記憶，由是而使得文人將不朽寄託於文字書寫，華／夷之辨將文化樹立為判準，漢／賊不兩立更導出政治正統的傳承，這是連橫堅持「道統」的歷史撰述與創作的基礎，也是他以漢族民族主義的眼光來「斧鑿」正史，將史事納入民族大義的視野，遂爾產生主觀「誤讀」乃至有所「杜撰」史料以裨補空白的狀況，其目的都在彰顯「春秋大義」的國族史。易言之，他所要證的史，不只是臺灣歷史或詩史，而是臺灣依附於中國的國家興亡史。連橫通過漢人的歷史時間排除原住民族存在於臺灣的事實；同時，他也透過族

12　參見班納迪克・安德森（Benedict Anderson）著，吳叡人譯，《想像的共同體：民族主義的起源與散布》，頁89。

13　張淵盛，《飄零・詩歌・醉草園──跨政權臺灣末代傳統文人的應世之路》，頁36。

群邊界的出出進進，從事不同國族空間的越境與穿越，他所看到的世界，在他描述、定義下展開想像與再現，不只呈現為論者所謂殖民現代性壓力下之「單一現代性」的反彈，形構了一個明確的文化大傳統的框架，更進一步的，因著一臺灣、本島人、臺灣人意識的崛起，邁向了多元現代性。連橫述作歷史的方式，來自他對於殖民現代性的照明，也來自他的咀嚼、蘊藉中國文化傳統。連橫一秉初衷，持續不輟地投入各種與臺灣史相關的事業，不斷以詩作史，實踐他紹繼「詩史」的志業。其對於述作臺灣史的繫念之深、用力之勤，係來自他所懷抱的信念。此一信念，以漢學傳統中的華夷之辨為初基，憑藉集體記憶的運作區別日人與臺人，確立其族群範圍。

　　本書第七章延續家國與民族的關懷，以「空間」為主軸，時間為次軸，探討連橫的「地方史書寫」；揭示〈臺灣史跡志〉和〈臺南古蹟志〉二志的書寫取法前人身歷其境或診視山水的書寫技藝，載錄臺灣史跡、臺南古蹟，其書寫蘊含的動機，就人文地理學的角度觀之，在社會／地理的基礎上，事物自有其特殊秩序，在人的生活中形成記憶，並銘刻意義，此即地方感。惟，環境變遷造成地方的「流動性」──當史跡、古蹟隨著時間、市區改正或其他都市新地景的興起而圮壞之時，人的記憶以及因之產生的事物之意義，也將隨之而日漸消亡，地方感亦為之改變。這是傳統遭遇殖民現代性的城市規劃的後果。則連橫此二志的書寫正是 Tim Cresswell 所說的「地方再現」，重建日常生活在一個「地方」的實踐，緣著書寫之再現，「地方」在消失的記憶中得以被留住。而如何使得臺灣／臺南地景經典化，化入文人雅士創作的筆墨，進一步促使他去追求地景的歷

史書寫，與藝旦間的仿擬的原鄉活動一樣，儘管最後都依皈於祖國的「文化大傳統」，卻也凸顯了臺灣的在地性。

本書第八章分析連橫的詩歌論述見於詩話，與《臺灣通史》、「語典」建構語言、歷史，其本身即其作史之一部分。詩話的書寫形態，多係「筆記」之性質，處理其前代或與也同時代的詩人生平、作品、社群特色、評論觀點等等，掌握部分以及其時詩壇之梗概風貌，尤能表現前文提及的多元現代性。在傳統性方面，連橫就比、興、抒情等觀察詩歌創作之所由，闡析詩歌表現與時代環境互為影響，而有「決定論」的色彩；對於詩歌創作技巧如布局、風格（忌俗）等，多有闡發；在現代性方面，語言扮演著關鍵角色，連橫是少數對此有反省的傳統文人。他認為不同的書寫體式，可以容許多元語言的應用：能用固有之華文，可；《楚辭》為詞章之祖，方言之用，尤多異彩，方言可。能用英法俄德之國際語言，尤可。而這以現下區域語言或國際語言進行書寫的主張，是「現代性」之主要特徵之一，也是抵殖民的一種方式，因為「凡一民族之生存，必有其獨立之文化，而語言、文字、藝術、風俗，則文化之要素也。」（【雅言】，頁 1）正好可與到處設「國語傳習所」的日本殖民政府形成對話。他對殖民治下「官檢」的反思、回歸大傳統的理念與實踐、多元文化資源下混雜的詩學主張，而展示為一對臺灣古典詩正典的追尋，最後歸宗於維繫漢學、保存國粹，參與全球性的現代化，不只於臺灣古典文學史之建構，殊具重要性，也留下漢文學創作審美形態在日治時期的轉變，甚至理解詩歌美典興微的過程。

　　綜言之，遭遇世變之際，殖民地政府的政策、現代化進程中的臺灣，事實上激勵了作為臺灣傳統文人如連橫在漢學研究、創作與傳播活動的種種踐履。

　　透過語境脈絡去建立的連橫詩學述、作、評析、論議體系，指出他的自我浮動與安頓，他作為一傳統文人肆應世務的方式，他的交遊與傳統文人社群之結構與裂解，同時考察他在詩歌、散文的情感表現，深入他與女性文人或風月場中的藝旦之往來與述作，確認禮教境外，他對藝旦文化的考釋、發現與貢獻，探索他從臺南、臺中到臺中、臺北的遷移、定居經驗，他對地方的行走、凝視，寫「地方」〈臺灣史跡志〉、〈臺南古蹟志〉的兩種方式的地方之愛，寄跡天涯，詠史懷古；推讚民主制度，探討科學事物，寫作翻案文章；在身分認同上所顯示的場所的悲哀，以故凝塑揮之不去的鄉愁，充滿在地性、卻又不斷向祖國文化回歸的另類現代性，建構其詩歌創作與理論體系，混雜的思考，又中國又西洋，又本土又東洋，又傳統又創新，淳蓄著傳統性、現代性與殖民性的不同內含，充滿思維辯證，甚至無意間在詩文創作上延續了中國以實用為美的文化傳統。而以上種種無不牽涉報刊現代性、身分認同、性別關係、旅遊、人文地理、語言使用，他與臺灣人民啟蒙的關係、以及殖民地臺灣人想像共同體的形成。

　　是故，連橫實際上代表了臺灣傳統文人的身分認同、精神風貌、漢學觀點、肆應世務的形式與方式，反映出臺灣被割據予日本治理後深刻的社會變遷，不僅是理解日治時期臺灣古典文學體系之變化的根據，也為臺灣古典文學研究提供一種新的可能性。

一、連橫著作

連雅堂，《臺灣通史：校正修訂版（上冊）》（臺北：國立編譯館
　　　中華叢書編審委員會，1985）。

連橫，《臺灣詩薈（上）》（南投：臺灣省文獻委員會，1992）。

連橫，《臺灣詩薈（下）》（南投：臺灣省文獻委員會，1992）。

連橫，《雅言》（南投：臺灣省文獻委員會，1992）。

連橫，《雅堂文集》（南投：臺灣省文獻委員會，1992）。

連橫，《雅堂先生文集‧餘集》（臺北：文海出版社，1974）。

連橫，《雅堂先生集外集、臺灣詩薈雜文鈔》（南投：臺灣省文獻
　　　委員會，1992）。

連橫，《臺灣通史》（南投：臺灣省文獻委員會，1992）。

連橫，《臺灣詩乘》（南投：臺灣省文獻委員會，1992）。

連橫，《劍花室詩集》（南投：臺灣省文獻委員會，1992）。

二、專書

〔宋〕林希逸著，周啟成校注，《莊子鬳齋口義校注》（北京：中
　　　華書局，1997）。

〔北朝北魏〕楊衒之著，楊勇校箋，《洛陽伽藍記校箋》（北京：
　　　中華書局，2006）。

〔明〕徐師曾著，羅根澤校點，《文體明辯序說》（北京：人民文
　　　學出版社，1962）。

〔明〕楊慎，《升庵詩話》（上海：上海古籍出版社，1987）。

〔東晉〕陶潛，《陶淵明集》卷一（臺北：臺灣商務印書館，1983）。

〔唐〕李商隱著，〔清〕馮浩箋注，《玉谿生詩集箋注》上冊（上
　　　海：上海古籍出版社，1979）。

〔唐〕孟棨，《本事詩》（臺北：新文豐出版公司，1984）。

〔唐〕柳宗元，《柳宗元集（下）》（臺北：華正書局，1990）。

〔清〕趙翼，《趙翼全集》第四冊（南京：鳳凰出版社，2006）。

〔清〕仇兆鰲，《杜詩詳注‧一》（臺北：里仁書局，1980）。

〔清〕江日昇，《臺灣外記》（南投：臺灣省文獻委員會，1995）。

〔清〕余文儀，《續修臺灣府志》（南投：臺灣省文獻委員會，1993）。

〔清〕姚鼐選纂，宋晶如、章榮注釋，《廣注古文辭類纂》第一冊（上海：國學整理出版，世界書局印行，1948）。

〔清〕陳夢林，《諸羅縣志》（南投：臺灣省文獻委員會，1992）。

〔清〕劉良璧，《重修福建臺灣府志》（南投：臺灣省文獻委員會，1993）。

〔清〕劉家謀等人，《臺灣雜詠合刻》（南投：臺灣省文獻委員會，1994）。

〔清〕顧炎武，黃汝成集釋，《日知錄集釋》（鄭州：中州古籍出版社，1990）。

Paul Merchant 原著，蔡進松譯，顏元叔主編，《詩史論》（臺北：黎明文化，1973）。

Tim Cresswell 著，徐苔玲、王志弘譯，《地方：記憶、想像與認同》（臺北：群學出版社，2006）。

W.A.Pickering 著，吳明遠譯，《老臺灣》（臺北：臺灣銀行，1959）。

川合真永，《臺灣笑話集》（臺北：臺灣日日新報社，1915）。

孔尚任撰，梁啟超註，《飲冰室專集》（臺北：臺灣中華書局，1972）。

孔慶東，《青樓文化》（北京：世界知識出版社，2008）。

王水照編，《歷代文話》第七冊（上海：復旦大學出版社，2007）。

王水照編，《歷代文話》第二冊（上海：復旦大學出版社，2007）。

王必昌，《重修臺灣縣志》（南投：臺灣省文獻委員會，1993）。

王先謙，《莊子集解》（北京：中華書局，1987）。

王先謙合校本，《水經注》（北京：北京出版社，2000）。

王炳耀，《中日戰輯選錄》（南投：臺灣省文獻委員會，1997）。

王國璠，《臺灣先賢著作提要》（新竹：省立新竹社會教育館，1974）。

王嗣奭，《杜臆》（上海：上海古籍出版社，1983）。

古田敬一著，李淼譯，《中國文學的對句藝術》（臺北：祺齡出版社，1994）。

布羅諾斯基（J. Bronowski）著，漢寶德譯，《文明的躍昇：人類文明發展史》（臺北：明文書局，1976）。

弗雷德里克・詹姆遜（Fredric Jameson）著，王逢振、王麗亞譯，《單一的現代性》（天津：天津人民出版社，2005）。

石芳瑜，《花轎、牛車、偉士牌：臺灣愛情四百年》（臺北：有鹿文化，2012）。

朱任生，《姚曾論文精要類徵》（臺北：臺灣商務印書館，1988）。

江寶釵，《臺灣古典詩面面觀》（臺北：巨流圖書公司，1999）。

江寶釵主編，《臺灣文藝叢誌文人社群作品提要集》（嘉義：中正大學臺灣文學研究所，2010）。

余英時，《中國知識階層史論》（臺北：聯經出版公司，1980）。

克利弗德・紀爾茲（Clifford Geertz），納日碧力戈等譯，《文化的解釋》（上海：上海人民出版社，1999）。

克利弗德・紀爾茲（Clifford Geertz）著，楊德睿譯，《地方知識：詮釋人類學論文集》（臺北：麥田出版，2002）。

吳天任，《酈學研究史》（臺北：藝文印書館，1991）。

吳文星，《日治時期臺灣社會領導階層》（臺北：五南圖書公司，2008）。

吳德功,《瑞桃齋詩話》（南投：臺灣省文獻委員會，1992）。

吳德功原著，江寶釵校注，李知灝責任編輯，《瑞桃齋詩話校註》
（臺北：國立編譯館，2009）。

呂紹理,《水螺響起：日治時期臺灣社會的生活作息》（臺北：遠
流出版公司，1998）。

李新達,《中國科舉制度史》（臺北：文津出版社，1995）。

李漁叔,《三臺詩傳》（臺北：學海出版社，1976）。

汪民安、陳永國、張雲鵬主編,《現代性基本讀本（上）》（開封：
河南大學出版社，2005）。

汪知亭,《臺灣教育史》（臺北：臺灣書局，1959）。

汪知亭,《臺灣教育史料新編》（臺北：臺灣商務印書館，1978）。

沃勒斯坦（EssentialWallerstein）著，黃光耀、洪霞譯,《沃勒斯
坦精粹》（南京：南京大學出版社，2003）。

亞里士多德（Aristotle）著，姚一葦譯,《詩學》（臺北：中華書
局，1984）。

周英雄、劉紀蕙編,《書寫臺灣：文學史、後殖民與後現代》（臺
北：麥田，2000）。

林文月,《青山青史——連雅堂傳》（臺北：有鹿文化事業有限公
司，2010）。

林佳龍、鄭永年主編,《民族主義與兩岸關係》（臺北：新自然主
義公司，2001）。

林能士總編纂，毛知礪等撰稿,《深坑鄉志》（臺北：深坑鄉公所，
1997）。

林淇瀁,《書寫與拼圖：臺灣文學傳播現象研究》（臺北：麥田，
2001）。

林資修,《南強詩集》（臺中：林培英，1964）。

武舟,《中國妓女文化史》（上海：東方出版中心，2006）。

邱旭伶，《臺灣藝妲風華》（臺北：玉山社，1999）。

施炳華，《《荔鏡記》音樂與語文之研究》（臺北：文史哲出版社，2000）。

施懿琳撰，《全臺詩》第拾壹冊（臺南：國立臺灣文學館，2008）。

查繼佐，《東山國語》（臺北：大通，1987）。

柯瑞明，《臺灣風月》（臺北：自立晚報，1991）。

柯慶明，《古典中國實用文類美學》（臺北：臺大出版中心，2016）。

段義孚（Yi-Fu Tuan）著，潘桂成譯，《經驗透視中的空間和地方》（臺北：國立編譯館，1988）。

洪棄生，《寄鶴齋詩話》（作者自行出版，不著年代）。

洪繻，《寄鶴齋選集》（臺北：臺灣銀行經濟研究室，1972）。

胡適，《貞操問題（胡適文存／第一集・第四卷）》（臺北：遠流出版公司，1994）。

孫席珍，《文藝創作講座》第 2 卷（上海：光華書局，1932）。

徐復觀，《中國藝術精神》（臺北：臺灣學生書局，1984）。

班納迪克・安德森（Benedict Anderson）著，吳叡人譯，《想像的共同體：民族主義的起源與散布》（臺北：時報文化出版公司，1999）。

班雅明（Walter Benjamin）著，張旭東、魏文生譯，《發達資本主義時代的抒情詩人：論波特萊爾》（臺北：臉譜出版，2002）。

高友工，《中國美典與文學研究論集》（臺北：臺大出版中心，2004）。

高拜石，《古春風樓瑣記》（臺北：臺灣新生報社，1981）。

國立臺灣師範大學出版中心編輯，《詩經》（臺北：師大出版中心，2012）。

張子文、郭啟傳、林偉洲，《臺灣歷史人物小傳——明清暨日據時期》（臺北：國家圖書館，2003）。

張京媛，《後殖民理論與文化認同》（臺北：麥田，1995）。

張淵盛，《飄零‧詩歌‧醉草園——跨政權臺灣末代傳統文人的應世之路》（高雄：麗文文化公司，2016）。

張達修，《醉草園詩集》（臺北：龍文出版社，2006）。

梅嵩南，《讀詩雜記》（臺北：三民書局，1967）。

莫礪鋒，《杜甫詩歌講演錄》（桂林：廣西師範大學出版社，2007）。

許俊雅主編，《講座 Formosa：臺灣古典文學評論合集》（臺北：萬卷樓，2004）。

許德平，《金樓子校注》（臺北：嘉新水泥公司文化基金會，1967）。

郭沫若編，《殷契粹編》二卷（日本：文求堂，1937）。

郭紹虞主編，《六一詩話 白石詩話 滹南詩話》（北京：人民文學出版社，1962）。

陳必祥，《古代散文文體概論》（臺北：文史哲出版社，1987）。

陳奇祿主編，《臺灣風土》第四冊（臺南：臺南市政府文化局，2013）。

陳昭瑛，《臺灣儒學：起源、發展與轉化（增訂再版）》（臺北：臺大出版中心，2008）。

陳培豐著，王興安、鳳氣至純平譯，《同化的同床異夢：日治時期臺灣的語言政策、近代化與認同》（臺北：麥田，2006）。

陳淑容，《1930 年代鄉土文學——臺灣話文論爭及其餘波》（臺南：臺南市立圖書館，2001）。

陳華民，《臺灣俗語話講古》（臺北：常民文化，1998）。

陳華民，《臺灣野史小札》（臺北：常民文化，1988）。

陳運棟，《臺灣人物叢譚》（臺北：七燈出版社，1978）。

陳鼓應，《莊子今注今譯》上冊（北京：商務印書館，2007）。

陳慶浩、王秋桂，《臺灣民間故事集》（臺北：遠流出版公司，1989）。

陳橋驛，《酈道元與《水經注》》（上海：上海人民出版社，1987）。

傅錫祺，《櫟社沿革志略》（南投：臺灣省文獻委員會，1993）。

曾迺碩，《連雅堂先生的生平及其愛國思想》（臺北：臺北市文獻會，2006）。

曾迺碩，《連橫傳》（南投：臺灣省文獻委員會，1997）。

程俊英譯注，《詩經譯注》（上海：上海古籍出版社，1985）。

程紹剛譯註，《荷蘭人在福爾摩莎（1624-1662）》（臺北：聯經出版公司，2000）。

閔福德、劉紹銘主編，《含英咀華（上卷：遠古時代至唐代）》（香港：中文大學，2001）。

黃天橫口述，陳美蓉、何鳳嬌訪問記錄，《固園黃家：黃天橫先生訪談錄》（臺北：國史館，2008）。

黃宗羲，《南雷文案》（上海：上海商務印書館，1970）。

黃武忠，《美人心事》（臺北：出版街雜誌，1987）。

黃昭堂著，廖為智譯，《臺灣民主國研究：臺灣獨立運動史的一斷章》（臺北：前衛出版社，2006）。

黃美娥，《古典臺灣：文學史‧詩社‧作家論》（臺北：國立編譯館，2007）。

黃美娥，《重層現代性鏡像：日治時代臺灣傳統文人的文化視域與文學想像》（臺北：麥田，2004）。

楊雲萍、盧嘉興等人著，《連雅堂先生相關論著選輯（上）》（南投：臺灣省文獻委員會，1992）。

葉百豐編著，《韓昌黎文彙評》（臺北：正中書局，1990）。

廖炳惠，《臺灣與世界文學的匯流》（臺北：聯合文學，2006）。

廖炳惠編著，《關鍵詞 200：文學與批評研究的通用辭彙編》（臺北：麥田，2003）。

臺灣銀行經濟研究室編輯，《清世宗實錄選輯》（南投：臺灣省文獻委員會，1997）。

褚斌杰，《中國古代文體概論（增訂本）》（北京：北京大學出版社，1990）。

齊亞烏丁・薩達爾（Ziauddin Sarder）著，馬雪峰等譯，《東方主義》（長春：吉林人民出版社，2005）。

劉大杰，《中國文學發展史》（上海：上海古籍出版社，1997）。

劉若愚著，杜國清譯，《中國文學理論》（臺北：聯經出版公司，1981）。

劉清之主編，《民族音樂研究》（香港：商務印書館，1989）。

劉興隆，《新編甲骨文字典》（臺北：文史哲出版社，1997）。

樂黛雲、陳珏編選，《北美中國古典文學研究名家十年文選》（南京：江蘇人民出版社，1996）。

潘桂成，《經驗透視中的空間與地方》（臺北：國立編譯館，1998）。

鄧孔昭，《臺灣通史辨誤》〔臺灣版〕（臺北：自立晚報出版公司，1991）。

鄭喜夫，《民國連雅堂先生橫年譜》（臺北：臺灣商務印書館，1980）。

黎澤霖纂修，《臺灣省通志稿》（臺北：捷幼出版社，1999）。

諾伯舒茲（Chrisian Nor）著，施植明譯，《場所精神——邁向建築現象學》（臺北：田園城市文化公司，1995）。

賴柏舟主編，《鷗社藝苑》第 4 集（嘉義：鷗社印行，1955）。

錢大昕著，陳文和點校，《潛研堂文集》（南京：江蘇古籍出版社，1997）。

錢謙益著，錢曾箋注，錢仲聯標校，《牧齋有學集》（上海：上海古籍出版社，2009）。

戴鴻森箋注，《薑齋詩話箋注》（北京：人民文學出版社，1981）。

薛建蓉，《重寫的「詭」跡：日治時期臺灣報章雜誌的漢文歷史小說》（臺北：秀威資訊，2015）。

薛瑞生校註，《樂章集校註》（北京：中華書局，1994）。

薛鳳昌，《文體論》（上海：商務印書館，1947）。

謝頌臣，《小東山詩存》（家屬刊本，1974）。

邁克‧克朗（Mike Crang），楊淑華、宋慧敏譯，《文化地理學》（南京：南京大學出版社，2005）。

顏崑陽，《反思批判與轉向：中國古典文學研究之路》（臺北：允晨出版公司，2016）。

櫟社編輯，《櫟社第一集》（臺中：櫟社，1924）。

羅振玉編，《殷墟書契後編》下冊（珂瓏版影印本，1916）。

蘇軾著，馮應榴輯注，黃任軻、朱懷春校點，《蘇軾詩集合注》（上海：上海古籍出版社，2001）。

龔鵬程，《中國文人階層史論》（宜蘭：佛光人文社會學院，2002）。

龔鵬程，《詩史本色與妙悟》（臺北：臺灣學生書局，1986）。

Alan Baddeley, *Essentials of Human Memory*. (Hove, England: Psychology Press, 1999).

Alex Preminger ed.,*The Princeton Handbook of Poetic Terms*. (Taiwan : Bookman Books, Ltd., 1988).

Anderson, Benedict, *Imagined Communities: Reflections on the Origin and Spread of Nationalism* .(London: New York, 2006).

E.D.Hirsch,Jr., *Validity in Interpretation*.(New Haven and London: Yale University Press ,1967).

edited and translated by Lewis A Coser,Chicago, *On Collective Memory*. (USA: The University of Chicago Press, 1992).

Hall, Stuart, ed. by, James Donald, James, and Ali Rattansi, "New Ethnicities" in *'Race', Culture and Difference*. (London: Sage 1992).

Hawkesworth, Mary E, *Globalization and Feminist Activism*.(Rowman & Littlefield,2006).

Terry Eagleton, *Literary Theory: an Introduction*. 2nd ed. (Oxford: Blackwell, 1996).

Walter Benjamin, Harry Zorn trans., "Theses on the Philosophy of History," *Illuminations*, (London: Pimlico, 1999).

Wolfgang I ser, *The Act of Reading: A Theory of Aesthe tic Response*. (B altimore: The Johns Hopkins University Press, 1978).

三、期刊

《三六九小報》14 號（1930.10.23）。

《三六九小報》20 號（1930.11.13）。

方豪，〈臺灣外志兩抄本和臺灣外記若干版本的研究〉，《國立臺灣大學文史哲學報》8 期（1958.07），頁 21-96+28_1。

王允亮，〈《水經注》與南方文獻研究〉，《中國文學研究》3 期（2010.07），頁 37-42。

王明珂，〈民族史的邊緣研究：一個史學與人類學的中介點〉，《新史學》4 卷 2 期（1993.06），頁 95-120。

王振勳，〈櫟社詩人的社會意識與女性態度之研究〉，《朝陽人文社會學刊》2 卷 1 期，（2004.06），頁 1-35。

王順隆，〈日治時期臺灣人「漢文教育」的時代意義〉，《臺灣風物》49 卷 4 期（1999.12），頁 107-127。

王鴻泰，〈青樓：中國文化的後花園〉，《當代》137 期（1999.01），頁 16-29。

史江，〈宋代經濟互助會社研究〉，《中國社會經濟史研究》季刊 2 期（2003），頁 94-98。

向麗頻，〈《三六九小報》〈花叢小記〉所呈現的臺灣藝旦風情〉，《中國文化月刊》261 期（2001.12），頁 48-76。

江寶釵，〈日治時期臺灣文人對語言使用的主張暨其平議〉，《東吳中文學報》26 期（2013.11），頁 245-264。

江寶釵，〈日治時期臺灣傳統文人對世務之肆應——以連橫的傳播事業為觀察核心〉，《成大中文學報》26 期（2009.10），頁 81-117。

江寶釵，〈日治時期臺灣藝旦養成教育之書寫研究——以「三六九小報花系列」為觀察場域〉，《中正大學中文學術年刊》6 期（2004.12），頁 29-63。

江寶釵，〈向文化大傳統的回歸與變奏——連橫對臺灣古典詩「正典」的追尋〉，《東吳中文系學報》22 期（2011.11），頁 249-280。

江寶釵，〈黃得時的臺灣古典文學史論暨其相關問題〉，《臺灣文學研究學報》22 期（2014.10），頁 191-222。

何義麟，〈祝融光顧之後——蘭記書局經營的危機與轉機〉，《文訊》255 期（2007.01），頁 68-74。

呂訴上，〈大稻埕與藝妲戲〉，《臺北文物》9 卷 2 期（1953），頁 120-123。

宋秀環，〈日治時期的殖民政策：原住民青年團的發展〉，《臺灣教育史研究會通訊》33 期（2004.06），頁 81-117。

李侑秦，〈林資修〈愛玉凍歌〉二首考釋〉，《東海大學圖書館館訊》88 期（2009.01），頁 36-49。

李毓嵐，〈日治時期臺灣傳統文人的女性觀〉，《臺灣史研究》16卷 1 期（2009.03），頁 87-129。

林元輝，〈以連橫為例析論集體記憶的形成、變遷與意義〉，《臺灣社會研究季刊》31 期（1998.09），頁 1-56。

林義正，〈連雅堂思想中的《春秋》義： 以《臺灣通史》為中心的考察〉，《臺灣東亞文明研究學刊》1 卷 2 期（2004.12），頁 229-258。

姚政志，〈《三六九小報》中的臺灣藝妲（1930-1935）〉，《政大史粹》7 期（2004.12），頁 37-90。

倪仲俊，〈連橫「臺灣通史」中的國族想像〉，《通識研究集刊》4期（2003.12），頁 141-192。

翁聖峰，〈一九三〇年臺灣儒學、墨學論戰〉，《國立臺北教育大學學報》19 卷 1 期（1996.03），頁 1-21。

翁聖峰，〈日治時期臺灣「女車掌」文學與文化書寫〉，《文史臺灣學報》1 期（2009.11），頁 207-246。

翁聖峰，〈日治時期職業婦女題材文學的變遷及女性地位〉，《臺灣學誌》1 期（2010.04），頁 1-31。

郗志群，〈關於《水經注疏》始撰起因及時間的探討〉，《文獻》3期（1995），頁 201-212。

高友工，〈文學研究的美學問題（下）〉，《中外文學》7 卷 12 期（1979.05），頁 4-51。

高友工，〈試論中國藝術精神（上）〉，《九州學刊》2 卷 2 期（1988.01），頁 1-12。

高友工，〈試論中國藝術精神（下）〉，《九州學刊》2 卷 3 期（1988.04），頁 1-12。

張文薰，〈評論家／小說家的雙面張文環——以藝旦・媳婦仔問題為中心〉，《臺灣文學學報》3 期（2002.12），頁 209-228。

張伯偉，〈論唐代的規範詩學〉，《中國社會科學》4 期（2006.07），頁 195-215。

張清萱，〈連雅堂先生研究文獻目錄〉，《中國書目季刊》31 卷 3 期（1997.12），頁 85-104。

許佩賢，〈日治末期臺灣的教育政策：以義務教育制度實施為中心〉，《臺灣史研究》20 卷 1 期（2013.03），頁 127-167。

連方瑀，〈連雅堂詩史懷鄉〉，《海外文摘》277 期（1975.02），頁 24-26。

連景初，〈赤崁才女蔡碧吟〉，《臺南文化》8 卷第 3 期（1954）。

陳文新，〈明代詩學對「詩史」概念的辨證〉，《社會科學輯刊》6 期（2000），頁 137-142。

陳昭瑛，〈《臺灣通史》與儒家的春秋史學〉，《海峽評論》88 期（1998.4），頁 54-57。

陳昭瑛，〈《臺灣通史》與儒家的春秋史學〉，《海峽評論》89 期（1998.5），頁 29-31。

陳昭瑛，〈《臺灣通史》與儒家的春秋史學〉，《海峽評論》90 期（1998.6），頁 55-59。

曾久晏，〈《三六九小報》與《風月》報刊中的女性影像〉，《藝術論壇》6 期（2009.07），頁 64-84。

黃宗慧，〈大敘事或小敘事？——重探李歐塔之後現代觀〉，《中外文學》24 卷 2 期（1995.07），頁 85-101。

黃美娥，〈差異／交混、對話／對譯——日治時期臺灣傳統文人的身體經驗與新國民想像（1895-1937）〉，《中國文哲研究集刊》28 期（2006.03），頁 81-119。

黃美娥,〈從蘭記圖書目錄想像一個時代的閱讀／知識故事〉,《文訊》255 期（2007.01）,頁 57-64。

黃得時,〈連雅堂對臺灣文化三大貢獻〉,《傳記文學》30 卷 4 期（1977.04）,頁 10-16。

廖振富,〈〈傅錫祺日記〉的發現及其研究價值：以文學與文化議題為討論範圍〉,《臺灣史研究》18 卷 4 期（2011.12）,頁 201-239。

廖振富,〈連橫《瑞軒詩話》及其相關議題探析〉,《臺灣古典文學研究集刊》2 期（2009.12）,頁 261-263+265-308。

劉小楓,〈流亡話語與意識形態〉,《二十一世紀》1 期（1990.10）,頁 113-120。

蔡欣欣,〈臺灣藝閣名義與日治時期妝扮景觀初探〉,《臺灣文學學報》8 期（2006.06）,頁 75-82。

蔡盛琦,〈從蘭記廣告看書局的經營（1922-1949）〉,《文訊》255 期（2007.01）,頁 75-82。

衛琪,〈王松《臺陽詩陽》中的女性論述〉,《嶺東通識教育研究學刊》4 卷 2 期（2011.08）,頁 175-210。

霍華亮、劉鵬,〈酈道元生平簡介與《水經注》〉,《安徽文學》4 期（2009.04）,頁 35。

謝崇耀,〈連雅堂「瑞軒詩話」介紹〉,《臺灣文獻》54 卷 2 期（2003.06）,頁 377-396。

羅聯添,〈李白《蜀道難》寓意探討〉,《唐代文學研究》00 期（1994）,頁 24-25。

四、報紙

〈下賜御菓子〉,《臺灣日日新報》,1923.04.18,第 6 版。

〈文化書局出現 蔣氏倡辦〉,《臺灣日日新報》,1926.06.06,第 7
　　　版。

〈如水社籌設漢學研究會〉,《臺灣日日新報》,1929.08.30,夕刊
　　　第 4 版。

〈官紳紀事〉,《漢文臺灣日日新報》,1908.04.25,第 2 版。

〈拾碎錦囊（九十)〉,《漢文臺灣日日新報》,1905.10.28,第 7
　　　版。

〈拾碎錦囊〉（九十九）,《臺灣日日新報》,1905.11.11,第 3 版。

〈島人夜學續興〉,《臺灣日日新報》,1904.05.31,第 4 版。

〈書局冬季大賣〉,《臺灣日日新報》,1927.11.28,第 4 版。

〈御下賜菓子 學者〉,《臺灣日日新報》,1923.04.20,第 6 版。

〈御菓子料下賜〉,《臺灣日日新報》,1923.04.19,第 4 版。

〈就蔡碧吟議贅羅秀惠言〉,《漢文臺灣日日新報》,1909.08.27,
　　　第 1 版。

〈雅堂書局將出〉,《臺灣日日新報》,1927.06.04,夕刊第 4 版。

〈雅堂書局開矣〉,《臺灣日日新報》,1927.07.06,第 4 版。

〈雅堂書局徵詩〉,《臺灣日日新報》,1927.07.11,第 4 版。

〈新刊紹介 櫟社第一集〉,《臺灣日日新報》,1924.04.01,第 6
　　　版。

〈旗亭雅集〉,《漢文臺灣日日新報》,1908.04.30,第 5 版。

〈橐筆南遊〉,《臺灣日日新報》,1906.01.15,第 3 版。

〈漢文研究會〉,《臺灣日日新報》,1928.11.06,夕刊第 4 版。

〈漢文研究會之活躍〉,《臺灣民報》,1926.02.14,第 5 版。

〈漢文研究會再開〉,《臺灣日日新報》,1929.09.05,第 4 版。

〈福臺日報之難成〉,《臺灣日日新報》,1906.07.19,第 6 版。

〈臺中通信（十五日發）雅人深致〉,《漢文臺灣日日新報》,
　　　1911.01.17,第 3 版。

〈臺中通信（廿八日發）死生契闊〉,《漢文臺灣日日新報》,
　　1911.05.01,第 3 版。

〈徵詩文啟〉,《漢文臺灣日日新報》,1908.08.05,第 05 版。

〈翰墨因緣〉,《臺灣日日新報》,1927.08.09,第 4 版。

〈櫟社同人集續聞〉,《臺灣日日新報》,1924.04.01,第 6 版。

〈瀛社春季吟會兼歡迎蘇沈兩詩人〉,《臺灣日日新報》,
　　1927.03.03,第 4 版。

〈續赤壁遊韵事〉,《臺灣日日新報》,1922.09.03,第 6 版。

〈讀書之時到矣〉,《臺灣日日新報》,1929.11.15,第 4 版。

王香禪,〈敬步柳城詩伯高韻〉,《漢文臺灣日日新報》,
　　1909.03.25,第 4 版。

成惕軒,〈論史詩〉,《中央日報》,1968.08.10,第 8 版。

竹亭佐藤謙,〈明治己酉紀元節日設雅筵於知事舊館恭賦長句一
　　篇聊以引諸士高吟云爾〉,《臺灣日日新報》,
　　1909.02.19,第 1 版。

林資修,〈櫟社二十年問題名碑記〉,《臺灣旬報》1 年 12 號
　　（1922.10.30）,頁 2。

洪以南,〈和古邨先生瑤韻贈劍花詞長〉、謝雪漁,〈次韻贈劍花
　　鄉友〉、潤菴,〈次韻呈劍花詞兄〉,《臺灣日日新報》,
　　1918.09.26,第 3 版。

香禪女士,〈和梅妃韻〉,《漢文臺灣日日新報》,1911.04.10,第 1
　　版。

香禪女士,〈書懷〉,《漢文臺灣日日新報》,1911.04.05,第 1 版。

香禪女士,〈梅妃〉,《漢文臺灣日日新報》,1911.04.22,第 1 版。

孫風華,〈連橫的三次上海之行〉,《新民晚報》,2009.06.28。

張遶光,〈題春日南社小集圖 七律有序〉,《臺灣日日新報》,
　　1907.03.28,第 1 版。

連雅堂，〈臺灣阿片特許問題〉，《漢文臺灣日日新報》，
　　　　1930.03.02，第 4 版。

連雅堂，〈臺灣阿片特許問題〉，《臺灣日日新報》，1930.03.02，
　　　　第 4 版。

連橫，〈觀世音考證〉，《臺灣民報》，1930.01.01，第 7 版。

謝雪漁，〈入報社誌感〉，《臺灣日日新報》，1905.03.07，第 3 版。

黛卿女士，〈秋感〉，《漢文臺灣日日新報》，1909.09.19，第 3 版。

羅秀惠，〈蘸綠村詩話〉，《漢文臺灣日日新報》，1907.09.29，第 3
　　　　版。

五、研討會論文

王德威，〈後遺民寫作〉，「正典的生成：臺灣文學國際研討會」
　　　　論文集（臺北：中研院文哲所主辦，2004.07.15-16）。

江寶釵、謝崇耀撰，〈從瀛社活動場所觀察日治時期臺灣詩社
　　　　區的形成與意義〉，「瀛社百週年紀念學術研討會」論
　　　　文集（臺北：國立臺灣大學臺灣文學研究所主辦，
　　　　2008.11.01-02）。

第二屆「中國近代文化解構與重建」學術研討會論文集（臺北：
　　　　政大文學院，1997）。

六、學位論文

川路祥代，〈殖民地臺灣文化統合與臺灣傳統儒學社會〉，（臺南：
　　　　成功大學中國文學研究所博士論文，2002）。

王文顏，〈臺灣詩社之研究〉（臺北：政治大學中國文學研究所碩
　　　　士論文，1979）。

江寶釵，〈論《現代文學》女性小說家——從一個女性主題出發〉
　　　　（臺北：國立臺灣師範大學國文研究所博士論文，
　　　　1994）。

施懿琳，〈清代臺灣詩所反映的漢人社會〉（臺北：國立臺灣師範
　　　　大學國文研究所博士論文，1991）。

柯美齡，〈一段女性表演史研究——以日治時期臺灣藝妲戲與查
　　　　某戲為論述中心〉（臺北：中國文化大學戲劇研究所碩
　　　　士論文，2005）。

張志樺，〈情慾消費於日本殖民體制下所呈現之文化與社會意涵
　　　　——以《三六九小報》及《風月》為探討文本〉（臺南：
　　　　成功大學臺灣文學系碩士論文，2006）。

張美鳳，〈「風雅想像」的權力意涵：日治時期藝旦文化之分析〉
　　　　（宜蘭：佛光大學社會學系碩士論文，2007）。

張翠蘭，〈連雅堂學述〉（臺北：政治大學中國文學研究所碩士論
　　　　文，1992）。

莊于寬，〈1930 年代臺灣藝旦的音樂活動——以《三六九小報》
　　　　為主要分析文獻〉（臺北：臺灣大學音樂研究所碩士論
　　　　文，2004）。

陳稚柔，〈日治時期藝旦書寫——以《三六九小報》為研究場域〉
　　　　（高雄：高雄師範大學臺灣歷史文化及語言研究所碩士
　　　　論文，2014）。

曾巧雲，〈往返之間：日治時期臺灣知識份子的中日移動經驗與
　　　　夾縫地理〉（臺南：成功大學臺灣文學系博士論文，
　　　　2014）。

楊境任，〈日治時期臺灣青年團之研究〉（桃園：國立中央大學歷
　　　　史研究所碩士論文，2001）。

七、電子資源

〔西漢〕董仲舒，《春秋繁露》，文淵閣四庫全書電子版【內聯網版】（臺北：迪志文化，2007）。

〔五代〕王定保，《唐摭言》，文淵閣四庫全書電子版【內聯網版】（臺北：迪志文化，2007）。

〔五代〕劉昫，《舊唐書》，文淵閣四庫全書電子版【內聯網版】（臺北：迪志文化，2007）。

〔北宋〕李昉，《文苑英華》，文淵閣四庫全書電子版【內聯網版】（臺北：迪志文化，2007）。

〔北宋〕曾鞏，《元豐類藁》，文淵閣四庫全書電子版【內聯網版】（臺北：迪志文化，2007）。

〔北朝北魏〕酈道元，《水經注》，文淵閣四庫全書電子版【內聯網版】（臺北：迪志文化，2007）。

〔西漢〕毛亨，〔東漢〕鄭玄，〔唐〕孔穎達，〔唐〕陸德明，《毛詩注疏》，文淵閣四庫全書電子版【內聯網版】（臺北：迪志文化，2007）。

〔宋〕郭茂倩，《樂府詩集》，文淵閣《四庫全書》電子版【內聯網版】（臺北：迪志文化，2007）。

〔周〕左丘明傳，〔晉〕杜預注，〔唐〕孔穎達疏，〔唐〕陸德明音義，《春秋左傳注疏》，文淵閣四庫全書電子版【內聯網版】（臺北：迪志文化，2007）。

〔明〕胡震亨，《唐音癸籤》，文淵閣四庫全書電子版【內聯網版】（臺北：迪志文化，2007）。

〔明〕曹端，《通書述解》，文淵閣四庫全書電子版【內聯網版】（臺北：迪志文化，2007）。

〔東漢〕許慎，〔北宋〕徐鉉，《說文解字》，文淵閣四庫全書電子版【內聯網版】（臺北：迪志文化，2007）。

〔東漢〕趙岐，〔北宋〕孫奭，《孟子注疏》，文淵閣四庫全書電子版【內聯網版】（臺北：迪志文化，2007）。

〔東漢〕鄭玄、〔唐〕孔穎達、〔唐〕陸德明，《禮記註疏》，文淵閣四庫全書電子版【內聯網版】（臺北：迪志文化，2007）。

〔南宋〕朱熹，《原本周易本義》，文淵閣四庫全書電子版【內聯網版】（臺北：迪志文化，2007）。

〔南宋〕陸游，《放翁詩選》，文淵閣四庫全書電子版【內聯網版】（臺北：迪志文化，2007）。

〔南宋〕謝翱，〔明〕陸大業，《晞髮集》，文淵閣四庫全書電子版【內聯網版】（臺北：迪志文化，2007）。

〔南宋〕嚴羽，《滄浪詩話》，文淵閣四庫全書電子版【內聯網版】（臺北：迪志文化，2007）。

〔南朝宋〕范曄、〔西晉〕司馬彪、〔唐〕李賢、〔南朝梁〕劉昭，〔清〕陳浩，《後漢書》，文淵閣四庫全書電子版【內聯網版】（臺北：迪志文化，2007）。

〔南朝宋〕裴駰，《史記集解》，文淵閣四庫全書電子版【內聯網版】（臺北：迪志文化，2007）。

〔南朝宋〕劉義慶、〔南朝梁〕劉孝標，《世說新語》，文淵閣四庫全書電子版【內聯網版】（臺北：迪志文化，2007）。

〔南朝梁〕任訪、〔明〕陳懋仁、〔清〕方熊，《文章緣起》，文淵閣四庫全書電子版【內聯網版】（臺北：迪志文化，2007）。

〔南朝梁〕劉勰，《文心雕龍》，文淵閣四庫全書電子版【內聯網版】（臺北：迪志文化，2007）。

〔南朝梁〕蕭統編，〔唐〕李善注，《文選》，文淵閣四庫全書電子版【內聯網版】（臺北：迪志文化，2007）。

〔後晉〕劉昫,《舊唐書》,文淵閣四庫全書電子版【內聯網版】（臺北：迪志文化,2007）。

〔唐〕白居易,《白氏長慶集》,文淵閣四庫全書電子版【內聯網版】（臺北：迪志文化,2007）。

〔唐〕李白,《李太白文集》,文淵閣四庫全書電子版【內聯網版】（臺北：迪志文化,2007）。

〔唐〕李延壽,《南史》,文淵閣四庫全書電子版【內聯網版】（臺北：迪志文化,2007）。

〔唐〕李善、〔南朝梁〕蕭統,《文選註》,文淵閣四庫全書電子版【內聯網版】（臺北：迪志文化,2007）。

〔唐〕房玄齡,《晉書》文淵閣四庫全書電子版【內聯網版】（臺北：迪志文化,2007）。

〔唐〕韓愈,〔宋〕魏仲舉,《五百家注昌黎文集》,文淵閣四庫全書電子版【內聯網版】（臺北：迪志文化,2007）。

〔晉〕郭璞,《山海經》,文淵閣四庫全書電子版【內聯網版】（臺北：迪志文化,2007）。

〔清〕仇兆鰲,《杜詩詳註》,文淵閣四庫全書電子版【內聯網版】（臺北：迪志文化,2007）。

〔清〕黃景仁,〈雜感〉,（來源：http://sou-yun.com/QueryPoem.aspx）。

〔清〕愛新覺羅玄燁,《御定全唐詩》,文淵閣四庫全書電子版【內聯網版】（臺北：迪志文化,2007）。

〔漢〕班固,《前漢書》,文淵閣四庫全書電子版【內聯網版】（臺北：迪志文化,2007）。

"Literary Terms and Definitions :A",（來源：https://web.cn.edu/kwheeler/lit_terms_A.html）。

〈老城音樂：一曲相思情未了〉，（來源：https://tainan.itour.org.t
　w/web3/storyInfo.php?id=59）。

〈鄉愁〉，（來源：http://www.360doc.com/content/16/0203/16/3005
　6502_532510140.shtml）。

〈傳奇藝旦王香禪 與夫漸離漸遠〉，星島日報，（來源：http://ne
　ws.singtao.ca/calgary/2013-02-27/taiwan1361955561d436
　8720.html）。

「臺灣連氏家族」，（來源：http://big5.chinataiwan.org/zppd/MMW
　Z/200805/t20080528_650258.htm）。

Anderson, Benedict, "Western Nationalism and Eastern Nationali
　sm: Is there a difference that matters?"，（來源：http://
　newleftreview.org/II/9/benedict-anderson-western-nationali
　sm-and-eastern-nationalism.）。

丁榮生，〈福爾摩沙特展專輯·明朝中國·帶荷蘭人登陸臺灣〉，《中
　時電子報》（來源：http://archive.is/8PZcw）。

久黑必白責任編輯，〈沈從文如果活著就肯定能得諾貝爾文學
　獎〉，（來源：http://cul.sohu.com/20071010/n252580088.s
　html）。

朱建陵、陳柏廷、餘明洙、唐一寧，〈傳奇藝旦王香禪 幫夫從政
　求功名〉，YAHOO！奇摩新聞，（來源：https://tw.news.
　yahoo.com/%E5%82%B3%E5%A5%87%E8%97%9D%E
　6%97%A6%E7%8E%8B%E9%A6%99%E7%A6%AA-%
　E5%B9%AB%E5%A4%AB%E5%BE%9E%E6%94%BF
　%E6%B1%82%E5%8A%9F%E5%90%8D-213000924.ht
　ml）。

江林信，〈漢文知識的散播者──記蘭記經營者黃茂盛〉，（來源：
　http://140.119.61.161/blog/forum_detail.php?id=1603）。

江寶釵，「漢詩」條，臺灣文學辭典，（來源：http://tld.nmtl.gov.t w/opencms/dictionary/Dictionary00072.html?keywords=% E6%B1%9F%E5%AF%B6%E9%87%B5）。

余英時，〈中國知識份子的邊緣化〉，《二十一世紀》15 期（2003. 06），（來源：http://www.cuhk.edu.hk/ics/21c/media/onlin e/9100057.pdf）。

吳佩熏，〈南管樂語、腔調及其體製之探討〉，（來源：http://trdm usic.tnua.edu.tw/ch/intro/d.html）。

林淑慧，〈《三六九小報》花系列專欄的女性身影及其文化意義〉，文化研究月報（來源：http://in.ncu.edu.tw/csa/journal/59/ journal_park448.htm）。

林獻堂著，許雪姬等編註，〈灌園先生日記/1930-03-06〉，臺灣日記知識庫，（來源：http://taco.ith.sinica.edu.tw/tdk/灌園先生日記/1930-03-06）。

施懿琳，〈連橫〉，臺灣大百科全書，（來源：http://nrch.culture.tw /twpedia.aspx?id=4538）。

徐亞湘，行政院國家科學委員會專題研究計畫成果報告「優娼之間──臺灣藝旦戲研究」（計畫編號：NSC92-2411-H-0 34-003），（來源：http://ir.lib.pccu.edu.tw/bitstream/98765 4321/942/1/902215E034.pdf）。

象形字典，（來源：http://www.vividict.com/WordInfo.aspx?id=198 1）。

維基百科，（來源：https://zh.wikipedia.org/wiki/%E9%80%A3%E6 %A9%AB_(%E6%AD%B7%E5%8F%B2%E5%AD%B8 %E5%AE%B6)）。

Contents

Chapter 1 :

Establishment and Adjustment: On Traditionality, Modernity and Coloniality

Chapter 2 :

Response to Worldly Affairs: the Development and Struggle of Chinese Studies during Social Upheaval

Chapter 3 :

Million Dollar Writing: On the Poetic Form, Nostalgic Writing of Lian Heng and His Relation with the Literary Community

Chapter 4 :

Practical Aesthetics: Prose Analysis of *Collected Writings of Yatang*

Chapter 5 :

Confucian Ritual Religion outside the Borders: Exegeses and Writings of the Geisha Culture in Taiwan

Chapter 6 :

Historical Chant: On the Relation between Self and Nation in Travel Writing

Chapter 7 :

The Spirit of Place: An Analysis of Two Methods and Implication of "Place" Writing.

Chapter 8 :

Poetic Assertion: A Return and Variation of the Great Tradition of Chinese Culture

Chapter 9 :

Conclusion

Lien Heng (1878-1936), courtesy name Yatang, pseudonym Chien-Hua, was a Taiwanese poet, linguist, historian, critic, and advocate of Chinese Studies. Though a controversial figure in Taiwanese history, as an intellectual living in a period of social upheaval, the role Lien played in advancing modernity under colonial rule in reality speaks for a generation of intellectuals faced with uncertain future. Lien was the editor-in-chief of *Tainan News Daily* and *Taiwan News*, and published *Selected Poems of Taiwan*. He authored *Draft Poems from Mainland*, *Draft Poems from Ningnan*, *Collected Poems of Chien-Hua: A Supplement*, etc., and was recognized as one of the "Three Most Prominent Poets" by the poetic community. Lien's prose, "Historical Traces of Taiwan" and "Historical Sites of Tainan," though not as critically acclaimed as his poetic works, inherits literary tradition and highlights the practical aspect and literary beauty of Chinese writing. His *Dictionary of the Taiwan Language* and *Elegant Speech*, on the other hand, besides preserving Taiwanese Hokkien, also help preserve Taiwanese folklore. Lien also revised and edited 38 types of works related to Taiwan, gathered together into *Compilation of Yatang*, an important archive of Taiwanese historical materials. Furthermore, his *Taiwanese Classical Poetry Collection* and *Poetic Commentary* are both seminal works in the field of poetic theory. Apart from *General History of Taiwan*, Lien's literary writings and other roles also deserve public attention. Centered on the "establishment and adjustment of traditionality, modernity and coloniality," this book explores Lien's history, travels, creations, thought and literary career substantially and reflects the lives of intellectuals of his day.

國家圖書館出版品預行編目資料

傳統性、現代性與殖民性的遘接與調適：連橫文學研究
江寶釵著.- 初版. - 臺北市：臺灣學生，2019.12
　368 面；21*14.8 公分
ISBN　978-957-15-1816-9　（平裝）
1. 連橫　2. 臺灣文學　3. 文化評論
863.2　　　　　　　　　　　　　　108015578

傳統性、現代性與殖民性的遘接與調適：連橫文學研究

作　　　者	江寶釵
企 劃 顧 問	黃清順
責 任 編 輯	梁鈞筌
校　　　對	黃千珊
美 術 設 計	徐上婷、蔡慈凌
編 輯 排 版	南曦文創股份有限公司
出 版 者	臺灣學生書局有限公司
發 行 人	楊雲龍
發 行 所	臺灣學生書局有限公司
地　　　址	臺北市和平東路一段 75 巷 11 號
劃 撥 帳 號	00024668
電　　　話	(02)23928185
傳　　　真	(02)23928105
E - m a i l	student.book@msa.hinet.net
網　　　址	www.studentbook.com.tw
登記證字號	行政院新聞局局版北市業字第玖捌壹號
定　　　價	新臺幣四○○元
出 版 日 期	二○一九年十二月初版
I S B N	978-957-15-1816-9

86321　　　有著作權 · 侵害必究